MARTWY
AŻ DO
ZMROKU

Charlaine Harris

MARTWY AŻ DO ZMROKU

Przełożyła Ewa Wojtczak

Wydawnictwo MAG
Warszawa 2009

Tytuł oryginału:
Dead Until Dark

Copyright © 2001 by Charlaine Harris

Copyright for the Polish translation
© 2009 by Wydawnictwo MAG

Redakcja:
Joanna Figlewska

Korekta:
Urszula Okrzeja

Opracowanie graficzne okładki:
Piotr Chyliński

Projekt typograficzny, skład i łamanie:
Tomek Laisar Fruń

ISBN 978-83-7480-141-6
Wydanie II

Wydawca:
Wydawnictwo MAG
ul. Krypska 21 m. 63, 04-082 Warszawa
tel./fax (0-22) 813 47 43
e-mail: kurz@mag.com.pl
www.mag.com.pl

Wyłączny dystrybutor:
Firma Księgarska Jacek Olesiejuk Sp. z o.o.
ul. Poznańska 91, 05-850 Ożarów Maz.
tel. (22) 721-30-00
www.olesiejuk.pl

Druk i oprawa:
drukarnia@dd-w.pl

ROZDZIAŁ PIERWSZY

Od lat czekałam na zjawienie się wampirów w naszym miasteczku, aż nagle jeden z nich wszedł do baru.

Odkąd przed czterema laty wampiry wyszły z trumien (jak to wesoło ujmują), spodziewałam się, że któryś z nich prędzej czy później trafi do Bon Temps. Naszą małą mieścinę zamieszkiwali przedstawiciele wszystkich innych mniejszości... dlaczego zatem nie mieli tu żyć członkowie tej najświeższej, czyli prawnie uznani nieumarli? Do tej pory przecież wiejska północ Luizjany najwyraźniej niezbyt kusiła wampiry. Choć z drugiej strony, Nowy Orlean stanowił dla nich prawdziwe centrum. W końcu mieszkali w tym mieście bohaterowie powieści Anne Rice, zgadza się?

Z Bon Temps do Nowego Orleanu nie jedzie się długo i wszyscy goście naszego baru mawiają, że jeśli staniesz na rogu ulicy i rzucisz kamieniem, możesz przypadkiem trafić wampira. Chociaż... lepiej nie rzucać.

Ale ja czekałam na mojego własnego nieumarłego.

Muszę wam powiedzieć, że nie umawiam się zbyt często z mężczyznami. Nie dlatego, że nie jestem ładna. Jestem. Mam jasne włosy, niebieskie oczy, dwadzieścia pięć lat, długie nogi, spory biust i talię jak u osy. Wyglądam nieźle w letnim stroju kelnerki, który wybrał dla nas szef, Sam Merlotte: czarne szorty, biały podkoszulek, białe skarpetki, czarne adidasy.

Cierpię jednak z powodu pewnego... upośledzenia. Tak w każdym razie staram się nazywać swoje dziwactwo, czy też dar.

Klienci baru z kolei twierdzą po prostu, że jestem lekko stuknięta.

Niezależnie od tego, jak przedstawiają się moje problemy, rezultat jest taki sam – prawie nigdy nie chodzę na randki. Właśnie dlatego ogromne znaczenie mają dla mnie nawet najmniejsze przyjemności.

A on usiadł przy jednym z moich stolików... to znaczy wampir.

Natychmiast wiedziałam, kim jest. Zdziwiło mnie, że nikt inny się nie odwrócił i nie gapił na niego. Nie rozpoznali go! A ja tylko raz zerknęłam na tę bladą skórę i już wiedziałam, że to wampir.

Miałam ochotę tańczyć ze szczęścia, i, faktycznie, radośnie obróciłam się wokół własnej osi przy barze. Mój szef i właściciel baru „U Merlotte'a", Sam, podniósł wzrok znad drinka, który mieszał, i posłał mi krótki uśmiech. Chwyciłam swoją tacę i notesik, po czym podeszłam do stolika wampira. Miałam nadzieję, że jeszcze nie zlizałam sobie szminki z ust, a mój koński ogon ciągle wygląda porządnie. Byłam trochę spięta, ale czułam, że wargi rozciąga mi lekki uśmieszek.

Wampir wyglądał na zatopionego w myślach, toteż mogłam mu się dobrze przyjrzeć, zanim mnie zauważył.

Oceniłam, że mierzy nieco powyżej metra osiemdziesięciu. Miał gęste, zaczesane gładko i opadające na kołnierz kasztanowe włosy, a jego długie baczki wydały mi się interesująco staromodne. Oczywiście był blady, no bo przecież był martwy... jeśli wierzyć starym opowieściom. Chociaż zgodnie z zasadami politycznej poprawności, które również wampiry publicznie respektowały, ten facet był jedynie ofiarą wirusa – z powodu którego pozostawał pozornie martwy przez kilka dni, a od czasu zarażenia reagował alergicznie na światło słoneczne, srebro i czosnek. Szczegóły tej teorii zmieniały się zresztą zależnie od gazety codziennej, w której pojawiał się artykuł na ten temat. A obecnie wszystkie dzienniki były pełne tekstów o wampirach.

Tak czy owak, „mój wampir" wargi miał śliczne, ostro wykrojone, a ciemne brwi wygięte w łuk. Jego nos przypomniał mi pewną bizantyjską mozaikę przedstawiającą jakiegoś księcia. Gdy nieumarły w końcu na mnie spojrzał, dostrzegłam, że tęczówki ma jeszcze ciemniejsze niż włosy, a białka niesamowicie białe.

– Co mogę panu podać? – spytałam, niewysłowienie szczęśliwa.

Uniósł brwi.

– Macie syntetyczną krew w butelkach? – spytał.

– Niestety, nie. Przykro mi! Sam złożył niedawno zamówienie, ale pewnie dostarczą ją dopiero w przyszłym tygodniu.

– W takim razie poproszę czerwone wino – powiedział głosem tak chłodnym i przejrzystym jak strumień płynący po gładkich kamieniach.

Głośno się roześmiałam. Sytuacja była niemal zbyt doskonała.

– Niech się pan nie przejmuje małą Sookie, dziewczyna jest, niestety, trochę stuknięta – dobiegł z ławy przy ścianie znajomy głos.

Natychmiast uszła ze mnie cała radość, mimo że na wargach nadal miałam uprzejmy uśmiech. Zaciekawiony wampir gapił się na mnie, obserwując, jak szczęście znika z mojej twarzy.

– Zaraz przyniosę pańskie wino – rzuciłam i odeszłam szybko, nawet nie zerknąwszy na zadowoloną gębę Macka Rattraya. Mack przychodził tu prawie każdej nocy wraz z żoną, Denise. Nazywałam ich Szczurzą Parką.

Odkąd przeprowadzili się do wynajętej przyczepy przy Four Tracks Corner, z całych sił starali się mnie gnębić. Miałam nadzieję, że wyniosą się z Bon Temps równie szybko, jak się tu zjawili.

Gdy po raz pierwszy weszli do „Merlotte'a", zachowałam się bardzo nieuprzejmie i podsłuchałam ich myśli. Wiem, że to paskudne posunięcie. Ale nieraz nudzę się jak wszyscy, więc chociaż przez większość czasu blokuję napływ wręcz wpychających się do mojej głowy myśli innych osób, to zdarza mi się ulec pokusie. Wiedziałam zatem o Rattrayach kilka rzeczy, których może nikt inny nie wiedział. Po pierwsze, odkryłam, że siedzieli kiedyś w więzieniu, chociaż nie znałam powodów. Po drugie, zorientowałam się, że Macka Rattraya naprawdę bawią własne paskudne myśli na temat ludzi przychodzących do naszego baru. A później znalazłam w myślach Denise informację, że dwa lata wcześniej porzuciła niemowlę, którego ojcem nie był Mack.

Poza tym Rattrayowie nie dawali napiwków!

Sam nalał kieliszek czerwonego wina stołowego, ale zanim postawił je na mojej tacy, zerknął ku stolikowi, przy którym siedział wampir. Kiedy ponownie spojrzał na mnie, uprzytomniłam sobie, że również wie, kim jest nasz klient.

Mój szef ma oczy błękitne niczym Paul Newman, moje natomiast są zamglone i szaroniebieskie. Sam też jest blondynem, ale jego mocne, gęste włosy mają odcień niemal gorącego, czerwonego złota. Zawsze jest trochę opalony i chociaż w ubraniu prezentuje się szczupło, widziałam go bez koszuli (gdy rozładowywał ciężarówkę), toteż wiem, że tułów ma całkiem muskularny. Nigdy nie słucham jego myśli, jest przecież moim pracodawcą. Wcześniej musiałam odejść z kilku miejsc, ponieważ odkryłam na temat moich szefów pewne szczegóły, których nie chciałam znać.

Teraz jednak Sam nic nie powiedział, tylko dał mi wino dla wampira. Sprawdziłam, czy kieliszek jest czysty i lśniący, po czym wróciłam do stolika mojego klienta.

– Proszę, oto pańskie wino – oświadczyłam z przesadną grzecznością i ostrożnie postawiłam kieliszek na stole dokładnie przed nieumarłym. Wampir spojrzał na mnie ponownie, a ja skorzystałam z okazji i zatonęłam w jego przepięknych oczach. – Na zdrowie – dodałam z dumą.

– Hej, Sookie! – wrzasnął za moimi plecami Mack Rattray. – Przynieś nam tu zaraz następny dzban piwa!

Westchnęłam i obróciłam się, by zabrać pusty dzban ze stolika Szczurów. Zauważyłam, że Denise prezentuje się dzisiejszego wieczoru doskonale w krótkim podkoszulku i szortach. Szopę kasztanowych włosów ułożyła w modny nieład na głowie. Denise właściwie nie była ładna, ale tak krzykliwa i pewna siebie, że rozmówca odkrywał jej braki dopiero po dłuższej chwili.

Sekundę później spostrzegłam ze zdziwieniem, że Rattrayowie przysiedli się do stolika wampira. Gawędzili z nim. Wampir nie mówił zbyt wiele, ale najwyraźniej nie zamierzał wstać i odejść.

– Popatrz na to! – rzuciłam z oburzeniem do Arlene, drugiej kelnerki.

Arlene jest rudowłosa, piegowata i dziesięć lat ode mnie starsza. Już cztery razy wychodziła za mąż, ma dwoje dzieci i od czasu do czasu odnoszę wrażenie, że mnie uważa za swoją trzecią latorośl.

– Nowy facet? – spytała bez większego zainteresowania.

Arlene spotyka się aktualnie z Rene Lenierem i chociaż mnie nie wydaje się on atrakcyjny, moja przyjaciółka wygląda na dość zadowoloną. O ile się nie mylę, Rene był wcześniej jej drugim mężem.

– Och, to wampir – odparłam, ponieważ musiałam się z kimś podzielić swym zachwytem.

– Naprawdę? Wampir u nas? No cóż, pomyślmy – oznajmiła z lekkim uśmiechem, sugerującym, że zdaje sobie sprawę z przepełniającej mnie radości. – Nie jest chyba jednak zbyt bystry, kochana, skoro zadaje się ze Szczurami. Z drugiej strony Denise nieźle się do niego wdzięczy.

Odkryłam, że Arlene ma rację. Arlene jest o wiele lepsza niż ja, jeśli chodzi o ocenę spraw męsko-damskich. Jest przecież ode mnie znacznie bardziej doświadczona.

Wampir był głodny. Słyszałam, że wynaleziona przez Japończyków syntetyczna krew wystarcza nieumarłym za pożywienie, jednakże w rzeczywistości nie zaspokajała ich głodu i dlatego nadal zdarzały się czasem „nieszczęśliwe wypadki" (to wampirzy eufemizm na określenie krwawych zabójstw dokonywanych na ludziach). A Denise Rattray gładziła sobie gardło, poruszała głową, wyginała szyję... Co za suka!

Nagle do baru wszedł mój brat, Jason. Podszedł wolnym krokiem i uścisnął mnie. Jason wie, że kobiety lubią facetów, którzy są dobrzy dla członków swoich rodzin i uprzejmi dla osób w jakiś sposób upośledzonych, więc, ściskając mnie, zyskuje podwójne punkty. I to wcale nie dlatego, żeby musiał się przesadnie starać o popularność u płci przeciwnej. Wystarczy, że jest sobą, szczególnie że niezły z niego przystojniak. Na pewno potrafi być również złośliwy, ale większość kobiet jakoś tego nie zauważa.

– Hej, siostrzyczko, jak się miewa babcia?

– Bez zmian, czyli w porządku. Wpadnij do nas, to zobaczysz.

– Spoko. Która dziś przyszła solo?

– Och, sam poszukaj.

Gdy Jason zaczął się rozglądać, dostrzegłam tu i ówdzie pospieszne ruchy kobiecych rąk poprawiających włosy, bluzki, malujących usta...

– O rany. Widzę DeeAnne. Jest wolna?

– Przyszła z kierowcą ciężarówki z Hammond. Facet jest teraz w toalecie. Uważaj na niego.

Jason uśmiechnął się do mnie, a ja się zdumiałam, że inne kobiety nie dostrzegają samouwielbienia w tym uśmiechu. Gdy Jason wszedł do baru, nawet Arlene wygładziła bluzkę, a jako osóbka czterokrotnie zamężna powinna nieco lepiej oceniać mężczyzn. Inna kelnerka, z którą pracowałam, Dawn, odrzuciła w tym momencie włosy do tyłu i wyprostowała się, prezentując sterczące cycki. Jason uprzejmie jej pomachał, ona zaś posłała mu pozornie drwiący uśmieszek. Dawn już jakiś czas temu zerwała z Jasonem, ale nadal pragnie, by mój brat ją dostrzegał.

Byłam naprawdę zajęta – w sobotni wieczór do „Merlotte'a" wpadali choć na chwilę niemal wszyscy mieszkańcy miasteczka – na moment straciłam więc z oczu mojego wampira. Kiedy w końcu znalazłam wolną chwilę i postanowiłam sprawdzić, co u niego, okazało się, że nadal rozmawia z Denise. Mack patrzył na niego z tak chciwą miną, że aż się zaniepokoiłam.

Podeszłam bliżej do ich stolika i wbiłam wzrok w Macka. Po chwili otworzyłam swój umysł na jego myśli i go „podsłuchałam".

Odkryłam, że Mack i Denise trafili do więzienia za „osuszanie" wampirów!

Okropnie się zdenerwowałam, ale mimo to automatycznie zaniosłam dzban piwa i kufle do stolika, przy którym siedziała czwórka hałaśliwych klientów.

Wampirza krew podobno chwilowo łagodzi symptomy niektórych chorób i zwiększa potencję seksualną (takie skrzyżowanie prednizonu i viagry), toteż istniał ogromny czarny rynek i wielkie zapotrzebowanie na prawdziwą, nie rozcieńczaną wampirzą krew. A gdzie jest popyt, tam są i dostawcy. I właśnie się dowiedziałam, że do tych dostawców należy wstrętna Szczurza Parka. Wciągali w pułapkę wampiry i osuszali ich ciała z krwi, którą później sprzedawali w małych fiolkach, po dwieście dolarów każda. Było to najbardziej poszukiwane lekarstwo od przynajmniej dwóch lat. I choć niejeden klient oszalał po wypiciu czystej wampirzej krwi, to czarnemu rynkowi bynajmniej coś takiego nie zaszkodziło.

Pozbawiony krwi wampir zazwyczaj nie egzystuje długo. Morderczy osuszacze zostawiali nieszczęsnych nieumarłych związanych, najczęściej po prostu porzucając ich ciała. Wschodzące słońce kończyło udrękę biednych istot. Od czasu do czasu można było przeczytać o zemście wampira, który zdołał się uwolnić i przeżyć. Wówczas osuszacze ginęli straszną śmiercią.

Nagle mój wampir podniósł się i ruszył wraz ze Szczurami ku drzwiom. Mack zauważył, że na nich patrzę. Widziałam, że zaskoczył go wyraz mojej twarzy, a jednak Rattray odwrócił się, zbywając mnie wzruszeniem ramion – gestem zarezerwowanym dla wszystkich wokół.

Jego reakcja mnie rozwścieczyła. Naprawdę mnie rozwścieczyła!

Zastanawiałam się, co robić, ale podczas gdy ja zmagałam się ze sobą, cała trójka znalazła się już na dworze. Czy wampir uwierzyłby mi, gdybym za nim pobiegła i powiedziała mu, co wiem? Przecież prawie nikt nie traktował poważnie moich umiejętności. A ci, którzy przypadkiem w nie uwierzyli, reagowali na mnie nienawiścią i strachem. Nie cierpieli mnie za to, że potrafię odczytać ich sekretne myśli. Arlene błagała mnie kiedyś, bym „zerknęła" w umysł jej czwartego męża, który kiedyś przyszedł po nią późnym wieczorem, podejrzewała bowiem, że mężczyzna zastanawia się, czy nie zostawić jej i dzieci. Nie zrobiłam tego, ponieważ nie chciałam stracić jedynej przyjaciółki.

Właściwie nawet Arlene nie mogła mnie poprosić wprost, bo musiałaby głośno przyznać, że posiadam ów dar, to przekleństwo... A pozostali w ogóle nie chcieli przyjmować tego faktu do wiadomości. Woleli uważać mnie za wariatkę. Zresztą aż tak bardzo się nie mylili, bo moje zdolności telepatyczne czasem przyprawiały mnie niemal o szaleństwo!

Dlatego teraz zawahałam się, zmieszałam, przestraszyłam i rozgniewałam równocześnie. W następnej sekundzie jednak poczułam, że po prostu muszę działać. Dodatkowo sprowokowało mnie lekceważące spojrzenie, jakie posłał mi Mack.

Podeszłam do Jasona, który właśnie podrywał Dee-Anne. Tę dziewczynę powszechnie uznawano za łatwą. Kierowca ciężarówki z Hammond siedział po jej drugiej stronie i patrzył na nią spode łba.

– Jasonie – odezwałam się ostro. Mój brat odwrócił się w moją stronę i posłał mi piorunujące spojrzenie. – Słuchaj, czy łańcuch nadal leży na pace twojego pikapa?

– Nigdy nie opuszczam domu bez niego – odparł powoli, badawczo mi się przyglądając. Wyraźnie usiłował odgadnąć z mojej miny, czy mam kłopoty. – Będziesz walczyć, Sookie?

Odpowiedziałam uśmiechem. Przyszło mi to łatwo, bo w pracy wiecznie się uśmiechałam.

– Mam nadzieję, że nie – odparłam pogodnie.

– A może potrzebujesz pomocy? – spytał.

Ostatecznie był moim bratem.

– Nie, dzięki – odrzekłam. Starałam się mówić spokojnym tonem. Odwróciłam się i podeszłam do Arlene. –

14

Słuchaj – powiedziałam. – Muszę dziś trochę wcześniej wyjść. Przy moich stolikach niewiele się dzieje, możesz je za mnie obsłużyć? – Nie sądziłam, że kiedykolwiek poproszę Arlene o coś takiego, chociaż sama wielokrotnie ją zastępowałam. – Nie, nie, wszystko jest w najlepszym porządku – zapewniłam ją. – Prawdopodobnie zdążę wrócić. A jeśli posprzątasz tu za mnie, ja sprzątnę twoją przyczepę.

Przyjaciółka z entuzjazmem pokiwała głową z rudą grzywą.

Spojrzałam na Sama, potem wskazałam na drzwi dla personelu, na siebie i w końcu poruszając dwoma palcami, pokazałam, że wychodzę.

Mój szef kiwnął głową, choć nie wyglądał na zbyt szczęśliwego.

Wyszłam tylnymi drzwiami. Próbowałam iść po żwirze jak najciszej.

Parking dla pracowników znajduje się na tyłach baru. Trzeba przejść przez drzwi prowadzące do magazynu. Na parkingu stał samochód kucharki oraz auta Arlene, Dawn i moje. Po prawej stronie, nieco na wschód, przed przyczepą Sama parkował jego pikap.

Ze żwirowego parkingu dla personelu wyszłam na położony na zachód od baru, znacznie większy asfaltowy parking dla klientów. Polanę, na której stoi „Merlotte", otacza las, a obrzeża parkingu są głównie żwirowe. Sam dbał o dobre oświetlenie parkingu dla klientów. W blasku wysokich latarni teren wyglądał dość dziwnie.

Dostrzegłam wgnieciony bok sportowego czerwonego auta Szczurzej Parki, wiedziałam zatem, że oboje są blisko.

W końcu znalazłam pikap Jasona. Jego wóz jest czarny, po bokach przyozdobiony charakterystycznymi zawijasami w kolorach niebieskawozielonym i różowym. Tak, tak, mój brat uwielbia zwracać na siebie uwagę. Wsunęłam się przez tylną klapę i zaczęłam grzebać na pace, szukając łańcucha złożonego z grubych, podłużnych ogniw, który Jason woził na wypadek problemów. W końcu znalazłam łańcuch i zwinęłam go. Idąc, niosłam przyciśnięty do ciała, dzięki czemu nie pobrzękiwał.

Zastanowiłam się. Jedyne jako tako odosobnione miejsce, do którego Rattrayowie mogliby zaciągnąć wampira, znajdowało się na końcu parkingu, tam gdzie gałęzie drzew zwisały nisko nad samochodami. Skradałam się więc w tamtym kierunku, usiłując poruszać się w miarę szybko i zarazem cicho.

Co kilka sekund zatrzymywałam się i nasłuchiwałam. Wkrótce dotarł do mnie jęk i ściszone głosy. Przecisnęłam się między samochodami i zobaczyłam wszystkich troje dokładnie tam, gdzie się ich spodziewałam. Wampir leżał na ziemi na plecach, twarz miał wykrzywioną w straszliwym bólu, a błyszczący łańcuch więził jego przeguby i kostki. Srebro! Dwie małe fiolki z krwią leżały już na ziemi. Dostrzegłam, że Denise mocuje do igły nową probówkę próżniową. Opaska uciskowa wbijała się wampirowi okrutnie w ramię nad łokciem.

Osuszacze stali odwróceni do mnie plecami, wampir zaś jeszcze mnie nie dostrzegł. Poluźniłam zwinięty łańcuch, toteż prawie metr zwisał teraz swobodnie. Kogo zaatakować najpierw? – zastanowiłam się. Rattrayowie byli mali, ale niebezpieczni.

Przypomniałam sobie pogardliwe spojrzenie wychodzącego Macka i fakt, że nigdy nie dał mi napiwku. Tak, Mack będzie pierwszy.

Nigdy wcześniej z nikim się nie biłam i teraz odkryłam, że cieszę się czekającą mnie walką.

Wyskoczyłam zza czyjegoś pikapa, rozhuśtałam łańcuch i przejechałam nim po grzbiecie klęczącego obok ofiary Macka. Mężczyzna wrzasnął i zerwał się na równe nogi. Denise łypnęła na nas złowrogo, po czym zabrała się za zatykanie trzeciej fiolki. Mack sięgnął do buta, a gdy uniósł rękę, coś w niej błysnęło. Przełknęłam ślinę. Mack miał nóż.

– No, no, no – mruknęłam i posłałam mu kpiący uśmieszek.

– Ty stuknięta suko! – wrzasnął.

Sądząc z jego tonu, on również znajdował przyjemność w naszej potyczce. Byłam zbyt przejęta, by zablokować napływ jego myśli, toteż doskonale wiedziałam, co zamierza mi zrobić, i ten fakt naprawdę mnie rozzłościł. Ruszyłam ku przeciwnikowi, pragnąc zranić go jak najmocniej. Niestety, Mack był przygotowany i skoczył do przodu z nożem, gdy ja jeszcze wprawiałam łańcuch w ruch. Nóż na szczęście chybił, ledwie muskając moje ramię. Szarpnęłam łańcuch, który niczym czuła kochanka otulił chudą szyję Rattraya. Triumfalny krzyk mężczyzny prędko zamienił się w charkot. Mack upuścił nóż i zacisnął palce obu rąk na ogniwach. Dusząc się, upadł kolanami na betonowy chodnik, wyszarpując mi broń z dłoni.

Cóż, straciłam łańcuch Jasona. Jednakże błyskawicznie schyliłam się i sięgnęłam po nóż Rattraya, udając, że wiem, jak należy go użyć. Tymczasem ruszyła ku mnie Denise. W światłach i cieniach parkingu przypominała rozczochraną wiedźmę.

Widząc w moim ręku nóż męża, zatrzymała się w pół kroku. Klęła i pomstowała, wykrzykując straszne rzeczy. Czekałam, aż się zmęczy, po czym syknęłam:

— Wynocha. Ale już!

Kobieta patrzyła na mnie z nienawiścią. Spróbowała zgarnąć fiolki z krwią, ale warknęłam, każąc je zostawić. Podciągnęła zatem Macka do pionu. Mężczyzna nadal dusił się, charczał i trzymał za łańcuch. Denise niezdarnie zaciągnęła go do samochodu, po czym wepchnęła na siedzenie pasażera. Wyszarpnęła z kieszeni kluczyki i wsunęła się za kierownicę.

Odgłos uruchamianego silnika uprzytomnił mi nagle, że Szczury mają teraz inną broń. Szybciej niż kiedykolwiek w życiu pochyliłam się i szepnęłam wampirowi do ucha:

— Wstawaj!

Chwyciłam go pod pachy i z całych sił szarpnęłam w górę. Nieszczęśnik zrozumiał mnie, napiął mięśnie nóg i pozwolił się ciągnąć. Gdy z rykiem nadjechał ku nam czerwony samochód, znaleźliśmy się już między pierwszymi drzewami. Denise chybiła o niecały metr, musiała bowiem zboczyć, by nie wjechać na sosnę. Później usłyszałam, że głośny warkot silnika auta Szczurów cichnie w oddali.

— Świetnie — sapnęłam, po czym klęknęłam obok wampira, ponieważ ugięły się pode mną kolana.

Przez chwilę oddychałam ciężko i zbierałam siły. Wampir poruszył się lekko. Przyjrzałam mu się uważnie. Ku swojemu przerażeniu dostrzegłam smugi dymu unoszące się z jego przegubów, w miejscach gdzie dotykało ich srebro.

– Och, biedaku – jęknęłam.

Wściekałam się na siebie, że nie zatroszczyłam się o niego natychmiast. Nadal próbując złapać oddech, zaczęłam rozwijać cienkie paski srebra, które wyglądały, jakby były częścią bardzo długiego łańcucha.

– Biedne maleństwo – szeptałam, nie zastanawiając się, jak absurdalnie brzmią te słowa. Mam zwinne palce, dość prędko więc uwolniłam nadgarstki nieszczęśnika.

Zadałam sobie pytanie, w jaki sposób Szczurom udało się tak łatwo go podejść. Wyobrażając sobie tę scenkę, poczułam na policzkach rumieniec.

Wampir objął się rękoma, ja zaś zabrałam się za uwalnianie ze srebra jego kostek. Nogi nieumarłego wyglądały lepiej, gdyż Rattrayowie nie owinęli gołego ciała, tylko nogawki dżinsów.

– Przepraszam, że zjawiłam się tak późno – oznajmiłam ze szczerym smutkiem w głosie. – Poczujesz się lepiej za minutkę, prawda? Chcesz, żebym odeszła?

– Nie.

Poczułam się mile połechtana, w tym momencie jednak dodał:

– Mogą wrócić, a ja jeszcze nie mam siły walczyć. – Jego chłodny głos był nieco chropawy.

Zrobiłam kwaśną minę i kiedy wampir odzyskiwał siły, zaczęłam się bacznie rozglądać. Usiadłam plecami do niego, dając mu nieco prywatności. Wiem, jak skrępowana czuje się cierpiąca osoba, gdy ktoś się na nią gapi.

Przykucnęłam i obserwowałam parking. Kilka samochodów odjechało, inne przyjechały, żaden jednak nie dotarł na kraniec parkingu obok nas. Z ruchu powietrza wokół siebie wywnioskowałam nagle, że wampir usiadł.

Nie odezwał się. Obróciłam głowę w lewo, by mu się przypatrzeć. Był bliżej mnie, niż sądziłam. Wbijał we mnie wzrok. Niestety, schował kły, co mnie trochę rozczarowało.

– Dziękuję – powiedział.

Wcale nie przejął się faktem, że uratowała go kobieta. Typowy facet.

Skoro okazywał mi tak niewiele wdzięczności, uznałam, że też mogę się zachować nieuprzejmie, i postanowiłam podsłuchać jego myśli.

Otworzyłam całkowicie umysł i... nie usłyszałam... nic.

– Och – powiedziałam, zszokowana. – Nie słyszę cię – dodałam bezwiednie, zupełnie nad sobą nie panując.

– Dziękuję! – powtórzył wampir głośniej, ruszając przesadnie wargami.

– Nie, nie o to mi chodzi... Słyszę, co mówisz, tyle że...

W tym momencie zrobiłam coś, czego normalnie nigdy bym nie zrobiła, ponieważ takie posunięcie było bezczelne i zbyt osobiste, a poza tym ujawniało fakt mojego „upośledzenia". A jednak odwróciłam się do wampira, położyłam ręce na jego bladych policzkach i przypatrzyłam mu się uważnie. Skupiłam całą swoją energię. I nic! Czułam się tak, jakbym dotąd przez cały czas musiała słuchać radia, równocześnie wielu stacji, których nawet nie trzeba było wybierać... A teraz nastawiam odbiornik na pewną częstotliwość i... nieoczekiwanie nie słyszę nic.

Było mi jak w niebie.

Oczy wampira przez moment rozszerzały się i ciemniały.

– Och, przepraszam cię – bąknęłam straszliwie zakłopotana.

Oderwałam ręce od jego twarzy i skierowałam wzrok na parking. Zaczęłam coś paplać o Macku i Denise, cały czas myśląc, jak cudownie byłoby mieć towarzysza, którego nie mogę usłyszeć, dopóki on sam nie postanowi czegoś powiedzieć. Jakież piękne było jego milczenie.

– Więc uznałam – ciągnęłam – że lepiej wyjdę i zobaczę, czy dobrze się miewasz – podsumowałam, nie pamiętając, co mu wcześniej mówiłam.

– Przyszłaś tu, żeby mnie uratować. Postąpiłaś bardzo odważnie – oświadczył głosem tak uwodzicielskim, że Dee-Anne na moim miejscu wyskoczyłaby chyba ze swoich czerwonych nylonowych majtek.

– Przestań – mruknęłam. Odniosłam wrażenie, że z łomotem runęłam z chmur na ziemię.

Przez kilka sekund spoglądał na mnie ze zdumieniem, później jego blada twarz ponownie zobojętniała.

– Nie boisz się przebywać sam na sam z głodnym wampirem?

W tym pozornie żartobliwym pytaniu wychwyciłam groźną nutę.

– Ani trochę.

– Wychodzisz z założenia, że skoro przybyłaś mi z pomocą, jesteś bezpieczna? Sądzisz, że po tych wszystkich latach żywię jeszcze choćby uncję sentymentalnych uczuć? Wampiry często zwracają się przeciw osobom, które im ufają. Wiesz przecież, że nie ma w nas cech ludzkich.

– Również ludzie obracają się przeciwko tym, którzy im ufają – stwierdziłam. Czasem potrafię myśleć praktycznie. – Nie jestem kompletną idiotką – dodałam.

Uniosłam rękę i pokręciłam głową. Gdy wampir dochodził do siebie, zdążyłam owinąć sobie wokół szyi i ramion srebrne łańcuchy Szczurów.

Na ten widok wampir wyraźnie zadrżał.

– Ależ masz rozkoszną arterię w pachwinie – oznajmił, gdy się nieco uspokoił. Jego głos znów był kuszący, a gładkością przywodził na myśl aksamit.

– Nie mów takich wstrętnych rzeczy – zdenerwowałam się. – Nie będę tego słuchać.

Jeszcze raz popatrzyliśmy na siebie w milczeniu. Bałam się, że już nigdy go nie zobaczę. Ostatecznie, swej pierwszej wizyty w „Merlotcie" z pewnością nie mógł nazwać udaną. Starałam się więc chłonąć wszystkie szczegóły tego spotkania. Wiedziałam, że zachowam je w pamięci i będę wspominać przez długi czas. Będzie dla mnie czymś wspaniałym, skarbem... Miałam ochotę jeszcze raz dotknąć skóry wampira. Nie mogłam sobie przypomnieć, jaka jest w dotyku. Nie dotknęłam go jednak, nie pozwoliły mi na to dobre maniery. Poza tym bałam się, że nawet muśnięciem mogłabym skłonić wampira do kolejnych uwodzicielskich kłamstewek.

– Chciałabyś wypić krew, którą ze mnie ściągnęli? – spytał nieoczekiwanie. – W ten sposób okazałbym ci wdzięczność. – Wskazał na asfalt, gdzie leżały zatkane fiolki. – Moja krew wzbogaci twoje życie erotyczne i poprawi ci zdrowie.

– Jestem zdrowa jak koń – odparłam zgodnie z prawdą. – A życia erotycznego w ogóle nie mam. Zrób ze swoją krwią, co chcesz.

– Mogłabyś ją sprzedać – zasugerował.

Pomyślałam, że mnie sprawdza.

– Nie tknę jej – odcięłam się obrażona.

– Kim jesteś? – zapytał.

Sądząc po tym, jak na mnie patrzył, najprawdopodobniej przeglądał w głowie listę możliwości. Ku własnej przyjemności nadal nie słyszałam jego myśli.

– No cóż. Nazywam się Sookie Stackhouse i jestem kelnerką – odrzekłam. – A jak ty masz na imię? – Pytanie wydało mi się niewinne. Miałam nadzieję, że wampir nie uzna, że się narzucam.

– Bill – odpowiedział.

Zanim zdołałam się powstrzymać, roześmiałam się głośno.

– Wampir Bill! – Zarechotałam. – Sądziłam, że masz na imię Antoine, Basil albo Langford! Bill! – Od dawna tak się nie śmiałam. – No to na razie, Bill. Muszę wracać do pracy.

Na myśl o lokalu Sama Merlotte'a poczułam ponownie rozciągający moje usta zawodowy uśmiech. Położyłam dłoń na ramieniu Billa i wstałam. Ramię wampira okazało się twarde niczym skała, stanęłam więc na nogach tak szybko, że omal nie straciłam równowagi. Sprawdziłam, czy mam równo podciągnięte skarpetki, później obejrzałam resztę swojego stroju, szukając plam i dziur po walce ze Szczurami. Otrzepałam pośladki, bo przecież

23

siedziałam na brudnym chodniku, po czym pomachałam Billowi i dziarsko ruszyłam przez parking.

Przemknęło mi przez myśl, że spędziłam bardzo interesujący wieczór. Byłam niemal tak wesoła jak uśmiech, który towarzyszył tym rozważaniom.

Tyle że... Jason wścieknie się na mnie za ten łańcuch.

***

Tej nocy po pracy pojechałam do domu odległego od baru zaledwie nieco ponad sześć kilometrów na południe. Wcześniej, po powrocie z parkingu, nie zastałam już w barze Jasona (ani DeeAnne), co mnie tylko ucieszyło. Zastanawiałam się nad wydarzeniami tego wieczoru, wracając do domu mojej babci, gdzie mieszkam. Stoi on tuż przed cmentarzem Tall Pines, przy którym skręca się w wąską dwupasmową drogę gminną. Dom ten zaczął budować mój praprapradziadek, który cenił sobie prywatność, więc aby dotrzeć do samego budynku, trzeba zjechać z gminnej drogi na dojazdową, przejechać przez niewielki lasek i dopiero za nim znajduje się polana, na której stoi dom.

Nie jest on szczególnie zabytkowy, ponieważ większość najstarszych elementów usunięto i zastąpiono nowymi, poza tym został oczywiście wyposażony w elektryczność, hydraulikę, izolację i wszystkie inne nowoczesne rozwiązania. Budynek ma nadal cynowy dach, który w słoneczne dni błyszczy oślepiająco. Gdy trzeba było go odnowić, chciałam położyć dachówkę, ale babcia się nie zgodziła. Chociaż ja płaciłam za remont, dom należy do niej, więc naturalnie znów zadaszono go warstwami cyny.

Historyczny czy niehistoryczny, zamieszkałam w tym domu jako mniej więcej siedmiolatka, a wcześniej często go odwiedzałam, dlatego też bardzo go kocham. Jest duży, w zamyśle bowiem miał służyć całej rodzinie, toteż wydaje mi się zbyt wielki tylko dla babci i dla mnie. Ma obszerny front z otoczonym siatką gankiem i został otynkowany na biało, gdyż babcia jest absolutną tradycjonalistką.

Tej nocy przemierzyłam duży salon zastawiony podniszczonymi meblami porozmieszczanymi tak, jak nam było wygodnie, później przeszłam korytarzem i wkroczyłam do pierwszej sypialni po lewej, tej największej.

Moja babcia, Adele Hale Stackhouse, na wpół leżała na wysokim łóżku, opierając szczupłe ramiona na licznych poduszkach. Mimo ciepłej wiosennej nocy miała na sobie bawełnianą koszulę nocną z długimi rękawami. Lampka nocna była włączona, a babcia trzymała na kolanach książkę.

– Witaj – zagaiłam.

– Witaj, kochanie.

Moja babcia jest drobna i bardzo stara, ale nadal ma gęste włosy; są tak białe, że wydają się nieco zielonkawe. W dzień babcia nosi je zwinięte w kok, na noc jednak rozpuszcza je lub splata w warkocze.

Zerknęłam na okładkę książki.

– Znów czytasz Danielle Steel?

– Och, ta kobieta naprawdę potrafi opowiadać historie.

Babci sprawiało ogromną przyjemność czytanie powieści tej autorki, oglądanie mydlanych oper nakręconych według tych powieści (które babcia nazywała „historiami") oraz uczestnictwo w spotkaniach dziesiątków klubów, do których należała – jak mi się zdawało – przez całe swoje dorosłe życie. Ulubione kluby babci to Potomkowie Wybitnych Poległych i Towarzystwo Ogrodnicze Bon Temps.

– Zgadnij, co mi się przydarzyło dziś wieczorem – powiedziałam.

– Co? Umówiłaś się z kimś na randkę?

– Nie – odparłam, uśmiechając się. – Do mojego baru przyszedł wampir.

– Ojej, miał kły?

Wprawdzie widziałam, jak błyskały w światłach parkingu, kiedy biedaka osuszały Szczury, ale tej scenki nie zamierzałam babci opisywać.

– Och, na pewno, tyle że je schował.

– No, no, no, wampir tutaj, w Bon Temps. – Babcia radośnie wyszczerzyła zęby. – Pogryzł kogoś w barze?

– Nie, oczywiście, że nie! Po prostu usiadł i zamówił kieliszek czerwonego wina. Właściwie... zamówił wino, ale go nie wypił. Myślę, że po prostu potrzebował towarzystwa.

– Zastanawiam się, gdzie się zatrzymał.

– Prawdopodobnie nikomu nie zdradził miejsca swojego pobytu.

– Prawdopodobnie – przyznała babcia i na moment się zadumała. – Raczej nie. Spodobał ci się?

Odpowiedź na to pytanie okazała się trudna. Zastanawiałam się przez chwilę.

– Sama nie wiem. Był dość interesujący – odparłam ostrożnie.

– Bardzo chciałabym go poznać.

Nie zaskoczyło mnie, że babcia to powiedziała, ponieważ, choć w pewnych sprawach była tradycjonalistką, to niektórymi nowościami potrafiła się cieszyć nie mniej ode mnie. A w tej kwestii nie należała do reakcjonistek, które najchętniej zabroniłyby wampirom wstępu do miasta.

– Teraz jednak lepiej już zasnę. Ze zgaszeniem światła czekałam tylko na twój powrót do domu.

Pochyliłam się i cmoknęłam ją w policzek.

– Dobrej nocy – powiedziałam.

Wyszłam, przymknęłam jej drzwi i usłyszałam kliknięcie wyłączanej lampy. Ze swego legowiska wstała moja kotka, Tina, podeszła i otarła mi się o nogi. Podniosłam zwierzątko i przez moment tuliłam, po czym ułożyłam kotkę z powrotem do snu. Zerknęłam na zegar. Była prawie druga, uznałam więc, że też powinnam się położyć.

Mój pokój znajduje się po drugiej stronie korytarza. Zanim zasnęłam w nim po raz pierwszy po śmierci rodziców, babcia przeniosła meble z mojej sypialni w ich domu, dzięki czemu poczułam się tu swojsko. Nadal tu stały: pojedyncze łóżko, toaletka z pomalowanego na biało drewna i mała komoda.

Zapaliłam światło w sypialni, zamknęłam drzwi i zaczęłam się rozbierać. Miałam przynajmniej pięć par czarnych szortów i bardzo dużo białych koszulek z krótkim rękawem, bo łatwo się brudziły. A w mojej szufladzie tkwiło mnóstwo par białych skarpetek. Dzięki temu nie musiałam w nocy robić prania. Tego wieczoru byłam również zbyt zmęczona, żeby wziąć prysznic. Wyszczotkowałam więc tylko zęby, zmyłam makijaż, oklepałam twarz kremem nawilżającym i zdjęłam gumkę z końskiego ogona.

Wpełzłam do łóżka w mojej ulubionej, sięgającej prawie do kolan koszuli z Myszką Miki. Leżąc na boku, jak zawsze, rozkoszowałam się panującą w pokoju ciszą. Mózgi prawie wszystkich osób wyłączają się w tych późnonocnych godzinach, toteż słabną dręczące mnie wibracje i nie muszę walczyć z nacierającymi myślami innych ludzi. W takiej ciszy miałam wreszcie czas pomyśleć o ciemnych oczach wampira Billa, szybko jednak z wyczerpania zapadłam w głęboki sen.

**

Nazajutrz siedziałam w porze lunchu na frontowym podwórku i opalałam się na aluminiowym, składanym leżaku. Włożyłam moje ulubione białe bikini bez ramiączek, które okazało się nieco luźniejsze niż ubiegłego lata, z czego ucieszyłam się jak dziecko.

Potem usłyszałam odgłos nadjeżdżającego pojazdu, a chwilę później w odległości metra od moich stóp zatrzymał się pikap Jasona – owo czarne auto z charakterystycznymi symbolami w kolorach niebieskawozielonym i różowym po bokach.

Mój brat wyskoczył z wozu (czy wspomniałam, że jego samochód ma ogromne koła?) i podszedł do mnie. Nosił swoje zwykłe robocze ubranie: koszulę khaki i spodnie, do paska zaś miał przypiętą pochewkę z nożem – podobnie jak większość pracowników drogowych okręgu. Już po sposobie, w jaki szedł, wiedziałam, że jest rozdrażniony.

Założyłam ciemne okulary.

– Dlaczego mi nie powiedziałaś, że biłaś się z Rattraya-mi wczoraj w nocy? – Mój brat opadł na aluminiowy leżak obok mojego. – Gdzie babcia? – dorzucił po chwili.

– Wiesza pranie – odparłam.

Babcia używała suszarni tylko w ostateczności i naj-chętniej wywieszała mokre ubrania na słońce. A sznur do bielizny wisiał oczywiście tam, gdzie powinien, czyli na podwórku za domem.

– Na lunch będą wiejskie smażone steki, słodkie ziem-niaki i zielona fasolka, którą babcia osobiście sadziła w ze-szłym roku – dodałam, starając się oderwać myśli Jasona od mojej bijatyki. Miałam nadzieję, że babcia nie zjawi się nagle. Nie chciałam, by usłyszała naszą rozmowę. – Mów cicho – przypomniałam mu.

– Rene Lenier nie mógł się doczekać, aż przyjdę dziś rano do pracy, żeby mi o tym powiedzieć. Chciał kupić trochę trawki, pojechał więc ubiegłej nocy do przyczepy Rattrayów. Denise nadjechała z drugiej strony tak wściek-ła, jakby zamierzała kogoś zabić. Rene mówił, że o mało go nie trzasnęła. Pomógł jej wnieść Macka do przyczepy, a potem zabrali go do szpitala w Monroe. – Jason obrzucił mnie oskarżycielskim spojrzeniem.

– Czy Rene ci powiedział, że Mack zaatakował mnie nożem? – spytałam, uznawszy ostrą ripostę za najlepszą odpowiedź. Czułam, że rozgoryczenie Jasona jest spowo-dowane w dużej mierze faktem, że usłyszał całą opowieść z ust osoby trzeciej.

– Jeśli Denise mu o tym powiedziała, to i tak nic mi nie wspomniał – odparł powoli mój brat. Dostrzegłam, że jego przystojna twarz ciemnieje z gniewu. – Rzucił się na ciebie z nożem?

– Tak. I musiałam się bronić – odparłam logicznie. – Zabrał też twój łańcuch. – Była to prawda, choć może troszeczkę zniekształcona. – Wróciłam do baru, bo chciałam ci o tym powiedzieć – ciągnęłam. – Niestety, gdy weszłam, odkryłam, że wyszedłeś już z DeeAnne. Zdecydowałam, że nie warto cię szukać po nocy. Wiedziałam zresztą, że jeżeli powiem ci o nożu, poczujesz się zobowiązany pojechać za nimi – dodałam dyplomatycznie. Było wiele prawdy w tym stwierdzeniu, ponieważ Jason strasznie lubi się bić.

– Po co, do diabła, w ogóle tam lazłaś? – spytał, lecz już się odprężył i czułam, że zaakceptował stan rzeczy.

– Wiedziałeś, że oprócz handlu narkotykami, Szczury zajmują się osuszaniem wampirów?

Teraz był zafascynowany.

– Nie... Naprawdę?

– No cóż, jeden z moich wczorajszych klientów był wampirem, a oni postanowili pozbawić go krwi na parkingu obok „Merlotte'a". Nie mogłam na to pozwolić!

– Tu, w Bon Temps, zjawił się jakiś wampir?

– Tak. Nawet jeśli człowiek nie ma ochoty przyjaźnić się z wampirami, nie może pozwolić śmieciom w rodzaju Szczurów na taką akcję. Osuszenie wampira nie jest podobne do odlania benzyny z baku auta! Te gnojki całkowicie wydrenowałyby go z krwi, a potem pozostawiły w lesie na pewną śmierć.

Chociaż Rattrayowie nie zdradzili mi swoich zamiarów, byłam skłonna się założyć, że Bill skończyłby w ten sposób. Mógłby zresztą skonać, nawet gdyby go czymś przykryli i nie spaliłoby go słońce, ponieważ (zgodnie z tym, co powiedział ktoś w programie Oprah Winfrey) osuszony wampir potrzebuje co najmniej dwudziestu lat na regenerację. I w takim przypadku musi się o niego zatroszczyć inny wampir.

– Wampir był w barze, kiedy tam siedziałem? – spytał zaskoczony Jason.

– Jasne. Brunet. Przy stoliku ze Szczurami.

Mój brat uśmiechnął się, słysząc, jak nazywam Rattrayów. Najwyraźniej nie zamierzał jednak kończyć rozmowy o ubiegłej nocy, jeszcze nie.

– Skąd wiedziałaś, że jest wampirem? – zapytał, spojrzawszy na mnie, ale natychmiast wyraźnie pożałował, że nie ugryzł się w język.

– Po prostu wiedziałam – odburknęłam swoim najbardziej kategorycznym tonem.

– No tak. – Na moment oboje się zamyśliliśmy. – W Homulce nie ma wampira – powiedział Jason w zadumie. Odchylił głowę, by złapać trochę słońca, a ja wiedziałam, że wchodzimy na niebezpieczny grunt.

– To prawda – zgodziłam się.

Homulka była miastem, którego Bon Temps serdecznie nienawidziło. Rywalizowaliśmy w futbolu, koszykówce i historycznym znaczeniu dla przyszłych pokoleń.

– Ani w Roedale – odezwała się za naszymi plecami babcia.

Jason i ja aż podskoczyliśmy. Doceniam mojego brata za to, że od razu podchodzi i ściska babcię za każdym razem, kiedy ją widzi.

– Babciu, wystarczy obiadu i dla mnie?

31

– Starczyłoby jeszcze dla dwóch takich chłopa – odparła, uśmiechając się do wnuka. Dostrzegała jego wady (tak jak i moje), ale bardzo go kochała. – Właśnie dzwoniła do mnie Everlee Mason i powiedziała, że ubiegłej nocy poderwałeś DeeAnne.

– O rany, w tym mieście nie można się ruszyć, żeby nie dowiedzieli się o tym wszyscy mieszkańcy – odburknął Jason, choć wcale się nie gniewał.

– Ta DeeAnne – kontynuowała babcia ostrzegawczym tonem, gdy wszyscy ruszyliśmy w stronę domu – była kiedyś w ciąży. Słyszałam przynajmniej o jednym razie. Uważaj, wnusiu, żeby tobie nie wykręciła takiego numeru, bo będziesz płacił do końca życia. Z drugiej strony, może tylko w ten sposób doczekam się prawnuka!

Jedzenie czekało już na stole, toteż gdy Jason powiesił swój kapelusz, usiedliśmy i zmówiliśmy modlitwę. Później babcia i mój brat zaczęli plotkować (nazywają takie gadki „wymianą najnowszych informacji") o ludziach z naszego małego miasteczka i całej gminy. Jason pracuje dla stanu, dozorując ekipy drogowe. Odnosiłam wrażenie, że jego dzień składa się z przemierzania dróg stanowym pikapem... a kiedy skończy pracę, przez całą noc jeździ własnym pikapem. Członkiem jednej z roboczych załóg, których pracę Jason kontroluje, jest Rene. Chodzili razem do szkoły średniej. Sporo się wtedy wałęsali z Hoytem Fortenberrym.

– Sookie, musiałem wymienić w domu bojler – oświadczył nagle mój brat.

Jason nadal mieszka w starym domu naszych rodziców, tym samym, w którym mieszkaliśmy całą czwórką, zanim zginęli w powodzi. Potem zamieszkaliśmy z babcią, ale kiedy mój brat ukończył drugi rok college'u i zaczął pracować dla stanu, wrócił do tamtego domu, który według dokumentów należy w połowie do mnie.

– Potrzebujesz pieniędzy? – spytałam.

– Nie, nie, mam.

Oboje zarabiamy, mamy jednak także niewielki dochód z funduszu ustanowionego w okresie, kiedy na terenie posiadłości naszych rodziców znaleziono ropę i dokonano odwiertów. Ropa wyczerpała się wprawdzie po kilku latach, moi rodzice jednak, a później babcia, dopilnowali, żeby pieniądze zostały odpowiednio zainwestowane. Jasonowi i mnie ten fundusz bardzo ułatwił życie. Nie wiem zresztą, jak babcia zdołałaby nas wychować bez tych dodatkowych pieniędzy. Postanowiła nie sprzedawać ani kawałka z posiadanej przez nas ziemi, a przecież miała jedynie emeryturę. To jeden z powodów, dla których nie mam własnego mieszkania. Skoro mieszkamy razem, babcia zgadza się, że ja kupuję rozmaite produkty, gdybym jednak mieszkała osobno, przynosiła jej artykuły spożywcze i kładła je na stół, a następnie wracała do swojego domu, babcia uznałaby moje postępowanie za objaw dobroczynności, która by ją rozwścieczyła.

– Jaki rodzaj wybrałeś? – spytałam ot tak, dla okazania zainteresowania.

Jason ma fioła na punkcie rozmaitych urządzeń i aż się palił, żeby szczegółowo opisać swoje poszukiwania nowego bojlera. Słuchałam z największą uwagą, do jakiej potrafiłam się zmusić.

Nagle mój brat zmienił temat.

33

– Hej, Sookie, pamiętasz Maudette Pickens?

– Pewnie – przyznałam zaskoczona. – Skończyłyśmy tę samą klasę.

– Ktoś ją zabił. Została znaleziona w jej mieszkaniu.

To stwierdzenie przykuło uwagę babci i moją.

– Kiedy? – spytała babcia, zaskoczona, że jeszcze nikt jej o tym fakcie nie powiadomił.

– Znaleźli ją dziś rano w sypialni. Jej szef próbował się do niej dodzwonić i spytać, dlaczego nie zjawiła się w pracy ani wczoraj, ani dzisiaj, a ponieważ nie odbierała telefonu, podjechał do niej i nakłonił gospodarza domu do pomocy. Ten otworzył drzwi i weszli. Wiesz, że mieszkała naprzeciwko DeeAnne?

Bon Temps ma tylko jeden kompleks mieszkaniowy z prawdziwego zdarzenia, złożony z trzech dwupiętrowych budynków ustawionych w kształt litery „U", toteż wiedzieliśmy dokładnie, które domy Jason ma na myśli.

– Tam ją zabito? – Poczułam się źle.

Doskonale pamiętałam Maudette. Miała wydatną szczękę, klocowaty tyłek, ładne czarne włosy i muskularne ramiona. Była guzdrałą, którą trudno byłoby nazwać bystrą czy ambitną. Przypomniałam sobie, że pracowała chyba w Grabbit Kwik – sklepie ogólnospożywczym na stacji benzynowej.

– Tak, przypuszczam, że pracowała tam przynajmniej od roku – potwierdził Jason, gdy go o to spytałam.

– Jak to się stało? – Moja babcia miała ciekawską, wręcz natarczywą minę, z jaką mili ludzie pytają o złe wiadomości.

– Na... hm... na wewnętrznych stronach jej ud znaleziono kilka ugryzień... Ugryzień wampira – oświadczył mój brat, wpatrując się w swój talerz. – Jednak nie od nich umarła. Uduszono ją. DeeAnne twierdzi, że kiedy Maudette miała kilka dni wolnego, lubiła jeździć do tego wampirzego baru w Shreveport, może więc właśnie tam ktoś ją ugryzł. Może wcale nie zrobił tego wampir Sookie.

– Maudette należała do miłośniczek kłów? – Poczułam napływ mdłości, wyobraziwszy sobie tę flegmatyczną, przysadzistą dziewczynę wciśniętą w egzotyczne czarne sukienki, jakie uwielbiają wampiry.

– A cóż ten termin oznacza? – spytała babcia. Pewnie tęskniła za starym programem „Sally Jessy Raphael", w którym badano nieznane jeszcze wówczas zjawisko wampiryzmu.

– Tak się nazywa mężczyzn i kobiety, którzy kręcą się wokół wampirów i lubią być przez nich... gryzieni. Miłośnicy wampirów. Sądzę, że nie żyją długo, gdyż zbyt często dają się kąsać, toteż prędzej czy później szkodzi im jedno ugryzienie za dużo.

– Ale ugryzienie przez wampira nie zabiło Maudette. – Babcia chciała się upewnić, czy dobrze zrozumiała.

– Nie, została uduszona. – Jason zabrał się za dokończenie lunchu.

– Czy ty nie tankujesz zawsze na Grabbit? – rzuciłam.

– Jasne. Podobnie jak mnóstwo osób.

– A nie spotykałeś się przypadkiem kiedyś z Maudette? – spytała babcia.

– No cóż, można to tak ująć – odparł ostrożnie mój brat.

Uznałam, że pewnie sypiał z Maudette, jeżeli akurat nie mógł znaleźć innej panienki.

– Mam nadzieję, że szeryf nie będzie cię chciał przesłuchać – mruknęła babcia, potrząsając głową, jakby sugerowała, że prawdopodobnie, niestety, jednak do tego dojdzie.

– Co takiego?! – Jason zarumienił się, patrząc spode łba.

– No wiesz, widujesz Maudette w sklepie podczas każdego tankowania, potem... że tak powiem... umawiasz się z nią, a w końcu dziewczynę znajdują martwą w jej mieszkaniu, które znasz – podsumowałam.

Fakty nie były szczególnie obciążające, ale łączyły się w logiczną całość, a ponieważ w Bon Temps dokonywano naprawdę niewielu zbrodni, sądziłam, że podczas śledztwa policja obróci każdy kamień i przepyta każdego podejrzanego.

– Nie ja jeden się z nią spotykałem. Wielu facetów kupuje tam benzynę i wszyscy znają Maudette.

– Tak, lecz w jakim sensie? – spytała babcia otwarcie. – Chyba nie była prostytutką, co? Policja na pewno dokładnie sprawdzi, z kim się widywała.

– Nie była prostytutką, po prostu lubiła się zabawić.

Miło ze strony Jasona, że bronił tej dziewczyny, szczególnie że znałam jego samolubny charakterek. Zaczęłam myśleć nieco cieplej o swoim starszym bracie.

– Przypuszczam, że była trochę samotna – dodał. – W tym momencie spojrzał na nas obie i odkrył, że jesteśmy zaskoczone i wzruszone. – Skoro mowa o prostytutkach –

dorzucił pospiesznie – jest w Monroe taka jedna, która specjalizuje się w wampirach. Ma ochroniarza, na wypadek gdyby któryś klient posunął się za daleko. Dziewczyna pije syntetyczną krew, by się nie nabawić anemii.

Zręcznie zmienił temat, toteż babcia i ja zadumałyśmy się nad pytaniem, które mogłybyśmy zadać bez posądzenia nas o nieprzyzwoitość.

– Zastanawiam się, ile bierze – zaryzykowałam, a kiedy Jason podał zasłyszaną sumę, obie przez chwilę łapałyśmy oddech.

Odkąd porzuciłyśmy kwestię morderstwa Maudette, lunch potoczył się jak zwykle. Jason popatrywał na zegarek, aż w końcu oświadczył, że musi już jechać – dokładnie w chwili, gdy trzeba się było zabrać za zmywanie.

Później okazało się, że babcia nadal myśli o wampirach. Weszła do mojego pokoju, kiedy malowałam się przed wyjściem do pracy.

– Ile lat miał twoim zdaniem wampir, którego poznałaś?

– Nie mam najmniejszego pojęcia, babciu. – Malowałam rzęsy tuszem, wytrzeszczałam więc oczy i usiłowałam siedzieć nieruchomo, żeby nie wbić sobie w oko spiralki. Z tego też względu mój głos zabrzmiał zabawnie, jakbym brała udział w zdjęciach próbnych do horroru.

– Sądzisz... że mógłby pamiętać wojnę?

Nie musiałam pytać, o którą wojnę jej chodziło. Ostatecznie, babcia była członkinią klubu o nazwie Potomkowie Wybitnych Poległych.

– Możliwe – odparłam, odwracając twarz i porównując w lustrze oba uróżowane policzki.

– Myślisz, że mógłby przyjść i porozmawiać z nami o niej? Zorganizowalibyśmy specjalne zebranie.

– W nocy – przypomniałam jej.

– Och, tak, musiałoby się odbyć w nocy.

Potomkowie zwykle zbierali się w bibliotece w południe. Na spotkania przynosili torebki z lunchem.

Zastanowiłam się. Niegrzecznie byłoby sugerować wprost wampirowi, że powinien porozmawiać z członkami klubu babci, ponieważ uratowałam jego skórę przed osuszaczami, może jednak zaproponuje mi to sam, jeśli mu o tym wspomnę? Pomysł nie bardzo mi się podobał, ale postanowiłam zrobić babci przyjemność.

– Spytam go, gdy się następnym razem pojawi – obiecałam.

– Mógłby porozmawiać przynajmniej ze mną. Może nagram na taśmę jego wspomnienia? – Babcia się zamyśliła, podniecona tym śmiałym pomysłem. – Taki wywiad byłby interesujący dla pozostałych członków klubu – dodała.

Musiałam mocno nad sobą panować, żeby się nie roześmiać.

– Podsunę mu tę myśl – obiecałam. – Zobaczymy.

Wyszłam, zostawiając babcię w stanie rozmarzenia.

***

Nie przyszło mi do głowy, że Rene Lenier pójdzie do Sama i opowie mu o mojej ubiegłonocnej potyczce na parkingu. A przecież wiedziałam, że straszny z niego plotkarz. Gdy tego popołudnia weszłam do baru, uznałam, że niepokój, który wyczułam w powietrzu, wiąże się z zabójstwem Maudette. Okazało się jednak, że przyczyna jest inna.

Kiedy mój szef mnie zobaczył, natychmiast zaciągnął mnie do magazynu. Niemal podskakiwał z gniewu. Zmierzył mnie ostrym spojrzeniem od stóp do głów.

Sam Merlotte nigdy przedtem nie wściekał się na mnie i wkrótce byłam o krok od łez.

– A jeśli uważasz, że jakiś klient jest w niebezpieczeństwie – dodał – powiedz to mnie. Takimi sprawami zajmuję się ja, nie ty – powtórzył po raz szósty, ja zaś wreszcie zrozumiałam, że Sam boi się o mnie.

Z całych sił powstrzymywałam się przed „podsłuchaniem" go. Wsłuchiwanie się w myśli własnego szefa zwykle prowadzi do katastrofy. Nigdy wcześniej nie przyszło mi do głowy, by poprosić Sama... czy kogokolwiek innego... o pomoc.

– A jeżeli masz pewność, że ktoś kogoś krzywdzi na naszym parkingu, niech twoim następnym ruchem będzie zatelefonowanie na policję, a nie samotne wychodzenie i stawianie czoła napastnikom... niczym jakiś samozwańczy obrońca uciśnionych! – Irytował się. Jego ładna cera, zawsze lekko rumiana, była teraz czerwieńsza niż zwykle, a sztywne, złote włosy sterczały osobliwie rozczochrane.

– W porządku – oznajmiłam, starając się zapanować nad głosem. Wytrzeszczyłam oczy, powstrzymując napływające łzy. – Wyrzucisz mnie?

– Och nie! Nie! – krzyknął. Najwyraźniej jeszcze bardziej się wkurzył. – Nie chcę cię stracić!

Chwycił mnie za ramiona i lekko mną potrząsnął. Potem stał, patrząc na mnie szeroko otwartymi niebieskimi oczyma. Czułam buchającą od niego falę gorąca. Czyjś dotyk zwiększa moje „upośledzenie", trudniej mi wtedy walczyć z napływem myśli dotykającego. Przez długą chwilę patrzyłam szefowi w oczy, po czym przypomniałam sobie, kim jest, i odskoczyłam w tył. Jego ręce opadły.

Odwróciłam się i wystraszona wyszłam z magazynu.

Dowiedziałam się kilku niepokojących rzeczy. Na przykład, że Sam mnie pragnie! A poza tym nie słyszałam jego myśli tak wyraźnie jak myśli innych ludzi. Przez moją głowę przepływały fale jego wrażeń i emocji, jednak żadne konkretne słowa. Bardziej podejrzewałam jego myśli, niż je słyszałam.

Jak wykorzystałam nowo zdobyte informacje na jego temat?

Absolutnie nijak.

Nigdy wcześniej nie spojrzałam na Sama jak na mężczyznę, z którym można pójść do łóżka... albo przynajmniej na takiego, z którym ja mogłabym pójść do łóżka. Stało się tak z wielu powodów, z których najprostszy był taki, że nigdy na żadnego mężczyznę nie popatrzyłam w taki sposób, ponieważ... hm... nie mam hormonów... Nie, rany, jak każda kobieta mam hormony, tyle że nie dopuszczam ich do głosu, jako że seks wydaje mi się prawdziwą katastrofą – możecie sobie wyobrazić, że słyszycie wszystko, co myśli wasz partner?

Na przykład: „Ależ ona ma ciekawy pieprzyk", „Jej tyłek jest trochę za wielki", „Szkoda, że przesuwa się trochę za bardzo na prawo", „Dlaczego ta dziewucha nie pojmuje moich aluzji?".

Macie pojęcie?! Wierzcie mi, takie „teksty" osłabiłyby libido każdego. A podczas uprawiania seksu po prostu nie sposób się pilnować i blokować napływ cudzych myśli.

Poza tym istniały inne przyczyny. Lubię Sama jako szefa i lubię swoją pracę, dzięki której wychodzę z domu, ruszam się, zarabiam i spotykam z ludźmi. W przeciwnym razie – tak jak się obawia moja babcia – zmieniłabym się w samotniczkę. Praca w biurze byłaby dla mnie trudna, a college musiałam rzucić z powodu stałej wymuszonej i nieubłaganej koncentracji. Zajęcia po prostu mnie wykańczały.

W obecnej chwili musiałam przetrawić falę pożądania, która napłynęła od Sama. Przecież nie wysunął pod moim adresem żadnej propozycji ani nie rzucił mnie na podłogę magazynu. Czułam tylko emocje Sama i jeśli chciałam, mogłam je zignorować. Zdałam sobie sprawę z jego delikatności i zadałam sobie pytanie, czy mój szef dotknąłby mnie celowo, gdyby wiedział o moich zdolnościach.

Później starałam się nie zostawać z nim sam na sam, musiałam jednak przyznać, że przez całą zmianę byłam zaistniałą sytuacją poruszona.

***

Następne dwie noce były lepsze. Ja i Sam Merlotte wróciliśmy do naszej przyjemnej, przyjacielskiej relacji. Odczułam ulgę. Choć równocześnie byłam trochę rozczarowana. Z drugiej strony, nieźle się w tym czasie napracowałam, gdyż wiadomość o morderstwie Maudette ściągnęła do „Merlotte'a" dodatkowych klientów. Po Bon Temps krążyły najrozmaitsze plotki, a ekipa „Wiadomości ze Shreveport" nakręciła krótki reportaż na temat przerażającej śmierci Maudette Picken. Nie wzięłam udziału w jej pogrzebie, moja babcia natomiast poszła na niego i powiedziała mi później, że w kościele panował straszliwy tłok. Biedna kluskowata Maudette o pokąsanych udach... Dziewczyna okazała się bardziej interesująca po śmierci niż za życia.

Miałam wziąć dwa dni wolnego i martwiłam się, że przeoczę kolejną wizytę wampira Billa w barze. A przecież musiałam mu przekazać prośbę babci. Na razie Bill nie zjawił się w „Merlotcie" i zaczęłam się zastanawiać, czy kiedykolwiek tu wróci.

Mack i Denise też przestali przychodzić do lokalu Sama, natomiast Rene Lenier i Hoyt Fortenberry poinformowali mnie, że Szczurza Parka poprzysięgła mi okropną zemstę. Nie powiem, żeby ta informacja szczególnie mnie przestraszyła. Pełno takich kryminalnych śmieci kręci się po autostradach i parkingach Ameryki. Ci ludzie nie mają dość inteligencji i moralności, by się osiedlić w jednym miejscu i zacząć produktywne życie. Takie osoby jak Rattrayowie nigdy nie zrobili niczego dobrego dla świata i nijak nie wybili się ponad przeciętność. Z tej też przyczyny zbyłam ostrzeżenia Rene wzruszeniem ramion.

On jednak na pewno przekazywał mi je z przyjemnością. Lenier jest równie niski jak Sam, tyle że Sam to rumiany blondyn. Rene zaś jest śniady i ma na głowie rozczochraną szopę gęstych szpakowatych włosów. Często wpada do baru wypić piwo i odwiedzić Arlene, ponieważ (co lubi podkreślać w rozmowach ze wszystkimi gośćmi „Merlotte'a") jest ona jego ulubioną eksżoną. A miał ich trzy.

Hoyt Fortenberry jest znacznie mniej wyrazisty niż Rene. Ani ciemny, ani jasny, ani duży, ani mały. Zawsze wydawał mi się wesoły i zawsze dawał przyzwoite napiwki. Podziwiał mojego brata Jasona znacznie bardziej – przynajmniej w mojej opinii – niż Jason sobie na to zasłużył.

Cieszyłam się, że Rene i Hoyta nie było w barze tej nocy, gdy powrócił wampir Bill.

Usiadł przy tym samym stoliku co przedtem. Gdy przed nim stanęłam, poczułam się trochę onieśmielona. Stwierdziłam, że w myślach zapomniałam o prawie niedostrzegalnej łunie, jaka biła od jego skóry. Wyolbrzymiłam natomiast jego wzrost i wyraźną linię ust.

– Czym mogę służyć? – spytałam.

Popatrzył na mnie, a ja uprzytomniłam sobie, że zapomniałam o głębi jego oczu. Nie uśmiechał się ani nie mrugał, po prostu siedział nieruchomo. Powtórnie ucieszył mnie fakt, że nie słyszę jego myśli. Przestałam się bronić przed siłą jego umysłu i natychmiast się odprężyłam. Poczułam się tak dobrze jak po masażu (tak przypuszczam).

– Kim jesteś? – spytał mnie. Już drugi raz.

– Kelnerką – odparłam, znów udając, że go nie rozumiem. Odkryłam, że mój uprzejmy uśmiech wrócił na swoje miejsce, ja zaś powróciłam do rzeczywistości.

– Czerwone wino – zamówił wampir. Jeśli był rozczarowany, nie dosłyszałam tego w jego głosie.

– Oczywiście – odparłam. – Syntetyczną krew przywiozą prawdopodobnie jutro. Słuchaj, mogę z tobą porozmawiać po pracy? Chciałabym cię poprosić o przysługę.

– Jasne. Mam u ciebie dług. – Wyraźnie nie był z tego powodu szczęśliwy.

– Nie, nie, nie proszę o przysługę dla mnie! – Zdenerwowałam się. – Chodzi o moją babcię. Jeśli będziesz na nogach... a pewnie będziesz... gdy skończę pracę o pierwszej trzydzieści, może poczekasz na mnie przy drzwiach dla personelu? Tych z tyłu baru. – Kiwnęłam głową, wskazując miejsce. Kiedy mój koński ogon podskoczył, Bill powiódł za nim wzrokiem.

– Będę zachwycony.

Nie wiedziałam, czy przemawia przez niego kurtuazja, która zdaniem babci charakteryzowała ludzi w dawnych czasach, czy też otwarcie sobie ze mnie kpi.

Oparłam się pokusie pokazania mu języka bądź prychnięcia. Bez słowa odwróciłam się na pięcie i pomaszerowałam do kontuaru. Kiedy przyniosłam wino, wampir dał mi dwudziestoprocentowy napiwek. Nieco później zerknęłam na jego stolik i odkryłam, że Billa już nie ma. Zastanawiałam się, czy dotrzyma słowa i zjawi się pod drzwiami.

Arlene i Dawn zniknęły, zanim zdążyłam się przygotować do wyjścia. Ociągałam się z kilku powodów; głównie dlatego że wszystkie serwetniki w obsługiwanym przeze mnie sektorze okazały się w połowie puste. W końcu wyjęłam torebkę z zamkniętej szafki w biurze Sama, gdzie zostawiam swoje rzeczy na czas pracy, i powiedziałam mojemu szefowi „do widzenia". Nie widziałam go, tylko słyszałam szum wody i postukiwanie w męskiej toalecie, domyśliłam się więc, że Sam próbuje prawdopodobnie naprawić nieszczelną spłuczkę. Na sekundę wstąpiłam do damskiej, by poprawić włosy i makijaż.

Gdy wyszłam na dwór, zauważyłam, że Sam wyłączył już światła na parkingu dla gości. Parking dla pracowników z kolei oświetlało jedynie światełko na słupie energetycznym przed przyczepą mojego szefa.

Ku uciesze Arlene i Dawn, Sam ogrodził przyczepę siatką i posadził wzdłuż niej bukszpan. Obie kelnerki stale się naśmiewały z równej linii żywopłotu.

Ja uważałam go za ładny.

Samochód Sama stał jak zwykle zaparkowany przed jego przyczepą, na parkingu zostało więc jedynie moje auto.

Przeciągnęłam się i rozejrzałam. Nigdzie nie dostrzegłam wampira Billa. Zaskoczyło mnie, że poczułam tak wielkie rozczarowanie. Oczekiwałam, że zachowa się uprzejmie, mimo że nie miał do mojej prośby serca... Ale czy Bill w ogóle miał serce?

Może, pomyślałam z uśmiechem, wyskoczy zza któregoś drzewa albo pojawi się nagle przede mną znikąd w czarnej pelerynie z czerwonymi pasami po bokach.

Nic takiego się jednak nie zdarzyło, powlokłam się więc do swojego auta.

Liczyłam na niespodziankę, lecz nie na taką!

Zza mojego auta wyskoczył ni mniej, ni więcej tylko Mack Rattray i rąbnął mnie w szczękę. Cios był silny, więc padłam na żwir niczym worek cementu. Upadając, krzyknęłam. Niestety, kontakt z podłożem nie tylko spowodował otarcia na skórze, lecz także utratę tchu. Dosłownie uszło ze mnie całe powietrze, leżałam więc przez moment milcząca i bezradna. Później dostrzegłam Denise, która akurat zamachnęła się ciężkim butem. Zdążyłam się zwinąć w pozycję płodową, gdy Rattrayowie zaczęli mnie kopać. Ból był nieunikniony, natychmiastowy i intensywny. A ponieważ instynktownie zakryłam twarz rękoma, uderzenia spadały na moje przedramiona, nogi i pośladki.

Podczas przyjmowania pierwszych ciosów miałam pewność, że napastnicy szybko przerwą atak, wysyczą kilka ostrzegawczych słów i przekleństw pod moim adresem, po czym odejdą. Pamiętam jednak chwilę, w której zrozumiałam, że Szczury postanowiły mnie zabić.

Mogłam leżeć biernie i inkasować ciosy, na pewno jednak nie zamierzałam dać się zatłuc!

Przy następnym zamachu do kopniaka zrobiłam wypad, chwyciłam kopiącą nogę i przytrzymałam z całych sił. Próbowałam ugryźć, starając się stawić choć minimalny opór. Nie byłam nawet pewna, czyją nogę ściskam.

Wtedy usłyszałam za plecami warczenie.

Och, nie, przyprowadzili ze sobą psa, pomyślałam.

Warczenie było zdecydowanie wrogie. Gdybym miała czas na pokaz emocji, zapewne włosy stanęłyby mi na głowie dęba.

Zaliczyłam jeszcze jednego kopniaka w kręgosłup i nagle bicie ustało.

Niestety, ostatni kopniak okazał się strasznie mocny. Z moich ust wydobywało się teraz rzężenie i osobliwy gulgot, które najwyraźniej pochodziły z płuc.

– Co to, do diabła, jest? – spytał Mack Rattray. W jego głosie było słychać przerażenie.

Znów usłyszałam warczenie, tym razem bliżej, tuż za sobą. A z innej strony dotarły do mnie kolejne odgłosy – złowrogie pomruki. Denise zaczęła lamentować, Mack głośno przeklinał. Denise wyszarpnęła nogę z uścisku i moje ręce klapnęły bezwładnie na ziemię. Odniosłam wrażenie, że straciłam nad nimi wszelką kontrolę. Choć w głowie czułam łupanie, wiedziałam na pewno, że mam złamaną prawą rękę. Na twarzy czułam wilgoć. Bałam się dalej szacować swoje obrażenia.

Teraz Mack już wrzeszczał, po chwili zawtórowała mu Denise. Coś się wokół mnie działo, nie miałam jednak pojęcia co. Dostrzegałam tylko swoją złamaną rękę i sponiewierane kolana. Oraz ciemność pod moim samochodem.

Jakiś czas później zaległa cisza. Gdzieś za mną zaskowyczał pies. Zimny nos szturchnął moje ucho, a ciepły język je polizał. Usiłowałam podnieść rękę, by pogłaskać zwierzę, które bez wątpienia uratowało mi życie, lecz niestety, nie dałam rady. Usłyszałam własne westchnienie. Dobiegło z bardzo daleka.

– Umieram – powiedziałam. Szczerze w to wierzyłam. Z każdą chwilą bardziej.

Ropuchy i świerszcze, które hałasowały przez większą część nocy, teraz zamilkły. Na parkingu również panowały cisza i spokój, mój szept zabrzmiał więc niezwykle wyraźnie, choć natychmiast utonął w ciemnej pustce. Zdziwiłam się, gdy chwilę później usłyszałam dwa głosy.

Potem kątem oka zauważyłam nogi w zakrwawionych dżinsach. Wampir Bill pochylił się nade mną. Spojrzałam mu w twarz. Na ustach miał rozmazaną krew, a wysunięte kły błyszczały biało na tle dolnej wargi. Spróbowałam się do niego uśmiechnąć, tyle że... mięśnie twarzy odmówiły posłuszeństwa.

– Podniosę cię – oznajmił Bill.

– Umrę, jeśli to zrobisz – szepnęłam.

Przyjrzał mi się z uwagą.

– Jeszcze nie – powiedział po krótkich oględzinach. Po tych słowach dziwnym trafem poczułam się lepiej. Wiedziałam, że mój wampir widział w swoim życiu setki ran. – Ale to zaboli – ostrzegł.

W stanie, w jakim byłam, nie potrafiłam sobie wyobrazić życia bez bólu.

Ręce Billa wsunęły się pode mnie, zanim zdążyłam się przestraszyć. Krzyknęłam słabym głosem.

– Szybko – rzucił ponaglającym tonem ktoś inny.

– Wracamy do lasu, gdzie nikt nas nie zobaczy – powiedział Bill, tuląc do piersi moje ciało, jakby nic nie ważyło.

Czy zamierzał zakopać mnie „tam gdzie nikt nas nie zobaczy"?! Teraz, gdy uratował mnie przed Szczurami? Odkryłam, że mało mnie obchodzi własny los.

Kiedy Bill położył mnie na ściółce sosnowych igieł w mrocznym lesie, poczułam ulgę. W oddali dostrzegałam łunę świateł z parkingu. Miałam wrażenie, że z włosów kapie mi krew, złamane ramię bardzo bolało, podobnie jak reszta ciała. Jednakże najbardziej przerażający był brak czucia w okolicach nóg.

Nie czułam nóg!

Mój brzuch był natomiast pełny i ciężki. Przemknęło mi przez głowę określenie „krwotok wewnętrzny".

– Nie umrzesz, chyba że ci na to pozwolę – oświadczył Bill.

– Przepraszam, ale nie chcę być wampirem – odparowałam słabym i cienkim głosem.

– Nie, nie będziesz – zapewnił mnie łagodniejszym tonem. – Po prostu wyzdrowiejesz. Bardzo prędko. Mam lek. Musisz tylko chcieć.

– W takim razie ulecz mnie – szepnęłam. – Bo odchodzę. – Czułam, że naprawdę z każdą chwilą tracę siły.

Tylko mała część mojego umysłu otrzymywała jeszcze sygnały od świata, usłyszałam jednak, że Bill chrząka, jakby był ranny. Później przycisnął mi coś do ust.

– Wypij – polecił.

Próbowałam wysunąć język i udało mi się. Mój wampir przeciął sobie nadgarstek, który teraz ściskał, pobudzając wypływ krwi. Broniąc się przed jego krwią, zacisnęłam wargi. Ale przecież... pragnęłam żyć! Zmusiłam się więc do przełknięcia. A później przełknęłam kolejny łyk i kolejny.

O dziwo, krew miała przyjemny słony smak. Smakowała jak życie! Uniosłam zdrową rękę i przycisnęłam przegub wampira do swoich ust. Z każdą wypitą kroplą czułam się lepiej. A po minucie zaczęłam zapadać w sen.

Gdy się obudziłam, byłam nadal w lesie i wciąż leżałam na ziemi. Ktoś leżał obok mnie – oczywiście mój wampir. Dostrzegałam bijącą od niego łunę. Czułam dotyk jego ruchliwego języka na skórze głowy. Bill lizał ranę na niej. Prawie mu zazdrościłam.

– Czy moja krew smakuje inaczej niż krew innych ludzi? – spytałam.

– Tak – odparł grubym głosem. – Kim jesteś?

Pytał mnie o to po raz trzeci. Przypomniało mi się określenie babci: „Urok trzeciego razu”.

– Hej, nie jestem martwa – oświadczyłam.

Poruszyłam złamaną ręką. Była słaba, lecz już w pełni nad nią panowałam. Czułam także nogi i nimi też poruszyłam. Zrobiłam wdech i wydech. Ucieszył mnie bardzo słaby ból. Spróbowałam usiąść. Zmiana pozycji kosztowała mnie sporo wysiłku, lecz nie była niemożliwa. Czułam się jak w dzieciństwie, pierwszego dnia bez gorączki po przebytym zapaleniu płuc. Słaba, ale szczęśliwa. Miałam świadomość, że właśnie przeżyłam coś strasznego.

Bill wziął mnie na ręce i przytulił, po czym oparł plecy o drzewo. Było mi bardzo wygodnie, gdy tak siedziałam na jego kolanach, z głową wspartą na jego piersi.

– Jestem telepatką – odparłam. – Potrafię słyszeć myśli innych osób.

– Nawet moje? – W jego głosie wyczułam wyłącznie ciekawość.

– Nie, twoje nie. Właśnie za to tak bardzo cię lubię – dodałam, unosząc się na morzu różowawej błogości. Nie chciało mi się ukrywać własnych myśli.

Pierś wampira zadudniła, ponieważ wybuchnął śmiechem.

– Zupełnie cię nie słyszę – bełkotałam sennym głosem. – Nie masz pojęcia, jaki czuję dzięki temu spokój. Po życiu pełnym rozmaitego „bla-bla-bla"... nie słyszeć... nic.

– Jak sobie radzisz na randkach? Mężczyźni w twoim wieku pewnie w kółko myślą o tym, by cię zaciągnąć do łóżka.

– No cóż, nie radzę sobie. Nie potrafię. Szczerze mówiąc, głównym celem mężczyzny w każdym wieku jest zaciągnięcie kobiety do łóżka. Dlatego nie miewam randek.

Wiesz, wszyscy uważają mnie za stukniętą, a ja nie mogę powiedzieć im prawdy. Prawda zaś jest taka, że dostaję szału od tych wszystkich otaczających mnie myśli, od tych wszystkich otwartych umysłów! Na początku, nim zaczęłam pracować w barze, umówiłam się kilka razy – z facetami, którzy nic o mnie nie wiedzieli. Niestety, za każdym razem jest tak samo. Nie sposób się ani skoncentrować, ani odprężyć, ani dobrze czuć z mężczyzną, skoro słyszysz, że zastanawia się, czy farbujesz włosy, że nie podoba mu się twój tyłek, albo wyobraża sobie, jak mogą wyglądać twoje cycki. – Nagle wzmogłam czujność i uprzytomniłam sobie, ile moich tajemnic ujawniam tej istocie. – Przepraszam – bąknęłam. – Nie zamierzałam cię obarczać swoimi problemami. Dziękuję, że wyrwałeś mnie z łap Szczurów.

– To moja wina, że w ogóle mieli okazję cię dopaść – odparł. Spod pozornego spokoju w jego głosie przebijała tłumiona wściekłość. – Gdybym zgodnie z zasadami uprzejmości zjawił się punktualnie, nic by ci się nie stało – tłumaczył się gorączkowo. – Dlatego też byłem ci winien trochę mojej krwi. Byłem ci winien uzdrowienie.

– Czy oni... nie żyją? – Ku memu zażenowaniu, mój głos zabrzmiał piskliwie.

– O, tak.

Przełknęłam ślinę. Nie potrafiłam wzbudzić w sobie żalu, że ktoś uwolnił świat od Szczurzej Parki. Musiałam jednak spojrzeć prawdzie w oczy, nie mogłam się przed nią uchylić... A prawda była taka, że siedziałam na kolanach mordercy. Tyle że... pozostając tu, w ramionach Billa, czułam się absolutnie szczęśliwa.

– Powinnam się tym przejmować, ale się nie przejmuję – oznajmiłam, zanim zdążyłam sobie przemyśleć własne słowa.

Jego odpowiedzią był ponownie osobliwy rechot.

– Powiedz, Sookie, o czym chciałaś ze mną porozmawiać dzisiaj wieczorem?

Musiałam się nad tym zastanowić. Chociaż zostałam cudownie uzdrowiona po straszliwym pobiciu, nie potrafiłam jeszcze myśleć w pełni logicznie.

– Moja babcia dopytywała się, ile masz lat – odrzekłam z wahaniem. Nie wiedziałam, jak bardzo osobiste jest takie pytanie dla wampira.

Bill pogładził moje plecy.

– Zostałem wampirem w roku tysiąc osiemset siedemdziesiątym, gdy miałem trzydzieści ludzkich lat.

Uniosłam wzrok. Jego jasna twarz była pozbawiona wyrazu, a oczy tak ciemne, jak czarne dziury w ciemnym lesie.

– Walczyłeś w wojnie secesyjnej?

– Tak.

– Obawiam się, że moja prośba cię zdenerwuje. Jednakże uszczęśliwiłbyś moją babcię i jej klub, gdybyś im opowiedział trochę o tej wojnie. O tym, jak wyglądała naprawdę.

– Klub?

– Babcia należy do klubu o nazwie Potomkowie Wybitnych Poległych.

– Wybitnych Poległych – powtórzył wampir, niby obojętnym tonem, choć wyczułam, że z pewnością nie jest zadowolony.

– Słuchaj, nie musisz im opowiadać o robalach, infekcjach i głodzie – ciągnęłam. – Ci ludzie posiadają własny obraz wojny i... nie są głupi. Przeżyli przecież inne wojny... Po prostu chcą się dowiedzieć więcej o życiu Amerykanów w tamtym okresie, a także co nieco o mundurach i ruchach wojsk.

– Czyste sprawy.

Odetchnęłam głęboko.

– Właśnie.

– Będziesz szczęśliwa, jeśli to zrobię?

– Jaka to różnica? Uszczęśliwisz moją babcię, a poza tym, skoro mieszkasz w Bon Temps i zamierzasz tu zostać przez jakiś czas, byłby to dobry krok w ramach integracji z mieszkańcami miasteczka.

– Ale czy ciebie uszczęśliwię?

Tego faceta nie można było łatwo zbyć.

– No cóż, tak.

– A więc to zrobię.

– Babcia prosiła, żebyś się najadł przed zebraniem – dorzuciłam.

Znów usłyszałam jego dudniący śmiech, tym razem głębszy.

– Już się cieszę na spotkanie z nią. Mogę was odwiedzić którejś nocy?

– Och, tak. Pewnie. Ostatnią zmianę nocną mam jutro, później dwa dni wolne. Możesz do nas przyjść w czwartek w nocy. – Uniosłam rękę, by sprawdzić godzinę. Zegarek chodził, lecz szkiełko pokrywała warstwa zaschniętej krwi. – O rany! – mruknęłam. Włożyłam palec do ust, zwilżyłam go śliną i wyczyściłam szkiełko. Później wcisnęłam przycisk oświetlający wskazówki, a gdy zobaczyłam, która jest godzina, aż jęknęłam. – O rany, muszę wracać do domu. Mam nadzieję, że babcia już śpi.

– Na pewno się o ciebie martwi, że tak późno w nocy wracasz sama – zauważył z dezaprobatą Bill.

Może pomyślał o Maudette? Na moment straszliwie się zaniepokoiłam i zastanowiłam, czy ją znał i czy zaprosiła go do siebie do domu. Szybko jednak odrzuciłam tę myśl, gdyż nie miałam ochoty rozwodzić się nad niesamowitą i straszną naturą życia i śmierci Maudette Pickens. Nie chciałam, by jej śmierć rzuciła cień na mój mały kawałek szczęścia.

– To część mojej pracy – odparłam cierpko. – Nic nie można poradzić. Zresztą nie zawsze pracuję w nocy. Chociaż, kiedy mogę, pracuję.

– Dlaczego? – Wampir zsunął mnie lekko ze swych kolan, a kiedy wstałam, on również podniósł się z ziemi. Ruszyliśmy.

– Lepsze napiwki. Cięższa praca. Nie ma czasu myśleć.

– Tyle że noc jest niebezpieczna – stwierdził.

Tak, na pewno coś o tym wiedział.

– Och, nie mów tak jak moja babcia – skarciłam go łagodnie.

Już niemal dotarliśmy do parkingu.

– Jestem starszy od twojej babci – przypomniał mi.

Nie znalazłam riposty, więc oboje milczeliśmy.

Gdy wyszłam z lasu, rozejrzałam się wokół. Na pustym parkingu panował spokój i bezruch – jakby nic się na nim nigdy nie wydarzyło. Niemal nie wierzyłam, że zaledwie godzinę wcześniej zostałam na tym żwirowym prostokącie śmiertelnie pobita, za co Szczury spotkał krwawy koniec.

Światła w barze i w przyczepie Sama były zgaszone.

Żwir był mokry, choć nie od krwi.

Moja torebka stała na masce mojego samochodu.

– A co z psem? – zapytałam.

Odwróciłam się, by spojrzeć na mojego wybawcę. On jednak zniknął.

ROZDZIAŁ DRUGI

Następnego ranka obudziłam się bardzo późno, co mnie wcale nie zdziwiło. Kiedy późno w nocy wróciłam do domu, babcia na szczęście spała. Nie budząc jej, od razu położyłam się do łóżka.

***

Telefon zadzwonił, gdy siedziałam przy kuchennym stole, popijając kawę z kubka, a babcia sprzątała spiżarnię.

Odebrała babcia. Usadowiła się na stołku przy kontuarze, gdzie zawsze zasiada do pogawędki, i podniosła słuchawkę.

– Słucham – rzuciła.

Z jakiegoś powodu zawsze zaczynała rozmowę telefoniczną niechętnym tonem. Jakby pogawędka była ostatnią rzeczą na ziemi, jakiej babcia pragnęła. A ja wiedziałam na pewno, że jest wprost przeciwnie.

– Hej, Everlee. Nie, siedzę tutaj i rozmawiam z Sookie. Dopiero co wstała. Nie, nie słyszałam dziś żadnych nowin. Nie, nikt jeszcze do mnie nie dzwonił. Co takiego? Jakie tornado? Ubiegła noc była bezchmurna.

W Four Tracks Corner? Co się stało? Nie! Nie, niemożliwe! Naprawdę? Oboje? No, no, no. Co powiedział Mike Spencer?

Mike Spencer to nasz gminny koroner. Ogarnęły mnie straszliwe przeczucia. Dopiłam kawę, po czym nalałam sobie kolejny kubek. Pomyślałam, że będę jej potrzebować.

Babcia odłożyła słuchawkę minutę później.

– Sookie, nie uwierzysz, co się zdarzyło!

Mogłabym się założyć, że uwierzę.

– Co? – spytałam, starając się wyglądać na niewiniątko.

– Niezależnie od tego, jak spokojna wydawała się ubiegła noc, Four Tracks Corner doświadczyło podobno tornada! Wiatr przewrócił na polanie wynajętą przyczepę, a mieszkająca w niej para zginęła. Oboje nie żyją. Przyczepa ich przywaliła i zgniotła na miazgę. Mike twierdzi, że nigdy czegoś takiego nie widział.

– Wysyła ciała na autopsję?

– No cóż, chyba będzie musiał, chociaż przyczyna śmierci wydaje się oczywista, przynajmniej zdaniem Stelli. Przyczepa leży na boku, samochód jest w połowie zmiażdżony, powalone drzewa tarasują podwórko.

– Mój Boże – szepnęłam, zbierając siły do przekonującej inscenizacji.

– Kochanie, czy nie mówiłaś, że ubiegłej nocy do baru przyszedł twój przyjaciel wampir?

Aż podskoczyłam, gdyż naprawdę miałam wyrzuty sumienia, po chwili jednak pojęłam, że babcia po prostu postanowiła zmienić temat. Codziennie mnie pytała, czy widziałam Billa, i teraz, w końcu, odpowiedziałam jej twierdząco – choć z ciężkim sercem.

Zgodnie z moimi przewidywaniami babcia była niewysłowienie podekscytowana. Zaczęła się kręcić po kuchni, jakby miał nas odwiedzić książę Karol.

– Jutro w nocy. Czyli o której godzinie przyjdzie? – spytała.

– Po zmroku. Dokładnej pory nie znam.

– Teraz późno robi się ciemno, więc pewnie nieprędko dotrze. – Babcia się zastanowiła. – Doskonale, przynajmniej w spokoju zjemy kolację, a później po niej posprzątamy. I mamy cały jutrzejszy dzień na przygotowanie domu. Dałabym głowę, że nie czyściłam tego dywanu od roku!

– Babciu, mówimy o facecie, który przez cały dzień śpi pod ziemią – przypomniałam jej. – Nie sądzę, by się przyglądał dywanom.

– Cóż, i tak je wyczyszczę. Jeśli nie dla niego, to chociaż dla siebie. Będę miała satysfakcję – dodała stanowczo. – Poza tym, skąd wiesz, młoda damo, gdzie ten kawaler sypia?

– Dobre pytanie, babciu. Nie wiem, gdzie sypia. Wiem jednak, że musi unikać światła, stąd moje przypuszczenie.

Nic nie mogło powstrzymać mojej babci przed szaleństwem sprzątania. Tak, bardzo szybko uświadomiłam sobie, że „szaleństwo" jest słowem najwłaściwszym. Gdy szykowałam się do pracy, babcia poszła do sklepu spożywczego, przy okazji wypożyczyła maszynę do czyszczenia dywanów, a następnie zabrała się za porządki.

W trakcie jazdy do „Merlotte'a" zboczyłam trochę na północ i pojechałam do Four Tracks Corner. Skrzyżowanie to istniało, odkąd w tej okolicy mieszkali ludzie. Choć obecnie stały tu znaki drogowe, a jezdni towarzyszył chodnik, wszyscy wiedzieli, że przecinają się w tym miejscu dwa szlaki łowieckie. Przypuszczam, że prędzej czy później wzdłuż tych dróg staną budynki w stylu ranczerskich domów i centra handlowe, teraz jednak ciągnął się tu las, w którym – jak twierdził Jason – nadal można było zapolować.

Zjechałam z asfaltu w boczną leśną drogę, która zaprowadziła mnie na polanę, gdzie wcześniej stała wynajmowana przez Rattrayów przyczepa. Zatrzymałam auto i przerażona zagapiłam się na widok przed przednią szybą. Przyczepa, bardzo mała i stara, leżała zmiażdżona trzy metry od dotychczasowego miejsca postoju. Pogięty czerwony samochód Szczurzej Parki nadal spoczywał na jednym końcu ich zgniecionego ruchomego domu. Wszędzie na polanie leżały powyrywane z ziemi krzewy, a drzewa za przyczepą wyglądały jak po przejściu huraganu – ich gałęzie były połamane, szczyt jednej sosny złamał się i niemal wisiał na pasie kory. Z konarów zwisały fragmenty ubrań, a wokół walały się sprzęty.

Powoli wysiadłam i rozejrzałam się. Stopień zniszczeń był po prostu niewiarygodny, szczególnie że wiedziałam, że wcale nie spowodowało ich tornado. Tę scenerię bez wątpienia wykreował wampir Bill, by wyjaśnić śmierć Rattrayów, do której sam doprowadził.

Stary dżip nadjechał rozjeżdżoną drogą i zatrzymał się obok mnie.

– Hej, Sookie Stackhouse! – zawołał Mike Spencer. – Co tu robisz, dziewczyno? Nie powinnaś być w pracy?

– Powinnam, proszę pana. Ale znałam Szczu... to znaczy Rattrayów. To naprawdę straszne, co im się przydarzyło... – Ta odpowiedź wydała mi się odpowiednio niejednoznaczna. Dostrzegłam jednak, że Mike'owi towarzyszy szeryf.

– Rzeczywiście straszne – przyznał szeryf Bud Dearborn, gdy wysiadł z dżipa. – Hm... no cóż... słyszałem, że w zeszłym tygodniu miałaś z Mackiem i Denise małą potyczkę na parkingu „Merlotte'a".

Poczułam lodowate ukłucie w okolicach wątroby. Obaj mężczyźni mierzyli mnie wzrokiem.

Mike Spencer był przedsiębiorcą pogrzebowym jednego z dwóch prosperujących w Bon Temps domów pogrzebowych. Ponieważ Mike zawsze działał szybko i zdecydowanie, każdy, kto chciał, mógł pogrzebać bliskich dzięki pomocy „Domu Pogrzebowego Spencer i Synowie"; najwyraźniej jednak z ich usług korzystali wyłącznie biali ludzie. Kolorowi natomiast konsekwentnie wybierali konkurencyjny „Słodki Spoczynek". Mike był przyciężkawym mężczyzną w średnim wieku, o włosach i wąsach w kolorze słabej herbaty i upodobaniu do butów kowbojskich oraz wąskich krawatów, których nie mógł nosić podczas dyżuru w swoim domu pogrzebowym. Miał więc ten strój na sobie w tej chwili.

Szeryf Dearborn, osobnik o reputacji „dobrego człowieka", był niewiele starszy od Mike'a, wyglądał jednak na znacznie sprawniejszego fizycznie i twardszego – od gęstych siwych włosów po ciężkie buty. Miał mopsowatą twarz i ruchliwe piwne oczy. Był kiedyś bliskim przyjacielem mojego ojca.

– Tak, proszę pana, doszło między nami do małej sprzeczki – odparłam szczerze i ze smutkiem.

– Chcesz mi o tym opowiedzieć? – Szeryf wyjął marlboro i przypalił zippo.

W tym momencie popełniłam błąd. Powinnam była mu po prostu opowiedzieć swoją historię. Przecież uważano mnie za dziewczynę prostą, choć nieco stukniętą. Nie widziałam jednak powodu, by się tłumaczyć przed szeryfem Dearbornem. Żadnego powodu, oprócz... zdrowego rozsądku.

– Po co? – spytałam.

Jego małe piwne oczka błysnęły podejrzliwie i miła atmosfera bezpowrotnie się rozwiała.

– Och, Sookie – mruknął z wyraźnym rozczarowaniem w głosie.

Ani przez minutę nie wierzyłam w jego dobre intencje.

– Przecież tego nie zrobiłam – oświadczyłam, machając ręką w kierunku zniszczeń.

– Nie, nie zrobiłaś tego – zgodził się. – Niemniej jednak ci ludzie zmarli tydzień po starciu z tobą, więc czuję się w obowiązku zadać ci kilka pytań.

Gapiłam się na szeryfa, zastanawiając się nad jego słowami. Nie miałam pewności, ile mogę mu powiedzieć. Zaczynałam odkrywać, że reputacja osóbki naiwnej ma swoje dobre strony. Może jestem niewykształcona, a mój umysł bywa nieco oderwany od rzeczywistości, lecz z pewnością nie jestem ani głupia, ani nieoczytana!

– No cóż, ranili mojego przyjaciela – wyznałam w końcu, zwieszając głowę i wpatrując się w czubki butów.

– Mówisz o wampirze, który mieszka w starym domu Comptonów? – Mike Spencer i Bud Dearborn wymienili spojrzenia.

– Tak, proszę pana.

Zaskoczyła mnie informacja o miejscu zamieszkania Billa, na szczęście moi rozmówcy niczego nie zauważyli. Od lat umiem umyślnie nie reagować na słowa, które słyszę, a których słyszeć nie chcę, toteż całkiem dobrze nauczyłam się panować nad wyrazem twarzy.

Stary dom Comptonów stoi niedaleko od naszego, po tej samej stronie drogi. Między naszymi posiadłościami leżą tylko las i cmentarz. Jakież to wygodne dla Billa, pomyślałam i uśmiechnęłam się.

— Sookie Stackhouse, czy twoja babcia pozwala ci się zadawać z tym wampirem? — spytał niemądrze Spencer.

— Na pewno może pan ją o to spytać — odcięłam się. Już nie mogłam się doczekać, co powie babcia, gdy ktoś jej zasugeruje, że za słabo się o mnie troszczy. — Wie pan, Rattrayowie próbowali osuszyć Billa.

— Więc Rattrayowie ściągali krew z wampira, a ty ich powstrzymałaś? — wtrącił szeryf.

— Tak — odparłam, usiłując wyglądać na silną i stanowczą kobietę.

— Osuszanie wampirów jest nielegalne. — Szeryf się zamyślił.

— Czy zabicie wampira, który nie zaatakował człowieka, nie jest morderstwem? — spytałam.

Być może trochę przesadziłam z tą naiwnością.

— Cholernie dobrze wiesz, że tak jest. Chociaż osobiście nie zgadzam się z tym, to takie jest prawo i będę go przestrzegał — odrzekł sztywno szeryf.

— Czy wampir po prostu pozwolił odejść tej parce? Nie groził im zemstą? Nie mówił, że pragnie ich śmierci? — Mike Spencer był naprawdę głupi.

– Zgadza się. – Uśmiechnęłam się do obu mężczyzn, po czym zerknęłam na zegarek. Przypomniałam sobie krew na jego szkiełku, moją krew, która spłynęła z ran zadanych mi przez Szczury. Pamiętałam, że musiałam wytrzeć tę krew, by odczytać godzinę. – Przepraszam, muszę jechać do pracy – rzuciłam. – Do widzenia, panie Spencer. Do widzenia, szeryfie.

– Do widzenia, Sookie – odpowiedział szeryf Dearborn.

Odniosłam wrażenie, że ma do mnie więcej pytań, ale nie wie, jak je sformułować. Czułam, że nie podoba mu się to, co widzi, i szczerze wątpiłam, czy jakiekolwiek urządzenie zarejestrowało zjawisko tornada. Niemniej jednak przyczepa, samochód i drzewa leżały powalone, a przygnieceni małżonkowie nie żyli.

Szeryf z pewnością zadawał sobie pytanie: „Cóż innego mogło ich zabić?".

Domyśliłam się, że ciała posłano na sekcję, i byłam ciekawa, co ona wykaże.

Ludzki umysł jest narzędziem zdumiewającym. Szeryf Dearborn na pewno znał straszliwą siłę wampirów, a jednak nie potrafił sobie wyobrazić osoby o sile wystarczającej do przewrócenia przyczepy i zmiażdżenia nią dwojga ludzi. Nawet ja z trudem w to wierzyłam, choć bez dwóch zdań wiedziałam, że Four Tracks Corner nie dotknęło tornado.

Cały bar aż huczał od nowin na temat śmierci Szczurów. Mniej już mówiono oczywiście o morderstwie Maudette, więcej o Denise i Macku. Kilkakrotnie dostrzegłam na sobie wzrok Sama, pomyślałam o ubiegłej nocy i zastanowiłam się, ile mój szef wie. Nie chciałam go o to pytać, bo zawsze istniała szansa na to, że nic nie widział. Uprzytomniłam sobie, że nadal nie rozumiem pewnych zdarzeń z ubiegłej nocy, ale byłam tak bardzo wdzięczna, że żyję, że nie zamierzałam o nich myśleć.

Nigdy nie uśmiechałam się równie szeroko jak tego wieczoru, gdy roznosiłam drinki, nigdy nie wydawałam tak szybko reszty, nigdy tak dokładnie nie realizowałam zamówień. Nawet stary rozczochrany Rene nie potrafił mnie zatrzymać, mimo że usiłował mnie wciągnąć w rozwlekłe dyskusje, ilekroć zbliżyłam się do stolika, przy którym siedział wraz z Hoytem i kilkoma innymi kumplami.

Rene udawał często zwariowanego Cajuna, choć jego francuski akcent brzmiał sztucznie, a rodzice Rene nie kultywowali tradycji dziadków. Kobiety, które poślubiał, były dzikie i lubiły szybkie, intensywne życie. Swój krótkotrwały związek z Arlene zawarł, gdy była młoda i bezdzietna. Zwierzyła mi się kiedyś, że zdarzało jej się wówczas robić takie rzeczy, że teraz na samą myśl o nich jeżą jej się włosy. Od tamtego czasu moja przyjaciółka z pewnością dojrzała, Rene natomiast nie. Zdumiewał mnie fakt, że nadal tak bardzo go lubiła.

Wszyscy goście baru wydawali się niezwykle podekscytowani ostatnimi niesamowitymi incydentami w Bon Temps. Zamordowano młodą kobietę i nikt nie znał sprawcy. (Co prawda, w Bon Temps już wcześniej dochodziło do zabójstw, lecz policja za każdym razem łatwo ustalała winnego). Potem Rattrayowie zmarli gwałtowną śmiercią z winy... kaprysu natury. Dlatego też to, co się zdarzyło tego wieczoru, złożyłam na karb tego ogólnego podniecenia.

Do naszego baru przychodzą regularnie mieszkańcy miasteczka, którzy nigdy mi się nie narzucali. Tej nocy jednak jeden z mężczyzn siedzących obok Rene i Hoyta, duży blondyn o czerwonej, nalanej twarzy, przesunął dłonią w górę po nogawce moich szortów, kiedy przyniosłam do ich stolika piwo.

O nie, coś takiego nie przejdzie w „Merlotcie".

Miałam ochotę trzasnąć tacą o głowę faceta, ale on gwałtownie cofnął rękę. Czułam, że ktoś stoi tuż za mną. Odwróciłam głowę i zobaczyłam Rene, który zdążył już się zerwać z krzesła. Podążyłam wzrokiem za ruchem jego ręki i uświadomiłam sobie, że Rene chwyta dłoń blondyna i ściska ją z całych sił. Czerwona twarz podrywacza przybrała odcień szkarłatu.

– Hej, stary, puść mnie! – zaprotestował blondyn. – Nie miałem złych zamiarów.

– Nie dotyka się żadnej z tutejszych pracownic. Taka jest zasada. – Rene był niski i szczupły, ale każdy spośród obecnych postawiłby pieniądze na naszego miejscowego chłopaka przeciwko nawet znacznie bardziej muskularnemu obcemu.

– Dobra już, dobra.

– Przeproś panią.

– Stukniętą Sookie? – spytał z niedowierzaniem. Najwyraźniej facet odwiedził już wcześniej „Merlotte'a". Rene prawdopodobnie znowu zacisnął palce na ręce blondyna, gdyż widziałam, jak temu ostatniemu stają w oczach łzy. – Przepraszam, Sookie, w porządku?

Kiwnęłam głową – ruchem tak królewskim, na jaki tylko potrafiłam się zdobyć. Rene puścił dłoń blondyna, po czym dał mu znak kciukiem, że ma się wynieść z baru. Mężczyzna bez wahania rzucił się ku drzwiom. Jego towarzysz wyszedł za nim.

– Rene, powinieneś pozwolić, żebym sama to załatwiła – powiedziałam do niego bardzo cicho po dłuższej chwili, gdy sądziłam, że inni klienci baru podjęli już przerwane rozmowy. Będą o nas plotkować pewnie co najmniej kilka dni. – Chociaż oczywiście doceniam to, że stanąłeś w mojej obronie...

– Nikt nie będzie zadzierał z przyjaciółką Arlene – odparł poważnie. – „Merlotte" to miły lokalik i wszyscy chcemy, by taki pozostał. W dodatku... czasem przypominasz mi Cindy, wiesz o tym?

Cindy była siostrą Rene. Przeprowadziła się rok czy dwa lata temu do Baton Rouge. Tak jak ja, była niebieskooką blondynką, poza tym jednak nie dostrzegałam między nami żadnego podobieństwa. Ponieważ podkreślanie tego faktu nie wydało mi się grzeczne, nie skomentowałam słów Rene.

– Często ją widujesz? – spytałam tylko.

Hoyt i siedzący z nim przy stole mężczyzna wymieniali się wynikami meczów drużyny Shreveport Captains.

– Od czasu do czasu – odparł Rene, kręcąc głową, jakby sugerował, że pragnąłby widywać siostrę częściej. – Pracuje w szpitalnym bufecie.

Poklepałam go po ramieniu.

– Muszę wracać do pracy.

Kiedy podeszłam do baru odebrać zamówione napoje, Sam spojrzał na mnie z uniesionymi brwiami. Otworzyłam szeroko oczy, by mu pokazać, jak bardzo zdumiała mnie interwencja Rene, a mój szef wzruszył na to nieznacznie ramionami, dając do zrozumienia, że czasem trudno wyjaśnić ludzkie zachowanie.

Ale gdy weszłam za kontuar po dodatkowe serwetki, odkryłam, że Sam wyjął kij bejsbolowy, który na wszelki wypadek trzymał pod kasą.

***

Przez cały następny dzień babcia zmuszała mnie do porządków. Ona trzepała, odkurzała i wycierała, ja zaś szorowałam toalety... Czy wampiry w ogóle muszą korzystać z łazienki? Zastanawiałam się nad tą kwestią, czyszcząc szczotką muszlę klozetową. Później babcia kazała mi usunąć odkurzaczem sierść kota z kanapy. Opróżniłam też wszystkie śmietniczki, wypolerowałam stoły oraz – na litość Boską! – wytarłam pralkę i suszarkę.

Kiedy babcia ponaglała mnie do wzięcia prysznica i zmiany ubrania, zrozumiałam, że uważa wampira Billa za mojego kawalera. Na tę myśl poczułam się trochę dziwnie. Z czterech powodów. Po pierwsze, babcia tak bardzo pragnęła, żebym spotykała się z ludźmi, że nawet wampir wydawał jej się odpowiednim kandydatem na narzeczonego. Po drugie, mój entuzjazm wobec tego pomysłu dorównywał jej entuzjazmowi. Po trzecie, obawiałam się, że Bill wszystkiego się domyśli. Po czwarte, nie miałam pojęcia, czy wampiry mogą współżyć... tak jak ludzie.

Tak czy owak, wzięłam prysznic, umalowałam się i włożyłam sukienkę, ponieważ wiedziałam, że babcia się wścieknie, widząc mnie w spodniach. Sukienka – z niebieskiej bawełny, ozdobionej setkami małych stokrotek – była bardziej obcisła, niż babcia lubiła, i znacznie krótsza, niż Jason uważał to za stosowne dla swojej siostry. Usłyszałam te opinie, gdy włożyłam ją po raz pierwszy. Dodałam małe żółte okrągłe kolczyki, a włosy upięłam w kok żółtą spinką.

Babcia posłała mi uważne spojrzenie, którego nie potrafiłam zinterpretować. Oczywiście, dzięki umiejętnościom telepatycznym mogłabym łatwo sprawdzić, co pomyślała, jednak okropnie jest robić coś takiego osobie, z którą się mieszka, natychmiast więc tę opcję odrzuciłam. Babcia ubrała się w spódnicę i bluzkę, które często wkładała na spotkania Potomków Wybitnych Poległych. Był to komplet niewystarczająco elegancki, by iść w nim do kościoła, a równocześnie nie dość prosty na co dzień.

Zamiatałam właśnie ganek, o czym przypomniałyśmy sobie w ostatniej chwili, kiedy zjawił się Bill. To było iście wampirze wejście. W jednej minucie go nie było, a w następnej stał już na dole schodów i przyglądał mi się z zadartą głową.

Uśmiechnęłam się.

– Nie strasz mnie – poprosiłam.

Popatrzył na mnie lekko zakłopotany.

– Przyzwyczaiłem się tak pojawiać – wyjaśnił. – W ten sposób nie robię hałasu.

Otworzyłam drzwi.

– Wejdź – zaprosiłam go.

Bill wszedł po schodach i rozejrzał się.

– Pamiętam go – oświadczył. – Chociaż nie był taki duży.

– Pamiętasz ten dom? Och, babci się to strasznie spodoba.

Wyprzedziłam go w drodze do salonu, wołając babcię.

Weszła do salonu dostojnym krokiem i dopiero wtedy do mnie dotarło, ile wysiłku włożyła w przygotowania. Gęste białe włosy zaczesała gładko i starannie upięła w skomplikowane sploty. Usta pociągnęła szminką.

Bill okazał się tak samo biegły w taktyce towarzyskiej jak moja babcia. Przywitali się uprzejmie, przez chwilę prawili sobie komplementy, aż w końcu Bill usadowił się na kanapie, a moja babcia – po przyniesieniu tacy z trzema szklankami herbaty brzoskwiniowej – w fotelu, mnie dając do zrozumienia, że powinnam usiąść obok wampira. Nie umiałam się z tego kulturalnie wykręcić, toteż usiadłam obok niego, ale na samej krawędzi kanapy.

Bill upił łyczek ze szklanki, po czym ją odstawił. Babcia i ja wypiłyśmy po kilka dużych, nerwowych łyków.

Na początek babcia wybrała niezbyt szczęśliwy temat.

– Domyślam się, że słyszałeś o tym dziwnym tornadzie – zagaiła.

– Proszę mi o nim opowiedzieć – odparł wampir typowym dla siebie chłodnym i gładkim niczym jedwab głosem. Nie ośmieliłam się na niego spojrzeć, siedziałam więc ze złożonymi na kolanach rękoma, całkowicie koncentrując na nich wzrok.

Babcia streściła wampirowi historię dziwacznego tornada i śmierci Szczurzej Parki. Oświadczyła mu, że choć zdarzenie wydaje się dość straszne, na pewno zawiniła jedynie natura. Odniosłam wrażenie, że po jej opowieści Bill minimalnie się odprężył.

– Mijałam wczoraj to miejsce w drodze do pracy – wtrąciłam, nie podnosząc wzroku. – Zatrzymałam się obok przyczepy.

– Wszystko wyglądało tak, jak się spodziewałaś? – spytał obojętnym tonem wampir.

– Nie – odparłam. – Nic nie wyglądało w sposób, jakiego mogłabym oczekiwać. Byłam naprawdę... zaskoczona.

– Sookie, przecież widywałaś już szkody poczynione przez tornada – przypomniała mi ze zdziwieniem babcia.

Postanowiłam natychmiast zmienić temat.

– Powiedz, Bill, skąd masz tę koszulkę? Jest bardzo ładna.

Wampir był ubrany w sportowe spodnie w kolorze khaki, koszulkę polo w zielono-brązowe pasy, lśniące mokasyny i cienkie brązowe skarpety.

– Od Dillarda – odparł.

Spróbowałam go sobie wyobrazić w centrum handlowym, na przykład w Monroe. Ludzie na pewno obracali się i patrzyli na tę egzotyczną istotę o białej cerze i pięknych oczach. Skąd Bill miał pieniądze na zakupy? Gdzie prał ubrania? Czy do swojej trumny kładł się nago? Czy miał samochód? A może po prostu leciał, jeśli postanowił się dokądś udać?

Babcię wyraźnie ucieszyły normalne zwyczaje wampira w kwestii zakupów. Znów ogarnęły mnie ambiwalentne uczucia, gdy obserwowałam jej zadowolenie z wizyty mojego domniemanego zalotnika w naszym salonie, nawet jeśli ów zalotnik był (według literatury popularnej) ofiarą wirusa, z powodu którego wydawał się martwy.

Babcia zasypywała Billa pytaniami. Mój wampir odpowiadał jej grzecznie i z wielką dozą dobrej woli. No cóż, był po prostu niezwykle uprzejmym, martwym facetem.

– Twoja rodzina mieszkała tutaj? – pytała babcia.

– Rodzice mojego ojca nazywali się Compton, rodzice mojej matki Loudermilk – wyjaśnił Bill. Wyglądał już na całkiem zrelaksowanego.

– Zostało tu jeszcze sporo Loudermilków – odparła wesoło babcia. – Niestety – dorzuciła mniej pogodnym tonem – stary pan Jessie Compton umarł w ubiegłym roku.

– Wiem – odrzekł lekkim tonem Bill. – Właśnie dlatego wróciłem. Ta ziemia ponownie należy teraz do mnie, a ponieważ stosunek tutejszych ludzi do osób takich jak ja zmienił się ostatnio, zdecydowałem się oficjalnie wystąpić o jej zwrot.

– Znałeś Stackhouse'ów? Sookie twierdzi, że żyjesz już wiele dziesięcioleci.

Pomyślałam, że babcia używa ładnych określeń. Patrząc na swoje dłonie, uśmiechnęłam się.

– Pamiętam Jonasa Stackhouse'a – odpowiedział Bill ku zachwytowi babci. – Moi rodzice zamieszkali w swoim domu, kiedy Bon Temps było jeszcze małą przygraniczną mieściną. Miałem jakieś szesnaście lat, kiedy przeprowadził się tutaj Jonas Stackhouse wraz z żoną i czwórką dzieci. Czy nie on zbudował ten dom, przynajmniej w części?

Zauważyłam, że, wspominając przeszłość, Bill używał innego słownictwa i innej intonacji. Zastanowiłam się, jak często jego język zmieniał się podczas dwudziestego wieku.

Moja babcia była bez wątpienia w genealogicznym siódmym niebie. Chciała natychmiast poznać wszystkie możliwe fakty związane z Jonasem, przodkiem jej męża.

– Czy miał niewolników? – spytała.

– Droga pani, o ile dobrze pamiętam, miał dwoje: niewolnicę w średnim wieku, która zajmowała się domem, oraz Minasa, wielkiego, młodego, bardzo silnego mężczyznę do prac w obejściu. Jednak Stackhouse'owie głównie sami obrabiali własne pola, podobnie jak moi rodzice.

– Och, takich opowieści członkowie mojego małego klubu wysłuchają z radością! Czy Sookie ci powiedziała...?

Babcia i Bill przeszli do sedna, czyli omówienia wizyty i przemowy wampira na specjalnym nocnym spotkaniu Potomków.

– A teraz – zakończył Bill – jeśli nam pani wybaczy, pójdziemy z Sookie na spacer. Jest taka śliczna noc.

Podszedł do mnie, powoli ujął moją dłoń i pociągnął, skłaniając mnie do wstania. Jego ręka była zimna, twarda i gładka. Wampir właściwie nie pytał babci o zgodę, choć też nie narzucał jej swojej decyzji.

– Och tak, idźcie, idźcie – powiedziała babcia, machając wesoło rękoma. – Mam tyle rzeczy do zrobienia. Musisz mi wymienić wszystkie miejscowe nazwiska, które pamiętasz, od kiedy zostałeś... – W tym momencie babcia przerwała, nie chcąc użyć słowa, które zraniłoby naszego gościa.

– Mieszkańcem Bon Temps – dodałam pomocnie.

– Oczywiście – odparł Bill. Widząc, jak zaciska wargi, wiedziałam, że z trudem powstrzymuje uśmiech.

Nagle znaleźliśmy się przy drzwiach. Uświadomiłam sobie, że wampir nieoczekiwanie wziął mnie na ręce i szybko tam przeniósł. Szczerze się roześmiałam. Uwielbiam niespodzianki.

– Wrócimy za chwilę – rzuciłam do babci. Nie sądziłam, by zauważyła mój niesamowity przeskok, ponieważ akurat zbierała szklanki po herbacie.

– Och, nie spieszcie się ze względu na mnie – odrzekła. – Nic mi nie będzie.

Na dworze żaby, ropuchy i owady wyśpiewywały swą nocną wiejską operę. Szliśmy przez podwórko wypełnione zapachami świeżo skoszonej trawy i pączkujących roślin. Bill trzymał mnie za rękę. Z cienia wyszła moja kotka Tina i zaczęła się łasić, domagając się pogłaskania, pochyliłam się więc i podrapałam ją po głowie. Ku mojemu zaskoczeniu, otarła się też o nogi Billa, a on jej nie odpędził.

– Lubisz to zwierzę? – spytał.

– To moja kotka – wyjaśniłam. – Wabi się Tina i bardzo ją lubię.

Nie skomentował. Stał nieruchomo i czekał, aż kotka oddali się od oświetlonego ganku i zniknie w ciemnościach.

– Chcesz posiedzieć na huśtawce albo na leżakach czy wolisz się przejść? – spytałam, wczuwając się w rolę gospodyni.

– Och, przejdźmy się trochę. Muszę rozprostować nogi.

Z niewiadomych względów to stwierdzenie nieco mnie zaniepokoiło. Mimo to ruszyłam długim podjazdem ku dwupasmowej drodze, która łączyła nasze domy.

– Czy widok przyczepy cię zdenerwował? – spytał wampir.

Zastanowiłam się, jak najlepiej opisać swoje emocje.

– Czuję się bardzo... hm... krucha. Na myśl o przyczepie.

– Wiedziałaś, że jestem silny.

W zadumie pokiwałam powoli głową.

– Niby tak, chociaż nie zdawałam sobie sprawy z twojej siły – odparłam w końcu. – Ani z potęgi twojej wyobraźni.

– Wraz z upływem lat coraz lepiej ukrywamy swoje czyny.

– Tak. Domyślam się, że zabiłeś sporo ludzi.

– Trochę. – Jego ton sugerował, że to go nie dręczy.

Splotłam palce za plecami.

– Byłeś bardziej głodny na początku? Gdy zostałeś wampirem? Jak to się właściwie stało?

Nie spodziewał się tego pytania. Popatrzył na mnie. Czułam na sobie jego wzrok, choć znajdowaliśmy się teraz w całkowitych ciemnościach. Las był niedaleko. Nasze stopy chrzęściły na żwirze.

– Moja historia jest zbyt długa, by ją w tej chwili opowiedzieć – odparł. – Ale tak, w młodości... kilka razy... zabiłem... przypadkiem. Nigdy nie miałem pewności, kiedy znowu będę mógł coś zjeść. Rozumiesz? Naturalnie, od zawsze na nas polowano, a dopiero niedawno pojawiło się coś takiego jak sztuczna krew. Poza tym w dawnych czasach żyło znacznie mniej ludzi niż teraz. Zapewniam cię jednak, że byłem dobrym człowiekiem za życia, to znaczy... zanim złapałem wirusa. Z tego też powodu jako wampir starałem się pozostać osobą cywilizowaną, czyli na swoje ofiary wybierałem złych ludzi i nigdy nie żywiłem się dziećmi. Nie potrafiłem zabić dziecka. Nigdy! Obecnie moja sytuacja jest zupełnie inna. Mogę pójść do całodobowej kliniki w pierwszym lepszym mieście i dostać tam syntetyczną krew... chociaż jest paskudna w smaku. Mogę także zapłacić dziwce i dostać od niej tyle krwi, że wystarczy mi na kilka dni życia. Albo mogę oczarować kogoś, by bezinteresownie pozwolił mi się ugryźć, a później o wszystkim zapomniał... Zresztą, teraz nie potrzebuję tak bardzo krwi.

– Możesz też spotkać dziewczynę z raną na głowie – dorzuciłam.

– Och nie, ty byłaś deserem. Mój posiłek stanowili Rattrayowie.

Rzeczywiście sobie radził!

– Przestań – poprosiłam, czując, że tracę oddech. – Daj mi minutkę.

I dał. Może jeden mężczyzna na milion dałby mi tyle spokoju. Panowała cisza – wampir się nie odzywał, a ja nie słyszałam jego myśli. Otworzyłam umysł, porzuciłam wszelkie własne „zabezpieczenia" i odprężyłam się. Jego milczenie obmywało mnie i koiło. Stałam bez ruchu, z zamkniętymi oczyma, i oddychałam głęboko, czując nieopisaną ulgę.

– Jesteś teraz szczęśliwa? – spytał, gdy tylko pozwoliłam mu mówić.

– Tak – sapnęłam. W tym momencie uprzytomniłam sobie, że niezależnie od tego, co ta istota wcześniej zrobiła, zawdzięczam jej spokój – bezcenny po całym życiu słuchania w swojej głowie mamrotania innych umysłów.

– Ty również dobrze na mnie działasz – powiedział, zadziwiając mnie.

– Jak to? – spytałam sennie.

– Przy tobie nie czuję żadnego strachu, żadnego pośpiechu, żadnego potępienia z twojej strony... Nie muszę używać mojego uroku, by cię przy sobie zatrzymać i móc z tobą rozmawiać.

– Uroku?

– To coś w rodzaju hipnozy – wyjaśnił. – W takim czy innym stopniu posługują się nim wszystkie wampiry. Zanim pojawiła się syntetyczna krew, jeśli chcieliśmy jeść, musieliśmy przekonywać ludzi, że jesteśmy nieszkodliwi... bądź też zapewniać ich, że wcale nas nie widzieli... lub ich łudzić, że widzieli coś innego.

– Czy twój urok zadziała na mnie?

– Oczywiście – odrzekł.

– W porządku, więc mnie oczaruj.

– Popatrz na mnie.

– Jest ciemno.

– Nieważne. Popatrz na moją twarz.

Stanął tuż przede mną, położył ręce na moich ramionach i spojrzał na mnie z góry. Kątem oka dostrzegałam słaby blask jego skóry i oczu. Podnosząc na niego wzrok, zastanawiałam się, czy zacznę gdakać jak kura, czy może zrzucę nagle ubranie.

Nic się nie zdarzyło. Czułam jedynie niemal narkotyczne odprężenie, wywołane obecnością Billa.

– Czujesz mój wpływ? – zapytał. Wydawał mi się zadyszany.

– Ani trochę. Przepraszam – odparłam pokornie. – Chociaż widzę, że się jarzysz.

– Widzisz to?!

– Pewnie. A co, nie każdy może dostrzec twój blask?

– Nie. To dziwne, Sookie.

– Skoro tak twierdzisz. Mogę popatrzeć, jak lewitujesz?

– Tutaj? – W głosie Billa zadźwięczała nuta rozbawienia.

– Jasne, dlaczego nie? Chyba że istnieje jakaś przeszkoda?

– Nie, nie istnieje. – Puścił moje ramiona i zaczął się wznosić.

Westchnęłam głośno, absolutnie zachwycona. Bill unosił się w ciemnościach, połyskując w świetle księżyca niczym rzeźba z białego marmuru. Kiedy znalazł się mniej więcej pół metra nad ziemią, zaczął krążyć. Odniosłam wrażenie, że uśmiecha się do mnie z góry.

– Wszyscy to potraficie? – spytałam.

– A ty umiesz śpiewać?

– Nie, niestety, straszliwie fałszuję.

– No widzisz, z nami jest podobnie. Nie wszyscy posiadamy identyczne umiejętności. – Wampir opadł powoli i niemal bezgłośnie wylądował na ziemi. – Większość ludzi jest wrażliwa na urok wampirów. Ty najwyraźniej nie – stwierdził.

Wzruszyłam ramionami. Kolejna z moich przywar.

Bill widocznie odgadł moje myśli, gdyż po przerwie, podczas której podjęliśmy spacer, spytał:

– Zawsze było to dla ciebie trudne?

– Tak, zawsze. – Nie mogłam odpowiedzieć inaczej, chociaż nie chciałam narzekać. – Najgorzej było we wczesnym dzieciństwie, bo wówczas nie potrafiłam jeszcze blokować napływu myśli innych ludzi i słyszałam rzeczy, których oczywiście słyszeć nie powinnam. Później je powtarzałam... jak to dzieciak. Moi rodzice nie wiedzieli, co ze mną począć. Szczególnie martwił się ojciec. W końcu mama zabrała mnie do pani psycholog, która natychmiast odgadła moje talenty, lecz nie chciała w nie uwierzyć i usiłowała wmówić matce, że po prostu umiem czytać z mowy ciała, a ponieważ jestem bardzo spostrzegawcza, wyobrażam sobie, że docierają do mnie myśli innych osób. Kobieta nie chciała przyznać, że dosłownie słyszę myśli innych, bo taka teza po prostu nie pasowała do jej świata. Co do mnie, marnie radziłam sobie w szkole, bo trudno mi było się skoncentrować... przez atakujące mój mózg myśli koleżanek i kolegów z klasy. Ze sprawdzianów natomiast otrzymywałam bardzo wysokie oceny, ponieważ inne dzieci skupiały się wtedy na swoich kartkach, a ja dzięki temu zyskiwałam nieco więcej swobody. Czasami rodzice uważali mnie za osobę leniwą, ponieważ na co dzień nie radziłam sobie zbyt dobrze. Niektórzy nauczyciele twierdzili, że mam problemy z przyswajaniem wiedzy... och, nie uwierzyłbyś w te wszystkie teorie. Co dwa miesiące badano mi wzrok i słuch, poddawano tomografii mózgu... O rany. Moi biedni rodzice wydali masę pieniędzy na te badania, nigdy jednak nie zaakceptowali prostej prawdy. Nawet na pozór.

– W głębi duszy na pewno wiedzieli.

– Zgadza się. Pewnego razu mój tato zastanawiał się, czy wesprzeć finansowo faceta, który chciał otworzyć sklep z częściami samochodowymi. Gdy ten mężczyzna odwiedził nas w domu, ojciec poprosił mnie, żebym z nimi usiadła, a po wyjściu tamtego zabrał mnie przed dom, zapatrzył się w dal i spytał: „Sookie, czy nasz gość mówił prawdę?".

Och, to był najdziwniejszy moment mojego dzieciństwa.

– Ile miałaś lat?

– Chyba mniej niż siedem, bo rodzice zmarli, kiedy chodziłam do drugiej klasy.

– Jak zmarli?

– Zginęli podczas powodzi. Deszcz złapał ich na moście na zachód stąd.

Wampir tego nie skomentował. Zdawałam sobie sprawę, że w swym długim życiu widział mnóstwo trupów.

– Czy ten mężczyzna kłamał? – spytał po chwili.

– Niestety, tak. Planował wyłudzić od mojego ojca pieniądze i z nimi uciec.

– Masz dar.

– Jasne, dar. – Moje usta ułożyły się w podkówkę.

– Dar, który odróżnia cię od innych ludzi.

– Co ty powiesz! – Szliśmy przez chwilę w milczeniu. – A więc ty wcale nie uważasz się za istotę ludzką?

– Nie jestem nią od dłuższego czasu.

– Naprawdę wierzysz, że utraciłeś duszę? – Coś takiego księża katoliccy głosili w kazaniach o wampirach.

– Nie posiadam tego rodzaju wiedzy – rzucił Bill, niemal od niechcenia. Byłam pewna, że rozpamiętywał tę kwestię tak często, że doszedł już do jednoznacznych wniosków. – Nie sądzę jednak, bym ją utracił. Jest we mnie coś, co nie jest ani okrutne, ani mordercze... nawet po tych wszystkich latach. Chociaż może jestem okrutnikiem i mordercą...

– To nie twoja wina, że zaraziłeś się wirusem.

79

Bill parsknął, wkładając jednak w ten dźwięk maksimum uprzejmości.

– Odkąd istniejemy my, wampiry, krążą o nas najrozmaitsze teorie. Może akurat ta jest prawdziwa. – Popatrzył na mnie ze smutkiem, jakby zrobiło mu się przykro, że to powiedział. – Jeśli wampirami stajemy się z powodu wirusa, to musi on być rzadki.

– Jak człowiek zmienia się w wampira? – spytałam. Przeczytałam mnóstwo tekstów na ten temat, ale pragnęłam uzyskać odpowiedź wprost ze źródła.

– Musiałbym cię całkowicie osuszyć za jednym razem albo stopniowo... przez dwa, trzy dni, aż do momentu twojej śmierci. Później podałbym ci swoją krew. Leżałabyś jak trup mniej więcej przez czterdzieści osiem godzin... do trzech dni. Po przebudzeniu wyszłabyś w noc. I byłabyś głodna.

Wypowiadając słowo „głodna", zadrżał.

– Nie ma innego sposobu?

– Wiele moich znajomych wampirów twierdzi, że ludzie, których gryzą często, dzień po dniu, mogą się stać wampirami. Szczególnie jeśli dany wampir karmi się krwią jakiejś osoby regularnie i w sposób intensywny. Choć niektórzy ludzie, mimo identycznych warunków, zaledwie nabawią się anemii. Zresztą czasami, gdy ktoś jest bliski śmierci z jakiegoś innego powodu, na przykład po wypadku samochodowym albo przedawkowaniu narkotyków, sytuacja może się... wymknąć spod kontroli.

Dostałam na rękach gęsiej skórki.

– Czas zmienić temat – oświadczyłam. – Co planujesz zrobić z ziemią Comptonów?

– Zamierzam na niej mieszkać, jeśli zdołam. Zmęczyło mnie dryfowanie z miasta do miasta. Dorastałem w tym rejonie. Teraz, gdy ziemia należy do mnie zgodnie z prawem i gdy mogę w każdej chwili wyskoczyć do Monroe, Shreveport czy Nowego Orleanu po syntetyczną krew bądź prostytutkę specjalizującą się w takich jak ja... chcę tutaj pozostać. Pragnę sprawdzić, czy to w ogóle możliwe. Wędruję wszak od dziesięcioleci.

– W jakim stanie zastałeś swój dom?

– Niezbyt dobrym – przyznał. – Staram się go wysprzątać. Robię to nocami. Pewnych napraw jednakże mogą dokonać tylko specjaliści. Nieźle się znam na stolarce, ale nie mam pojęcia o elektryczności. – Oczywiście, skąd niby miał mieć? – Wydaje mi się, że w domu trzeba założyć nową instalację elektryczną – kontynuował głosem zwyczajnego, zaniepokojonego właściciela posesji.

– Masz telefon?

– Pewnie – odparł zaskoczony.

– No to jaki masz właściwie problem z zatrudnieniem robotników?

– Ciężko jest się z nimi kontaktować w nocy i trudno ich skłonić do spotkania po zmroku, a przecież muszę im wyjaśnić, co trzeba zrobić. Ludzie, z którymi rozmawiałem, bali się mnie lub uznali, że sobie z nich żartuję. – Z tonu wampira biła prawdziwa frustracja. Nie widziałam jego miny, bo odwrócił twarz.

Roześmiałam się.

– Jeśli chcesz, ja do nich zadzwonię – zaofiarowałam się szybko. – Chociaż może uważają mnie za stukniętą, wiedzą, że jestem uczciwa.

81

– Wyświadczyłabyś mi wielką przysługę – powiedział Bill po chwili wahania. – Mogliby pracować za dnia, tyle że najpierw spotkałbym się z nimi i przedyskutował konieczne roboty i ich koszt.

– Cóż to za niewygoda, nie móc wychodzić za dnia – mruknęłam bezmyślnie. Nie powiedziałabym tego, jeślibym się wcześniej zastanowiła.

– Na pewno tak – odpowiedział oschle wampir.

– I w dodatku trzeba ukrywać miejsce swojego odpoczynku – dorzuciłam, popełniając kolejny błąd. Gdy dotarło do mnie znaczenie milczenia Billa, natychmiast go przeprosiłam. – Och, wybacz mi – bąknęłam. Gdyby było jaśniej, dostrzegłby mój rumieniec.

– Dzienne miejsce spoczynku wampira jest jego najściślej strzeżonym sekretem – odparł twardo.

– Przepraszam.

– Przeprosiny przyjęte – odrzekł.

Dotarliśmy do drogi. Spojrzeliśmy w lewo i w prawo niczym para czekająca na taksówkę. Teraz, gdy wyszliśmy z lasu, w świetle księżyca widziałam Billa w miarę wyraźnie. Wampir również mnie teraz widział w całej okazałości. Zmierzył mnie spojrzeniem z góry na dół.

– Ta sukienka pasuje do koloru twoich oczu.

– Dziękuję. – Ja bez wątpienia nie widziałam go aż tak dokładnie!

– Nie jest jej jednak... dużo.

– Co takiego?

– Hm... Trudno mi się przyzwyczaić do młodych panien w takich krótkich sukienkach – wyjaśnił.

– Miałeś kilka dekad na przyzwyczajenie się do nich – odburknęłam zgryźliwie. – Daj spokój, Bill! Kobiety noszą spódniczki mini od czterdziestu lat!

– Lubiłem długie spódnice – szepnął tęsknie. – I lubiłem kobiety w bieliźnie. W halkach.

Chrząknęłam niezbyt grzecznie.

– Masz halkę? – zapytał.

– Mam jakąś beżową nylonową z koronką – odparłam zgorszonym tonem. – Gdybyś był człowiekiem, pomyślałabym, że mówiąc o mojej bieliźnie... podrywasz mnie!

Roześmiał się tym swoim głębokim, rzadko używanym chichotem, który oddziaływał na mnie z niezwykłą siłą.

– Masz tę halkę, Sookie?

Pokazałam mu język; wiedziałam, że go zobaczy. Po chwili jednak uniosłam połę sukienki, ujawniając kilka centymetrów opalonych ud i koronkę halki.

– Szczęśliwy? – spytałam.

– Masz ładne nogi, chociaż ja i tak wolę długie suknie.

– Ależ jesteś uparty – odcięłam się.

– Moja żona stale mi to powtarzała.

– Byłeś więc żonaty.

– Tak, zostałem wampirem jako trzydziestolatek. Miałem żonę i pięcioro dzieci. Mieszkała z nami moja siostra, Sarah. Nigdy nie wyszła za mąż. Jej narzeczony zginął na wojnie.

– To znaczy w wojnie domowej.

– Tak. Ja wróciłem z pola bitwy. Należałem do szczęśliwców. Przynajmniej tak wtedy sądziłem.

– Walczyłeś za konfederację – oświadczyłam ze zdumieniem. – Jeśli nadal masz swój mundur i włożysz go na spotkanie do klubu, starsze panie pomdleją z radości.

– Już pod koniec wojny niewiele zostało z mojego munduru – wyjaśnił ponuro. – Byliśmy w łachmanach i głodowaliśmy. Co nie miało dla mnie żadnego znaczenia, gdy zostałem wampirem – mruknął zimnym, odległym głosem.

– Powiedziałam coś, co cię zdenerwowało – jęknęłam. – Bardzo cię za to przepraszam. O czym powinniśmy rozmawiać?

Zawróciliśmy i ruszyliśmy podjazdem w stronę mojego domu.

– Na przykład o twoim życiu – stwierdził. – Opowiedz mi, co robisz, kiedy wstajesz rano.

– Wychodzę z łóżka i od razu je ścielę. Potem jem śniadanie: tost, czasem płatki albo jajka. Piję też kawę. Szczotkuję zęby, biorę prysznic, ubieram się. Czasami golę nogi. Jeśli jest dzień powszedni, idę do pracy, a jeżeli mam nockę, mogę pójść na zakupy, zabrać babcię do sklepu, wypożyczyć film i go obejrzeć lub się poopalać. Dużo czytam. Mam szczęście, że babcia nadal jest zdrowa i żwawa. To ona pierze, prasuje i przyrządza większość posiłków.

– A spotkania z młodymi mężczyznami?

– Och, mówiłam ci o moich problemach. Randki po prostu nie wydają mi się możliwe.

– A więc co dalej, Sookie? Z twoim życiem? – spytał łagodnie.

– Zestarzeję się i umrę – wydukałam. Bill zbyt często muskał moje wrażliwe punkty.

W następnej sekundzie wampir ogromnie mnie zaskoczył, gdyż wyciągnął rękę i ujął moją dłoń. Teraz, kiedy
każde z nas trochę czymś rozgniewało drugie i dotknęło
bolącego miejsca swego towarzysza, atmosfera wydawała
mi się zdecydowanie klarowniejsza. Zerwał się lekki wie-
trzyk, który uniósł na moment moje włosy.

– Zdejmiesz spinkę? – spytał wampir.

Nie miałam powodu, żeby odmówić. Wyjęłam dłoń
z jego ręki, sięgnęłam do włosów i rozpięłam spinkę. Roz-
puściwszy włosy, potrząsnęłam głową. Wsunęłam spinkę Billowi do kieszeni, ponieważ w sukience nie miałam
żadnych. Jakby to była najnormalniejsza rzecz na świecie,
wampir zaczął przeczesywać palcami moje włosy, układa-
jąc mi je na ramionach.

Dotknęłam jego baczków, uznając, że dotyk najwyraźniej jest dozwolony.

– Są długie – zauważyłam.

– Taka była moda – odparł. – Mam szczęście, że nie
nosiłem brody, tak jak wiele osób wtedy... W przeciwnym
razie zostałaby mi do końca życia.

– Nie musisz się golić?

– Nie, na szczęście wówczas dopiero co się ogoliłem. –
Wydawał się zafascynowany moimi włosami. – W świetle księżyca wyglądają na srebrne – powiedział bardzo
cicho.

– Och... A co ty lubisz robić?

Mimo mroku zauważyłam cień uśmiechu na jego ustach.

– Też lubię czytać. – Zastanowił się. – Lubię oglądać
filmy... Wiesz, obserwowałem rozwój sztuki filmowej od

samego początku. Uwielbiam towarzystwo ludzi, którzy prowadzą zwykłe życie. Czasami tęsknię za obecnością innych wampirów, chociaż większość żyje w sposób bardzo odmienny od mojego.

Przez chwilę szliśmy w milczeniu.

– Oglądasz telewizję?

– Nieraz – wyznał. – Przez jakiś czas nagrywałem na wideo opery mydlane i oglądałem je w nocy. Bałem się wówczas, że mogę zapomnieć, jak to jest być człowiekiem. Potem dałem sobie z nimi spokój, ponieważ sugerując się przykładami z tych seriali, można zapomnieć, że ludzkość... jest dobra.

Roześmiałam się.

Weszliśmy w krąg światła wokół domu. Spodziewałam się, że babcia będzie na nas czekać na huśtawce, ale na szczęście nie było jej tam. W salonie paliła się tylko jedna przyćmiona żarówka.

No wiesz, babciu, pomyślałam zirytowana.

Czyżbym w jej mniemaniu wracała z pierwszej randki z nowym mężczyzną? Nawet przyłapałam się na pytaniu, czy Bill spróbuje mnie pocałować przed odejściem. Chociaż z takimi poglądami na temat sukien prawdopodobnie uważał pożegnalny całus za wykluczony. Może całowanie się z wampirem wydaje wam się głupie, ja nagle jednak zrozumiałam, że tego właśnie pragnę – bardziej niż czegokolwiek innego.

Poczułam nieprzyjemne ukłucie w piersi – gorycz spowodowaną tym, że znowu ktoś mi czegoś odmawia. Pomyślałam: „Dlaczego nie?" i pociągnęłam Billa delikatnie za rękę. Wyprostowałam się, dotknęłam wargami jego lśniącego policzka. Wciągnęłam zapach wampira – okazał się zwyczajny, nieco słony i z nikłą nutką wody kolońskiej.

Poczułam, że Bill zadrżał. Odwrócił lekko głowę i jego wargi dotknęły moich. Podniosłam ręce i objęłam jego szyję. Przycisnął mocniej wargi, a ja rozchyliłam usta. Nikt nigdy mnie tak nie całował! Pocałunek trwał i trwał, aż odniosłam wrażenie, że cały świat utonął w tym naszym pocałunku. Zapragnęłam, by zaszło między nami coś więcej.

Ale wampir nagle się odsunął. Wyglądał na wstrząśniętego, co zresztą ogromnie mi się spodobało.

– Dobranoc, Sookie – powiedział, po raz ostatni gładząc moje włosy.

– Dobranoc, Billu – odrzekłam. Mój głos lekko zadrżał. – Spróbuję jutro zadzwonić do elektryków. Dam ci znać, co powiedzą.

– Przyjdź do mnie do domu jutro w nocy... O ile masz wolne?

– Mam – odparłam. Nadal nie w pełni nad sobą panowałam.

– Do zobaczenia, Sookie. I dzięki. – Obrócił się i ruszył przez las do swojego domu. Kiedy wszedł w ciemność, straciłam go z oczu.

Kilka minut stałam i wpatrywałam się przed siebie jak głupia, aż wreszcie otrząsnęłam się i ruszyłam do domu z zamiarem położenia się do łóżka.

Spędziłam nieprzyzwoicie długi czas, leżąc bezsennie i zastanawiając się, czy nieumarły może w ogóle robić... to. Zadałam też sobie pytanie, czy możliwa jest szczera

87

rozmowa z Billem o... tym. Czasami wydawał się strasznie staroświecki, a czasami idealnie normalny... niczym facet z sąsiedztwa. No cóż, właściwie nie aż tak, ale bywał dość normalny.

Jakież to cudowne i zarazem żałosne, że jedyne stworzenie, z którym umówiłam się po raz pierwszy od lat i z którym pragnęłam uprawiać seks, nie jest człowiekiem. Telepatia boleśnie ograniczała moje możliwości. Oczywiście mogłam wcześniej pójść z kimś do łóżka, ja jednak wciąż czekałam, gdyż chciałam czerpać z miłości fizycznej prawdziwą przyjemność.

A jeśli pójdę z Billem do łóżka i po wszystkich tych latach zwlekania odkryję, że nie mam do tego w ogóle talentu? Albo nie będę się z tym czuła dobrze? Może autorzy powieści i twórcy filmów przesadzają? Może przesadza w swych opowieściach Arlene, która nie potrafi zrozumieć, że nie mam ochoty znać wszystkich szczegółów dotyczących jej życia płciowego!

W końcu zasnęłam. Męczyły mnie koszmary.

Następnego ranka, odpowiadając na pytania babci dotyczące mojego spaceru z wampirem oraz naszych dalszych planów, odbyłam kilka rozmów telefonicznych. Znalazłam dwóch elektryków, hydraulika i kilku innych fachowców. Podali mi swoje domowe numery telefonów, pod którymi można się było z nimi skontaktować w nocy. Zapewniłam każdego z osobna, że telefon od Billa Comptona z pewnością nie będzie psikusem.

W końcu położyłam się na słońcu, by się poopalać, po chwili jednak babcia przyniosła mi z domu telefon.

– Twój szef – oznajmiła.

Babcia lubiła Sama, a teraz najwyraźniej jakieś jego słowa prawdziwie ją uszczęśliwiły, ponieważ uśmiechała się szeroko niczym kot z Cheshire.

– Cześć, Sam – rzuciłam w słuchawkę niezbyt wesołym tonem, podejrzewając, że usłyszę, że w pracy zdarzyło się coś złego.

– Dawn nie przyszła, moja droga – odparował mój szef.

– O... cholera – mruknęłam. Było jasne, że muszę jechać do baru. – Miałam plany, Sam. – Chyba pierwszy raz tak mu odpowiedziałam. – Kiedy mnie potrzebujesz?

– Mogłabyś popracować od siedemnastej do dwudziestej pierwszej? Bardzo byś mi pomogła.

– Czy dostanę za to inny cały wolny dzień?

– Może Dawn podzieli z tobą zmianę którejś nocy?

Prychnęłam na te słowa, choć babcia stała obok, patrząc na mnie z surową miną. Wiedziałam, że za chwilę zrobi mi wykład.

– No dobrze – mruknęłam niechętnie. – Zobaczymy się o piątej.

– Dzięki, Sookie – powiedział. – Wiedziałem, że mogę na ciebie liczyć.

Spróbowałam poczuć z tego powodu dumę. Jednakże dobroć wydała mi się nudną zaletą. „Tak, na Sookie zawsze można liczyć, Sookie zawsze przyjdzie i pomoże, bo nie ma życia prywatnego!".

Cóż, mogłam pojechać do Billa po dziewiątej wieczór. Mój wampir i tak będzie na nogach przez całą noc.

Praca nigdy mi się tak nie dłużyła jak tego dnia. Nie mogłam się skoncentrować na tyle, by blokować napływ myśli otaczających mnie ludzi, ponieważ bez przerwy myślałam o Billu. Na szczęście, w barze było niewielu klientów, w przeciwnym razie zalałaby mnie masa niechcianych myśli. Niestety, mimowolnie odkryłam, że Arlene spóźnia się okres i moja przyjaciółka boi się, czy nie jest w ciąży. Zanim zdołałam się powstrzymać, przytuliłam ją. Przyjrzała mi się badawczo, po czym mocno się zaczerwieniła.

– Weszłaś w mój umysł, Sookie? – spytała ostro.

Arlene była jedną z nielicznych osób, które po prostu przyjęły do wiadomości istnienie mojego daru, nie próbując w żaden sposób go wyjaśniać ani nie nazywając mnie z jego powodu dziwadłem. Zauważyłam jednak, że nawet ona nie mówiła o tej sprawie ani zbyt często, ani normalnym tonem.

– Przepraszam, nie zrobiłam tego specjalnie – bąknęłam. – Nie jestem dzisiaj zbyt skupiona.

– No to w porządku. Od tej chwili jednak staraj się nad sobą panować. – Pogroziła mi palcem, jednocześnie potrząsając głową; ogniste loki podskoczyły przy jej policzkach.

Miałam ochotę się rozpłakać.

– Przepraszam – powtórzyłam i weszłam do magazynku, by tam się uspokoić. Starałam się trzymać głowę prosto, lecz z trudem powstrzymywałam łzy.

Usłyszałam, jak drzwi za mną się otwierają.

– Hej, Arlene, przecież cię przeprosiłam! – warknęłam. Chciałam być sama. Czasami Arlene mieszała telepatię z umiejętnością przewidywania przyszłości. Bałam się, że zapyta mnie, czy naprawdę jest w ciąży. Lepiej kupiłaby sobie w aptece test.

– Sookie. – To był Sam. Położył mi rękę na ramieniu i lekko odwrócił mnie ku sobie. – Co się dzieje?

Jego łagodny głos z niewiadomych względów pogłębił mój smutek.

– Wolałabym, żebyś na mnie nakrzyczał – jęknęłam. – Inaczej się rozpłaczę!

Zaśmiał się cicho, po czym mnie objął.

– O co chodzi? – zapytał.

– Bo ja...

Nigdy nie dyskutowałam otwarcie o moim problemie (jak go nazywałam) ani z Samem, ani z nikim innym. Wszyscy w Bon Temps znali pogłoski związane z przyczynami mojej „odmienności", najwyraźniej nikt jednak nie rozumiał, że non stop muszę słuchać ich umysłowego bełkotu, czy tego chcę, czy nie... Ach, te ich codzienne narzekania, narzekania, narzekania...

– Usłyszałaś coś, co cię zdenerwowało? – spytał spokojnie. Dotknął środka mojego czoła, sugerując specyficzne znaczenie słowa „słyszeć".

– Tak.

– Nic na to nie możesz poradzić, prawda?

– Nic.

– Nienawidzisz tego, co, kochanie?

– Och, tak!

– A więc nie ma w tym twojej winy?

– Staram się nie podsłuchiwać ludzi, ale nie zawsze potrafię się obronić przed napływem ich myśli. – Poczułam, że łza, której nie mogłam dłużej powstrzymywać, spływa po moim policzku.

– Powiedz, jak to robisz, Sookie? To znaczy... jak się przed tym bronisz?

Wyglądał na naprawdę zainteresowanego i chyba wcale nie uważał mnie za kogoś gorszego od siebie. Uniosłam nieco głowę i wpatrzyłam się w jego wielkie niebieskie oczy.

– Po prostu... trudno się coś takiego opisuje komuś, kto tego nie potrafi... Stawiam umysłową zaporę... taką sztuczną ochronę... jakby stalowe płyty między moim mózgiem i umysłami innych osób.

– Musisz pilnować, by ta zapora nie... zniknęła?

– Tak. Utrzymywanie jej wymaga ode mnie ogromnej koncentracji. Przez cały ten czas trochę się... oddzielam od mojego umysłu i może właśnie dlatego ludzie uważają mnie za stukniętą. Jedna połowa mojego mózgu stara się podtrzymywać te stalowe płyty, podczas gdy druga skupia się na przyjmowaniu zamówień, toteż czasami nie mam siły na prowadzenie logicznej rozmowy. – Czułam olbrzymią ulgę, że mogę komuś o tym opowiadać.

– Słyszysz słowa czy raczej docierają do ciebie wrażenia?

– Hm... wszystko zależy od osoby, której... słucham. I od jej stanu. Jeśli ktoś jest pijany albo zaniepokojony, otrzymuję jedynie obrazy, wrażenia, zamiary... W przypadku osób trzeźwych i spokojnych często słyszę słowa i widzę nieco obrazów.

– Wampir twierdzi, że jego myśli nie słyszysz.

Poczułam się bardzo dziwnie na myśl, że Bill i Sam rozmawiali o mnie.

– Zgadza się – przyznałam.

– Czy to ci daje komfort?

– O tak, zdecydowanie – odrzekłam szczerze.

– A moje myśli słyszysz, Sookie?

– Nie chcę nawet próbować! – odrzekłam pospiesznie.
Ruszyłam do drzwi magazynu, lecz zatrzymałam się z ręką
na gałce. Wyciągnęłam chusteczkę z kieszeni szortów i delikatnie starłam łzy z policzka. – Jeśli zajrzę w twój umysł,
będę musiała odejść z pracy, Sam! A lubię ciebie i lubię tu
pracować.

– Och, tylko kiedyś spróbuj, Sookie – odpowiedział
niedbale, po czym odwrócił się, wyjął z kieszeni ostry
nóż i zaczął nim otwierać karton z butelkami whisky. –
Nie przejmuj się mną. Możesz tu pracować, jak długo
chcesz.

Wytarłam stolik, na który Jason rozsypał sól. Zanim
poszedł, zjadł hamburgera i frytki. Wypił też parę piw.

Zastanowiłam się nad propozycją Sama.

Dziś nie będę próbowała go posłuchać. Był na to przecież przygotowany. Poczekam, aż czymś się zajmie. Wślizgnę się jedynie na moment w jego umysł i posłucham jego
myśli. Sam mnie zachęcał, co zresztą wydało mi się osobliwe i absolutnie unikatowe.

Miło otrzymać zaproszenie.

Poprawiłam makijaż i wyszczotkowałam włosy. Nosiłam teraz rozpuszczone, ponieważ Bill wyraźnie lubił taką
fryzurę, choć przeszkadzała mi ona w pracy.

Kiedy wreszcie nadszedł koniec mojej zmiany, wzięłam
torebkę z szuflady w biurze Sama.

***

Dom Comptonów – podobnie jak dom mojej babci – stał z dala od głównej drogi. Był nieco lepiej widoczny z drogi gminnej niż nasz, a z jego okien rozciągał się widok na cmentarz, którego nasz dom nie miał. Powodem (przynajmniej częściowym) było usytuowanie domu Comptonów. Stał na szczycie pagórka i składał się z pełnych dwóch kondygnacji. Dom babci miał dwie zapasowe sypialnie na piętrze i stryszek, lecz nie było to pełne piętro – w najlepszym razie półpiętro.

W pewnym momencie swojej długiej historii Comptonowie mieli bardzo miły dom. Nawet w ciemnościach dostrzegałam jego urokliwość. Wiedziałam jednak, że w świetle dziennym zauważyłabym zapewne, że farba na filarach się łuszczy, drewniane deski są wypaczone, a podwórko zarosło niczym dżungla. W wilgotnym ciepłym powietrzu Luizjany roślinność rozwija się niezwykle szybko, trzeba ją więc często przycinać, a stary pan Compton nie miał zwyczaju wynajmować pomocników, toteż gdy osłabł, zostawił podwórko na łaskę losu.

Na okrągłym podjeździe od lat nie zmieniano żwiru i mój samochód przesunął się poślizgiem pod same drzwi frontowe. Dostrzegłam, że w całym domu palą się światła, i zrozumiałam, że dzisiejszy wieczór nie będzie przypominał wczorajszego. Przed domem stał zaparkowany drugi samochód – lincoln continental, biały z granatowym dachem. Na zderzaku przylepiono biało-błękitną naklejkę z napisem: „Wampiry ssą". Czerwono-żółta natomiast mówiła: „Zatrąb, jeśli jesteś krwiodawcą!". Tablica rejestracyjna składała się z jednego słowa i jednej liczby: „KŁY 1".

Skoro Bill miał już towarzystwo, może powinnam po prostu pojechać do domu?

Ale przecież mnie zaprosił. Z wahaniem uniosłam rękę i zapukałam do drzwi.

Otworzyła je wampirzyca.

Lśniła jak szalona. Była Murzynką i mierzyła co najmniej metr osiemdziesiąt. Nosiła obcisły sportowy biustonosz ze spandeksu w kolorze różowym, dopasowane, długie do łydki legginsy z lycry oraz rozpiętą elegancką, męską białą koszulę.

Pomyślałam, że wygląda tanio jak cholera i najprawdopodobniej – z męskiego punktu widzenia – niesamowicie apetycznie.

– Hej, panienko – zamruczała.

A ja nagle pojęłam, że grozi mi niebezpieczeństwo. Bill wielokrotnie mnie ostrzegał, że nie wszystkie wampiry są równie uprzejme jak on; zresztą sam także miewał podobno momenty, gdy nie był zbyt miły. Nie potrafiłam wejść w umysł stojącej przede mną istoty, ale dosłyszałam jawne okrucieństwo w jej głosie.

Może zraniła Billa? A może była jego kochanką...?

Te myśli przeleciały mi przez głowę, na szczęście żadna nie uwidoczniła się na mojej twarzy. Miałam za sobą lata doświadczeń w kontrolowaniu min i emocji. Uśmiechnęłam się więc, wyprostowałam i rzuciłam do Murzynki wesoło:

– Cześć! Miałam wpaść dziś wieczorem i przekazać Billowi pewną informację. Mogę się z nim zobaczyć?

Wampirzyca zaśmiała się, ja jednak jestem przyzwyczajona do drwin, toteż mój uśmiech jeszcze się poszerzył.

Od tego stworzenia niemal promieniowało niebezpieczeństwo – w sposób, w jaki żarówka wydziela ciepło.

– Bill, jest tu panienka, która twierdzi, że ma dla ciebie jakąś wiadomość! – wrzasnęła przez (szczupłe, brązowe i piękne) ramię. Stłumiłam westchnienie ulgi. – Chcesz zobaczyć tę małą? A może po prostu dam jej miłosnego całuska?

Po moim trupie, pomyślałam wściekle i w tej samej chwili zrozumiałam, że tak właśnie by to wyglądało.

Nie usłyszałam odpowiedzi Billa, ale wampirzyca się odsunęła. Weszłam do starego domu. Wiedziałam, że ucieczka zda się na nic. Długonoga Murzynka niewątpliwie by mnie dopadła, zanim zdążyłabym przebiec pięć kroków. Usiłowałam też nie rozglądać się za Billem, ciągle więc nie miałam pewności, czy nic mu się nie stało. Miałam nadzieję, że wystarczy mi odwagi i dzielnie stawię czoło tej sytuacji.

W dużym salonie znajdowało się mnóstwo ciemnych starych mebli i ludzi. A właściwie, gdy przyjrzałam się im uważniej, uświadomiłam sobie, że nie wszyscy są ludźmi – rozróżniłam dwie osoby i jeszcze dwa dziwne wampiry.

Oba były płci męskiej i rasy białej. Jeden miał włosy obcięte tuż przy skórze i tatuaże na każdym widocznym milimetrze ciała. Drugi przewyższał wzrostem nawet wampirzycę, która mi otworzyła, mierzył co najmniej sto dziewięćdziesiąt parę centymetrów, był wspaniałej budowy, jego głowę zaś okalały długie, faliste ciemne włosy.

Ludzie prezentowali się mniej imponująco. Kobieta była pulchną blondynką, miała trzydzieści pięć lat lub więcej i zbyt grubą warstwę makijażu. Wyglądała na zniszczoną... niczym stary but. Mężczyzna wprost przeciwnie – był naprawdę uroczym, może najładniejszym człowiekiem, jakiego widziałam w całym moim życiu. Nie miał chyba więcej niż dwadzieścia jeden lat. Śniada cera sugerowała prawdopodobnie latynoskie pochodzenie; był niewysoki i drobnokościsty. Miał na sobie jedynie poszarpane dżinsy i... makijaż. Nie przeszkadzało mi to, ale i nie pociągało.

Nagle Bill się poruszył i wreszcie go zobaczyłam. Stał w cieniu ciemnego korytarza prowadzącego z salonu na tyły domu. Popatrzyłam na mojego wampira, próbując się zorientować w tej niespodziewanej sytuacji. Popadłam w lekką konsternację, gdyż wcale nie miał zachęcającej miny. Jego twarz była zresztą całkowicie nieruchoma i nie-przenikniona. Chociaż nie mogłam uwierzyć, że w ogóle o tym pomyślałam, zapragnęłam w tym momencie zerknąć w jego umysł.

– Och, zapowiada się cudowny wieczór – oświadczył z zachwytem w głosie długowłosy wampir. – Czy to twoja przyjaciółka, Bill? Jest taka świeżutka.

Przyszło mi do głowy kilka wulgarnych słów, których nauczyłam się od Jasona.

– Proszę, wybaczcie mnie i Billowi na minutkę – oznaj-miłam bardzo uprzejmie, jakby wieczór był idealnie normalny. – Załatwiam fachowców do napraw w tym domu. – Starałam się mówić rzeczowo i bezosobowo, cho-ciaż udająca specjalistkę dziewczyna w szortach, podko-szulku i adidasach nie wzbudza raczej szacunku. Jednakże takie zachowanie podpowiadała mi intuicja.

– A słyszeliśmy, że Bill jest na diecie i pija jedynie krew syntetyczną – zauważył wytatuowany wampir. – Obawiam się, Diane, że ktoś nam wciskał bzdury.

Wampirzyca przekrzywiła głowę i posłała mi długie spojrzenie.

– Nie jestem tego taka pewna. Ta mała wygląda mi na dziewicę.

Pomyślałam, że wampirzyca mówi chyba o czymś innym niż błona dziewicza.

Zrobiłam kilka swobodnych kroków w stronę Billa, mając cholerną nadzieję, że w najgorszym razie mój wampir mnie obroni, choć nie byłam tego w tej chwili wcale taka pewna. Nadal się uśmiechałam, czekając, aż Bill coś powie i wreszcie się ruszy.

Wówczas się odezwał.

– Sookie jest moja – oświadczył, a jego głos zabrzmiał tak zimno i gładko, że gdyby był kamieniem, wsunąłby się w wodę, nie czyniąc nawet najmniejszej zmarszczki.

Popatrzyłam na niego ostro, na szczęście miałam dość rozumu, by trzymać język za zębami.

– Jak dobrze się troszczysz o naszego Billa? – spytała Diane.

– Nie twój pieprzony interes! – odburknęłam, używając jednego ze słów Jasona i nadal się uśmiechając. Dałam im do zrozumienia, że mam temperament.

Zapanowała krótka cisza. Wszyscy, ludzie i wampiry, przyglądali mi się tak badawczo, że mogliby policzyć włoski na moich rękach. Nagle wysoki wampir zaczął się trząść ze śmiechu, a reszta poszła za jego przykładem. Kiedy tak rechotali, podeszłam kilka kroczków bliżej Billa, który wpatrywał się swymi ciemnymi oczyma w moje. Nie śmiał się i odniosłam wrażenie, że równie mocno jak ja pragnie, żebym umiała czytać mu w myślach.

Podejrzewałam, że Bill znajduje się w niebezpieczeństwie. A jeśli Billowi groziło niebezpieczeństwo, groziło także mnie.

– Masz zabawny uśmiech – mruknął w zadumie wysoki wampir. Podobał mi się bardziej, gdy rechotał.

– Och, Malcolmie – wtrąciła Diane. – Wszystkie kobiety wyglądają dla ciebie zabawnie.

Malcolm przyciągnął do siebie młodego mężczyznę i zaczął go całować. Poczułam się nieco zdegustowana, uważałam bowiem, że pocałunki należy wymieniać na osobności.

– To prawda – odparł Malcolm, odrywając się po chwili od młodzieńca, ku jawnemu rozczarowaniu tamtego. – Jednakże w tej dostrzegam coś rzadkiego. Może ma bogatą krew.

– Phi – pisnęła blondynka głosem, od którego mógłby popękać tynk. – To przecież tylko stuknięta Sookie Stackhouse.

Przypatrzyłam się kobiecie z większą uwagą. Rozpoznałam ją w końcu, gdy ją w myślach ciut odmłodziłam i zmyłam z niej połowę makijażu. Janella Lennox pracowała w „Merlotcie” przez dwa tygodnie, aż Sam ją wyrzucił. Arlene twierdziła, że kobieta przeniosła się później do Monroe.

Wampir z tatuażami objął ramieniem Janellę i potarł jej piersi. Poczułam, że blednę; cała krew spłynęła mi z twarzy. Byłam straszliwie zniesmaczona. Mój wstręt wzrósł, kiedy Janella, równie pozbawiona przyzwoitości jak wampir, położyła dłoń na jego kroczu i zaczęła je masować.

Przynajmniej miałam teraz wyraźny dowód na to, że wampiry są w stanie uprawiać seks.

W tej chwili jednak odkrycie to mało mnie podniecało. Malcolm dostrzegł moją odrazę.

– Ta mała jest absolutnie niewinna – powiedział do Billa z tęsknym uśmiechem.

– Ona jest moja – powtórzył Bill. Tym razem jego głos był twardszy, a ton jawnie ostrzegawczy.

– No, Bill, nie powiesz mi, że od tej panienki dostajesz wszystko, czego potrzebujesz – stwierdziła Diane. – Jesteś blady i jakiś taki... oklapnięty. Dziewczyna na pewno nie dba o ciebie odpowiednio.

Zrobiłam kolejny krok ku Billowi.

– Proszę – zaproponowała wampirzyca, której powoli zaczynałam nienawidzić – posmakuj kobiety Liama, albo Jerry'ego, ładnego chłopca Malcolma.

Janella nie zareagowała na stwierdzenie Diane, prawdopodobnie zbyt zajęta rozpinaniem dżinsów Liama, ale „ładny chłopiec Malcolma", czyli Jerry, natychmiast podpełzł do mojego wampira. Uśmiechnęłam się, chociaż od tego sztucznego uśmiechu o mało nie pękły mi szczęki, a tymczasem młokos objął Billa, łasił się do szyi Billa, ocierał się piersią o koszulę Billa...

Nie mogłam patrzeć na wykrzywioną twarz mojego wampira. Bronił się przed Jerrym, lecz bezwiednie zaczynał wysuwać kły. Po raz pierwszy widziałam je w całej okazałości. Syntetyczna krew, niestety, rzeczywiście nie zaspokajała wszystkich potrzeb Billa.

Jerry zaczął lizać punkt u nasady szyi Billa. Nadmiar emocji sprawił, że przestałam się bronić przed napływem myśli innych osób. Ponieważ czworo spośród obecnych było wampirami, których umysłów nie potrafiłam odczytać, Janella zaś była całkowicie zajęta, pozostawał Jerry. Wsłuchałam się w jego myśli i aż się zakrztusiłam.

Bill, drżąc z pokusy, akurat się pochylał z zamiarem zatopienia kłów w szyi Jerry'ego, gdy zawołałam:

– Nie! On ma sinowirus!

Jakby uwolniony od zaklęcia, Bill popatrzył na mnie przez ramię Jerry'ego. Oddychał ciężko, lecz jego kły się cofnęły. Skorzystałam z tej chwili i podeszłam jeszcze kilka kroków. Od mojego wampira dzielił mnie teraz zaledwie metr.

– Sino-AIDS – dodałam.

Krew alkoholików i nałogowych narkomanów ma krótkotrwały wpływ na wampiry. Niektóre podobno zresztą znajdowały przyjemność w tym pośrednim kontakcie z używkami. Nijak natomiast na wampiry nie oddziaływała krew ludzi z pełnoobjawowym AIDS, chorych na inne choroby przenoszone drogą płciową czy też osób dotkniętych nękającymi istoty ludzkie wirusami.

Oprócz sino-AIDS! Choroba ta wprawdzie nie zabijała wampirów tak stuprocentowo, jak wirus AIDS uśmiercał ludzi, jednak bardzo osłabiała nieumarłych na okres niemal miesiąca, w którym to czasie stosunkowo łatwo było takiego wampira schwytać i zabić, wbijając mu kołek w pierś. Zdarzało się, że wampir, który niejednokrotnie żywił się zarażoną krwią, umierał... to znaczy umierał ponownie... nawet bez kołka. Choć w przeważającej części Stanów Zjednoczonych sino-AIDS nadal pozostawał chorobą rzadką, mocno się rozprzestrzenił w okolicy portów, jak Nowy Orlean, gdzie wirusa przywozili pochodzący z całego świata marynarze i inni podróżnicy schodzący na ląd, by się zabawić.

Po moich słowach wszystkie wampiry zmartwiały i zagapiły się na Jerry'ego niczym na śmierć w przebraniu. Może zresztą tym dla nich był.

W następnej sekundzie ten piękny młody człowiek odwrócił się i rzucił na mnie. Nie był wampirem, lecz był silny (najwyraźniej od niedawna nosił w sobie wirusa) i cisnął mną o ścianę. Później zacisnął na moim gardle palce jednej ręki i uniósł drugą, zamierzając uderzyć mnie pięścią w twarz. Gdy uniosłam ręce do obrony, ktoś chwycił nadgarstek Jerry'ego i napastnik znieruchomiał.

– Puść ją! – wrzasnął Bill głosem tak przeraźliwym, że nawet ja się wystraszyłam.

Od wielu minut byłam w stresie i lękałam się, że już nigdy nie poczuję się bezpieczna. W dodatku palce Jerry'ego wcale się nie rozluźniły, toteż bezwiednie zaczęłam cicho popiskiwać. W panice zerkałam na boki. Gdy znów spojrzałam w pobladłą twarz Jerry'ego, zrozumiałam, że Bill trzyma jego rękę, a Malcolm chwycił go za nogi. Młokos przeraził się i nie do końca pojmował, czego od niego chcą.

Szczegóły otoczenia widziałam coraz mniej wyraźnie, głosy wpływały w mój umysł i z niego wypływały. Czułam natłok myśli Jerry'ego, ale nie miałam siły się przed nimi bronić. Byłam zupełnie bezradna. Mimowolnie odkryłam, że głowę młodzieńca wypełnia obraz kochanka, który zaraził go wirusem, a następnie opuścił dla jakiegoś wampira, więc Jerry zamordował go w ataku zazdrości i wściekłości. Kiedy uprzytomnił sobie, co zrobił, obarczył winą za to wampiry. Pragnął wszystkie pozabijać i na początek postanowił pozarażać je sino-AIDS. To miała być jego zemsta.

Nad jego ramieniem dostrzegłam uśmiechniętą twarz wampirzycy Diane.

Nagle Bill złamał Jerry'emu nadgarstek.

Młodzieniec krzyknął z bólu i zwalił się na podłogę. Do mojego mózgu ponownie zaczęła docierać krew, więc zakręciło mi się w głowie. Malcolm podniósł Jerry'ego i przeniósł go na kanapę – tak niedbale, jakby młokos był zwiniętym dywanem. Miny Malcolma nie można było jednak nazwać obojętną. Wiedziałam, że Jerry będzie miał szczęście, jeśli umrze szybko.

Bill stanął przede mną, zajmując miejsce nieszczęsnego młodzieńca. Jego palce, które właśnie złamały przegub Jerry'ego, masowały teraz moją szyję – w swej delikatności Bill przypominał mi moją babcię. Położył palec na mych wargach, sugerując, żebym milczała.

Potem objął mnie i odwrócił się, by stawić czoło pozostałym wampirom.

– Bardzo zabawne widowisko – ocenił chłodno Liam. Najwyraźniej starania Janelli nie zrobiły na nim szczególnego wrażenia. Przez całą akcję nawet się nie ruszył z kanapy.

Przyjrzałam się nowym tatuażom, dopiero teraz widocznym na częściowo obnażonym ciele wampira. Były tak nieprzyzwoite, że aż ogarnęły mnie mdłości.

– Sądzę, że teraz powinniśmy wracać do Monroe. Trzeba odbyć krótką rozmowę z Jerrym, natychmiast gdy się obudzi, co, Malcolmie?

Malcolm zarzucił sobie na ramię nieprzytomnego młodzieńca i bez słowa kiwnął głową Liamowi. Diane wyglądała na rozczarowaną.

– Ależ, panowie – zaprotestowała. – Nie dowiedzieliśmy się jeszcze, skąd ta mała o tym wie.

Dwa wampiry równocześnie przeniosły wzrok na mnie. Liam zaczął jakby od niechcenia szczytować. Czyli tak, wampiry mogą mieć orgazm! Po chwili Liam odsapnął.

– Dzięki, Janello. Malcolmie, to dobre pytanie, nie uważasz? Nasza Diane jak zwykle bardzo się stara dotrzeć do sedna problemu.

Cała trójka wampirów z Monroe roześmiała się. Mnie ten żart raczej przestraszył.

– Nie możesz jeszcze mówić, prawda, kochana? – Na wypadek, gdybym nie pojęła aluzji, Bill ścisnął moje ramię.

Potrząsnęłam głową.

– Prawdopodobnie mogłabym ją skłonić do mówienia – zaoferowała się wampirzyca.

– Diane, zapominasz się – upomniał ją łagodnie Bill.

– No tak, dziewczyna jest twoja – przyznała Diane. W jej tonie nie było ani strachu, ani przekonania.

– Trzeba się będzie spotkać innym razem – mruknął Bill, jawnie dając pozostałym do zrozumienia, że mają wyjść albo będą musieli z nim walczyć.

Liam wstał, zapiął suwak dżinsów i kiwnął na kobietę.

– Janello, wychodzimy. Wyrzucają nas. – Rozłożył ręce, a tatuaże na muskularnych ramionach się poruszyły.

Janella przesunęła palcami po jego żebrach, lecz wampir jednym ruchem odepchnął ją niczym natrętną muchę. Popatrzyła na niego rozdrażniona, choć wcale nie zawstydzona. Ja na niej miejscu czułabym się zażenowana, ale kobieta wydawała się przyzwyczajona do takiego traktowania.

Malcolm podniósł Jerry'ego i wyniósł go frontowymi drzwiami. Jeśli poprzez krew Jerry'ego zaraził się wirusem, choroba najwyraźniej jeszcze go nie osłabiła. Diane wyszła jako ostatnia. Zarzuciwszy torebkę na ramię, co rusz zerkała za siebie.

– Zostawię was w takim razie samych, kochani. Świetnie się bawiłam – powiedziała i wyszła, trzaskając drzwiami.

Usłyszałam, że samochód odjeżdża, a sekundę później zemdlałam.

Nigdy wcześniej mi się to nie przydarzyło i miałam nadzieję, że nigdy więcej nie zdarzy, czułam się jednak usprawiedliwiona.

Chyba sporo czasu leżałam u Billa nieprzytomna. Odzyskując świadomość, wiedziałam, że muszę się zastanowić nad zdarzeniami tego wieczoru, na pewno jednak nie w tej chwili. Na razie całe otoczenie wirowało mi przed oczyma, dźwięki zaś raz nadpływały, raz odpływały. Zakrztusiłam się, a Bill natychmiast przechylił mnie nad brzeg kanapy. Nie zdołałam zwymiotować jedzenia, może dlatego że nie miałam go zbyt wiele w żołądku.

– Czy wampiry tak się zachowują? – szepnęłam. Gardło mnie bolało i czułam, że mam posiniaczoną szyję w miejscach, które ściskał Jerry. – Ci byli okropni.

– Próbowałem się z tobą skontaktować. Kiedy odkryłem, że cię nie ma w domu, usiłowałem cię złapać w barze – wyjaśnił Bill bezbarwnym głosem. – Niestety, stamtąd też już wyszłaś.

Chociaż wiedziałam, że nic mi to nie pomoże, rozpłakałam się. Byłam pewna, że do tej pory wampiry zdążyły zabić Jerry'ego, i czułam, że powinnam coś zrobić w tej sprawie. Ale w tamtej chwili nie mogłam ukrywać swojej wiedzy, skoro chłopak mógł zarazić Billa. Całe to krótkie spotkanie straszliwie mnie zdenerwowało, nawet nie potrafiłam wskazać, który jego moment najbardziej. W ciągu kwadransa bałam się o swoje życie, o życie Billa (hm... no cóż... powiedzmy, o jego „istnienie"), przyglądałam się zachowaniom seksualnym, które powinny pozostać sprawą absolutnie prywatną, widziałam mojego potencjalnego kochanka targanego żądzą krwi (z naciskiem na „żądzę") i o mało nie udusił mnie chory pedał dupodajec.

Ogarnięta tym natłokiem myśli, przestałam się powstrzymywać przed płaczem. Usiadłam i rozszlochałam się, wycierając twarz chusteczką, którą podał mi Bill. Przemknęło mi przez głowę pytanie, po co wampirowi chusteczki.

Bill miał dość rozumu, by mnie na razie nie obejmować. Usiadł na podłodze i czekał, a gdy wycierałam twarz, subtelnie odwrócił wzrok.

– Wampiry żyjące w grupach – odpowiedział nagle – często stają się bardziej okrutne. Wiesz, podjudzają się nawzajem. Stała obecność innych osobników ciągle im uświadamia, jak bardzo się różnią od przedstawicieli rasy ludzkiej. Zaczynają robić wszystko, na co mają ochotę, i powoli przestają przestrzegać jakichkolwiek praw. Wampiry żyjące samotnie, tak jak ja, dłużej pamiętają o swojej ludzkiej przeszłości. – Słuchałam go, usiłując nadążać za tokiem jego myśli i starając się zrozumieć nieznane mi kwestie. – Sookie, nasza egzystencja wielu osobom wydaje się strasznie kusząca. Szczególnie ostatnio... Jednak pojawienie się syntetycznej krwi i ludzkiej akceptacji... choćby jeszcze niechętnej... niektórych z nas nie zmieni z dnia na dzień... nawet nie w ciągu dekady. A Diane, Liam i Malcolm są razem od pięćdziesięciu lat.

– Jak słodko – mruknęłam. W swoim głosie usłyszałam nową, nieznaną mi wcześniej nutę: gorycz. – Obchodzą złote gody.

– Potrafisz zapomnieć o zdarzeniach dzisiejszego wieczoru? – spytał.

Zobaczyłam, że jego ogromne ciemne oczy przysuwają się do mojej twarzy, i nagle jego usta znalazły się kilka centymetrów od moich.

– Nie mam pojęcia – odparłam. – Hm... nie wiedziałam dotąd, czy możesz to robić...

Uniósł brwi.

– Robić...?

– No wiesz, czy możesz mieć... – Przerwałam, zastanawiając się nad odpowiednim słowem. Widziałam dziś więcej objawów grubiaństwa niż przez całe moje dotychczasowe życie, toteż nie chciałam powiedzieć niczego ordynarnego. – Erekcję – bąknęłam w końcu, unikając jego spojrzenia.

– No to teraz już wiesz. – Wyczułam, że z całych sił stara się nie roześmiać. – Możemy uprawiać seks, ale nie możemy być rodzicami. Czy fakt, że Diane nie może mieć dzieci, nie poprawia ci humoru?

Wściekłam się. Otworzyłam szeroko oczy i wbiłam się w niego wzrok.

– Nie drwij... sobie... ze mnie!

– Och, Sookie – jęknął i podniósł rękę, by dotknąć mojego policzka.

Odepchnęłam jego dłoń i chwiejnie się podniosłam. Bill nie pomógł mi wstać (i dobrze), siedział tylko na podłodze i przyglądał mi się z nieruchomą twarzą i nieodgadnioną miną. Choć kły miał schowane, wiedziałam, że nadal cierpi głód. Zbyt wielki głód.

Moja torebka stała na podłodze przy frontowych drzwiach. Ruszyłam w tamtym kierunku. Nieco się zataczałam, ale uparcie szłam. Po drodze wyjęłam z kieszeni listę numerów do elektryków i położyłam ją na stole.

– Muszę iść.

W jednej chwili znalazł się przede mną. Znów zrobił jedną z tych swoich wampirzych sztuczek!

– Mogę cię pocałować na do widzenia? – poprosił, trzymając ręce zwieszone po bokach, czym dawał mi do zrozumienia, że mnie nie tknie, dopóki mu nie pozwolę.

– Nie! – zawołałam gwałtownie. – Po dzisiejszym incydencie nie zdołałabym znieść twoich pocałunków!

– Wpadnę, okej?

– Okej...

Wyciągnął rękę, żeby otworzyć mi drzwi, ja jednak sądziłam, że chce mnie dotknąć, i cofnęłam się.

Sekundę później wypadłam z budynku i niemal pobiegłam do swojego samochodu. Łzy znów zamazywały mi widok. Cieszyłam się, że mam tak niedaleko dom.

ROZDZIAŁ TRZECI

Telefon dzwonił i dzwonił. Naciągnęłam poduszkę na głowę. Na pewno babcia w końcu odbierze...

Ponieważ jednak irytujący dźwięk dźgał bezlitośnie mój mózg, zrozumiałam, że babcia albo wyszła na zakupy, albo jest na podwórku.

Sięgnęłam ku stolikowi przy łóżku, nieszczęśliwa i zrezygnowana. Targana bólem głowy i strasznym kacem (oczywiście emocjonalnym, a nie wywołanym przez alkohol), chwyciłam drżącą ręką słuchawkę.

– Tak? – wychrypiałam. Odchrząknęłam i spróbowałam znów. – Halo?

– Sookie?

– Eee, Sam?

– Tak. Posłuchaj, kochana, zrobisz coś dla mnie?

– Co? – I tak miałam iść tego dnia do pracy. Miałam nadzieję, że nie będę musiała przepracować zarówno zmiany Dawn, jak i swojej.

– Podjedź do Dawn i zobacz, co się z nią dzieje. Nie odbiera telefonów. Tutaj przyjechała właśnie ciężarówka dostawcza. Muszę powiedzieć facetom, gdzie rozładować towar.

– Teraz? Chcesz, żebym teraz pojechała? – Moje stare łóżko nigdy nie trzymało mnie mocniej w swoim uścisku.

– Mogłabyś? – Być może po raz pierwszy zauważył mój niezwykły nastrój. Nigdy dotąd niczego mu nie odmawiałam.

– Chyba tak – odburknęłam.

Zmęczyła mnie sam myśl o jeździe. Nie przepadałam za Dawn, podobnie jak ona za mną. Była przekonana, że czytam w jej myślach i że powiedziałam Jasonowi coś, przez co jej zdaniem z nią zerwał. Rany, gdybym interesowała się romansami Jasona, nie miałabym czasu, by jeść czy spać!

Wzięłam prysznic i włożyłam strój kelnerki. Czułam, że brakuje mi energii i poruszałam się ociężale. Zjadłam płatki, umyłam zęby i powiedziałam, dokąd idę, babci, którą rzeczywiście znalazłam na dworze; sadziła petunie w donicy przy tylnych drzwiach. Odniosłam wrażenie, że nie zrozumiała dokładnie, o czym mówię, ale uśmiechnęła się i mi pomachała. Słuch babci szwankował z każdym tygodniem coraz bardziej. Nie dziwiło mnie to, bo przecież miała siedemdziesiąt osiem lat. Cudownie, że nadal była taka silna i zdrowa, a jej mózg funkcjonował równie dobrze jak u młodej kobiety.

W samochodzie rozmyślałam o życiu babci. Na pewno trudno jej było wychować mnie i Jasona, gdy odchowała już własne dzieci. Moi rodzice, czyli jej syn i synowa, zginęli, kiedy ja miałam lat siedem, a mój brat dziesięć. Gdy skończyłam dwadzieścia trzy lata, na raka macicy zmarła ciocia Linda, córka babci. Wnuczka babci, córka cioci Lindy, Hadley, jeszcze przed śmiercią cioci uciekła i przyłączyła się do tej samej subkultury, która zrodziła

Rattrayów, i po dziś dzień nie wiemy, czy Hadley kiedykolwiek się dowiedziała o śmierci swej matki. Babcia przeżyła więc wiele smutnych chwil, zawsze jednak starała się być silna. Ponieważ zajmowała się nami.

Przez przednią szybę zerknęłam na trzy niskie bliźniaki wchodzące w skład zniszczonego szeregowca, który ciągnął się po jednej stronie Berry Street, tuż za najstarszą częścią centrum Bon Temps. Dawn mieszkała w jednym z tych domów. Zauważyłam jej samochód, zielony kompakt, na podjeździe jednego z lepiej utrzymanych domów i zatrzymałam się za autem. Przy frontowych drzwiach wisiał kosz begonii; kwiaty były nieco przywiędłe, najprawdopodobniej od kilku dni nikt ich nie podlewał.

Zapukałam.

Odczekałam minutę, może dwie, po czym znów zapukałam.

– Sookie, potrzebujesz pomocy? – Głos zabrzmiał znajomo.

Odwróciłam się i przysłoniłam oczy przed blaskiem porannego słońca. Rene Lenier stał przy swoim pikapie zaparkowanym po drugiej stronie ulicy przy jednym z małych drewnianych domów.

– No cóż... – zaczęłam, niepewna, czy jej potrzebuję i czy Rene ewentualnie może mi pomóc. – Widziałeś może Dawn? Nie przyszła dziś do pracy, a wczoraj nawet nie zadzwoniła. Sam poprosił mnie, żebym sprawdziła, co u niej.

– Twój szef powinien sam tu przyjechać, zamiast zrzucać brudną robotę na ciebie – odparował Rene, przewrotnie skłaniając mnie do obrony Sama Merlotte'a.

– Przyjechała ciężarówka i trzeba ją rozładować. – Obróciłam się i znowu zastukałam do drzwi. – Dawn! – wrzasnęłam. – To ja, otwórz.

Rzuciłam okiem na betonowy ganek. Sosnowy pyłek zaczął krążyć w powietrzu mniej więcej dwa dni temu; ganek Dawn był od niego cały żółty. Dostrzegłam na nim tylko własne ślady stóp. Poczułam ciarki na karku.

Rene stał przy drzwiach swojego pikapa. Chyba się zastanawiał: zostać czy odjechać.

Domek Dawn był jednopiętrowy i nieduży, więc drzwi do drugiej części bliźniaka znajdowały się bardzo blisko drzwi domu Dawn. Drugi podjazd był pusty, a w oknach nie było firanek. Wyglądało na to, że Dawn chwilowo nie miała sąsiada. W jej oknach wisiały zasłony – białe, zdobione ciemnozłotymi kwiatami. Były zaciągnięte, lecz tkanina wydawała się cienka i gładka, a tanich dwucentymetrowych aluminiowych żaluzji nie zamknięto. Zajrzałam więc do środka, lustrując salon pełen używanych mebli z pchlego targu. Na stole przy bryłowatym fotelu stał kubek kawy, a pod ścianą usadowił się stary tapczan przykryty grubą kapą.

– Chyba pójdę od tyłu – rzuciłam do Rene, który przechodził przez ulicę.

Zeszłam z ganku. Moje stopy natychmiast utonęły w żółtej od sosnowego pyłku trawie i wiedziałam, że przed pracą będę musiała porządnie otrzepać buty, a może także zmienić skarpetki. Podczas sezonu pylenia sosny wszystko jest żółte, wszystko – samochody, rośliny, dachy, okna – pokrywa złota mgiełka. Nawet na brzegach stawów i kałuż pojawia się żółta piana.

Okno łazienki Dawn znajdowało się tak wysoko, że nie mogłam nic zobaczyć. W sypialni żaluzje były opuszczone, choć niedokładnie zamknięte, toteż co nieco dostrzegałam przez listewki. Zobaczyłam więc i Dawn. Leżała w łóżku na plecach w skotłowanej pościeli. Nogi miała bezładnie rozrzucone, twarz spuchniętą i przebarwioną. Z jej ust wystawał język, po którym chodziły muchy.

Usłyszałam kroki Rene.

– Zadzwoń po policję – poleciłam.

– Co ty mówisz, Sookie? Ona tam jest?

– Zadzwoń po policję!

– W porządku, w porządku! – Mężczyzna wycofał się pospiesznie.

Z powodu irracjonalnej kobiecej solidarności nie chciałam, by Rene widział w takim stanie Dawn... bez jej pozwolenia. A moja koleżanka po fachu nie miała szans udzielić mi zgody.

Stałam tyłem do okna i opierałam się straszliwej pokusie zerknięcia powtórnie, w daremnej nadziei że za pierwszym razem się pomyliłam. Zagapiłam się na bliźniak po drugiej stronie jej domu. Stał może w odległości niecałych dwóch metrów ode mnie i zastanowiłam się, jak to możliwe, że jego lokatorzy mogli nie słyszeć żadnych odgłosów związanych z tak gwałtowną śmiercią Dawn.

Wrócił Rene. Jego ogorzała twarz zmarszczyła się od głębokiej troski, a piwne oczy podejrzliwie lśniły.

– Zadzwoniłbyś też do Sama? – spytałam.

Mężczyzna odwrócił się bez słowa i ruszył ciężkim krokiem z powrotem do samochodu. Był cholernie dobrym facetem; mimo jego skłonności do plotek, można było zawsze liczyć na niego w potrzebie. Pamiętałam, że przyszedł kiedyś do nas do domu i pomógł Jasonowi powiesić huśtawkę na ganku babci. Ot, takie przypadkowe wspomnienie, zupełnie niezwiązane z tą chwilą.

Bliźniak obok wyglądał identycznie jak ten, w którym mieszkała Dawn, toteż patrzyłam bezpośrednio w okno sąsiedniej sypialni. Nagle pojawiła się w nim twarz, po czym ktoś je podniósł i wychyliła się czyjaś potargana głowa.

– Co tu robisz, Sookie Stackhouse?

Przyglądałam się mężczyźnie przez minutę, starając się unikać wzrokiem jego seksownej nagiej piersi. W końcu rozpoznałam jego twarz.

– JB?

– Jasne, że ja.

Z JB du Rone chodziłam do liceum. Właściwie, miałam z nim kilka randek, bo był uroczym chłopakiem, lecz tak prostym, że nie dbał o to, czy czytałam mu w myślach. Nawet w dzisiejszych okolicznościach mogłam docenić jego urok. Kiedy ktoś tak długo jak ja nie poddaje się władzy własnych hormonów, niewiele trzeba, by się rozszalały. Westchnęłam na widok muskularnych ramion JB.

– Co tu robisz? – spytał ponownie.

– Chyba coś złego stało się Dawn – odparłam, nie mając pewności, czy powinnam mu o tym mówić. – Szef przysłał mnie, żebym jej poszukała, ponieważ nie przyszła do pracy.

– Jest tam w środku? – JB podbiegł do mnie. Był w szortach ogrodniczkach.

– Proszę, nie zaglądaj – poprosiłam. Uniosłam rękę, żeby go powstrzymać, i rozpłakałam się. – To jest straszny widok, JB.

– Och, kochanie – powiedział i (niech Bóg błogosławi jego wielkie wiejskie serce) objął mnie i pogładził po ręce. Jeśli jakaś kobieta w pobliżu potrzebowała pociechy, na Boga, JB du Rone od razu postanawiał się nią zająć. – Dawn lubiła brutalnych facetów – dodał pocieszającym tonem. Jakby takie stwierdzenie wszystko wyjaśniało...

Może kogoś innego te słowa by uspokoiły, ale nie mnie.

– Brutalnych? – spytałam, usiłując znaleźć w kieszeni szortów chusteczkę.

Spojrzałam na JB i dostrzegłam, że nieco się zaczerwienił.

– Kochanie, lubiła... och, Sookie, nieważne.

Byłam powszechnie uważana na cnotliwą, co zawsze wydawało mi się nieco ironiczne, a w tej chwili okazało się wręcz niewygodne.

– Możesz mi powiedzieć? Pracowałam z nią – odparowałam.

JB kiwnął głową.

– No, cóż, kochanie, lubiła sadystów, którzy ją... hm... gryźli i bili. – JB wydawał się zniesmaczony preferencjami Dawn. Chyba się skrzywiłam, ponieważ dodał: – Wiem, wiem, ja też nie mogę zrozumieć, dlaczego niektórzy ludzie tak postępują.

JB nie przegapił okazji, by poderwać dziewczynę, więc teraz przytulał i głaskał mnie po plecach. Przez jakiś czas skupiał się na kręgosłupie (sprawdzał pewnie, czy noszę biustonosz), po czym zsunął dłonie nieco niżej (o ile pamiętam, lubił jędrne tyłeczki).

Nasuwało mi się mnóstwo pytań, na razie jednak zachowałam je dla siebie. Przybyła policja – Kenya Jones i Kevin Priora. Kiedy szef policji naszego miasteczka połączył Kenyę i Kevina w parę, dał upust – jak sądzono powszechnie – swojemu poczuciu humoru, ponieważ Kenya miała ponad metr osiemdziesiąt wzrostu, a była koloru gorzkiej czekolady i tak zbudowana, że przetrwałaby każdy huragan. Kevin z kolei mierzył dobre siedem centymetrów mniej, miał piegi na każdym widocznym centymetrze jego bladego ciała i był szczupłej, beztłuszczowej budowy maratończyka. Dziwnym trafem państwo K i K świetnie się rozumieli, choć doszło między nimi do kilku pamiętnych kłótni.

Teraz oboje wyglądali po prostu jak funkcjonariusze policji.

– Co się dzieje, panno Stackhouse? – spytała Kenya. – Rene twierdzi, że coś się przydarzyło Dawn Green.

Choć mówiła do mnie, przy okazji badawczo przyglądała się JB. Kevin w tym czasie sprawdzał teren. Nie miałam pojęcia, po co to robił, ale byłam pewna, że istniał ku temu dobry policyjny powód.

– Mój szef przysłał mnie tutaj, żebym sprawdziła, dlaczego Dawn nie przyszła do pracy, ani wczoraj, ani dzisiaj – wyjaśniłam. – Zapukałam do jej drzwi. Nie odpowiedziała, chociaż jej samochód stoi przed domem. Obeszłam dom, zaglądając w okna, i znalazłam ją tam. – Wskazałam okno sypialni.

Funkcjonariusze obrócili się i spojrzeli we wskazanym przeze mnie kierunku, później popatrzyli na siebie i skinęli głowami, co najwyraźniej wystarczyło im za całą rozmowę. Kiedy Kenya podeszła do okna, Kevin ruszył do tylnych drzwi.

Gapiąc się na działania pary policjantów, JB przestał mnie głaskać. Przy okazji rozdziawił lekko usta, pokazując idealne zęby. Prawdopodobnie chciał podejść do okna i zajrzeć do środka. Niestety, nie mógł tego uczynić, gdyż Kenya zajęła całą dostępną przestrzeń przy oknie.

Nie miałam ochoty myśleć. Odprężyłam się, otworzyłam umysł i wsłuchałam się w myśli pozostałych. Wybrałam jedną nitkę i skoncentrowałam się na niej.

Kenya Jones odwróciła się i niby się na nas zapatrzyła, myślę jednak, że wcale nas nie widziała. Przypominała sobie wszystkie elementy procedury, których wraz z Kevinem będą musieli przestrzegać, by jako doskonali funkcjonariusze patrolowi z Bon Temps przeprowadzić śledztwo w sposób podręcznikowy. Kojarzyła okropne fakty, które słyszała o Dawn i jej upodobaniach do brutalnego seksu. Nie dziwiła się, że dziewczynę spotkała taka paskudna śmierć, choć zawsze współczuła osobom, które kończą w taki sposób. Żałowała też, że zjadła rano pączka w Nut Hut, ponieważ teraz leżał jej na żołądku. Wiedziała, że jeśli zacznie wymiotować, przyniesie sobie, czarnej policjantce, okropny wstyd.

Przełączyłam się na inną osobę.

JB myślał o Dawn, która zginęła w trakcie brutalnego stosunku seksualnego zaledwie kilka metrów od niego, i jej śmierć – mimo że straszna – wydawała mu się równocześnie ekscytująca. Uważał, że ja nadal jestem cudownie zbudowana. Żałował, że nie może mnie w tym momencie przelecieć. Sądził, że jestem słodka i miła. Wypychał

117

z myśli upokorzenie, które odczuwał, kiedy Dawn pragnęła, by ją uderzył, a on nie mógł tego zrobić. To była chyba jakaś stara sprawa.

Przełączyłam się na kolejny umysł.

Kevin Prior wyszedł zza rogu, modląc się, by wraz z Kenyą nie przeoczyli żadnego dowodu. Cieszył się, że nikt nie wie, że spał z Dawn Green. Był wściekły, że ktoś ją zabił, i miał nadzieję, że nie zrobił tego Murzyn, ponieważ taki fakt zwiększyłby jeszcze bardziej napięcie panujące w jego relacjach z partnerką.

Znów się przełączyłam.

Rene Lenier nie był zachwycony tym, że przyjdą i zabiorą z domu ciało. Również miał nadzieję, że nikt nie wie, że spał z Dawn Green. Nie rozumiałam dokładnie jego myśli, gdyż były bardzo mroczne, a Rene blokował ich przepływ. Umysłów niektórych ludzi nie potrafię wyraźnie odczytać. Niezależnie od tego, wiedziałam jednak, że Rene jest bardzo zmieszany.

Sam podszedł do mnie, zwalniając na widok obejmującego mnie JB. Nie potrafiłam odczytać jego myśli. Czułam jego emocje (mieszaninę zmartwienia, niepokoju i gniewu), ale nie mogłam wyłapać żadnej pojedynczej myśli. Było to tak fascynujące i nieoczekiwane, że wywinęłam się z objęć JB. Chciałam natychmiast podejść do Sama, chwycić go za ręce, spojrzeć mu w oczy i odgadnąć, co się dzieje w jego głowie. Przypomniałam sobie jednak, jak mnie wcześniej dotknął, i spłoszyłam się. Sekundę później Sam wyczuł moją ingerencję w jego myśli i chociaż nadal do mnie szedł, zamknął przede mną swój umysł. Gdy mnie przedtem zapraszał do testu telepatycznego, nie wiedział, że dostrzegę jego odmienność. Teraz uświadomił sobie ten fakt i natychmiast mnie zablokował.

Nigdy nic takiego mi się nie przydarzyło. Miałam wrażenie, że zatrzasnęły się przede mną ciężkie, żelazne drzwi. O mało nie rąbnęły mnie w twarz.

Właśnie zamierzałam instynktownie wyciągnąć do mojego szefa rękę, ale zrezygnowałam. Sam umyślnie popatrzył na Kevina, nie na mnie.

– Co się dzieje? – spytał.

– Włamujemy się do tego domu, panie Merlotte. Chyba że ma pan klucz uniwersalny?

Dlaczego Sam miałby mieć klucz?

– To mój gospodarz – usłyszałam głos JB.

Aż podskoczyłam.

– Naprawdę? – spytałam głupio.

– Jest właścicielem wszystkich trzech bliźniaków.

Mój szef włożył rękę do kieszeni i wyjął pęk kluczy. Przerzucił je wprawnie, wyłuskał jeden, zdjął z kółka i wręczył Kevinowi.

– Pasuje i do frontowych, i do tylnych? – spytał funkcjonariusz.

Sam kiwnął głową.

Kevin Prior poszedł do tylnych drzwi bliźniaka, znikając mi z pola widzenia. Wokół panowała taka cisza, że słyszeliśmy odgłos przekręcanego w zamku klucza. Później policjant znalazł się w sypialni Dawn i dostrzegliśmy, że się skrzywił, gdy uderzył go panujący tam smród. Zakrył ręką usta i nos, po czym pochylił się nad ciałem i przyłożył palce do szyi kobiety. Spojrzał w okno i patrząc na partnerkę, pokręcił głową. Kenya zrozumiała gest i ruszyła ku ulicy, by skorzystać z radia w samochodzie patrolowym.

– Słuchaj, Sookie, może pójdziemy na kolację? – spytał JB. – Wiele dziś przeżyłaś i powinnaś się trochę odprężyć.

– Dzięki, JB. – Byłam absolutnie świadoma, że Sam przysłuchuje się nam z uwagą. – To miło, że mnie zapraszasz, ale chyba będę musiała przepracować kilka dodatkowych godzin.

Twarz JB na chwilę znieruchomiała. Wreszcie pojawił się na niej wyraz zrozumienia.

– Sam musi zatrudnić kogoś jeszcze – zauważył. – Moja kuzynka ze Springhill potrzebuje pracy. Może do niej zadzwonię. Moglibyśmy mieszkać obok siebie... teraz.

Uśmiechnęłam się do niego, chociaż jestem pewna, że był to bardzo słaby uśmiech, skoro obok nas stał mężczyzna, u którego pracowałam od dwóch lat.

– Przepraszam, Sookie – szepnął Sam.

– Za co? – spytałam. Czy mój szef zamierza się odwoływać do tego, co między nami zaszło... czy też raczej nie zaszło?

– Że wysłałem cię do Dawn. Powinienem sam przyjechać. Ale byłem pewien, że poznała nowego faceta i trzeba jej przypomnieć o pracy. Ostatnim razem, gdy ją odwiedziłem w podobnej sytuacji, nakrzyczała na mnie tak strasznie, że nie miałem ochoty ponownie tego przechodzić. Dlatego... jak tchórz... wysłałem ciebie, a ty znalazłaś ją w tym stanie.

– Wciąż mnie zaskakujesz, Sam.

Nie odwrócił się, by na mnie spojrzeć, i nic nie odpowiedział, jednak jego palce objęły moje. Przez długi moment staliśmy w słońcu, trzymając się za ręce. Wokół nas kręcili się ludzie. Dłoń Sama była gorąca i sucha. Czułam prawdziwe zespolenie z drugim człowiekiem. Ale po chwili uścisk się rozluźnił i mój szef odszedł porozmawiać z detektywem, który wysiadł z samochodu. JB zaczął mnie wypytywać, jak wyglądała Dawn, i sytuacja wróciła do stanu sprzed kilku minut.

Kontrast był okrutny. Znowu poczułam zmęczenie i szczegółowiej niżbym chciała przypomniałam sobie poprzednią noc. Świat wydał mi się nagle złym i strasznym miejscem, zamieszkanym przez same podejrzane istoty, wśród których niczym jagnię z dzwonkiem na szyi wędrowałam przez dolinę śmierci... Powlokłam się ciężkim krokiem do mojego samochodu, otworzyłam drzwiczki, klapnęłam na siedzenie. Już się dziś sporo nastałam, chciałam więc usiąść, dopóki mogłam.

JB poszedł za mną. Teraz, gdy odkrył mnie na nowo, najwyraźniej nie mógł się ode mnie oderwać. Przypomniałam sobie, że kiedy chodziłam do szkoły średniej, babcia liczyła na jakiś trwalszy związek między nami. Jednak rozmowa z JB, a nawet śledzenie jego myśli, była równie interesujące jak elementarz przedszkolaka dla dorosłego czytelnika. Uznałam to za jeden z żartów Pana Boga – żeby taki głupi umysł wstawić w tak atrakcyjne ciało!

Du Rone klęknął przede mną i ujął moją dłoń. Przyłapałam się na nadziei, że zjawi się jakaś inteligentna bogata babka, poślubi go, zatroszczy się o niego i będzie się delektować tym, co JB jej zaoferuje. Ten facet po prostu nie był dla mnie.

– Gdzie teraz pracujesz? – spytałam.

121

– W magazynie mojego taty – odparł.

Była to posada, którą JB przyjmował w ostateczności – za każdym razem, ilekroć został skądś wyrzucony za absencję, głupi wyskok, lub gdy śmiertelnie obraził jakiegoś kierownika. Jego ojciec prowadził sklep z częściami samochodowymi.

– Jak się miewają twoi rodzice?

– Świetnie. Sookie, powinniśmy coś razem zrobić.

Nie kuś mnie, pomyślałam. Pewnego dnia hormony wezmą nade mną górę i rzeczywiście zrobię coś, czego pożałuję. Pewnie mogłabym trafić gorzej. Powstrzymywałam się jednak, ponieważ liczyłam na kogoś lepszego niż JB.

– Dzięki, kochany – odparłam. – Może zrobimy. Ale teraz jestem trochę zdenerwowana.

– Zakochałaś się w tym wampirze? – spytał.

– Gdzie o tym słyszałeś?

– Dawn mi powiedziała. – Zrobił nachmurzoną minę, kiedy przypomniał sobie, że Dawn nie żyje.

Przeskanowałam mentalnie jego umysł i odkryłam w nim słowa zamordowanej dziewczyny: „Ten nowy wampir interesuje się Sookie Stackhouse. Ja byłabym dla niego lepsza, bo on potrzebuje kobiety, która potrafi znieść nieco brutalności. Sookie zacznie wrzeszczeć, gdy on ją tknie".

Wiedziałam, że bez sensu jest wściekanie się na zmarłą, a jednak przez chwilę pozwoliłam sobie na gniew.

Kiedy podszedł do nas detektyw, JB wstał i odszedł.

Detektyw zajął miejsce JB, kucnąwszy przede mną.

– Panno Stackhouse? – spytał spokojnym, poważnym głosem, jakiego w razie potrzeby używa wielu policjantów. – Jestem Andy Bellefleur.

Bellefleurowie mieszkali w okolicach Bon Temps od początku istnienia naszego miasteczka, toteż nie rozbawiło mnie jego nazwisko, które oznaczało „piękny kwiat". W gruncie rzeczy, patrząc na tę górę mięśni, współczułam każdemu, kto uważał je za zabawne. Andy Bellefleur ukończył szkołę tuż przed Jasonem, ja zaś byłam klasę niżej niż jego siostra, Portia.

– U pani brata wszystko w porządku? – spytał tonem nadal spokojnym, choć niezupełnie neutralnym. Podejrzewałam, że miał kiedyś starcie z Jasonem.

– Z tego, co wiem, nieźle sobie radzi – odpowiedziałam.

– A pani babcia?

Uśmiechnęłam się.

– Sadzi dziś kwiaty przed domem.

– Cudownie – stwierdził szczerze. – Pani, jak rozumiem, pracuje obecnie w „Merlotcie"?

– Tak.

– Tam też pracowała Dawn Green?

– Tak.

– Kiedy ostatnio ją pani widziała?

– Dwa dni temu. W pracy. – Byłam wyczerpana. Przyłożyłam skroń do zagłówka siedzenia kierowcy.

– Rozmawiała z nią pani wtedy?

Próbowałam sobie przypomnieć.

– Chyba nie.

– Byłyście blisko z panną Green?

– Nie.

– A dlaczego tu pani dzisiaj przyjechała?

Wyjaśniłam, że Dawn wczoraj nie przyszła do pracy, i opowiedziałam o porannym telefonie Sama.

123

– Czy pan Merlotte wyjaśnił pani, dlaczego nie chciał osobiście tego załatwić?

– Twierdził, że przyjechała ciężarówka i musi dopilnować rozładunku. Pokazać facetom, gdzie mają kłaść pudełka.

– Myśli pani, że pana Merlotte'a łączyło coś z Dawn?

– Był jej szefem.

– A poza pracą.

– Nie łączyło.

– Jest pani tego pewna?

– Tak.

– Ma pani romans z Samem?

– Nie.

– Z czego zatem wynika pani pewność?

Dobre pytanie. Wywnioskowałam z tego, że od czasu do czasu słyszałam myśli, które wskazywały, że nawet jeśli Dawn nie czuła do Sama nienawiści, na pewno za nim nie przepadała. Niezbyt inteligentna odpowiedź podczas przesłuchania.

– Sam bardzo profesjonalnie prowadzi bar – wyjaśniłam. Wytłumaczenie zabrzmiało kulawo, nawet dla mnie. A jednak taka była prawda.

– Wiedziała pani coś o osobistym życiu Dawn?

– Nie.

– Nie przyjaźniłyście się?

– Raczej nie. – Moje myśli dryfowały, gdy detektyw przekrzywił w zadumie głowę.

– Dlaczego?

– Chyba nic nas nie łączyło.

– To znaczy? Poproszę o przykład.

Westchnęłam ciężko, z rozdrażnienia wydymając wargi. Skoro nic nas nie łączyło, jaki przykład mogłam mu podać?

– No dobrze – odrzekłam powoli. – Dawn prowadziła naprawdę aktywne życie towarzyskie i lubiła się spotykać z mężczyznami. Nie przyjaźniła się z kobietami. Pochodziła z Monroe, nie miała więc tutaj rodziny. Piła, ja nie. Ja dużo czytam, ona w ogóle nie czytała. Wystarczy?

Andy Bellefleur badawczo przyjrzał się mojej twarzy, usiłując ocenić, czy traktuję go poważnie. Moja mina najprawdopodobniej go uspokoiła.

– Czyli nie widywałyście się po pracy?

– Zgadza się.

– Zatem, nie wydaje się pani dziwne, że Sam Merlotte poprosił akurat panią o sprawdzenie, co się dzieje z Dawn?

– Nie, wcale – odparłam twardo. Przynajmniej nie wydawało mi się to dziwne teraz, czyli po opisie Sama ataku furii Dawn. – Po drodze do baru i tak przejeżdżam obok jej domu. A ponieważ nie mam dzieci, tak jak Arlene, inna kelnerka z naszej zmiany, mnie było łatwiej tu podjechać niż jej.

Ładnie zabrzmiało, pomyślałam. Gdybym powiedziała, że Dawn nakrzyczała na Sama podczas ostatniej jego wizyty tutaj, detektyw mógłby sobie niepotrzebnie wyrobić niewłaściwy osąd.

– Co robiła pani dwa dni temu po pracy, Sookie?

– Nie byłam wtedy w pracy. Miałam dzień wolny.

– A więc co pani robiła tamtego dnia?

– Opalałam się i pomagałam babci sprzątać dom, a potem miałyśmy gościa.

– Kogo?

– Billa Comptona.

– Wampira.

– Tak.

– O której pan Compton zjawił się w pani domu?

– Nie wiem. Może koło północy albo pierwszej.

– Jaki się pani wydawał?

– Normalny.

– Nie był podenerwowany? Poirytowany?

– Nie.

– Panno Stackhouse, musimy porozmawiać jeszcze raz na posterunku. To zajmie trochę czasu. Rozumie pani?

– W porządku...

– Może pani tam przyjść za dwie godziny?

Popatrzyłam na zegarek.

– O ile Sam nie będzie mnie potrzebował w pracy.

– Panno Stackhouse, nasza rozmowa jest ważniejsza niż praca w barze.

No cóż, wkurzył mnie. Nie dlatego, że uważał śledztwo w sprawie morderstwa za sprawę ważniejszą od dotarcia do pracy na czas; zgadzałam się z nim w tej kwestii. Chodziło mi raczej o jego niewypowiedziane uprzedzenie do mojego zajęcia.

– Może pan sobie nie cenić mojej pracy, ale jestem w niej dobra i lubię ją. Zasługuję na taki sam szacunek jak pańska siostra, prawniczka Portia, Andy Bellefleur, i niech pan o tym nie zapomina. Nie jestem głupia i nie jestem dziwką!

Detektyw zrobił się czerwony na twarzy. Nie wyglądał dobrze z tym rumieńcem.

– Przepraszam – odparł oficjalnym tonem.

Nadal próbował zanegować naszą znajomość, wspólną szkołę średnią, kontakty naszych rodzin. Pewnie uważał, że powinien być detektywem w innym mieście, gdzie mógłby traktować ludzi w sposób, w jaki jego zdaniem policjant powinien ich traktować.

– Nie, będziesz lepszym detektywem tutaj, o ile potrafisz przezwyciężyć to nastawienie – wymknęło mi się.

Szare oczy Andy'ego otworzyły się szeroko, a ja cieszyłam się jak dziecko, że nim wstrząsnęłam, chociaż byłam przekonana, że zapłacę za ten żarcik prędzej czy później. Zawsze płaciłam, gdy przypominałam ludziom o swoim „upośledzeniu".

Najczęściej rozmówcy uciekali ode mnie natychmiast, gdy zdali sobie sprawę z moich umiejętności, lecz detektyw Bellefleur po chwili wstrząsu wyglądał na zafascynowanego.

– Czyli że to prawda – sapnął, jakbyśmy byli gdzieś sami, a nie siedzieli na podjeździe zrujnowanego bliźniaka w luizjańskiej mieścinie.

– Nie, zapomnij o tym – powiedziałam szybko. – Czasem po prostu z min ludzi potrafię zgadnąć, o czym myślą.

Andy pomyślał o rozpięciu mojej bluzki. Teraz wszakże byłam ostrożna, zablokowałam dalszy dopływ jego myśli i tak „zabarykadowana" posłałam mu jedynie pogodny uśmiech. Czułam jednak, że nie udało mi się go oszukać.

– Kiedy będziesz gotów, przyjdź do baru. Możemy pogadać w magazynie albo w biurze Sama – rzuciłam stanowczo i włączyłam silnik.

Dotarłam do baru, w którym aż huczało od plotek. Sam zadzwonił po Terry'ego Bellefleura, kuzyna Andy'ego. Terry zajmował się lokalem w czasie, gdy Sam rozmawiał z policją przy domu Dawn. Terry został kaleką podczas wojny w Wietnamie i kiepsko mu się żyło na rządowej rencie. Został tam ranny, a następnie pojmany, więziono go dwa lata. Z tego też względu jego myśli były najczęściej tak przerażające, że zachowywałam dodatkową ostrożność, ilekroć znalazłam się blisko niego. Terry miał trudne życie i jemu normalne zachowanie wydawało się jeszcze trudniejsze niż mnie. Dzięki Bogu, nie pił.

Cmoknęłam go w policzek, wzięłam tacę i wyszorowałam ręce. Przez okienko prowadzące do małej kuchni widziałam naszego kucharza, Lafayette'a Reynolda, który przewracał hamburgery i zanurzał kosz z frytkami w gorącym oleju. W „Merlotcie" można dostać kanapkę, frytki i... tyle. Sam nie ma zamiaru prowadzić restauracji, tylko bar z wyszynkiem i przekąskami.

– Nie wiem za co to, ale czuję się zaszczycony – podziękował mi Terry i uniósł brwi.

Był rudowłosy, chociaż kiedy się nie ogolił, widziałam, że zarost ma siwy. Spędzał dużo czasu na dworze, chociaż nigdy się nie opalał. Jego skóra robiła się od słońca szorstka i czerwonawa, a blizny na lewym policzku stawały się wyraźniejsze. Terry nie przejmował się tymi bliznami. A Arlene, która spędziła z nim kiedyś noc po pijaku, zwierzyła mi się, że miał wiele jeszcze gorszych niż te na policzku.

– Po prostu za to, że tu jesteś – odparłam.

– To prawda o Dawn?

Lafayette postawił dwa talerze w okienku do wydawania posiłków. Mrugnął do mnie, trzepocząc gęstymi, sztucznymi rzęsami. Nasz kucharz mocno się malował. Przyzwyczaiłam się do niego, więc nie zwracałam uwagi na jego makijaż, ale teraz jego cień do powiek przypomniał mi innego geja – młodego Jerry'ego.

Nie zaprotestowałam, gdy zabierało go troje wampirów. Postąpiłam może nie do końca właściwie, ale nie mogłam inaczej. Nawet gdybym zadzwoniła na policję, funkcjonariusze nie zdążyliby ich złapać. Jerry i tak umierał, a przy okazji postanowił zabrać ze sobą na tamten świat tyle wampirów i ludzi, ile mu się uda. Poza tym, już kogoś zabił. Powiedziałam swojemu sumieniu, że nie będę więcej myśleć o Jerrym.

– Arlene, hamburgery! – zawołał Terry.

Wróciłam do teraźniejszości. Arlene przyszła po talerze. Posłała mi spojrzenie, które sugerowało, że przy pierwszej dogodnej sposobności chce mnie wypytać o szczegóły. Pracowała z nami Charlsie Tooten, która zjawiała się w razie choroby czy nieobecności jednej z kelnerek. Miałam nadzieję, że właśnie Charlsie zajmie pełnoetatowe miejsce Dawn. Zawsze ją lubiłam.

– Tak, Dawn nie żyje – powiedziałam Terry'emu.

– Co jej się stało?

– Nie wiem, ale na pewno nie zmarła z przyczyn naturalnych. – Widziałam przecież krew na pościeli.

– Maudette – rzucił Terry i natychmiast zrozumiałam.

– Może – odparłam.

Z pewnością istniała możliwość, że zabójca Dawn zamordował też wcześniej Maudette.

129

Tego dnia do „Merlotte'a" przyszli niemal wszyscy mieszkańcy gminy Renard – jeśli nie na lunch, to przynajmniej na popołudniową filiżankę kawy czy piwo. Ci, którym nie udało się wyrwać z pracy, zjawili się później, po drodze do domu. Dwie młode kobiety w naszym mieście zamordowane w jednym miesiącu? Ludzie musieli o tym pogadać.

Sam wrócił około czternastej. Biło od niego gorąco i pot spływał mu po twarzy, ponieważ długo stał na nasłonecznionym podwórku przed domem będącym miejscem zbrodni. Mój szef powiedział mi, że Andy Bellefleur wkrótce wpadnie ze mną porozmawiać.

– Nie wiem po co – mruknęłam. – Nigdy nie przyjaźniłam się z Dawn. Jak umarła? Powiedzieli ci?

– Uduszono ją, ale wcześniej została pobita – odparł Sam. – Miała na ciele stare ślady po zębach. Podobnie jak Maudette.

– W okolicy mieszka sporo wampirów, Sam – stwierdziłam.

– Sookie. – Głos mojego szefa był poważny i spokojny.

Przypomniałam sobie, że trzymał mnie za rękę przy domu Dawn, a później nie dopuścił mnie do swojego umysłu, mając świadomość, że go sonduję. Wiedział, w jaki sposób mnie zablokować!

– Kochanie, Bill to dobry facet... jak na wampira... nie jest jednak człowiekiem.

– Tak jak ty, kochany – odcięłam się. Wypowiedziałam te słowa bardzo cicho, choć niezwykle ostrym ronem, po czym odwróciłam się do niego plecami. Nawet przed sobą

130

nie przyznawałam się, dlaczego tak się na niego złoszczę, niemniej jednak pragnęłam, by zdawał sobie sprawę z mojego gniewu.

Pracowałam jak szalona. Mimo swych słabości Dawn była kelnerką idealną, a Charlsie nie mogła nadążyć. Chciała się tego nauczyć i wiedziałam, że w końcu złapie barowy rytm, ale podczas tej zmiany Arlene i ja musiałyśmy wziąć sprawy w swoje ręce.

Tego wieczoru i w nocy dostałam mnóstwo napiwków, gdyż ludzie się dowiedzieli, że to właśnie ja znalazłam ciało. Zachowywałam powagę i grzecznie odpowiadałam na wszystkie pytania, starając się nie obrazić klientów, którzy najnormalniej w świecie pragnęli poznać detale znane już wszystkim mieszkańcom Bon Temps.

W drodze do domu mogłam się wreszcie trochę odprężyć. Byłam naprawdę wyczerpana. Ostatnią osobą, jakiej się spodziewałam podczas skrętu w wąską leśną drogę prowadzącą do naszego domu, był Bill Compton. Wampir oparł się plecami o sosnę i czekał na mnie. Minęłam go powoli, prawie zdecydowana go zignorować. Ale w końcu się zatrzymałam.

Otworzył drzwiczki z mojej strony, a ja wysiadłam, nie patrząc mu w oczy. Czuł się świetnie w nocy; wiedziałam, że ja nigdy nie będę miała tak dobrego samopoczucia o tej porze. Krążyło zbyt wiele dziecięcych opowieści o nieprzyjemnych rzeczach, które zdarzały się w mroku nocy.

Cóż, ściśle rzecz biorąc, Bill stanowił jedno z takich „zagrożeń". On sam nie musiał się prawie niczym przejmować.

– Będziesz się gapiła do rana na własne stopy czy wreszcie ze mną porozmawiasz? – spytał głosem niewiele głośniejszym od szeptu.

– Stało się coś, o czym powinieneś wiedzieć.

– A więc mi o tym opowiedz. – W jakiś sposób usiłował nade mną zapanować: czułam jego władzę, na szczęście udało mi się mu nie ulec.

Westchnął.

– Nie mogę tego znieść – powiedziałam. – Usiądźmy, bo od chodzenia bolą mnie nogi.

W odpowiedzi podniósł mnie i posadził na masce samochodu. Potem stanął przede mną, zaplótł ręce na piersi i czekał na mój ruch.

– Opowiedz mi – powtórzył po chwili.

– Zamordowano Dawn. Zginęła dokładnie tak jak Maudette Pickens.

– Dawn?

Poczułam się nieco lepiej.

– Druga kelnerka w barze.

– Rudowłosa? Ta, która tak często wychodzi za mąż?

Poczułam się znacznie lepiej.

– Nie, ciemnowłosa. Ta, która ciągle ocierała się biodrami o twoje krzesło, żeby zwrócić na siebie uwagę.

– Och, ta. Przyszła do mnie do domu.

– Dawn? Kiedy?!

– Zaraz po twoim wyjściu. Tej nocy, gdy odwiedziły mnie tamte wampiry. Miała szczęście, że się z nimi minęła. Wydawała się strasznie śmiała i sądziła zapewne, że poradzi sobie w każdej sytuacji.

Podniosłam na niego wzrok.

– Dlaczego miała szczęście, że się z nimi minęła? Nie ochroniłbyś jej?

W świetle księżyca oczy Billa wyglądały jak dwa węgle.

– Rzeczywiście – odparł.

– Jesteś...

– Jestem wampirem, Sookie. Nie myślę w taki sposób jak ty. Nie opiekuję się... ludźmi.

– Mnie obroniłeś.

– Ty to co innego.

– Tak? Jak Dawn, jestem kelnerką. I, jak Maudette, pochodzę z prostej rodziny. Czym się od nich różnię?

Nagle się zezłościłam. Wiedziałam, co się teraz zdarzy.

Bill dotknął chłodnym palcem środka mojego czoła.

– Różnisz się – zapewnił mnie. – W niczym nie przypominasz nas, wampirów, lecz nie jesteś również taka jak inni ludzie.

Poczułam błysk wściekłości tak intensywnej, że niemal nie mogłam nad nią zapanować. Zamachnęłam się i uderzyłam mojego wampira, choć wiedziałam, że to czyste szaleństwo. Odniosłam wrażenie, że walę w wielką opancerzoną ciężarówkę marki Brink. Bill w okamgnieniu chwycił mnie i przyciągnął do siebie, unieruchamiając moje ręce.

– Nie! – wrzasnęłam. Wierzgałam i kopałam, ale tylko niepotrzebnie traciłam energię. W końcu osunęłam się obok niego.

Oboje oddychaliśmy głośno i spazmatycznie – sądzę jednak, że każde z innego powodu.

– Dlaczego uznałaś, że musisz mi powiedzieć o Dawn? – Pytanie zabrzmiało zupełnie normalnie. Nikt by się nie domyślił, że przed chwilą doszło między nami do walki.

– No cóż, Władco Ciemności – odwarknęłam gniewnie. – Maudette miała na udach stare ślady ugryzień. A policjanci powiedzieli Samowi, że u Dawn stwierdzono identyczne.

Jeśli milczenie można scharakteryzować, jego było pełne zadumy. Gdy rozmyślał (czy co tam wampiry robią w takiej chwili), jego uścisk zelżał. Jedną ręką Bill zaczął nieuważnie pocierać moje plecy, jakbym była skamlącym szczeniaczkiem.

– Sugerowałaś, zdaje się, że nie umarły od tych ugryzień.

– Nie. Przyczyną śmierci obu było uduszenie.

– Nie zabił ich zatem wampir. – Wyłożył mi to tonem pozbawionym najmniejszych wątpliwości.

– Dlaczego?

– Gdyby wampir karmił się krwią tych kobiet, zostałyby osuszone, a nie uduszone. Nie zmarnowałby zdrowych ciał w tak bezsensowny sposób.

Właśnie zaczynałam się czuć z nim swobodnie, a ten nagle mówi coś tak zimnego, tak wampirzego! Trzeba było zacząć wszystko od nowa.

– Zatem – mruknęłam zmęczonym głosem – albo mamy przebiegłego i bardzo opanowanego wampira, albo osobę, która postanowiła zabijać kobiety lubiące się spotykać z wampirami.

Nie podobała mi się żadna z tych możliwości.

– Hm... – Zamyślił się. – Sądzisz, że ja to zrobiłem?

Pytanie było niespodziewane. Wyzwoliłam się z jego objęć i spojrzałam mu w twarz.

– Bardzo się starasz pokazać, jak okropnie jesteś nieczuły – wytknęłam mu. – Chcesz, żebym w to uwierzyła?

Tak cudownie było tego nie wiedzieć. Tak cudownie było pytać. O mało się nie uśmiechnęłam.

– Mógłbym je zabić, ale nie zrobiłbym tego ani tutaj, ani teraz – odparł. W świetle księżyca widziałam jedynie jego ciemne tęczówki i czarne, wygięte w łuk brwi. – Chcę tu pozostać. Mieć dom... – Wampir, tęskniący za domem, też coś. Bill zrozumiał moją minę. – Nie żałuj mnie, Sookie. Popełnisz błąd.

– Bill, nie zdołasz mnie oczarować, omamić czy jak to nazywasz. Nie zdołasz sprawić, żebym zdjęła dla ciebie koszulkę, a ty wtedy mnie ugryziesz... I tak nie zapomnę, że cię dziś spotkałam, nie próbuj więc ze mną żadnych swoich sztuczek. Graj ze mną uczciwie lub użyj siły.

– Nie – odparł, niemal dotykając wargami moich ust. – Do niczego nie będę cię zmuszał.

Zwalczyłam pragnienie pocałowania go. Ale przynajmniej wiedziałam, że to moje własne pragnienie, a nie coś mi narzuconego.

– Skoro nie ty je pogryzłeś – kontynuowałam, starając się opanować – pewnie Maudette i Dawn poznały innego wampira. Maudette chadzała do baru wampirzego w Shreveport. Może Dawn również bywała w tym miejscu. Zabierzesz mnie tam?

– Po co? – spytał.

Nie potrafiłam wyjaśnić kwestii niebezpieczeństwa komuś, komu niezbyt często ono groziło. Przynajmniej w nocy.

– Nie jestem pewna, czy Andy Bellefleur zada sobie trud i tam pojedzie – skłamałam.

– Nadal więc w okolicy mieszkają Bellefleurowie – zauważył nieco innym tonem. Trzymał mnie tak mocno, że aż poczułam ból.

– Tak – przyznałam. – To liczna rodzina. Andy jest policyjnym detektywem, jego siostra, Portia, prawniczką, kuzyn Terry weteranem i barmanem. Zastępuje czasem Sama. Jest też wielu innych.

– Bellefleurowie...

Mój wampir zaczynał mnie wręcz miażdżyć!

– Bill – pisnęłam.

Natychmiast rozluźnił uścisk.

– Przepraszam – powiedział.

– Muszę się położyć – odparłam. – Jestem naprawdę zmęczona, Bill.

Położył mnie na żwirze i popatrzył na mnie z góry.

– Oświadczyłeś tamtej trójce wampirów, że do ciebie należę – zauważyłam.

– Tak.

– Co właściwie miałeś na myśli?

– Że jeśli oni spróbują ssać twoją krew, pozabijam ich – odrzekł. – Znaczy to, że jesteś moją istotą ludzką.

– Muszę ci się zwierzyć, że ucieszyłam się, gdy to powiedziałeś, choć nie jestem pewna konsekwencji, jakie niesie taka przynależność – stwierdziłam ostrożnie. – I nie przypominam sobie, żebyś mnie pytał o zgodę.

– Wszystko jest prawdopodobnie lepsze niż zabawa z Malcolmem, Liamem i Diane.

Najwyraźniej nie zamierzał odpowiedzieć mi wprost.

– Zabierzesz mnie do tego baru?

– Kiedy masz następną wolną noc?

– Za dwa dni.

– W takim razie wtedy. Przyjadę o zachodzie słońca.

– Masz samochód?

– A jak twoim zdaniem przemieszczam się z miejsca na miejsce? – Uśmiechnął się, odwrócił i wszedł między drzewa. Przez ramię rzucił: – Sookie, spraw, żebym poczuł się dumny.

Zostałam z otwartymi ustami.

Ja mam sprawić, żeby on poczuł się dumny! Też coś.

ROZDZIAŁ CZWARTY

Połowa gości w barze „U Merlotte'a" uważała, że Bill Compton miał swój udział w śladach znalezionych na ciałach obu zamordowanych kobiet. Drugie pięćdziesiąt procent sądziło, że to obce wampiry z większych miasteczek lub miast pogryzły Maudette i Dawn, gdy dziewczyny włóczyły się po barach. W dodatku ludzie twierdzili, że obie zasłużyły sobie na taki koniec, skoro sypiały z wampirami. Jedni myśleli, że dziewczyny udusił wampir, inni uznawali ich śmierć po prostu za konsekwencję rozwiązłego życia.

Niemal wszyscy martwili się, że niedługo zginie kolejna kobieta. Nie zliczę, ile razy zalecano mi ostrożność. Miałam nie ufać mojemu przyjacielowi, wampirowi Billowi, dobrze zamykać za sobą drzwi frontowe i nie wpuszczać nikogo do domu. Jakbym normalnie nie robiła tego wszystkiego...

Jason stał się przedmiotem współczucia, ale i podejrzeń – spotykał się w końcu z obiema kobietami. Przyszedł do naszego domu pewnego dnia i przez dobrą godzinę narzekał na swoją sytuację. Babcia i ja usiłowałyśmy go przekonać, że powinien żyć i pracować jak dotąd. Tak przecież postąpiłby każdy niewinny człowiek. Po raz pierwszy, odkąd pamiętam, mój przystojny brat naprawdę się martwił. Nie cieszyłam się oczywiście z jego kłopotów, lecz nie potrafiłam mu także współczuć. Wiem, że to było z mojej strony małostkowe i paskudne...

Nie jestem jednak idealna.

W dodatku jestem tak niedoskonała, że chociaż słyszałam o dwóch zabitych kobietach, spędziłam mnóstwo czasu na próbie odgadnięcia, jak mam uczynić Billa... dumnym. Nie wiedziałam, jaki strój jest odpowiedni na wizytę w wampirzym barze. Nie chciałam wkładać głupich kostiumów, w jakich podobno odwiedzają bary niektóre dziewczyny.

Byłam pewna, że nie znam nikogo, kogo mogłabym o to zapytać.

Nie byłam wystarczająco wysoka ani tak szczupła, by włożyć obcisły strój ze spandeksu, jaki nosiła Diane.

Ostatecznie wygrzebałam z szafy kieckę, w której chodziłam bardzo rzadko. Była to ładna sukienka „randkowa", a ja przecież niemal nigdy się nie umawiałam. Wyglądałam w niej atrakcyjnie i seksownie – była obcisła, bez rękawów, ze sporym dekoltem. Biała, zdobiona nielicznymi jasnoczerwonymi kwiatami na długich zielonych łodyżkach. Świetnie podkreślała moją opaleniznę. Pod cienką tkaniną odznaczały się sutki. Dodałam pokryte czerwoną emalią kolczyki, czerwone buty na wysokich obcasach i małą czerwoną słomkową torebkę. Zrobiłam sobie makijaż i rozpuściłam kręcone, sięgające łopatek włosy.

Gdy wyszłam ze swojego pokoju, babcia otworzyła szeroko oczy.

– Pięknie wyglądasz, kochanie – powiedziała. – Nie zmarzniesz w tej sukience?

Uśmiechnęłam się.

– Nie, babciu, myślę, że nie. Dzisiaj jest ciepło.

– Może zarzuciłabyś na nią biały sweterek?

– Nie, chyba nie. – Roześmiałam się.

Starałam się nie myśleć o innych paskudnych wampirach, więc seksowny wygląd nie wydawał mi się niczym zdrożnym. Ekscytowała mnie perspektywa randki, chociaż z pozoru traktowałam tę wyprawę bardziej jak misję rozpoznawczą. O tym fakcie również próbowałam zapomnieć. Chciałam się tylko dobrze bawić.

Zadzwonił Sam i przypomniał mi, że mam do odebrania pensję w postaci comiesięcznego czeku. Spytał, czy po niego przyjadę. Tak zwykle postępowałam, jeśli nazajutrz miałam dzień wolny.

Pojechałam do „Merlotte'a", choć nieco niepokoiła mnie ewentualna reakcja ludzi na mój szykowny wygląd.

Kiedy weszłam, w barze zapadła pełna zdumienia cisza. Wprawdzie Sam stał odwrócony do mnie plecami, ale Lafayette wyglądał przez okienko do wydawania posiłków. Przy stolikach siedzieli Rene i JB. Niestety, przy stoliku siedział też mój brat, Jason, który chciał sprawdzić, na co się gapi Rene i... na mój widok wybałuszył oczy.

– Świetnie wyglądasz, dziewczyno! – zawołał Lafayette. – Skąd wzięłaś taką sukienkę?

– Och, mam tę staroć od zawsze – odparowałam drwiąco, a kucharz się roześmiał.

Mój szef obrócił się, pragnąc zobaczyć, o czym mówi Lafayette, i również wytrzeszczył oczy.

– Boże wszechmogący – sapnął.

Onieśmielona podeszłam, by spytać o czek.

– Wejdź do biura, Sookie – poprosił Sam.

Poszłam za nim do jego małego pokoiku przy magazynie. Rene, gdy go mijałam, ścisnął moje ramię, a JB pocałował mnie w policzek.

Mój szef przeszukał stosy papierów na biurku i w końcu znalazł czek dla mnie. Nie podał mi go jednak.

– Idziesz na jakieś wyjątkowe spotkanie? – zapytał.

– Mam randkę – odparłam, siląc się na obojętny ton.

– Cudownie wyglądasz – rzekł cicho. Dostrzegłam, że nerwowo przełyka ślinę.

– Dziękuję. Hm... Sam, mogę już wziąć czek?

– Pewnie.

Podał mi blankiet, a ja wrzuciłam go do torebki.

– No to do widzenia.

– Do zobaczenia.

Sam zrobił coś dziwnego – podszedł i... obwąchał mnie niczym pies. Przysunął twarz blisko mojej szyi i wciągnął mój zapach. Przymknął oczy i po chwili powoli wypuścił powietrze, a jego gorący oddech owiał moją nagą skórę.

Wyszłam z baru zaintrygowana zachowaniem Sama Merlotte'a.

Przed moim domem stał zaparkowany nieznany mi samochód – czarny cadillac. Auto Billa! Skąd wampiry mają pieniądze na takie samochody? Kręcąc głową, wspięłam się po schodach na ganek i weszłam do środka. Bill odwrócił się do drzwi. Siedział na kanapie i gawędził z babcią, która przysiadła na oparciu starego fotela.

Kiedy mój wampir na mnie spojrzał, byłam pewna, że przedobrzyłam i że rozgniewał go mój strój. Twarz mu stężała, oczy zapłonęły, palce się zagięły.

– Wszystko w porządku? – spytałam z niepokojem. Czułam, że do policzków napływa mi krew.

– Tak – przyznał w końcu, lecz ta pauza wystarczyła, by rozgniewać moją babcię.

– Każdy, kto ma choć trochę rozumu w głowie, powinien oznajmić, że Sookie jest jedną z najładniejszych dziewczyn w okolicy – obwieściła staruszka głosem z pozoru przyjaznym, ale pod tą warstewką ciepła lodowatym niczym stal.

– Tak – odparł Bill, choć wyraźnie bez przekonania.

Hm... pieprzyć go! Chociaż... tak bardzo się starałam. Wyprostowałam się dumnie i rzuciłam:

– A więc jedziemy?

– Tak – powtórzył i wstał. – Do widzenia, pani Stackhouse. Cieszę się, że mogłem znów się z panią spotkać.

– No cóż, bawcie się dobrze – odparła udobruchana już babcia. – Jedź ostrożnie, Billu, i nie pij za dużo.

Zmarszczył czoło.

– Dobrze, proszę pani.

Widziałam, że ta odpowiedź babcię zadowoliła. Darowała wampirowi wcześniejsze potknięcia.

Kiedy wsiadłam do samochodu, Bill przytrzymał na moment otwarte drzwiczki od mojej strony. Mierzył mnie wzrokiem i zapewne na nowo oceniał sukienkę. W końcu zamknął drzwi i zajął miejsce za kierownicą. Zastanowiłam się, kto go nauczył prowadzić samochód. Może Henry Ford?

– Przepraszam, że nie ubrałam się odpowiednio – mruknęłam, patrząc przed siebie.

Jechaliśmy powoli wyboistym podjazdem. Wampir zatrzymał nagle auto.

– Kto ci to powiedział? – zapytał bardzo cicho.

– Po twoich spojrzeniach widzę, że zrobiłam coś źle – odwarknęłam.

– Wiesz, po prostu wątpię, czy potrafię wprowadzić cię do baru i z niego wyprowadzić w takim stroju, bez konieczności... zabicia kogoś, kto cię zapragnie.

– Jesteś sarkastyczny. – Nadal na niego nie patrzyłam.

Chwycił mnie dłonią za szyję. Musiałam obrócić ku niemu głowę.

– Czy wyglądam na takiego? – spytał. Utkwił we mnie nieruchome spojrzenie.

– Nooo... nie – przyznałam.

– W takim razie uwierz w to, co mówię.

Jadąc do Shreveport, milczeliśmy, ale ta cisza nie była nieprzyjemna. Bill co jakiś czas włączał kasety. Miał słabość do Kenny'ego G.

„Fangtasia", bar wampirzy, mieścił się w podmiejskim centrum handlowym Shreveport, blisko sklepów Sam's i Toys'R'Us. O tej porze pasaż handlowy – z wyjątkiem baru – był zamknięty na cztery spusty. Nazwę lokalu wypisano na krzykliwym, czerwonym neonie nad drzwiami, również czerwonymi literami, które wyróżniały się na tle stalowoszarej fasady. Właściciel baru najwyraźniej uważał, że kolor szary jest mniej oczywisty niż czarny, ponieważ wnętrze pomalowano na tę samą barwę.

Wampirzyca przy drzwiach poprosiła mnie o dowód tożsamości. Billa rozpoznała oczywiście jako przedstawiciela swojego rodzaju i kiwnęła mu głową, mnie natomiast przyjrzała się badawczo. Cerę miała kredowobiałą, jak wszystkie wampiry rasy białej, i wyglądała porażająco w długiej czarnej sukni z kloszowymi rękawami. Zastanowiłam się, czy przesadnie „wampirzy" wygląd jest jej pomysłem, czy też przyjęła go, gdyż uważali go za odpowiedni „ludzcy" goście.

– Od lat nikt mnie nie legitymował – odparłam, przetrząsając torebkę w poszukiwaniu prawa jazdy. Staliśmy w małym prostokątnym korytarzu.

– Już nie potrafię szacować wieku ludzi, a musimy tu zachowywać ostrożność, ponieważ nie wolno nam obsługiwać małoletnich. W żadnym razie – dodała z miną, która prawdopodobnie miała oznaczać przyjazny uśmiech.

Spojrzała na Billa z ukosa, po czym zmierzyła go prowokacyjnym spojrzeniem. Przynajmniej według mnie jej spojrzenie było prowokujące.

– Nie widziałam cię od kilku miesięcy – powiedziała do niego typowym dla wampirów chłodnym i słodkim głosem.

– Usiłuję się zaadaptować – wyjaśnił, a ona kiwnęła głową.

***

– Co jej powiedziałeś? – szepnęłam, gdy przemierzyliśmy krótki korytarz i przez czerwone, dwuskrzydłowe drzwi weszliśmy do głównej sali.

– Że staram się żyć między ludźmi.

Chciałam usłyszeć więcej szczegółów, ale postanowiłam wypytać go później. Teraz rozglądałam się po wnętrzu „Fangtasii". Cały wystrój był utrzymany w szarości, czerni i czerwieni. Ściany obwieszono oprawionymi w ramy zdjęciami chyba ze wszystkich filmów, w których grający wampira aktor pokazał kły – od Beli Lugosiego przez George'a Hamiltona po Gary'ego Oldmana, od sławnych do mało znanych. Oświetlenie było oczywiście przyćmione. Nie ono jednak było niezwykłe, lecz klientela. I porozmieszczane wszędzie symbole.

W barze panował tłok. Ludzie dzielili się na wampirzych fanów i zwyczajnych turystów. Fani (zwani też miłośnikami kłów) mieli na sobie najwytworniejsze ubrania: aż po tradycyjne peleryny i smokingi u mężczyzn oraz czarne suknie w stylu Morticii Adams w przypadku kobiet. Dostrzegłam kopie kostiumów, które nosili Brad Pitt i Tom Cruise w *Wywiadzie z wampirem*, a także stroje nowocześniejsze, inspirowane, według mnie, *Zagadką nieśmiertelności*. Niektórzy fani namalowali sobie pod dolną wargą fałszywe kły, inni strużki krwi przy kącikach ust lub znaki ukłuć na szyi. Prezentowali się nadzwyczajnie i... nadzwyczaj żałośnie.

Turyści wyglądali tak, jak zawsze i wszędzie wyglądają turyści, może tylko ci wydawali się odważniejsi. Poza tym dawali się ponieść nastrojowi i – tak jak miłośnicy kłów – niemal wszyscy ubrali się na czarno. Może bar stanowił przystanek w podróży jakiejś wycieczki?

„Wnieście nieco czerni w swoją ekscytującą wizytę w prawdziwym barze wampirzym! Przestrzegajcie reguł,

145

wtedy nic wam się nie stanie. Obejrzycie sobie ów egzotyczny, mroczny światek".

Wśród grupek ludzi – niczym prawdziwe klejnoty w koszyku z górskimi kryształami – stały i siedziały wampiry; było ich może z piętnaścioro. Większość miała na sobie również ciemne stroje.

Stałam pośrodku lokalu, rozglądając się z ciekawością, zdumieniem i lekką niechęcią.

– Wyglądasz jak biała świeca w kopalni węgla – szepnął Bill.

Roześmiałam się, po czym między rozproszonymi stolikami przeszliśmy do baru. Pierwszy raz znalazłam się w barze wyposażonym w gablotkę zastawioną butelkami z podgrzaną krwią. Bill naturalnie zamówił ją, ja natomiast poprosiłam o dżin z tonikiem. Barman uśmiechnął się do mnie, wysuwając nieco kły i dając do zrozumienia, że obsługuje mnie z przyjemnością. Usiłowałam odpowiedzieć uśmiechem, a równocześnie wyglądać skromnie. Barman był szczupłym Indianinem o długich, czarnych jak węgiel, prostych włosach, orlim nosie i wąskich wargach.

– Jak leci, Bill? – spytał. – Długo się nie widzieliśmy. To twój posiłek na dzisiejszą noc? – Stawiając nasze napoje na kontuarze przed nami, skinął głową ku mnie.

– To moja przyjaciółka Sookie. Ma kilka pytań.

– Wszystko, co zechcesz, piękna kobieto – odparł barman i znów się uśmiechnął. Bardziej mi się podobał, gdy zachowywał powagę.

– Widziałeś tę babkę w barze? Lub tę? – spytałam, wyciągając z torebki gazetowe zdjęcia Maudette i Dawn.

– Albo może tego mężczyznę? – Z lekką obawą pokazałam fotkę mojego brata.

– Kobiety widziałem, mężczyzny nie, chociaż wygląda zachwycająco – oświadczył barman, posyłając mi kolejny uśmiech. – To twój brat?

– Tak.

– Cóż za możliwości – wyszeptał.

Na szczęście miałam wieloletnią praktykę w panowaniu nad emocjami.

– Pamiętasz, z kim te kobiety siedziały?

– Och, nie – odrzekł szybko, poważniejąc. – Takich rzeczy po prostu tu nie zauważamy. Ty też niczego nie dostrzeżesz...

– Dziękuję. – Zrozumiałam, że złamałam panujące w barze reguły. Najwyraźniej niebezpiecznie było pytać, kto z kim przyszedł. – Doceniam to, że poświęciłeś mi czas.

Popatrzył na mnie w zadumie.

– Ta – stwierdził, stukając palcem w zdjęcie Dawn – chciała umrzeć.

– Skąd wiesz?

– Każdy, kto tutaj przychodzi, w jakiejś mierze tego pragnie – odparł z przekonaniem. Najwidoczniej uważał to za rzecz oczywistą. – Właśnie tym przecież jesteśmy. Śmiercią.

Zadrżałam. Bill położył mi rękę na ramieniu i pociągnął do właśnie zwolnionej ławy. Po drodze mijaliśmy rozwieszone w regularnych odstępach ścienne afisze z napisami: „Zakazuje się gryźć w obrębie lokalu", „Po dotarciu na parking należy bezzwłocznie odjechać" czy: „Wchodzisz na własne ryzyko".

Mój wampir zdjął z butelki kapsel i upił łyk. Starałam się nie gapić, ale nie za bardzo mi się to udawało. Zauważył moją minę i potrząsnął głową.

– Tak wygląda rzeczywistość, Sookie – oznajmił. – Potrzebuję tego do życia.

Miał czerwone plamy na zębach.

– Jasne – odrzekłam, usiłując naśladować luźny ton barmana. Wzięłam głęboki wdech. – Przypuszczasz, że chcę umrzeć? Dlatego tu z tobą przyszłam?

– Sądzę, że raczej pragniesz się dowiedzieć, dlaczego inni ludzie umierają – odparł.

Nie byłam pewna, co naprawdę myśli. Chyba jeszcze nie czuł się zagrożony. Sączyłam drinka, czując, jak w moim ciele rozchodzi się ciepło dżinu.

Do naszej ławy podeszła jakaś miłośniczka kłów. Byłam częściowo zasłonięta przez Billa, ale przecież wszyscy widzieli, że weszłam z nim do „Fangtasii". Dziewczyna miała kręcone włosy, była koścista, nosiła okulary, które, podchodząc do nas, zdjęła i włożyła do torebki. Pochyliła się nad stołem i jej wargi znalazły się kilka centymetrów od ust Billa.

– Cześć, niebezpieczny – powiedziała głosem, który zapewne uważała za uwodzicielski, po czym postukała szkarłatnym paznokciem w butelkę z krwią. – Mam prawdziwą. – Dla podkreślenia swoich słów pogładziła się po szyi.

Głęboko zaczerpnęłam tchu. W końcu to ja zaprosiłam Billa do tego baru, a nie on mnie. Mógł tu robić, co chciał, ja zaś nie miałam prawa komentować jego zachowania, choć przez moment zaskakująco żywo wyobraziłam sobie własną dłoń trzaskającą blady, piegowaty policzek tej zuchwałej dziewuchy. Mimo to milczałam, nie okazując emocji.

– Nie jestem sam – odparł łagodnie mój wampir.

– Ależ ona nie ma na szyi ani jednego ugryzienia – odparowała dziewczyna, posyłając mi pogardliwe spojrzenie. Równie dobrze mogła mnie nazwać tchórzliwym kurczakiem i zamachać rękoma jak skrzydłami. Mój gniew wzrósł i byłam o krok od wybuchu.

– Nie jestem sam – powtórzył Bill, tym razem twardszym tonem.

– Nie wiesz, co tracisz – zagruchała. Jej duże, jasne oczy się zaiskrzyły.

– Ależ wiem – mruknął.

Cofnęła się gwałtownie i odeszła do swojego stolika.

Ku mojemu oburzeniu okazała się pierwszą z czterech osób (obojga płci), które usiłowały nawiązać intymne kontakty z moim wampirem, całkiem odważnie sobie w tej materii poczynając.

Bill poradził sobie z nimi, zachowując spokój i opanowanie.

– Nic nie mówisz – zauważył, kiedy jakiś czterdziestolatek odszedł, niemal zrozpaczony tym, że Bill go spławił.

– Nie mam nic do powiedzenia – odparłam chłodno.

– Mogłabyś odesłać ich wszystkich do diabła. O co ci chodzi? Mam cię zostawić w spokoju? Ktoś inny przypadł ci tu do gustu? Widzę, że Długi Cień, nasz barman, pragnie spędzić z tobą nieco czasu.

– Och nie, na litość Boską, nie!

Nie czułabym się bezpiecznie z żadnym innym wampirem w barze, bałabym się, czy nie jest podobny do Liama bądź Diane.

Bill popatrzył na mnie.

– Ale muszę popytać tutejszych, czy widzieli w barze Dawn lub Maudette – dodałam.

– Mam z tobą pójść?

– Tak, proszę – odparłam głosem bardziej przestraszonym, niż zamierzałam. Tak naprawdę chciałam poprosić Billa niedbałym tonem o jego towarzystwo.

– Tamten wampir jest dość przystojny. Dwukrotnie badawczo ci się przyglądał.

– Drażnisz się ze mną – odcięłam się niepewnie po chwili.

Mężczyzna, o którym mówił Bill, rzeczywiście był przystojny. Jasna cera, blond włosy, niebieskie oczy, wysoki, ładnie zbudowany. Nosił kowbojki, dżinsy i podkoszulek. Tak! Wyglądał jak facet z okładki Harlequina. I... śmiertelnie mnie przeraził.

– Ma na imię Eric – powiedział Bill.

– Ile ma lat?

– Dużo. Jest najstarszy w tym barze.

– Czy jest zły?

– Wszyscy mamy w sobie sporą dozę niegodziwości. Jesteśmy bardzo silni i bywamy ogromnie gwałtowni.

– Nie ty – odparłam.

Jego twarz stężała.

– Pragniesz się przecież zaadaptować i żyć wśród ludzi – dodałam szybko. – Nie będziesz się zachowywał aspołecznie.

– Ilekroć pomyślę, że taka naiwna istotka jak ty nie może się tu kręcić sama, rzucasz jakiś tekst świadczący o niezwykłej przebiegłości – rzekł poważnym tonem, po czym krótko się zaśmiał. – W porządku, pójdziemy razem porozmawiać z Erikiem.

Eric, który rzeczywiście zerknął w moją stronę raz czy drugi, siedział przy jednym ze stolików z równie piękną jak on wampirzycą. Odprawili już kilka przypochlebiających się im osób. Jeden wzgardzony młody mężczyzna podpełzł właśnie na kolanach i pocałował buty wampirzycy. Ta zapatrzyła się na niego, po czym kopnęła go w ramię. Odniosłam wrażenie, że musiała się strasznie powstrzymywać, by nie celować w twarz. W tym momencie wielu turystów się obruszyło, a jakaś para wstała i wyszła pospiesznie, najwidoczniej miłośnicy kłów uznali tę scenkę za coś naturalnego.

Kiedy podeszliśmy, Eric spojrzał na nas z nachmurzoną miną. Dopiero po sekundzie zdał sobie sprawę, że to my.

– Bill – rzucił, skinąwszy głową. Wampiry chyba nie miały zwyczaju ściskać sobie dłoni.

Bill nie podszedł do samego stolika, lecz stanął w „bezpiecznej" odległości, a ponieważ trzymał mnie pod rękę, również musiałam się zatrzymać.

– Kim jest twoja przyjaciółka? – spytała wampirzyca.

Eric mówił z lekkim akcentem. Ona, jak rdzenna Amerykanka, miała okrągłą twarz i słodkie rysy – mogłaby jej ich pozazdrościć każda panna. Wampirzyca uśmiechnęła się. Wysunięte kły nieco zepsuły idealny wizerunek.

– Cześć, jestem Sookie Stackhouse – zagaiłam uprzejmie.

– Ależ jesteś słodziutka – stwierdził Eric. Miałam nadzieję, że myśli o moim charakterze.

– Nieszczególnie – odparłam.

Zaskoczony wampir gapił się na mnie przez chwilę, potem się roześmiał, a wampirzyca mu zawtórowała.

– Sookie, to Pam, a ja jestem Eric – przedstawił się w końcu blondyn. Bill i Pam po wampirzemu skinęli sobie głowami.

Zapadła cisza. Chciałam coś powiedzieć, lecz Bill ścisnął moje ramię.

– Moja przyjaciółka Sookie chciałaby wam zadać parę pytań – oświadczył wreszcie.

Wampiry przy stoliku wymieniły znudzone spojrzenia.

– Na przykład, jak długie są nasze kły i w jakich trumnach śpimy? – zapytała Pam przepojonym pogardą głosem.

– Nie, moja droga – odparłam.

Miałam nadzieję, że Bill przestanie w końcu szczypać moją rękę. Uważałam, że zachowuję się wyjątkowo taktownie i kulturalnie. Wampirzyca gapiła się na mnie w zdumieniu. Czym ich, do diabła, tak zaskakiwałam? Ich zaszokowane spojrzenia zaczynały mnie trochę męczyć! Nie czekając, aż Bill da mi więcej bolesnych ostrzeżeń, otworzyłam torebkę i wyjęłam zdjęcia.

– Chcę się dowiedzieć, czy widzieliście w barze te kobiety – powiedziałam.

Wolałam nie pokazywać wampirzycy fotki Jasona. Jej niechybne zainteresowanie mogłoby mieć paskudne konsekwencje dla mojego brata.

Oboje przyjrzeli się zdjęciom. Bill czekał z obojętną miną. W końcu Eric zerknął na mnie.

– Byłem z tą – oznajmił chłodno, stukając w fotkę Dawn. – Lubiła ból.

Pam wyraźnie się zdziwiła, że Eric w ogóle mi odpowiedział. Widziałam to po jej zmarszczonym czole. Niemniej jednak poczuła się jawnie zobowiązana podążyć za jego przykładem.

– A ja pamiętam je obie – powiedziała. – Chociaż nigdy z żadną nie byłam. Ta – wskazała palcem zdjęcie Maudette – była żałosnym stworzeniem.

– Dzięki, że poświęciliście mi czas – oświadczyłam.

Chciałam się odwrócić i odejść, ale Bill ciągle więził moją rękę.

– Billu, bardzo jesteś przywiązany do swojej przyjaciółki? – spytał Eric.

Upłynęła sekunda, zanim zrozumiałam, co się dzieje. Jasnowłosy przystojniak pytał, czy może mnie sobie pożyczyć!

– Sookie jest moja – odburknął Bill. Choć nie wykrzyczał tych słów, tak jak wcześniej, do paskudnych wampirów z Monroe, zabrzmiały dość, cholera, ostro.

Eric skłonił złotą głowę, pobieżnie szacując mnie wzrokiem.

Mój wampir się odprężył. Skłonił się Ericowi, a równocześnie Pam, cofnął o dwa kroki i w końcu pozwolił mi się odwrócić plecami do siedzącej pary.

– Rany, o co tu chodziło? – zapytałam szeptem. Już sobie wyobrażałam wielkiego sińca, jakiego będę miała następnego dnia.

– Są ode mnie starsi o stulecia – wyjaśnił Bill. Wyglądał cholernie wampirzo.

– Istnieje hierarchia? Oparta na wieku?

– Hierarchia – powtórzył w zadumie. – Niezłe określenie naszych układów. – O mało się nie roześmiał; zauważyłam, że zadrgała mu warga. – Gdybyś była zainteresowana, musiałbym ci pozwolić odejść z Erikiem – powiedział, gdy wróciliśmy na miejsca przy ławie i każde wypiło po łyku swojego napoju.

– Nie – rzuciłam ostro.

– Dlaczego więc nie oponowałaś, gdy kolejni fani podchodzili do naszej ławy, usiłując mnie od ciebie oderwać?

Odkryłam, że nie nadajemy na tej samej fali. Czyżby wampiry nie przywiązywały wagi do form towarzyskich? Miałam mu tłumaczyć takie niuanse?

Z czystego rozdrażnienia wydałam dźwięk absolutnie niegodny damy.

– W porządku – warknęłam ostro. – Posłuchaj, Bill! Musiałam cię zaprosić do mojego domu. I tutaj też przyszedłeś ze mną na moją prośbę. Wizyta w „Fangtasii" nie była twoim pomysłem, lecz moim. Wprawdzie zaczaiłeś się na drodze do mojego domu, a raz kazałeś mi wpaść do twojego i zostawić listę z nazwiskami fachowców... ale to się nie liczy. Wychodzi zatem na to, że to ja zapraszam wszędzie ciebie! Jak więc mogę ci narzucać swoje towarzystwo w barze? Jeśli te dziewczyny oddają ci swoją krew do ssania... albo tamten facet... No, nie wiem... Po prostu czuję, że nie mam prawa stawać ci na drodze!

– Eric wygląda znacznie lepiej ode mnie – zauważył Bill. – Jest lepiej zbudowany, a seks z nim to podobno niezapomniane przeżycie. Jest tak stary, że dla zachowania sił potrzebuje zaledwie łyku krwi. Prawie nigdy już

154

nikogo nie zabija. Tak, jak na wampira, jest dobrym facetem. Wciąż jeszcze możesz z nim pójść. Nadal na ciebie zerka. Gdybyś nie przyszła ze mną, wypróbowałby na tobie swój urok.

– Nie chcę iść z Erikiem.

– A ja nie chcę spędzać czasu z żadną miłośniczką kłów – odparł.

Przez minutę czy dwie siedzieliśmy w milczeniu.

– No to się dogadaliśmy – oznajmiłam.

I znów zamyśliliśmy się na kilka minut.

– Jeszcze jednego drinka? – spytał.

– Tak, chyba że musisz wracać.

– Nie muszę.

Poszedł do baru. Przyjaciółka Erica, Pam, gdzieś zniknęła, za to przy mnie zjawił się niespodziewanie Eric. Bezczelnie się na mnie gapił. Usiłowałam się skoncentrować na własnych dłoniach. Poczułam, że owiewa mnie energia i ogarnęło mnie nieprzyjemne wrażenie, że wampir stara się mną zawładnąć. Zaryzykowałam szybkie spojrzenie i odkryłam, że Eric rzeczywiście patrzy na mnie wyczekująco. Co miałam zrobić? Zdjąć sukienkę? Zaszczekać jak pies? Kopnąć Billa w goleń? Cholera!

Bill wrócił z naszymi napojami.

– Eric zorientuje się, że nie jestem normalna – mruknęłam ponuro, lecz mój wampir najwidoczniej nie potrzebował wyjaśnień.

– Eric łamie nasze reguły, próbując cię oczarować. Powiedziałem mu, że jesteś moja.

Słysząc ton głosu Billa, wiedziałam, że jest wściekły.

– Mówisz to do wszystkich – wymamrotałam.

„I tylko mówisz" – dodałam w myślach.

– Taka jest tradycja wampirów – wyjaśnił znów Bill. – Jeśli ogłaszam, że jesteś moja, nikt inny nie może się tobą żywić.

– „Żywić się mną"? Ależ zachwycająca fraza – odcięłam się.

– Chronię cię.

– Czy przyszło ci do głowy, że ja... – Urwałam i zamknęłam oczy. Policzyłam do dziesięciu.

Kiedy zerknęłam na mojego wampira, odkryłam, że wbija we mnie wzrok.

– Że co...? Że nie potrzebujesz ochrony? – spytał cicho. – Mojej ochrony?

Nie odpowiedziałam. Kiedy trzeba, potrafię milczeć.

Ujął moją głowę, kładąc dłonie na jej tyle, i odwrócił ku sobie – lekko, jakbym była marionetką (zaczynał mnie irytować ten jego zwyczaj) – po czym popatrzył mi w oczy, tak twardo, że aż wzbudził we mnie strach. Zadałam sobie pytanie, czy jego wzrok nie wypali mi tunelu aż do mózgu.

Wydęłam wargi i dmuchnęłam mu w twarz.

– Fuu! – prychnęłam. Czułam się skrępowana. Rozejrzałam się wokół, przestałam blokować swój umysł i skupiłam się na myślach gości „Fangtasii". – Ależ nudno – wyrwało mi się po chwili. – Ci ludzie są okropnie nudni.

– Naprawdę, Sookie? O czym myślą? – Ulgą było słyszeć głos Billa, mimo że był zmieniony.

– O seksie, seksie i seksie. – To właśnie mnie uderzyło. Wszyscy o tym myśleli. Nawet turyści, którzy raczej nie

pragnęli uprawiać seksu z wampirami, myśleli o miłośni-
kach kłów... uprawiających seks z wampirami.

– A o czym ty myślisz, Sookie?

– Nie o seksie – odparowałam natychmiast i zgodnie
z prawdą.

– Doprawdy?

– Wiesz, zastanawiałam się akurat, jak dużą mamy
szansę wyjścia stąd bez kłopotów.

– Skąd w tobie ten niepokój?

– Ponieważ jeden z turystów jest tajniakiem. Poszedł teraz do toalety i zauważył wampira, który ssie szyję pewnej
miłośniczki kłów. Już zawiadomił przez radio policję.

– Wychodzimy – oznajmił bez wahania Bill.

Ruszyliśmy do drzwi. Pam zniknęła, ale gdy mijaliśmy
stolik Erica, Bill dał mu jakiś znak. Eric wstał i poszedł do
wyjścia. Był od nas wyższy, miał dłuższe nogi, toteż dotarł tam wcześniej. Wychodząc, położył dłoń na ramieniu
bramkarki i pociągnął dziewczynę na zewnątrz.

Niemal w progu przypomniałam sobie o barmanie
o imieniu Długi Cień, który tak chętnie odpowiadał na
moje pytania. Odwróciłam się ku niemu i dźgnęłam palcem w kierunku drzwi, niedwuznacznie mu sugerując,
że powinien uciekać. Spojrzał tak zatrwożony, jak tylko
może spojrzeć wampir. Bill szarpnął mnie, wychodząc
przez dwuskrzydłowe drzwi, ale kątem oka dostrzegłam,
że Indianin także biegnie do wyjścia.

Znaleźliśmy się na dworze. Eric czekał przy swoim aucie. Była to (oczywiście!) corvetta.

– Zawiadomiono policję – poinformował go Bill.

– Skąd wiesz?

Bill milczał.

– To ja – bąknęłam, wybawiając go z opresji.

Wielkie niebieskie tęczówki szeroko otwartych oczu Erica jarzyły się nawet w mroku parkingu. Musiałam mu to wyjaśnić.

– Odczytałam myśli jednego tajniaka – szepnęłam.

Sprawdziłam szybko, jak Eric to przyjął. Gapił się na mnie w ten sam sposób, w jaki przyglądały mi się wampiry z Monroe. Był głodny.

– Interesujące – odparł. – Miałem kiedyś psychikę. To było niewiarygodne.

– Dla psychiki również? – zapytałam bardziej cierpkim tonem, niż zamierzałam.

Usłyszałam, że Bill nerwowo wciąga powietrze.

Eric się roześmiał.

– Przez jakiś czas – odparł niejasno.

Z oddali dotarły do nas odgłosy syren. Eric i bramkarka bez słowa wślizgnęli się do corvetty i odjechali. Dziwnym trafem samochód wampira wydawał się cichszy niż inne pojazdy. Bill i ja zapięliśmy pasy, po czym pospiesznie opuściliśmy parking, umykając przed wjeżdżającą od drugiej strony policją. Policjanci mieli wampirzą furgonetkę – specjalny więzienny pojazd transportowy ze srebrnymi kratami. Przyjechali nią dwaj funkcjonariusze z wydziału do spraw wampirów, którzy przed „Fangtasią" wyskoczyli z auta i w okamgnieniu znaleźli się przed drzwiami klubu.

Przejechaliśmy kilka przecznic, gdy nagle Bill zjechał na parking zaciemnionego centrum handlowego.

– Co...? – zaczęłam.

Bill odpiął mój pas, odsunął w tył moje siedzenie i objął mnie. Przestraszona, że się na mnie rozgniewał, chciałam go odepchnąć, ale równie dobrze mogłabym odpychać wrośnięte w ziemię drzewo. Usta wampira odnalazły moje i już wiedziałam, co się dzieje.

O rany, ależ on potrafił całować. Może mieliśmy problemy z porozumieniem w pewnych sferach, na pewno jednak nie w tej. Całowaliśmy się chyba z pięć minut. Czułam fale rozkoszy zalewające moje ciało. Mimo że przednie siedzenie nie było zbyt wygodne, było mi cudnie, szczególnie że Bill był bardzo delikatny. Ugryzłam go lekko w wargę, a on zamruczał jak kot.

– Sookie! – wychrypiał.

Odsunęłam się od niego, może o centymetr.

– Jeśli zrobisz to jeszcze raz, wezmę cię tutaj, czy tego chcesz, czy nie – oświadczył.

Nie za bardzo wiedziałam, o co mu chodzi.

– A nie chcesz tego? – szepnęłam.

– Ależ chcę.

Sekundę później oślepiło nas światło obracającego się koguta radiowozu.

– Policja – powiedziałam cicho.

Z samochodu patrolowego wysiadł policjant i ruszył ku oknu Billa.

– Nie daj mu poznać, że jesteś wampirem. – Obawiałam się, że to może być funkcjonariusz służbista, który wcześniej brał udział w obławie na „Fangtasię". Choć do policji chętnie przyjmowano wampiry, w okolicy pozostało sporo uprzedzeń, szczególnie gdy chodziło o pary mieszane.

Mężczyzna zastukał w okno.

Bill włączył silnik, po czym wcisnął guzik, opuszczając szybę. Milczał. Zrozumiałam, że nie zdołał ukryć kłów. Jeśli otworzy usta, wyda się, że jest wampirem!

– Witam, panie policjancie – zagaiłam.

– Dobry wieczór – odparł funkcjonariusz. Pochylił się i zajrzał w okno. – Wiecie chyba, że wszystkie sklepy w okolicy są zamknięte, prawda?

– Tak, proszę pana.

– W takim razie wygląda na to, że się tu zabawiacie. Nie przeszkadza mi to, radzę jednak pojechać do domu i tam robić te rzeczy.

– Pojedziemy. – Kiwnęłam głową. Bill również.

– Robimy nalot na bar kilka przecznic dalej – rzucił niedbale policjant. Widziałam jedynie część jego twarzy, ale podejrzewałam, że mamy do czynienia z krzepkim osobnikiem w średnim wieku. – Byliście tam?

– Nie – zapewniłam go.

– W barze dla wampirów – podkreślił.

– Nie, nie byliśmy tam.

– Pokaże mi panienka szyję.

– Proszę bardzo.

I, psiakość, oświetlił starą latarką najpierw moją szyję, potem Billa.

– W porządku, tylko sprawdzam. Możecie jechać.

– Jedziemy.

Kolejne kiwnięcie Billa było jeszcze bardziej zdawkowe. Na oczach czekającego patrolowego przesunęłam siedzenie do przodu, zapięłam pas, a mój wampir wrzucił bieg i wycofał samochód.

160

Był wściekły. Przez całą drogę do domu zachowywał ponure (tak mi się zdawało) milczenie, choć ja uważałam incydent z policjantem za zabawny.

Cieszyłam się, że Bill nie pozostaje obojętny na moje wdzięki. Myślałam o tym, że może pewnego dnia znów zechce mnie pocałować, być może dłużej i żarliwiej, a może nawet... zdołamy się posunąć dalej? Jednak usiłowałam nie rozbudzać w sobie nadziei. Cóż, istniało kilka spraw, o których Bill nie wiedział... o których nikt nie wiedział... Dlatego starałam się trwać przy skromnych oczekiwaniach.

Przed domem mój wampir wysiadł, obszedł auto i otworzył mi drzwiczki. Aż uniosłam brwi ze zdziwienia. Nie skomentowałam tego jednak, gdyż nie mam zwyczaju przerywać czy lekceważyć uprzejmych zachowań. Zakładałam, że Bill wie, że posiadam ręce i dość rozumu, bym umiała sobie sama otworzyć drzwiczki. Kiedy wysiadłam, cofnął się.

Byłam rozczarowana. Nie pocałował mnie. Pewnie żałował, że zrobił to wtedy. Prawdopodobnie spodobała mu się przeklęta Pam. Albo może nawet Długi Cień. Zaczynałam pojmować, że możliwość uprawiania seksu przez kilka stuleci pozostawia miejsce dla wielu eksperymentów. Czy telepatka pasowała do jego listy?

Zgarbiłam się nieco i objęłam rękoma na wysokości piersi.

– Zimno ci? – spytał Bill, obejmując mnie.

Jego ramiona jednak były jedynie fizycznym ekwiwalentem płaszcza. Wyglądało na to, że zamierza utrzymywać dystans.

– Przepraszam, że ci się narzucałam. Nie poproszę cię już o nic więcej – oświadczyłam.

Już, gdy mówiłam, zdałam sobie sprawę, że babcia nie umówiła się konkretnie z Billem na zebranie Potomków, więc jeszcze będą musieli ustalić datę.

Bill stał przez chwilę w milczeniu, w końcu powiedział bardzo powoli:

– Jesteś... niewiarygodnie... naiwną istotką. – Tym razem nie wspomniał o mojej przebiegłości.

– Tak – mruknęłam. – Doprawdy?

– Albo może należysz do tych boskich głupców... – odparł.

To zabrzmiało znacznie mniej przyjemnie. Skojarzył mi się z Quasimodo albo kimś takim.

– Przypuszczam – odcięłam się zgryźliwie – że będziesz się musiał tego dowiedzieć.

– Lepiej, żebym to ja się tego dowiedział... – odrzekł.

Nie zrozumiałam go. Odprowadził mnie do drzwi i choć byłam prawie pewna drugiego pocałunku, cmoknął mnie tylko lekko w czoło.

– Dobranoc, Sookie – szepnął.

Na moment oparłam swój policzek o jego.

– Dziękuję, że mnie tam zabrałeś. Nie zadzwonię do ciebie więcej.

Nie czekałam, aż opuści mnie determinacja. Natychmiast wśliznęłam się do ciemnego domu, zatrzaskując Billowi drzwi przed nosem.

ROZDZIAŁ PIĄTY

To jasne, że w ciągu najbliższych paru dni powinnam przemyśleć sporo spraw. Jak na kogoś, kto stale szukał nowości, bo nie chciał się nudzić, zgromadziłam wystarczająco danych na kilka tygodni. Na przykład ludzie w „Fangtasii"... Można by na nich skupić umysł. Że nie wspomnę o wampirach. Pragnęłam poznać jednego wampira, a teraz spotkałam ich więcej, niż miałam ochotę.

Wielu mężczyzn z Bon Temps i okolicy wezwano na posterunek i przesłuchano w kwestii Dawn Green i jej zwyczajów erotycznych. W dodatku detektyw Bellefleur co jakiś czas wpadał do baru po godzinach pracy. Nigdy nie wypijał więcej niż jednego piwa, ale za to wszystkich bacznie obserwował. Ponieważ „Merlotte" bez dwóch zdań nie należał do siedlisk nielegalnej działalności, nikomu obecność Andy'ego zbytnio nie przeszkadzała. Można by rzec, że goście przyzwyczaili się do wizyt detektywa.

Dziwnym trafem Bellefleur zawsze wybierał stolik w obsługiwanej przeze mnie części sali, a ilekroć do niego podchodziłam, intensywnie skupiał się na jakiejś nieprzyzwoitej myśli, wyraźnie prowokując mnie do reakcji. Chyba nie zdawał sobie sprawy z tego, że zachowuje się

163

nieodpowiednio. Pewnie nie chciał mnie obrazić, a prowokacja najprawdopodobniej była dla niego pretekstem do czegoś głębszego. Pragnął zapewne, bym znowu zajrzała w jego umysł. Nie potrafiłam zrozumieć po co.

Gdy piąty czy szósty raz musiałam mu coś przynieść – tym razem chyba dietetyczną colę – wyobraził mnie sobie baraszkującą z moim bratem. Podchodziłam zdenerwowana (wiedziałam, że powinnam się spodziewać jakiegoś jego wyskoku, nie wiedziałam jednak dokładnie jakiego), więc się rozzłościłam i rozpłakałam. Przypomniały mi się mniej wymyślne psychiczne tortury, których doświadczałam w szkole podstawowej.

Andy zerknął na mnie, ale kiedy zobaczył łzy w moich oczach, przez jego twarz przemknęło kilka zdumiewających emocji: triumf, rozczarowanie i w końcu wstyd.

Wylałam mu tę cholerną colę na koszulę, po czym przemaszerowałam obok kontuaru i wyszłam tylnymi drzwiami na zaplecze.

– Co się dzieje? – spytał ostro Sam. Stale deptał mi po piętach.

Potrząsnęłam głową, nie chcąc niczego wyjaśniać, i wyjęłam z kieszeni szortów chusteczkę, by wytrzeć oczy.

– Mówił ci jakieś paskudztwa? – spytał Sam.

– Pomyślał – odparłam bezradnie. – Specjalnie starał się mnie zdenerwować. On wie.

– Sukinsyn – oświadczył mój szef.

Byłam w szoku. Sam nigdy nie przeklinał.

Ostatnio zrobiłam się okropnie płaczliwa. Gdy zaczynałam płakać, miałam wrażenie, że nigdy nie zdołam przestać. Przypominały mi się kolejne smutne rzeczy.

– Wróć do baru – poprosiłam zażenowana. – Zaraz mi przejdzie.

Usłyszałam, że tylne drzwi otwierają się i zamykają. Wyobraziłam sobie, że Sam spełnia moją prośbę. Ale zamiast tego usłyszałam głos Andy'ego Bellefleura:

– Przepraszam, Sookie.

– Pan, detektywie Bellefleur, powinien się do mnie zwracać „panno Stackhouse" – odwarknęłam. – Nie sądzi pan, że zamiast grać w paskudne gierki, lepiej byłoby szukać mordercy Maudette i Dawn?

Odwróciłam się i wbiłam wzrok w policjanta. Wyglądał na bardzo zakłopotanego. Uznałam jego wstyd za szczery. Sam zamachał gniewnie rękoma.

– Bellefleur, następnym razem usiądź przy stoliku innej kelnerki – oznajmił, tłumiąc wściekłość.

Andy popatrzył na mojego szefa. Był od niego dwukrotnie tęższy i wyższy o dobre pięć centymetrów. Jednakże w razie ewentualnej walki postawiłabym każdą sumę na Sama. Odniosłam też wrażenie, że Andy woli nie ryzykować próby sił, choćby tylko z powodów zdroworozsądkowych.

Rzeczywiście, skinął jedynie głową i wyszedł na parking, do swojego samochodu. Słońce zalśniło na jasnych pasemkach w jego kasztanowych włosach.

– Tak mi przykro, Sookie – powiedział Sam.

– To nie twoja wina.

– Chcesz wziąć wolne? Nie ma dziś zbyt wielu gości.

– Nie, dzięki. Zostanę do końca zmiany.

Charlsie Tooten ruszała się już coraz szybciej, czułam jednak, że nie powinnam brać urlopu. To był przecież wolny dzień Arlene.

Wróciliśmy do baru. Chociaż kilka osób zerknęło na nas z ciekawością, nikt nie spytał, co się zdarzyło. W mojej części siedziała tylko jedna para. Oboje byli zajęci jedzeniem i mieli pełne szklanki, więc chwilowo mnie nie potrzebowali. Zaczęłam ustawiać kieliszki. Sam oparł się o kontuar obok mnie.

– Czy to prawda, że Bill Compton spotka się dziś wieczorem z Potomkami Wybitnych Poległych?

– Tak twierdzi moja babcia.

– Idziesz?

– Nie planowałam tego. – Nie chciałam widzieć Billa, dopóki do mnie nie zadzwoni.

Sam nic nie powiedział, lecz później, po południu, gdy brałam torebkę z jego biura, wszedł za mną i zaczął przekładać papiery na swoim biurku. Wyciągnęłam szczotkę do włosów i próbowałam rozpleść koński ogon. Z zachowania mojego szefa wnosiłam, że pragnie ze mną porozmawiać, i poczułam falę rozdrażnienia na myśl o niezdecydowaniu mężczyzn.

Mężczyzn takich jak Andy Bellefleur. Mógł przecież spytać mnie o moją przypadłość, a nie traktować w tak osobliwy sposób.

Albo Bill. Mógłby po prostu obwieścić mi swoje zamiary... zamiast raz przyciągać, raz odpychać.

– Tak? – spytałam ostrzej, niż zamierzałam.

Pod wpływem mojego spojrzenia zarumienił się.

– Zastanawiałem się właśnie, czy zechciałabyś pójść ze mną na zebranie Potomków, a potem na filiżankę kawy.

Zdumiałam się. Moja szczotka zatrzymała się w połowie drogi w dół. Mnóstwo wspomnień przebiegło mi przez głowę: dotyk jego ręki, którą trzymałam przed domem Dawn Green, ściana, jaką napotkałam w jego umyśle, plotki o durnych dziewczynach umawiających się na randki z własnymi pracodawcami.

– Pewnie – odparłam po długiej pauzie.

Zdaje się, że Sam wypuścił z ulgą powietrze.

– To dobrze. Zatem wpadnę po ciebie mniej więcej o dziewiętnastej dwadzieścia. Spotkanie zaczyna się o wpół do ósmej.

– W porządku. Do zobaczenia.

Chwyciłam torebkę, wyszłam pospiesznie i ruszyłam, sadząc wielkie kroki, do samochodu. Nie mogłam się zdecydować, czy powinnam chichotać z radości, czy jęczeć z powodu własnej głupoty.

Dotarłam do domu dopiero o siedemnastej czterdzieści pięć. Na stole czekała kolacja, gdyż babcia powoli przygotowywała się do wyjścia. Musiała wcześniej zawieźć przekąski na zebranie Potomków do Budynku Społeczności.

– Zastanawiam się, czy Bill mógłby przyjść, gdybyśmy zorganizowali nasze spotkanie w sali baptystów Dobrej Wiary?

Choć spytała ni z tego, ni z owego, bez problemu podjęłam wątek.

– Och, myślę, że mógłby – odparłam. – Sądzę, że opowieści o wampirach przerażonych akcesoriami religijnymi nie są prawdziwe. Ale nie pytałam go o to.

– Wisi tam duży krzyż – ciągnęła babcia.

– Będę na spotkaniu – wtrąciłam. – Przyjdę z Samem Merlotte'em.

– Z twoim szefem? – Babcia była zaskoczona.

167

– Tak.

– Hm... No dobrze, dobrze. – Uśmiechnęła się, stawiając na stole talerze.

Gdy jadłyśmy kanapki i sałatkę owocową, zastanawiałam się, co na siebie włożę. Babcia wyglądała na podekscytowaną spotkaniem, oczekiwaną przemową Billa i faktem, że będzie go przedstawiać przyjaciołom. Ja wyrwałam ją z tej pełnej oczekiwania duchowej zadumy stwierdzeniem, że mam randkę. I to z pełnokrwistym człowiekiem.

– Pójdziemy gdzieś jeszcze potem – dodałam. – Do domu więc pewnie dotrę mniej więcej godzinkę po zebraniu.

W Bon Temps znajdowało się niewiele lokali, w których można się było napić kawy, a w żadnym nie miało się ochoty siedzieć zbyt długo.

– W porządku, kochanie. Nie spiesz się.

Babcia była już ubrana, toteż po kolacji pomogłam jej tylko załadować do auta kilka tac z ciasteczkami. Wiozła też kawę w dużym termosie, który kiedyś kupiła na takie właśnie okazje. Samochód stał już przy tylnym wejściu, co zaoszczędziło nam sporo chodzenia. Babcia wydawała się ogromnie szczęśliwa i bardzo przejęta. Podczas załadunku nie przestawała mówić. Uwielbiała takie wieczory.

Po jej odjeździe zrzuciłam strój kelnerki i weszłam pod prysznic. Namydlając się, nadal rozmyślałam nad odpowiednim strojem. Wiedziałam, że na pewno nie włożę niczego czarnego ani białego; stale nosiłam te kolory w pracy i miałam ich dość. Znów ogoliłam nogi. Nie miałam już czasu umyć i wysuszyć włosów, na szczęście myłam je wczoraj. Otworzyłam szafę i gapiłam się na jej zawartość. Sam

widział już białą sukienkę w kwiatki. Dżinsowe wdzian-
ko nie wyglądało wystarczająco elegancko dla przyjaciół
babci. W końcu wyszarpnęłam spodnie khaki i brązową
jedwabną bluzkę z krótkimi rękawami. Dodałam sandałki
z brązowej skóry i całkiem ładny brązowy skórzany pasek.
Na szyi zawiesiłam łańcuszek, w uszach duże złote kolczyki i byłam gotowa. Sam, jakby na to czekał, zadzwonił
w tym momencie do drzwi.

Gdy mu otworzyłam, przez moment oboje czuliśmy się
niezręcznie.

– Proszę, wejdź, chociaż wydaje mi się, że mamy czas
tylko... – zaczęłam.

– Z chęcią bym wszedł i pogawędził, ale myślę, że mamy
czas tylko... – powiedział on w tej samej chwili.

Roześmialiśmy się.

Wyszliśmy. Zamknęłam frontowe drzwi i przekręciłam klucz, a Sam pospieszył otworzyć drzwiczki swojego
pikapa. Ucieszyłam się, że włożyłam spodnie, ponieważ
nie wyobrażałam sobie wsiadania do tej wysokiej kabiny
w krótkiej spódniczce.

– Pomóc ci? – spytał z nadzieją w głosie.

– Chyba sobie poradzę – odparłam, powstrzymując
uśmiech.

Jadąc do Budynku Społeczności, milczeliśmy. Znajdował się w starszej części Bon Temps, czyli tej sprzed wojny
secesyjnej. Budowla nie była przedwojenna, postawiono
ją na miejscu gmachu zniszczonego podczas wojny, ale
nikt nie wiedział, co się w nim wtedy mieściło.

Potomkowie Wybitnych Poległych stanowili grupkę
mocno mieszaną. Było wśród nich kilkoro bardzo starych

169

i bardzo kruchych członków, paru osobników nieco młodszych, pełnych życia i wesołych, a nawet garstka mężczyzn i kobiet w średnim wieku. Do klubu jednak nie należał nikt naprawdę młody, na co babcia często utyskiwała, posyłając mi przy tym znaczące spojrzenia.

Pan Sterling Norris, stary przyjaciel mojej babci, a równocześnie burmistrz Bon Temps, witał tego wieczoru gości, stał więc przy drzwiach, ściskał dłonie i gawędził przez chwilę z każdym, kto wchodził.

– Panno Sookie, codziennie wygląda pani piękniej – oświadczył na mój widok. – O, Sam, nie widzieliśmy się kawał czasu! Sookie, czy to prawda, że ten wampir jest twoim przyjacielem?

– Tak, zgadza się.

– Możesz nas zatem zapewnić, że wszyscy jesteśmy tu bezpieczni?

– Oczywiście że tak. To bardzo miły... bardzo miła osoba. – Istota? Jednostka? A może powinnam powiedzieć: „Jeśli lubisz nieumarłych, ten jest dość przyjemny"?

– Skoro tak twierdzisz – odparł mężczyzna z powątpiewaniem. – W moich czasach miłego wampira można by włożyć między bajki.

– Och, panie Norris, wygląda na to, że nadal żyjemy w pańskich czasach – odparłam z pogodnym uśmiechem.

Burmistrz się roześmiał i pogroził mi żartobliwie. Sam wziął mnie za rękę i podeszliśmy do przedostatniego rzędu metalowych krzeseł. Zajęłam miejsce i pomachałam babci. Zbliżała się właśnie pora rozpoczęcia spotkania. W pomieszczeniu przebywało około czterdziestu osób; całkiem spore zgromadzenie jak na Bon Temps. Bill jednakże jeszcze się nie zjawił.

Na podium weszła prezeska Potomków – duża, tęga kobieta – Maxine Fortenberry.

– Dobry wieczór! Dobry wieczór! – huknęła. – Nasz gość honorowy dzwonił, że ma kłopoty z samochodem, więc się kilka minut spóźni. Zatem, korzystając z okazji, omówimy teraz zaległe sprawy klubowe.

Zebrani usiedli na krzesłach. Spędziliśmy sporo czasu, wysłuchując nudnych dyskusji. Sam siedział obok mnie, z rękoma skrzyżowanymi na piersi i wyciągniętymi nogami. Starałam się nad sobą panować, blokować napływ cudzych myśli i zachowywać na twarzy uśmiech. Chyba jednak wyglądałam na nieco przygnębioną, gdyż Sam pochylił się lekko ku mnie.

– Spokojnie, odpręż się – szepnął.

– Wydawało mi się, że jestem odprężona – odszepnęłam.

– Mam wrażenie, że nie potrafisz się relaksować.

Spojrzałam na niego, uniósłszy brwi. Zamierzałam powiedzieć panu Merlotte'owi co nieco po tym spotkaniu.

Wtedy wszedł Bill i wszyscy ucichli. Niektórzy musieli się oswoić z jego wyglądem i obecnością. W świetle jarzeniówek Bill prezentował się znacznie bardziej nieludzko niż w przyćmionych światłach „Merlotte'a" czy równie nikłym oświetleniu w jego domu. W żaden sposób nie mógł teraz uchodzić za normalnego mężczyznę. Bladość jego skóry była tu szczególnie widoczna, a głęboko osadzone oczy wydawały się jeszcze ciemniejsze i zimniejsze. Wampir miał na sobie jasnoniebieski garnitur i mogłabym się założyć, że włożył go za radą mojej babci. Wyglądał wspaniale.

Przystojny facet. Ładnie zarysowane brwi, nos, kształtne wargi, białe ręce o długich palcach i starannie utrzymane paznokcie... Zamienił kilka słów z prezeską, która wyglądała na urzeczoną jego subtelnym uśmiechem.

Nie wiedziałam, czy Bill „rzuca czar" na całą salę, czy też ci ludzie po prostu nastawili się odpowiednio na to spotkanie, niemniej jednak grupa milczała, wpatrując się w Billa.

Wtedy mój wampir dostrzegł mnie. Przysięgam, że zmarszczył czoło. Ukłonił mi się lekko, a ja w odpowiedzi kiwnęłam głową, stwierdzając, że nie mam siły posłać mu uśmiechu. W całym tłumie tylko jego myśli nie potrafiłam odgadnąć.

Pani Fortenberry przedstawiła Billa, choć nie pamiętam słów, które wypowiedziała, więc nie wiem, jak uniknęła nazwania go „stworzeniem innego rodzaju".

W końcu zaczął przemowę. Z niejakim zaskoczeniem zauważyłam, że miał notatki. Siedzący obok mnie Sam pochylił się i skupił wzrok na twarzy Billa.

– ...Mieliśmy bardzo niewiele jedzenia i nie było pledów – mówił spokojnie wampir. – Wielu spośród nas zdezerterowało.

Nie były to ulubione fakty Potomków, lecz kilkoro z nich skinęło głowami. Relacja pasowała do informacji, które znali.

Starzec w pierwszym rzędzie podniósł rękę.

– Proszę pana, znał pan może przypadkiem mojego pradziadka, Tollivera Humphriesa?

– Tak – przyznał Bill po chwili. – Tolliver był moim przyjacielem.

W tonie jego głosu usłyszałam tak tragiczną nutę, że aż musiałam zamknąć oczy.

– Jaki był? – spytał drżącym głosem mężczyzna.

– No cóż, był ryzykantem. I za to zapłacił życiem – odparł z gorzkim uśmiechem wampir. – Był odważny. I nie zarobił w życiu nawet centa, którego by nie zmarnował.

– Jak umarł? Był pan świadkiem jego śmierci?

– Tak – odrzekł Bill ze znużeniem. – Na moich oczach Tolliver dostał kulkę od jankeskiego snajpera. W lesie, jakieś dwadzieścia mil stąd. Pański pradziadek nie miał sił z głodu. Wszyscy głodowaliśmy. Był środek poranka. Zimnego. Tolliver zobaczył, że postrzelono młodego chłopaka z naszego oddziału. Dzieciak leżał pośrodku pola, nie był martwy, tylko ranny. Krzyczał do nas i krzyczał... przez cały ranek. Błagał o pomoc. Wiedział, że jeśli ktoś mu nie pomoże, umrze.

W sali zaległa taka cisza, że można by usłyszeć dźwięk upadającej szpilki.

– Wrzeszczał i jęczał. O mało go sam nie zastrzeliłem, żeby się zamknął, wiedziałem bowiem, że wyprawa na ratunek oznacza samobójstwo. Nie mogłem jednak się zmusić do zabicia go. Zdawałem sobie sprawę z tego, że byłoby to morderstwo. Później żałowałem, że go nie zastrzeliłem, gdyż Tolliver okazał się mniej ode mnie odporny na błagania rannego chłopca. Po mniej więcej dwóch godzinach oświadczył, że podejmie próbę uratowania nieszczęśnika. Nawet się o to posprzeczaliśmy. Tolliver uparcie twierdził, że Bóg każe mu iść po młokosa. Leżeliśmy w lesie, a pański przodek się modlił. Powtarzałem mu, że Bóg na pewno sobie nie życzy, by tak głupio poświęcił życie. Miał przecież

173

żonę i dzieci, które pewnie w tamtej chwili błagały Boga o jego bezpieczny powrót do domu... Nic nie pomagało. Tolliver polecił mi odwrócić uwagę wroga, a sam ruszył na ratunek dzieciakowi. Popędził na pole, jak młody bóg. Dotarł do rannego chłopca. Niestety, wówczas usłyszeliśmy strzał i Tolliver padł. A po jakimś czasie dzieciak znów zaczął krzyczeć o pomoc.

– Co się z nim stało? – spytała pani Fortenberry. – Z tym młodym?

– Przeżył – odparł Bill tonem, od którego po kręgosłupie przebiegły mi dreszcze. – Wytrzymał do wieczora, kiedy pod osłoną nocy mogliśmy mu pomóc.

Podczas przemowy wampira ludzie wyraźnie się ożywili, a starzec z pierwszego rzędu miał teraz o czym myśleć – otrzymał historię, dzięki której poznał charakter swego pradziadka.

Sądzę, że osoby, które przybyły na to spotkanie, nie były tak naprawdę przygotowane na opowieści ocalałego z wojny secesyjnej osobnika. Po jakimś czasie wszyscy wyglądali na zafascynowanych, ale i zdruzgotanych.

Kiedy Bill odpowiedział na ostatnie pytanie, rozległ się aplauz. Klaskał nawet Sam, który nie darzył zbytnią sympatią mojego wampira.

Po zebraniu każdy z jego uczestników – poza mną i Samem – chciał zamienić słówko z wampirem. Mówcę otoczyli więc Potomkowie Wybitnych Poległych, my dwoje zaś wymknęliśmy się z sali i wsiedliśmy do pikapa Sama. Pojechaliśmy do Crawdad Diner, spelunki, która serwuje bardzo dobre jedzenie. Nie czułam głodu. Sam natomiast zamówił do kawy placek cytrynowy.

– To było interesujące – powiedział.

– Opowieść Billa? Rzeczywiście – odparłam.

– Czujesz coś do niego?

Po serii podchodów Sam postanowił przejść do frontalnego ataku.

– Tak – przyznałam.

– Sookie, nie masz z nim żadnej przyszłości.

– Bill zostanie tu jakiś czas. Może nawet przez następne kilkaset lat.

– Nigdy nie wiadomo, co się przydarzy wampirowi.

Nie potrafiłam polemizować z takim stwierdzeniem. Wytknęłam jednak Samowi, że nie wiem również, co się przydarzy mnie samej, choć jestem istotą ludzką. Dobre kilka minut sprzeczaliśmy się na ten temat.

– Czemu to cię obchodzi, Sam? – rzuciłam w końcu, zirytowana.

Jego rumiana twarz jeszcze bardziej się zaczerwieniła.

– Lubię cię, Sookie. Jako przyjaciółkę... Albo może kogoś więcej... Tylko nie mogę patrzeć, jak dokonujesz niewłaściwych wyborów.

Przyjrzałam się mojemu szefowi. Przybrałam sceptyczną minę – ściągnęłam brwi, uniosłam kąciki ust.

– Jasne – odparłam głosem, który pasował do mojej miny.

– Zawsze cię lubiłem.

– Tak bardzo, że zanim o tym wspomniałeś, musiałeś poczekać, aż ktoś inny okaże mi zainteresowanie?

– Zasługuję na takie słowa – przytaknął i zamyślił się.

Cokolwiek go dręczyło, najwyraźniej nie potrafił powiedzieć tego wprost.

– Chodźmy stąd – zasugerowałam. Oceniłam, że w tej sytuacji trudno byłoby skierować rozmowę na neutralne tory. Równie dobrze mogłam wrócić do domu.

Droga powrotna przebiegła w dziwnej atmosferze. Co jakiś czas wydawało mi się, że Sam coś powie, on jednak tylko potrząsał głową. Byłam tak zdenerwowana, że miałam ochotę go uderzyć.

Dotarliśmy do domu później, niż sądziłam. W sypialni babci paliło się światło, jednak reszta domu pozostawała ciemna. Nie widziałam auta, doszłam więc do wniosku, że babcia zaparkowała na tyłach, by zanieść resztki prosto do kuchni. Światło na ganku zostawiła dla mnie włączone.

Sam wysiadł, obszedł pikapa i otworzył mi drzwiczki. Wysiadłam, jednak z powodu mroku nie trafiłam w stopień i o mało nie wypadłam z wozu. Na szczęście mój towarzysz mnie złapał. Najpierw chwycił mnie za ramiona, a gdy odzyskałam równowagę, objął mnie. Potem pocałował.

Początkowo sądziłam, że cmoknie mnie na dobranoc, lecz jego wargi nie mogły się rozstać z moimi. Było mi bardziej niż miło, ale nagle mój wewnętrzny cenzor powiedział: „Dziewczyno, to przecież twój pracodawca".

Delikatnie się uwolniłam z uścisku. Sam zrozumiał, że nie jestem zainteresowana. Przesunął dłońmi po moich rękach, w dół, aż do palców. Podeszliśmy bez słowa do drzwi.

· – Dobrze się bawiłam – powiedziałam cicho. Nie chciałam obudzić babci ani wydać się Samowi zbyt ożywiona.

– Ja też. Powtórzymy to?

– Zobaczymy – odparłam. Naprawdę nie wiedziałam, co myśleć o moim szefie.

Poczekałam, aż w oddali umilknie odgłos odjeżdżającego pikapa, po czym zgasiłam światło na ganku i weszłam do domu. Po drodze rozpinałam bluzkę. Byłam zmęczona i marzyłam o tym, żeby pójść spać.

Coś jednak wydawało mi się nie w porządku.

Zatrzymałam się na środku salonu i rozejrzałam. Wszystko wyglądało dobrze, prawda? Tak. Wszystko było na swoim miejscu. Chodziło o zapach. O rodzaj zapachu. Miedziany, ostry i słony. Zapach krwi!

Czułam go tu na dole, blisko mnie, a nie na schodach prowadzących do rzadko używanych sypialni dla gości.

– Babciu?! – zawołałam drżącym głosem.

Zrobiłam krok. Ruszyłam do drzwi pokoju babci. W pustej sypialni panował idealny porządek. Chodziłam po domu, zapalając po drodze światła.

Mój pokój był w takim stanie, w jakim go zostawiłam.

Łazienka – pusta.

Toaleta – pusta.

Zapaliłam ostatnie światło. Kuchnia...

Krzyczałam. Machałam rękoma. Nagle usłyszałam za sobą łomot, ale nie potrafiłam go zidentyfikować. Później czyjeś ręce chwyciły mnie i przeniosły z miejsca na miejsce. Ciało tej osoby przesłoniło mi widok ciała, które dostrzegłam wcześniej na podłodze w kuchni. Nie rozpoznałam Billa, choć to on podniósł mnie i zaniósł do salonu.

– Sookie – powiedział ostrym tonem. – Zamknij się! Krzyk nie pomoże!

Gdyby był dla mnie miły, pewnie darłabym się dalej.

– Przepraszam – bąknęłam, ciągle oszalała z rozpaczy. – Zachowuję się jak tamten chłopiec. – Gapił się na mnie ponuro. – Tamten z twojej opowieści – dodałam drętwo.

– Musimy wezwać policję.

– Jasne.

– Musimy wybrać numer.

– Czekaj. Jak się tu dostałeś?

– Twoja babcia podwiozła mnie do domu, ale nalegałem, że wrócę z nią i pomogę jej rozładować samochód.

– No to dlaczego nadal tu jesteś?

– Czekałem na ciebie.

– Czyli widziałeś, kto ją zabił?

– Nie. Poszedłem do domu... przez cmentarz. Musiałem się przebrać.

Miał na sobie dżinsy i podkoszulek z logo zespołu Grateful Dead. Nagle zaczęłam histerycznie chichotać.

– Po prostu świetnie! – zawołałam, skręcając się ze śmiechu.

Po czym się rozpłakałam. W końcu podniosłam słuchawkę i wystukałam numer 911.

Andy Bellefleur zjawił się po pięciu minutach.

***

Jason przyjechał natychmiast, gdy go namierzyłam i powiadomiłam. Szukałam go w czterech czy pięciu różnych miejscach i w końcu złapałam go w „Merlotcie". Terry Bellefleur stał za barem, zastępując tej nocy Sama. Poszedł przekazać Jasonowi, że ma przyjechać do domu swojej babci, a kiedy wrócił do telefonu, poprosiłam go, by zadzwonił także do Sama i powiedział mu, że mam kłopoty i nie będzie mnie w pracy przez kilka dni.

Terry najwyraźniej zadzwonił do Sama natychmiast, ponieważ mój szef zjawił się u mnie w domu trzydzieści minut później, nadal w ubraniu, które miał na sobie na zebraniu Potomków. Zerknęłam na swoje piersi, przypomniałam sobie bowiem, że przechodząc przez salon do kuchni, rozpinałam bluzkę. Na szczęście wyglądałam przyzwoicie. Zaświtało mi w głowie, że pewnie to Bill mnie pozapinał. Pomyślałam, że za parę godzin wspomnienie będzie krępujące, ale w tej chwili czułam za to do mojego wampira wyłącznie wdzięczność.

Wszedł mój brat. Powiedziałam mu, że babcia nie żyje i że została zamordowana, a on popatrzył na mnie bez słowa. Odniosłam wrażenie, że za jego oczyma kryje się pustka. Jakby nie rozumiał, co się do niego mówi. Po pewnym czasie dotarły do niego moje informacje i Jason opadł na kolana. Klęknęłam przed nim. Objął mnie i położył mi głowę na ramieniu. Przez moment tkwiliśmy w bezruchu.

Bill i Sam siedzieli na frontowym podwórku na leżakach, starając się nie wchodzić w drogę policji. Wkrótce funkcjonariusze poprosili mnie i Jasona o wyjście z domu, więc także postanowiliśmy usiąść na dworze. Był przyjemny wieczór. Siedziałam, patrząc na dom rozświetlony jak tort urodzinowy i na wchodzących oraz wychodzących ludzi, którzy wyglądali jak zaproszone na przyjęcie mrówki. A powodem tego zamieszania była moja babcia.

– Co się właściwie stało? – spytał mnie w końcu brat.

– Wróciłam z zebrania – wyjaśniłam z pozornym spokojem. – Sam odwiózł mnie swoim pikapem. Od razu wiedziałam, że coś jest nie tak. Sprawdziłam wszystkie pomieszczenia. – Była to historia pod tytułem: „Jak znalazłam babcię nieżywą", wersja oficjalna. – No i gdy weszłam do kuchni, zobaczyłam ją.

Mój brat odwrócił powoli głowę. Patrzył na mnie badawczo.

– Opowiedz mi.

Pokręciłam głową. Ale przecież miał prawo wiedzieć.

– Została pobita, chociaż wydaje mi się, że starała się walczyć. Napastnik poranił ją, a następnie udusił. Tak to w każdym razie wyglądało. – Nie mogłam nawet zerknąć na twarz Jasona. – To wszystko moja wina – dodałam głosem niewiele głośniejszym od szeptu.

– Co masz na myśli? – spytał mój brat.

– Obawiam się, że ten ktoś przyszedł zabić mnie, tak jak wcześniej zamordował Maudette i Dawn... Niestety, zamiast mnie była tu babcia. Dziś wieczorem, gdy babcia szła na spotkanie klubu, miałam zostać w domu. Sam zaprosił mnie w ostatniej chwili. Ponieważ pojechaliśmy jego pikapem, mój samochód stał na swoim miejscu. Babcia natomiast po powrocie zaparkowała swoje auto przy tylnym wejściu dla łatwiejszego rozładunku, zatem morderca mógł pomyśleć, że w domu jestem ja, nie ona. Chciała podwieźć Billa do domu, ale on zaproponował jej pomoc przy rozładunku, a potem poszedł się przebrać. Kiedy zniknął, dopadł ją... zabójca...

– Skąd wiemy, że nie zrobił tego Bill? – spytał mój brat, chociaż wampir siedział obok niego.

– Skąd wiemy, że nie zrobił tego ktoś inny? – spytałam, lekko wkurzona powolnym kojarzeniem Jasona. – To mógł być każdy... każdy, kogo znamy. Osobiście uważam, że nie zrobił tego Bill. Moim zdaniem Bill nie zabił ani Maudette, ani Dawn. A sądzę, że jeden morderca jest odpowiedzialny za wszystkie trzy zbrodnie.

– Wiedziałaś – wtrącił mój brat nieco za głośno – że zostawiła ten dom tobie... i tylko tobie?

Poczułam się tak, jakby chlusnął mi w twarz zimną wodą. Zauważyłam, że Sam również się skrzywił. Oczy Billa pociemniały i jeszcze bardziej zlodowaciały.

– Nie. Zawsze przypuszczałam, że odziedziczymy go po połowie, tak jak ten drugi. – Miałam oczywiście na myśli dom naszych rodziców, w którym obecnie mieszkał Jason.

– Zostawiła ci też całą ziemię.

– Dlaczego mi to mówisz? – Czułam, że zaraz znów się rozpłaczę, choć jeszcze przed chwilą byłam pewna, że brak mi już łez.

– Postąpiła nie w porządku! – wrzasnął. – To nie było z jej strony w porządku, a teraz nie może już tego naprawić!

Zaczęłam się trząść. Bill pociągnął mnie za rękę, skłaniając do wstania, po czym zaczęliśmy spacerować w tę i z powrotem po podwórku. Sam usiadł przed Jasonem i zaczął mu coś tłumaczyć.

Mój wampir objął mnie, ja jednak nie mogłam się przestać trząść.

– Czy on mówił poważnie? – spytałam, nie oczekując, że Bill mi odpowie.

– Nie – odparł. Zaskoczona podniosłam na niego wzrok. – Jason zapewne wyrzuca sobie, że nie potrafił ochronić waszej babci, a w dodatku nie umie sobie wyobrazić, że ktoś czekał w domu na ciebie i babcię zabił przypadkiem. Jest zły i musiał jakoś dać upust swemu gniewowi. Nie mógł ci przecież wypomnieć, że nie zginęłaś, więc wścieka się na szczegóły. Nie przejmuj się, pamiętaj, że Jason nie jest w tej chwili w pełni sobą.

– Zadziwiające, że ty to mówisz – oświadczyłam mu otwarcie.

– Och, uczęszczałem na wieczorowy kurs psychologii – odparł wampir.

Hm... Przyszło mi do głowy, że myśliwi zawsze studiują swoje ofiary.

– Dlaczego babcia zostawiła wszystko mnie, a nie Jasonowi?

– Może dowiesz się tego później – odrzekł. To stwierdzenie wydało mi się logiczne.

Wtedy z domu wyszedł Andy Bellefleur. Detektyw stanął na schodach i zapatrzył się w niebo, jakby ktoś zostawił tam ważne ślady.

– Compton! – zawołał ostro.

– Nie! – wrzasnęłam. Mój głos zabrzmiał niemal jak warkot.

Bill spojrzał na mnie lekko zaskoczony, co jak na niego było „poważną" reakcją.

– Teraz to się stanie – dorzuciłam wściekle.

– Chroniłaś mnie! – zauważył. – Uznałaś, że policjanci będą mnie podejrzewać o zabicie tych dwóch kobiet i dlatego chciałaś mieć pewność, że dotrą do innych wampirów. Teraz uważasz, że ten Bellefleur spróbuje zrzucić na mnie winę za śmierć twojej babci.

– Właśnie tak.

Wziął głęboki wdech. Staliśmy teraz w mroku, pod drzewami, które rosły na podwórku. Andy ponownie wykrzyczał nazwisko Billa.

– Sookie – powiedział łagodnie wampir. – Tak jak ty, jestem przekonany, że atak zabójcy był wymierzony przeciwko tobie. I naprawdę nie zabiłem dziewczyn; skoro więc był jeden morderca, detektyw zrozumie, że to nie ja. Nawet jeśli tym detektywem jest Bellefleur.

Ruszyliśmy z powrotem ku oświetlonemu gankowi. Nie chciałam w tym wszystkim uczestniczyć. Pragnęłam, by światła i ludzie zniknęli, wszyscy ludzie, łącznie z Billem. Miałam ochotę być znowu sama w domu z babcią, ze szczęśliwą babcią, tak jak wtedy, gdy widziałam ją po raz ostatni.

Pragnienie było daremne i dziecinne, niemniej jednak nie potrafiłam się z niego otrząsnąć. Zatraciłam się w tym marzeniu i nie umiałam z niego wyzwolić.

A mój brat, Jason, stanął nagle przede mną i mnie spoliczkował.

To było tak niespodziewane, że straciłam równowagę. Zatoczyłam się na bok i upadłam na kolano.

Jason chyba chciał uderzyć mnie jeszcze raz, na szczęście Bill znalazł się natychmiast między nami. Kucnął przede mną, a z wysuniętymi kłami wyglądał cholernie groźnie. Sam stawił czoło mojemu bratu, powalił go i chyba zadał mu jeden, ostrzegawczy cios w twarz.

Andy'ego Bellefleura wyraźnie oszołomił ten niespodziewany akt przemocy. Jednakże po sekundzie wpadł na trawnik między nas. Popatrzył na Billa i przełknął ślinę.

– Compton, cofnij się – powiedział ostro. – On jej więcej nie uderzy.

Wampir szybko łapał oddech, usiłując zapanować nad żądzą krwi i chęcią wywarcia zemsty na Jasonie. Nie mogłam odczytać jego myśli, lecz umiałam zinterpretować mowę ciała.

Nie potrafiłam również dokładnie odczytać myśli Sama, widziałam jednak, że jest wściekły.

Jason szlochał. Jego myśli skłębiły się w poplątany, rozpaczliwy mętlik.

Natomiast wsłuchując się w umysł Andy'ego Bellefleura, odkryłam, że detektyw nie lubi nikogo z nas i żałuje, że nie może nas wszystkich pozamykać w areszcie pod pierwszym lepszym pretekstem.

Wstałam. Dotknęłam bolesnego miejsca na policzku, starając się w ten sposób zapomnieć o bólu w moim sercu i wypełniającym mnie straszliwym smutku.

Bałam się, że ta noc nigdy się nie skończy.

***

Odbył się najokazalszy pogrzeb, jaki kiedykolwiek widziała gmina Renard. Tak przynajmniej powiedział pastor. Pod pięknym wczesnoletnim niebem starsza pani spoczęła obok mojej matki i ojca w naszej rodzinnej kwaterze na starym cmentarzu położonym między domem babci a domem Comptonów.

Jason miał rację. Jej dom należał teraz do mnie. Budynek oraz dwadzieścia otaczających go akrów były moje, wraz z prawami wydobywczymi. Natomiast swoje oszczędności babcia podzieliła między nas sprawiedliwie, ustaliła też, że muszę oddać Jasonowi swoją połowę domu odziedziczonego po rodzicach, jeśli chcę zachować pełne prawa do jej domu. Przyszło mi to bez trudu. Nie chciałam od Jasona pieniędzy za tę połowę domu, chociaż mój prawnik popatrzył na mnie z powątpiewaniem, kiedy informowałam go o swoim postanowieniu. Czułam jednak, że brat dostałby szału, gdybym mu kazała zapłacić za swoją połowę. Fakt, że byłam współwłaścicielką, zawsze wydawał mu się bezsensowny. Decyzja babci straszliwie go zaszokowała. Najwyraźniej rozumiała go lepiej niż ja.

Jakie to szczęście, że mam dochody poza pensją z baru, pomyślałam, próbując skoncentrować umysł na czymś innym niż utrata babci. Jako kelnerka nie mogłabym zapłacić podatku od ziemi i domu ani ich utrzymać. Wcześniej te opłaty ponosiła w sporej części babcia.

– Domyślam się, że będziesz się chciała przeprowadzić – oznajmiła Maxine Fortenberry jeszcze przed pogrzebem, podczas sprzątania kuchni. Przyniosła faszerowane jajka i sałatę z szynką. Próbowała być dodatkowo pomocna przy sprzątaniu domu.

– Nie – odparłam.

– Ależ, kochanie, po tym, co się tutaj rozegrało... – Nalana twarz Maxine zmarszczyła się od troski.

– Z tą kuchnią wiąże się znacznie więcej dobrych wspomnień niż złych – wyjaśniłam.

– Och, masz dobre podejście do tej sprawy. Widzę, Sookie, że jesteś o wiele inteligentniejsza, niż ktokolwiek mógłby przypuszczać.

– Ojej, dzięki, pani Fortenberry – odparowałam.

Jeśli nawet usłyszała cierpką nutę w moim głosie, nie zareagowała. Pewnie tak było najmądrzej.

– Czy twój przyjaciel przyjdzie na pogrzeb? – W kuchni panował upał, toteż tęga Maxine stale osuszała twarz ręczniczkiem do naczyń. Miejsce, w którym leżało ciało babci, wcześniej wyszorowali jej przyjaciele, niech ich Bóg za to pobłogosławi.

– Mój przyjaciel? To znaczy, Bill? Nie, nie może.

Wpatrywała się we mnie ze zdziwieniem.

– Pogrzeb odbędzie się przecież za dnia. Rozumie pani! Bill nie może wychodzić w dzień.

– Ach, oczywiście! – Klepnęła się w czoło. – Ależ ze mnie idiotka. Naprawdę by się usmażył?

– Cóż, tak twierdzi.

– Wiesz, cieszę się, że wygłosił tę mowę w klubie. Dzięki niej stał się prawdziwym członkiem naszej społeczności. Wiele różnych rzeczy mówi się na temat ostatnich morderstw i wampirów, Sookie. Naprawdę sporo osób obarcza te stworzenia odpowiedzialnością za wszystkie trzy zabójstwa.

Spojrzałam na nią, mrużąc oczy.

– Nie wściekaj się na mnie, Sookie Stackhouse! – zawołała. – Ponieważ twój Bill tak słodko opowiadał fascynujące historie na zebraniu Potomków, większość ludzi twierdzi, że nie mógłby zrobić strasznych rzeczy, które przytrafiły się zamordowanym kobietom.

Zastanowiłam się, jakie historie krążą wśród mieszkańców Bon Temps, i na samą myśl o tym zadrżałam.

– Jednak Bill miewa gości, którzy nie bardzo nam się podobają – dodała.

Ciekawe, czy miała na myśli Malcolma, Liama i Diane. Mnie ta trójka też niezbyt się podobała, oparłam się więc impulsowi i nie stanęłam w ich obronie.

– Wampiry dokładnie tak samo różnią się między sobą jak ludzie – oświadczyłam.

– Właśnie to powiedziałam Andy'emu Bellefleurowi – odparła, kiwając głową. – Mówiłam mu też, że zamiast Comptona powinien raczej ścigać te zbuntowane wampiry, które nie chcą nauczyć się żyć wśród ludzi. Twój Bill naprawdę chce się przystosować. Powiedział mi wieczorem w domu pogrzebowym, że w końcu udało mu się zakończyć remont kuchni.

Gapiłam się na nią bez słowa. Usiłowałam wymyślić, co Bill mógłby robić w swojej kuchni. Do czego jej potrzebował?

Niezależnie od poruszanych kwestii, nie mogłam zapomnieć o niedawnej tragedii. Poczułam, że za chwilę się rozpłaczę. I... rozpłakałam się.

Na pogrzebie Jason stał obok mnie. Chyba już się na mnie nie gniewał i wyglądał na spokojniejszego. Tyle że... Nie uderzył mnie wprawdzie, ale też nie przytrzymał za ramię ani się do mnie nie odezwał. Czułam się bardzo samotna. Później jednak zerknęłam za pagórek i uprzytomniłam sobie, że całe miasto smuci się wraz ze mną. Na wąskich cmentarnych alejkach stało mnóstwo samochodów, a wokół domu pogrzebowego tkwiły setki ubranych na ciemno ludzi. Wśród nich znajdował się Sam Merlotte w garniturze i Arlene (w towarzystwie Rene) w kwiecistej, niedzielnej sukience. Na samym końcu stał Lafayette wraz z Terrym Bellefleurem i Charlsie Tooten.

Bar chyba z tej okazji zamknięto. Przyszli też wszyscy przyjaciele babci, to znaczy wszyscy, którzy nadal mogli się poruszać. Pan Norris płakał, trzymając przy oczach śnieżnobiałą chusteczkę. Nalaną twarz Maxine żłobiły głębokie zmarszczki. Kiedy pastor wygłosił standardową mowę, a Jason i ja usiedliśmy na składanych krzesłach w części dla rodziny, poczułam, że coś we mnie odrywa się i odlatuje... w górę, w niebieską świetlistość. Byłam pewna, że dusza mojej babci jest nadal z nami, w domu.

Resztę dnia, dzięki Bogu, wyrzuciłam z pamięci. Nie chciałam tego wszystkiego pamiętać, nie chciałam nawet wiedzieć, co się wokół dzieje.

W całym tym dniu wyróżniła się tylko jedna chwila.

Jason i ja staliśmy przy stole w jadalni domu babci. Wyraźnie zawarliśmy tymczasowy rozejm. Powitaliśmy żałobników. Większość przybyłych bardzo się starała nie gapić na szpecący mój policzek siniak.

Jakoś wytrzymywaliśmy. Mój brat myślał o tym, że pójdzie do domu, wypije drinka i nie będzie musiał mnie widzieć przez jakiś czas, a później sytuacja sama wróci do normy. Ja myślałam niemal dokładnie to samo, może z wyjątkiem drinka.

Podeszła do nas pełna dobrych intencji kobieta, z tych, które znają wszystkie możliwe konsekwencje danej sytuacji i wymądrzają się na temat kwestii, w które nie powinny się wtrącać.

– Bardzo się o was martwię, dzieci – oświadczyła.

Popatrzyłam na nią. Niestety, za diabła nie mogłam sobie przypomnieć jej nazwiska. Pamiętałam jedynie, że jest metodystką i ma troje dorosłych dzieci, jej nazwisko po prostu wyleciało mi z głowy.

– Wiecie, tak mi smutno, gdy widzę was dzisiaj samych, że aż przypomniałam sobie waszą matkę i ojca – ciągnęła ze sztuczną miną, która miała sugerować współczucie.

Zerknęłam na Jasona, później znów na kobietę, po czym skinęłam jej głową.

– Tak – powiedziałam.

Jej kolejną myśl usłyszałam, zanim ją wypowiedziała, i zaczęłam blednąć.

– A gdzie jest brat Adele, wasz wuj? Chyba wciąż żyje?

– Nie utrzymujemy kontaktów – odparowałam tonem, który onieśmieliłby każdą osobę wrażliwszą od tej pani.

– Ale to jej jedyny brat! Pewnie wy... – Zamilkła, gdy wreszcie dotarła do niej wymowa naszych spojrzeń.

Kilka innych osób krótko skomentowało nieobecność wujka Bartletta, lecz odpowiadaliśmy im formułką „sprawa rodzinna", która ucinała dalsze pytania. Tylko ta jedna straszna baba – jakżeż się nazywała? – nie potrafiła wystarczająco szybko odczytać wysyłanych przez nas sygnałów. Przyniosła na stypę misę sałatki, którą miałam zamiar wyrzucić do śmieci natychmiast po wyjściu natrętnej kobiety.

– Musimy go powiadomić – oświadczył cicho Jason, gdy odeszła.

Zablokowałam swój umysł. Nie chciałam wiedzieć, co mój brat myśli o wuju.

– Zadzwoń do niego – odparłam.

– W porządku.

Nic więcej nie powiedzieliśmy do siebie przez resztę dnia.

ROZDZIAŁ SZÓSTY

Po pogrzebie trzy dni spędziłam w domu. Czwartego dnia uznałam, że zbyt długo tu tkwię. Trzeba było wracać do pracy. Ciągle jednak myślałam o rzeczach, które po prostu musiałam zrobić. Wysprzątałam pokój babci, korzystając ze zbliżającej się wizyty Arlene. Poprosiłam przyjaciółkę o pomoc, ponieważ po prostu nie mogłam przebywać sama z należącymi do mojej babci przedmiotami, tak znajomymi i przepojonymi jej zapachem pudru dla niemowląt marki Johnson oraz antyseptycznymi produktami „Campho-Phenique".

Zatem Arlene pomogła mi spakować wszystkie rzeczy, które postanowiłam oddać fundacji pomocy ofiarom klęsk żywiołowych. W ostatnich kilku dniach północne Arkansas nawiedziły tornada i na pewno osoby, które straciły cały dobytek, mogły wykorzystać ubrania po babci. Babcia był niższa ode mnie i szczuplejsza, a poza tym jej gust bardzo się różnił od mojego, z jej rzeczy interesowały mnie więc jedynie kosztowności. Nigdy nie nosiła dużo biżuterii, ale wszystko, co pozostawiła, było dla mnie bardzo cenne.

Zdumiewające, ile przedmiotów znajdowało się w tej sypialni. Nawet nie chciałam myśleć o tym, co babcia zgromadziła na strychu; postanowiłam, że wysprzątam go później, jesienią, kiedy będzie tam znośnie chłodno, a ja będę miała czas o tym pomyśleć.

Prawdopodobnie wyrzuciłam więcej przedmiotów, niż powinnam, jednak dzięki temu drastycznemu działaniu poczułam się skuteczna i silna.

Moja przyjaciółka składała i pakowała, odkładając na bok jedynie papiery, fotografie, listy, rachunki i anulowane czeki. Babcia nigdy w życiu nie używała karty kredytowej i nigdy niczego nie kupiła na raty. Niech ją Bóg błogosławi, gdyż w ten sposób znacznie nam te porządki ułatwiła.

Arlene spytała o babciny samochód. Auto miało pięć lat i bardzo mały przebieg.

– Sprzedasz swój i zatrzymasz jej? – zainteresowała się. – Twój jest nowszy, ale mniejszy.

– Nie zastanawiałam się nad tym – odrzekłam i natychmiast odkryłam, że nie potrafię skupić się na tej kwestii. Sprzątnięcie sypialni całkowicie mnie wyczerpało.

Przed wieczorem w sypialni nie było już żadnych rzeczy babci. Arlene i ja odwróciłyśmy materac, a ja z przyzwyczajenia posłałam łóżko. Łóżko było stare, z baldachimem w ryżowy wzorek. Zawsze uważałam ten sypialniany komplet za piękny i przemknęło mi przez głowę, że teraz należy do mnie. Mogłam przenieść się do większej sypialni, w dodatku miałabym do dyspozycji własną łazienkę, zamiast tej w korytarzu.

Nagle uświadomiłam sobie, że pragnę się tu przeprowadzić. Stojące w mojej sypialni meble trafiły tam przed laty, przeniesione z domu moich rodziców po ich śmierci. Były to meble dziecięce, zbyt dziewczyńskie, przypominające domek lalki Barbie.

– Mogłabym się tu wprowadzić – powiedziałam do Arlene, która zaklejała kolejne pudło.

– Nie za szybko? – spytała.

– Łatwiej będzie mi tutaj niż po drugiej stronie korytarza, gdzie stale myślałabym o tym pustym pokoju – wyjaśniłam.

Przyjaciółka przemyślała moją odpowiedź, kucając obok kartonu, z taśmą klejącą w ręku.

– Rozumiem – przyznała wreszcie, kiwając rudą głową.

Załadowałyśmy kartony do jej samochodu. Arlene zaproponowała, że po drodze do domu podrzuci je do punktu odbiorczego, a ja z wdzięcznością przyjęłam jej ofertę. Nie miałam ochoty znosić znaczących i litościwych spojrzeń osób przyglądających się, jak oddaję ubrania mojej babci, jej buty i koszule nocne.

Na pożegnanie uścisnęłam Arlene i pocałowałam ją w policzek. Zagapiła się na mnie bez słowa. Nasza przyjaźń wkroczyła w nowy wymiar. Arlene niespodziewanie pochyliła głowę ku mojej i przypadkiem lekko stuknęłyśmy się czołami.

– Ty zwariowana dziewczyno – powiedziała z sympatią w głosie. – Przyjedź do nas jak najszybciej. Lisa chce, żebyś jej popilnowała któregoś wieczoru.

– Przekaż jej, że ciocia Sookie ją pozdrawia. Coby'emu także.

– Przekażę. – Moja przyjaciółka ruszyła do samochodu. Jej ogniste włosy podskakiwały niczym płomienie, pełne ciało w kelnerskim stroju wyglądało jak uosobienie kobiecości.

Gdy auto Arlene zaczęło znikać na drodze dojazdowej wśród drzew, opuściła mnie cała energia. Miałam wrażenie, że żyję już milion lat, czułam się stara i okropnie samotna. Pomyślałam, że pewnie teraz już zawsze tak będzie.

Nie byłam głodna, ale spojrzawszy na zegar, uznałam, że pora coś zjeść. Weszłam do kuchni i wyjęłam z lodówki jeden z licznych pojemników marki Tupperware. Znalazłam w nim indyka z sałatką winogronową. Lubiłam tę potrawę, a jednak siedziałam nad nią przy stole i bezmyślnie dłubałam widelcem. W końcu się poddałam, odniosłam pojemnik do lodówki i poszłam do łazienki wziąć prysznic. Pobrudziłam się podczas sprzątania szaf. Nawet tak dobra gospodyni jak moja babcia przegrywała walkę z kurzem.

Prysznic sprawił mi wielką przyjemność. Gorąca woda wyraźnie spłukała przynajmniej część mojej niedoli. Umyłam szamponem włosy, wyszorowałam całe ciało, ogoliłam nogi i pachy. Później pęsetą wyrównałam kształt brwi, wtarłam w ciało balsam, spryskałam się dezodorantem, a włosy skropiłam odżywką w sprayu, by się łatwiej rozczesały. Użyłam niemal wszystkich kosmetyków, które wpadły mi w rękę. Z rozpuszczonymi mokrymi lokami wróciłam do sypialni, włożyłam koszulę nocną, białą z ptakiem Tweety na przodzie i wzięłam grzebień. Usiadłam przed telewizorem, by podczas długiego, nużącego czesania obejrzeć jakiś program.

Nagle odechciało mi się wszystkiego. Poczułam się odrętwiała.

Powlokłam się do salonu, z grzebieniem w jednej ręce i ręcznikiem w drugiej. Nagle zabrzęczał dzwonek u drzwi.

Zajrzałam w wizjer. Na ganku stał Bill.

Otworzyłam, nie odczuwając na jego widok żadnych emocji.

Kompletnie mnie zaskoczył. Miałam mokre włosy, byłam boso i w nocnej koszuli. No i bez makijażu.

– Wejdź – mruknęłam.

– Jesteś pewna?

– Tak.

Wszedł zatem, jak zawsze rozglądając się wokół.

– Co robisz? – spytał, patrząc na stos rzeczy, które odłożyłam z myślą, że może zechcą je wziąć przyjaciele babci. Na przykład pan Norris mógłby być zainteresowany oprawionym w ramy obrazem, którzy przedstawiał jego matkę i babcię.

– Posprzątałam dzisiaj sypialnię – wyjaśniłam. – Chyba się do niej wprowadzę.

Bill odwrócił się i uważnie mi się przypatrywał.

– Pozwól mi uczesać ci włosy – poprosił.

Obojętnie kiwnęłam głową. Wampir usadowił się na kwiecistej kanapie i wskazał mi miejsce na starej otomanie przed sobą. Usiadłam posłusznie, a on pochylił się nieco i objął udami moje pośladki. Zaczął rozczesywać moje splątane włosy, począwszy od ciemienia.

Ponownie odkryłam rozkosz, jaką dawała cisza. Nie docierały do mnie żadne myśli Billa. Za każdym razem czułam się przy nim jak ktoś, kto po raz pierwszy wkłada stopę do chłodnej sadzawki po bardzo długiej, męczącej wędrówce w gorący dzień.

W dodatku długie palce wampira sprawnie sobie poczynały z moją gęstą grzywą. Siedziałam z zamkniętymi oczyma i stopniowo się uspokajałam. Czułam lekkie ruchy Billa, siedzącego za mną i operującego grzebieniem. Przemknęło mi przez głowę, że niemal słyszę bicie jego serca, po czym uświadomiłam sobie, jaka ta myśl jest głupia. Przecież jego serce nie biło.

– Czesałem kiedyś moją siostrę, Sarah – powiedział cicho. – Miała włosy ciemniejsze niż ty i jeszcze dłuższe. Nigdy ich nie obcinała. W dzieciństwie nasza mama kazała mi czesać włosy Sarah, ilekroć sama była zajęta.

– Siostra była młodsza od ciebie czy starsza? – spytałam.

– Młodsza. O trzy lata.

– Miałeś innych braci lub siostry?

– Moja matka urodziła dwoje martwych dzieci – odparł w zadumie. – Kiedy miałem jedenaście lat, straciłem o rok starszego brata, Roberta. Zabiła go wysoka gorączka. Teraz wstrzyknęliby mu kilka ampułek penicyliny i od razu by wyzdrowiał. Wtedy jednak nie było antybiotyków. Sarah i moja matka przeżyły wojnę, ojciec natomiast zmarł podczas mojej służby w wojsku. Miał wylew. Moja żona mieszkała wtedy z moją rodziną, a moje dzieci...

– Och, Bill – wyszeptałam ze smutkiem. Stracił tak wiele...

– Nie, Sookie – odparł i jego głos odzyskał zwyczajną zimną klarowność.

Przez chwilę wampir czesał mnie w milczeniu, aż w końcu grzebień zaczął się przesuwać swobodnie. Wtedy

Bill podniósł biały ręcznik, który rzuciłam na poręcz kanapy, i zaczął mi nim osuszać włosy. Potem zburzył je palcami.

– Mmm... – mruknęłam.

Czułam, jak jego chłodne palce podnoszą włosy z mojego karku, później musnęły szyję. Nie mogłam mówić ani się ruszać. Wypuściłam powoli powietrze, usiłując nie wydawać żadnych innych odgłosów. Wargi wampira dotknęły mojego ucha, zęby ujęły płatek. Potem Bill wsunął mi język w ucho, objął mnie i pociągnął ku sobie.

W jednym cudownym momencie zrozumiałam, czego pragnie jego ciało. Na szczęście nie dotarły do mnie jego myśli – to tylko zepsułoby intymną atmosferę.

Bill podniósł mnie z łatwością, z jaką ja podniosłabym niemowlę. Obrócił mnie, tak że usiadłam na jego udach okrakiem, przodem do niego. Objęłam go i pochyliłam się, by go pocałować. Wampir poruszał językiem w taki sposób, że potrafiła to zrozumieć osoba nawet tak niedoświadczona jak ja. Nocna koszula uniosła mi się aż do pośladków. Bezradnie zaczęłam głaskać jego ramiona. Co dziwne, pomyślałam o miseczce z karmelkami, którą moja babcia stawiała na piecu, gdy robiła cukierki. Myślałam o ich ciepłej, słodkiej, stopionej złocistości.

Bill wstał, ja zaś nadal tkwiłam niemal przyklejona do niego.

– Gdzie? – spytał.

Wskazałam na dawny pokój mojej babci. Wampir wniósł mnie tam – obejmowałam go nogami, a moja głowa spoczywała na jego ramieniu – i położył mnie na łóżku. Stanął przy nim, w świetle księżyca wpadającego przez niezasłonięte okna. Widziałam, jak się rozbiera. Chociaż wielką przyjemność sprawiało mi patrzenie na Billa, pomyślałam, że ja też powinnam zdjąć koszulę. Nieco zakłopotana, ściągnęłam ją jednym ruchem i upuściłam na podłogę.

Gapiłam się na mojego wampira. W całym życiu nie widziałam niczego równie pięknego... ani równie przerażającego.

– Och, Bill – szepnęłam, gdy położył się obok mnie na łóżku. – Nie chcę cię rozczarować.

– Nie ma takiej możliwości – odparł szeptem.

– Nie wiem zbyt wiele – wyznałam.

– Nie martw się. Ja wiem sporo. – Jego ręce przesuwały się po moim ciele, muskając je w miejscach, w których nikt nigdy jeszcze mnie nie dotykał.

Drgnęłam, a potem odprężyłam się, pozwalając mu na wszystko.

– Będzie inaczej niż z normalnym mężczyzną? – spytałam.

– O, tak!

Popatrzyłam na niego pytająco.

– Będzie lepiej – szepnął mi do ucha.

Poczułam, jak ogarnia mnie podniecenie.

Nieśmiało sięgnęłam w dół i dotknęłam Billa, a on wydał bardzo ludzki dźwięk, który po chwili się pogłębił.

– Teraz? – spytałam nieco chrapliwym i roztrzęsionym głosem.

– Och, tak – powiedział i położył się na mnie. Sekundę później zrozumiał, jak bardzo jestem niedoświadczona. – Powinnaś była mi powiedzieć.

– Och, proszę, nie przerywaj! – błagałam, bojąc się, że jeśli mój wampir nie dokończy tego, co zaczął, zwariuję albo zrobię coś strasznego...

– Nie mam zamiaru przerywać. Ale... Sookie... to zaboli.

W odpowiedzi uniosłam biodra, on zaś sapnął i wszedł we mnie głębiej. Wstrzymałam oddech. Zagryzłam wargę. Czekałam na ból.

– Najukochańsza – szepnął. Dotąd nikt mnie tak nie nazywał. – Jak się czujesz? – Wampir czy nie, drżał z wysiłku. Chyba już zbyt długo się powstrzymywał.

– Dobrze – odparłam. Nie była to do końca prawda. Pragnęłam Billa i równocześnie bałam się go. – Teraz – powiedziałam i ugryzłam go mocno w ramię.

Sapnął i wreszcie zaczął się rytmicznie poruszać. Najpierw byłam oszołomiona, potem zaczęło mi się to podobać. Usiłowałam dotrzymać kroku wampirowi, a moja reakcja go podnieciła. Odkryłam, że zbliżamy się... tak to ujmę... do czegoś ważnego i miłego.

– Och, proszę, Bill, proszę! – jęknęłam i wbiłam paznokcie w jego biodra.

Dochodziliśmy oboje. Wampir lekko się przesunął i wszedł we mnie jeszcze głębiej. Zanim zdążyłam się skoncentrować, poczułam, że spadam. Leciałam i leciałam, a przed oczyma miałam biel poprzecinaną złotymi smugami. Bill dotknął zębami mojej szyi i wtedy krzyknęłam:

– Tak!

Wbił kły w moją szyję. Poczułam leciutki, ogromnie ekscytujący ból, nie tylko zresztą na szyi, lecz także znacznie niżej, gdyż właśnie całkowicie się otworzyłam dla mojego kochanka.

Leżeliśmy nieruchomo przez długi czas. Nigdy nie zapomnę smaku Billa i jego zapachu... do końca życia nie zapomnę emocji, których doświadczyłam podczas tego pierwszego razu... mojego najpierwszego stosunku... nigdy nie zapomnę tej przyjemności.

W końcu wampir zsunął się ze mnie, po czym podparł się na łokciu i położył mi rękę na brzuchu.

– Jestem twoim pierwszym kochankiem.

– Tak.

– Och, Sookie. – Pochylił się i pocałował mnie czule.

– Na pewno zauważyłeś, że nie wiem zbyt dużo... – szepnęłam nieśmiało – ...ale czy było ci dobrze? To znaczy... w porównaniu z innymi kobietami? Ja nabiorę doświadczenia.

– Nauczysz się techniki, Sookie, lecz tu nie chodzi o technikę. Wierz mi, było cudownie. – Pocałował mnie w policzek. – Ty jesteś cudowna.

– Będzie mnie bolało?

– Hm... Pomyślisz, że to dziwne, ale nie pamiętam. Kochałem się tylko z jedną dziewicą, moją żoną, a było to półtora wieku temu... Cóż, chyba sobie przypominam, że bardzo ją bolało. A więc pewnie nie będziemy się mogli kochać... przez dzień czy dwa.

– Twoja krew uzdrawia – powiedziałam po chwili. Na policzki natychmiast wypłynął mi rumieniec.

W świetle księżyca zauważyłam, że Bill przysunął się i przygląda mi się uważnie.

– Rzeczywiście – przyznał. – Podoba ci się to?

199

– Pewnie. Tobie nie?

– Tak – sapnął i ugryzł się w rękę.

Zrobił to tak nagle, że aż krzyknęłam. Przesunął palcem po ranie i zanim zdążyłam napiąć mięśnie, wsunął mi go do pochwy. Zaczął nim poruszać bardzo delikatnie i po chwili ból rzeczywiście zniknął.

– Dziękuję – powiedziałam. – Teraz lepiej. – Bill jednak nie wyjął palca. – Och – jęknęłam. – Znów chcesz to robić? Tak szybko? Możesz tak szybko? – Im dłużej jego palec poruszał się we mnie, tym większą miałam nadzieję, że tak.

– Sama zobacz – zaproponował z nutą rozbawienia w głosie.

– Powiedz mi, co mam dla ciebie zrobić – odszepnęłam.

I powiedział.

***

Nazajutrz wróciłam do pracy. Mimo uzdrawiającej mocy krwi Billa odczuwałam lekki ból, ale poza tym czułam się świetnie. To doznanie sprawiło, że jeśli nawet nie wzrosła moja pewność siebie, to przynajmniej byłam niewiarygodnie z siebie zadowolona.

Moje problemy oczywiście nie zniknęły. W barze nadal towarzyszyła mi kakofonia głosów, setki cudzych myśli usiłowały sforsować zabezpieczenia i wepchnąć się do mojej głowy. Jednak dziwnym trafem lepiej znosiłam ten szum, natłok cudzych myśli wydawał mi się łagodniejszy, chyba umiałam jakoś je odpychać. Mniej trudu kosztowało mnie również podtrzymywanie mentalnej blokady, wskutek czego byłam bardziej odprężona. A może łatwiej mi było się strzec, ponieważ byłam bardziej zrelaksowana (oj, tak, na pewno byłam)? Nie wiem. Tak czy owak czułam się lepiej i potrafiłam przyjmować kondolencje gości ze spokojem i bez łez.

Jason przyszedł na lunch. Do hamburgera, którego zwykle nie jadał, wypił kilka piw, choć zazwyczaj nie pił alkoholu w tygodniu. Wiedziałam, że jeśli wprost zwrócę mu uwagę, mój brat się wścieknie, więc tylko spytałam, czy wszystko w porządku.

– Komendant znów mnie dziś wezwał – odparł półgłosem. Rozejrzał się, sprawdzając, czy nikt nas nie słucha, ale tego dnia w barze było pustawo z powodu zebrania Klubu Rotarian w Budynku Społeczności.

– Co chce? – spytałam równie cicho.

– Wypytuje, jak często widywałem Maudette, czy zawsze brałem benzynę w miejscu, w którym pracowała... W kółko te same pytania... jakbym nie odpowiedział na nie już siedemdziesiąt pięć razy. Mój szef się niecierpliwi, Sookie, i nie mogę go za to winić. Praktycznie od trzech dni nie pracuję, bo stale mnie ciągają na posterunek.

– Może lepiej załatw sobie prawnika – stwierdziłam zaniepokojona.

– To samo powiedział mi Rene.

Rene Lenier i ja zerknęliśmy po sobie.

– Może Sida Matta Lancastera?

Sidney Matthew Lancaster, człowiek tutejszy, choć lubił whisky, miał reputację najbardziej agresywnego sądowego obrońcy w gminie. Lubiłam go, bo ilekroć go obsługiwałam, zawsze traktował mnie z szacunkiem.

– Tak, to chyba najlepszy facet do tej roboty. – Jason patrzył z nadąsaną, ponurą miną, zupełnie nietypową dla takiego przystojniaka. Wymieniliśmy spojrzenia. Oboje wiedzieliśmy, że prawnik babci jest za stary, by wybronić Jasona, gdyby został kiedykolwiek, Boże broń, aresztowany.

Mój brat tak całkowicie skupiał się na swoich kłopotach, że nie zauważył we mnie żadnej zmiany. A miałam dziś na sobie białą koszulkę polo z kołnierzykiem (zamiast zwykłej podkoszulki z dekoltem), aby ukryć ślady po ugryzieniach.

Arlene nie była tak roztargniona jak mój brat. Przyglądała mi się przez cały ranek, a około piętnastej, gdy było najspokojniej, uznała chyba, że mnie rozgryzła.

– Dobrze się bawiłaś, mała? – spytała.

Zrobiłam się czerwona jak burak. Określenie „bawić się" dodało mojemu spotkaniu z Billem lekkości, a poza tym było cholernie adekwatne. Nie wiedziałam, czy się obruszyć i oświadczyć, że „uprawialiśmy miłość", trzymać gębę na kłódkę, odburknąć Arlene, że to nie jest jej sprawa, czy też może po prostu krzyknąć: „Tak!".

– No powiedz, Sookie, kim jest ten facet?

No, no, no!

– Hm, no cóż, on nie jest...

– Nie jest stąd? Spotykasz się z jakimś żołnierzem z Bossier City?

– Nie – odparłam z wahaniem.

– Może chodzi o Sama? Widziałam, jak na ciebie patrzy.

– Nie.

– Więc któż to taki?

Dlaczego tak się zachowywałam? Czyżbym się wstydziła?

Weź się w garść, Sookie Stackhouse, powiedziałam sobie surowo w myślach. „Trzeba ponosić konsekwencje swoich czynów".

– Bill – odparłam, mając nadzieję, że Arlene po prostu powie: „Ach tak".

– Bill – powtórzyła moja przyjaciółka w zadumie.

Zauważyłam, że naszej rozmowie przysłuchuje się Sam. Podobnie Charlsie Tooten. Nawet Lafayette wsunął głowę w okienko do wydawania posiłków.

– Bill – potwierdziłam, starając się, by mój głos brzmiał pewnie. – No wiesz... Bill.

– Bill Auberjunois?

– Nie.

– No to który?

– Bill Compton – odrzekł bez wahania mój szef. Akurat otwierałam usta, by powiedzieć to samo. – Wampir Bill.

Arlene osłupiała, Charlsie Tooten krzyknęła, a Lafayette tylko rozdziawił gębę.

– Kochanie, nie mogłaś się po prostu umówić z normalnym mężczyzną? – jęknęła Arlene, kiedy odzyskała głos.

– Żaden normalny mężczyzna nie zaprosił mnie na randkę.

Wiedziałam, że odcień szkarłatu na moich policzkach się pogłębia. Stałam nieruchomo, z wyprostowanymi plecami. Czułam bunt i zapewne patrzyłam na nich wyzywająco.

– Ależ, mała... – Charlsie Tooten zaszczebiotała dziecinnym głosikiem. – Kochanie, przecież... Bill, ach, ma tego wirusa.

– Wiem, że go ma – odparowałam ostro.

– Sądziłem, że spotkałaś się z jakimś Murzynem, ale znalazłaś sobie lepszego, co, dziewczyno? – mruknął Lafayette, zdrapując lakier z paznokcia.

Sam tego nie skomentował. Stał oparty o bar, ze skrzywioną miną, jakby przygryzał policzek od wewnątrz.

Przypatrzyłam się im wszystkich po kolei, zmuszając ich do reakcji – pozytywnej bądź negatywnej. Pierwsza otrząsnęła się Arlene.

– W porządku. Byle cię dobrze traktował, w przeciwnym razie zaczniemy ostrzyć kołki!

Cała grupka roześmiała się, chociaż słabo.

– I oszczędzicie sporo na produktach spożywczych! – zauważył Lafayette.

Później jednak Sam zniszczył całą tę wstępną akceptację, gdyż nagle podszedł do mnie i odsunął kołnierzyk mojej koszulki.

Moi przyjaciele zamilkli jak nożem uciął.

– O cholera – mruknął Lafayette.

Spojrzałam mojemu szefowi prosto w oczy. Pomyślałam, że nigdy mu nie wybaczę tego gestu.

– Nie dotykaj mnie – warknęłam, odsuwając się od niego i stawiając ponownie kołnierzyk. – Nie wtrącaj się w moje życie osobiste.

– Boję się o ciebie. I martwię – wyjaśnił.

Arlene i Charlsie szybko znalazły sobie coś do roboty.

– Nie, wcale nie... nie do końca. Jesteś cholernie wściekły. No to posłuchaj, przyjacielu. Nigdy nie dałam ci do tego prawa.

Po tych słowach oddaliłam się. Podeszłam do jednego ze stolików i zaczęłam wycierać blat. Potem zebrałam solniczki i napełniłam je. Następnie sprawdziłam pieprzniczki i buteleczki z papryką na wszystkich stolikach i ławach, a także pojemniczki z sosem tabasco. Pracowałam nieprzerwanie, patrząc przed siebie, aż stopniowo atmosfera się uspokoiła.

Sam wrócił do biura, by przejrzeć papiery. Nie obchodziły mnie jego zajęcia, o ile zachował dla siebie swoje opinie. Nadal czułam się tak, jakby oddarł zasłonę skrywającą prywatny obszar mojego życia. Oglądając moją szyję, wtargnął w moje życie i ciągle nie potrafiłam mu tego wybaczyć. Arlene i Charlsie równie intensywnie jak ja udawały, że są bardzo zajęte, a gdy do baru zaczął napływać tłumek ludzi, którzy skończyli pracę, znowu całkiem dobrze nam się współdziałało. Arlene weszła ze mną do damskiej toalety.

– Słuchaj, Sookie, muszę cię o coś zapytać. Czy wampiry w sprawach miłości są takie, jak się mówi?

Tylko się uśmiechnęłam.

Bill przyszedł do baru tego wieczoru, zaraz po zmroku. Pracowałam do późna, ponieważ jedna z kelnerek miała kłopot z samochodem. Mój wampir zjawił się niespodziewanie. Stanął w progu, po czym powoli ruszył w moją stronę. Jeśli zastanawiał się wcześniej, czy upublicznić nasz związek, nie okazał tego. Ujął moją dłoń i pocałował w geście, który wykonany przez kogoś innego wydałby mi się cholernie sztuczny. Pod wpływem dotyku jego warg poczułam dreszcz przebiegający od grzbietu dłoni przez całe ciało aż do palców u nóg. Wiedziałam, że Bill o tym wie.

– Jak się dziś czujesz? – szepnął.

– Jestem... – Stwierdziłam, że nie potrafię opisać moich emocji.

– Możesz mi powiedzieć później. Kiedy kończysz?

– Jak tylko przyjedzie Susie.

– Przyjedź do mojego domu.

– W porządku. – Uśmiechnęłam się do niego.

Wampir odpowiedział uśmiechem. Bliskość mojego ciała działała na niego, toteż jego kły były widoczne w całej okazałości. Być może kogoś innego... poza mną... taka reakcja by trochę zaniepokoiła.

Bill pochylił się i lekko musnął ustami mój policzek, po czym odwrócił się do wyjścia. Niestety, w tym samym momencie ktoś zrujnował nam tę piękną chwilę.

Do baru nieoczekiwanie wtargnęli Malcolm i Diane. Otworzyli drzwi gwałtownym szarpnięciem i stanęli w progu, bezczelnie się rozglądając. Ciekawe, gdzie był Liam. Prawdopodobnie parkował samochód.

Mieszkańcy Bon Temps przyzwyczaili się do Billa, lecz ekstrawagancki Malcolm i krzykliwa Diane wywołali wśród gości prawdziwe poruszenie. Natychmiast pomyślałam, że tych dwoje na pewno nie pomoże ludziom zaakceptować mnie i Billa jako pary.

Malcolm miał na sobie skórzane spodnie i koszulę przypominającą kolczugę. Wyglądał jak muzyk z okładki albumu rockowego. Diane włożyła obcisły, jednoczęściowy, limonkowy kostium z lycry lub innego bardzo cienkiego materiału. Byłam przekonana, że gdybym się dobrze przypatrzyła, mogłabym policzyć jej włosy łonowe. Murzyni nie przychodzili do „Merlotte'a" zbyt często, lecz z pewnością żaden czarny nie byłby tu bardziej bezpieczny niż Diane. W okienku do wydawania posiłków dostrzegłam twarz Lafayette'a. Wytrzeszczał oczy w jawnym podziwie zabarwionym dużą dozą strachu.

Oba wampiry na widok Billa wrzasnęły, udając zaskoczenie, jakby po pijaku miały zwidy. Sądząc po minie Billa, ich obecność go nie uszczęśliwiła, mój wampir jednak najwyraźniej podchodził do ich wtargnięcia spokojnie – tak jak reagował niemal na wszystko.

Malcolm pocałował Billa w usta, podobnie Diane. Trudno powiedzieć, które powitanie wydało się klientom „Merlotte'a" wstrętniejsze. Bill odwzajemnił pocałunki z wyraźną niechęcią, a ja uznałam, że okazuje ją przesadnie, na użytek ludzkich mieszkańców Bon Temps, z którymi pragnie pozostać w jak najlepszych stosunkach.

Bill nie był głupcem. Zrobił krok w tył i objął mnie, odcinając się od wampirów i wybierając towarzystwo ludzi.

– A więc twoja mała kelnerka nadal żyje – zauważyła Diane. Jej głos rozbrzmiał w całym barze. – Czyż to nie zadziwiające?

– W ubiegłym tygodniu zamordowano jej babcię – powiedział cicho Bill.

Spojrzenie pięknych oczu Diane skupiło się na mnie. Poczułam chłód.

– Czy to dobrze? – spytała i roześmiała się.

Ta kropla przepełniła czarę. Tego nikt by nie wybaczył! Gdybym pragnęła pokazać jej negatywny charakter, nie wymyśliłabym lepszego scenariusza. Z drugiej strony, oburzenie ludzi w barze mogło objąć nie tylko oba nowo przybyłe wampiry, ale także mojego Billa. Z kolei dla Diane i jej przyjaciół Bill był zdrajcą.

– Kiedy ktoś ciebie zabije, dziecko? – Powiodła paznokciem po moim podbródku.

Odepchnęłam jej rękę.

Rzuciłaby się na mnie, gdyby nie zatrzymał jej Malcolm. Zrobił to leniwie, prawie bez wysiłku, ale mimo to dostrzegłam w jego ruchach napięcie.

– Bill – zagaił – słyszałem, że miasto w strasznym tempie traci swój niewykwalifikowany personel usługowy. A jeden mały ptaszek ze Shreveport doniósł mi, że ty i twoja przyjaciółka wypytywaliście w „Fangtasii", z którymi wampirami prowadzały się zamordowane miłośniczki kłów. Wiesz, że nie dzielimy się takimi informacjami z ludźmi. Niektórzy z nas nie chcą chodzić na... mecze... bejsbolowe... ani na... na grilla! Jesteśmy wampirami! – Malcolm był znacznie inteligentniejszy od Diane i wyraźnie usiłował teraz zatrzeć złe wrażenie, jakie (co i on zauważył) zrobiła jego towarzyszka. A równocześnie traktował rodzaj ludzki z pogardą.

Nadepnęłam mu z całych sił na stopę, on w odpowiedzi pokazał mi kły. Zauroczeni klienci baru zamrugali i otrząsnęli się z jego uroku.

– Może wyjdzie pan stąd, panie... – odezwał się Rene. Siedział zgarbiony nad piwem, z łokciami na kontuarze.

Przez moment obawiałam się, że w „Merlotcie" zacznie się bójka. Nikt z ludzi w barze najwidoczniej nie rozumiał, jak silne i bezwzględne są wampiry. Bill stanął przede mną i zasłonił mnie. Ten fakt zarejestrowali chyba wszyscy przebywający tu mieszkańcy Bon Temps.

– Hm, skoro nie jesteśmy tu mile widziani... – zaczął Malcolm. Do jego muskularnej figury nie bardzo pasował śpiewny głos, jakim wypowiedział te słowa. – Ci ludzie chcieliby zjeść posiłek, Diane. Będą też robić różne ludzkie rzeczy. Sami. Albo z naszym eksprzyjacielem Billem.

– Myślę, że ta mała kelnereczka pragnie robić bardzo ludzkie rzeczy z Billem... – zaczęła Diane.

Malcolm złapał ją za rękę i wyciągnął z lokalu, zanim wampirzyca zdążyła wyrządzić więcej szkód.

Po wyjściu wampirów odniosłam wrażenie, że wszyscy w barze są przerażeni, pomyślałam więc, że lepiej będzie, jeśli zniknę, mimo że Susie jeszcze się nie zjawiła. Bill czekał na mnie na dworze. Powiedział, że chciał mieć pewność, że paskudna parka naprawdę odeszła.

Pojechałam za Billem do jego domu. Uważałam, że stosunkowo łatwo przetrwaliśmy wizytę dwojga wampirów.

Zastanowiłam się, po co Diane i Malcolm przyszli do baru. Wydało mi się dziwne, że wyjechali z domu i ni z tego, ni z owego postanowili wpaść do „Merlotte'a". Hm... Skoro sami nie starali się zasymilować, może zamierzali zdusić w zarodku plany Billa.

Dom Comptonów wyglądał zupełnie inaczej niż podczas moich ostatnich odwiedzin, czyli tamtego wieczoru, kiedy poznałam tę okropną trójkę wampirów.

Fachowcy rzeczywiście nieźle się sprawili. Nie wiem, czy Bill ich przeraził, czy też po prostu dobrze opłacił. Może z obu powodów tak doskonale wypełnili jego polecenia. Sufit w salonie został świeżo odnowiony, ściany zdobiła nowa tapeta – biała z wzorkiem delikatnych kwiatów. Drewniane podłogi poddano cyklinowaniu, więc lśniły jak nowe. Bill poprowadził mnie do kuchni. Była skąpo umeblowana, ale jasna i wesoła. Stała w niej nowiutka lodówka pełna butelkowanej, syntetycznej krwi (oczywiście!).

Łazienka na parterze była spora.

O ile wiedziałam, Bill nigdy nie używał łazienki. Przynajmniej nie dla najważniejszej fizjologicznej czynności. Rozejrzałam się zdumiona.

Przestrzeń łazienki uzyskano poprzez adaptację dawnej spiżarni i mniej więcej połowy starej kuchni.

– Lubię czasem wziąć prysznic – wyjaśnił, wskazując na przezroczystą kabinę prysznicową w rogu. Była wystarczająco duża dla dwóch dorosłych osób i może jeszcze jednego czy dwóch karłów. – Lubię też poleżeć w ciepłej wodzie. – Wskazał na środek łazienki, który zajmowała ogromna wanna otoczona cedrowymi schodkami. Wszędzie wokół wanny stały rośliny w doniczkach. W całej północnej Luizjanie nie było chyba pomieszczenia bliższego luksusowej dżungli.

– Co to jest? – spytałam z respektem w głosie.

– Małe, przenośne uzdrowisko – odparł z dumą Bill. – Dzięki odpowiednim dyszom każdy może dostosować siłę wody. Na gorącą kąpiel.

– Są tu siedzenia – zauważyłam. Górne obrzeże wyłożono zielonymi i niebieskimi kafelkami. Nad wanną znajdowała się fantazyjna bateria.

Bill odkręcił kurki. Popłynęła woda.

– Może się wykąpiemy? – zaproponował. Czułam, że policzki mi płoną, a serce zaczyna bić nieco szybciej. – Może teraz? – Wampir chwycił moją koszulkę i wyciągnął ją z czarnych szortów.

210

– Och, no... może. – Nie potrafiłam spojrzeć mu w oczy, chociaż pomyślałam: Hm, w porządku. Przecież widział mnie nagą. I to lepiej niż ktokolwiek, łącznie z moim lekarzem.

– Tęskniłaś za mną? – spytał, rozpinając moje szorty i zsuwając je.

– Tak – odrzekłam bez wahania. I była to najszczersza prawda.

Roześmiał się. Klęknął, by rozwiązać sznurówki moich adidasów.

– Za czym tęskniłaś najbardziej, Sookie?

– Za twoim milczeniem – odparłam bezwiednie.

Popatrzył na mnie uważnie. Jego palce zatrzymały się w połowie rozluźniania sznurowadeł.

– Moim milczeniem – powtórzył.

– Fakt, że nie słyszę twoich myśli. Nie możesz sobie wyobrazić, Bill, jakie to dla mnie cudowne.

– Sądziłem, że powiesz coś innego.

– No cóż, za tym również tęskniłam.

– Opowiedz – poprosił, zsuwając mi skarpetki. Później przesunął palcami w górę, po moich udach, ściągając szorty i majtki.

– Bill! Jestem zakłopotana – powiedziałam.

– Sookie, nie krępuj się. Przy mnie naprawdę nie musisz tego robić.

Zdjął ze mnie koszulkę, objął mnie, rozpiął biustonosz, przesunął palcami po śladach ramiączek na skórze i przyjrzał się moim piersiom. W pewnym momencie zrzucił sandały.

– Spróbuję – odparłam, wbijając wzrok w podłogę.

211

– Rozbierz mnie.

Rozpięłam mu szybko koszulę, wyszarpnęłam ją ze spodni i zsunęłam z ramion. Rozpięłam pasek i skoncentrowałam się na zapięciu spodni.

Przemknęło mi przez głowę, że jeśli guzik zaraz nie puści, rozpłaczę się. Czułam się niezdarna i głupia.

Bill wziął moje dłonie i uniósł je do swojej piersi.

– Powoli, Sookie, powoli – powiedział cichym i drżącym głosem.

Odprężałam się stopniowo, aż w końcu zaczęłam gładzić jego pierś, tak jak on gładził moją; chwytałam włoski rosnące mu na torsie i szczypałam sutek. Bill położył mi dłonie na karku i lekko przycisnął moją głowę do swojej piersi. Nie wiedziałam, czy mężczyźni lubią pieszczoty, lecz mój wampir na pewno je lubił, więc całowałam i ssałam jego sutki. W pewnej chwili podjęłam kolejną próbę odpięcia przeklętego guzika i tym razem puścił z łatwością. Zaczęłam ściągać spodnie Billa, wsuwając palce w jego bokserki.

Wampir pomógł mi wejść do wanny. Woda pieniła się wokół naszych nóg.

– Mogę cię umyć pierwszy? – spytał.

– Nie – odparłam bez tchu. – Daj mi mydło.

ROZDZIAŁ SIÓDMY

Następnej nocy Bill i ja odbyliśmy niepokojącą rozmowę. Leżeliśmy w jego łóżku – ogromnym łożu z rzeźbionym wezgłowiem i nowiutkim materacem marki Restonic. Pościel, tak jak tapeta, miała kwiatowy wzorek i pamiętam, że się zastanawiałam, czy mój wampir lubi namalowane kwiaty, bo nie może oglądać naturalnych, przynajmniej w świetle dziennym.

Bill leżał na boku i przyglądał mi się. Przedtem byliśmy w kinie. Mój wampir ma fioła na punkcie filmów fantastycznych o obcych; może uważa te osobliwe stworzenia za pokrewne dusze. Film okazał się nudną strzelaniną, a prawie wszyscy obcy byli brzydcy, wstrętni, morderczy. Bill wściekał się na treść, gdy zabrał mnie na kolację i potem, podczas jazdy do jego domu. Ucieszyłam się, kiedy zaproponował przetestowanie nowego łóżka.

Patrzył na mnie tak, jak – co powoli odkrywałam – najbardziej lubił. Może słuchał bicia mojego serca, ponieważ mógł usłyszeć u mnie odgłos, którego ja nie mogłam usłyszeć u niego. A może obserwował pulsowanie mojego tętna, bo ja jego tętna dostrzec nie mogłam. Nasza rozmowa szybko odbiegła od tematu obejrzanego filmu i przeszliśmy do zbliżających się wyborów gminnych (Bill chciał się zarejestrować, by móc głosować, oczywiście korespondencyjnie), a później do dzieciństwa każdego z nas. Uprzytomniłam sobie, że Bill desperacko próbuje przypomnieć sobie wydarzenia z tego etapu jego życia, gdy był zwykłym człowiekiem.

– Bawiłaś się kiedyś ze swoim bratem w doktora? – spytał. – Teraz uważa się te gry za normalny objaw dorastania, nigdy jednak nie zapomnę, jak matka stłukła mojego brata Roberta, gdy znalazła go w krzakach z Sarah.

– Nie – odparłam, starając się, żeby mój głos brzmiał swobodnie, choć na tę myśl moje szczęki stężały i rozbolał mnie żołądek.

– Kłamiesz.

– Nie. – Skupiłam wzrok na podbródku wampira, szukając rozpaczliwie innego tematu do rozmowy. Bill jednak był bardzo uparty.

– Czyli że nie robiłaś tego z bratem. Z kim więc?

– Nie chcę o tym mówić. – Zacisnęłam dłonie w pięści. Niestety, Billa nie było łatwo zbyć. Przyzwyczaił się do tego, że ludzie odpowiadają na jego pytania; w najgorszym razie używał swego czaru.

– Powiedz mi, Sookie – mówił przymilnym tonem, a jego ciemne źrenice zaokrągliły się z ciekawości. Przesunął kciukiem w dół po moim brzuchu. Zadrżałam.

– Miałam... czułego wujka – wyjaśniłam.

Uniósł ciemne łukowate brwi. Nie znał tej frazy. Wytłumaczyłam mu to określenie jak najoględniej.

– Tak się nazywa dorosłych krewnych płci męskiej, którzy molestują... dzieci w rodzinie.

Oczy zapłonęły mu z gniewu. Przełknął ślinę. Widziałam, jak porusza mu się grdyka. Uśmiechnęłam się nieśmiało. Przez długą chwilę odgarniałam rękoma włosy z twarzy.

– I ten ktoś ci to zrobił? Ile miałaś lat?

– Och, wszystko się zaczęło, kiedy byłam naprawdę mała. – Mój oddech przyspieszał, serce łomotało coraz szybciej. Były to objawy paniki, które powracały, ilekroć przypominałam sobie wuja Bartletta. Złączyłam kolana i zacisnęłam. – Miałam chyba pięć lat – paplałam coraz szybciej. – Wiem, powiesz, że nigdy właściwie... ach... nie pieprzył mnie, ale robił coś innego. I najgorsze, Bill, absolutnie najgorsze, jest to, że ilekroć przyjeżdżał z wizytą, za każdym razem wiedziałam, co zrobi. Bo potrafiłam czytać w jego myślach! I w żaden sposób nie mogłam go zmusić, by przestał!

Przyłożyłam dłonie do ust. Pragnęłam przerwać swoją opowieść. Nie powinnam była w ogóle jej zaczynać! Nie powinnam była nic mówić! Przewróciłam się na brzuch.

Poczułam na ramieniu chłodną rękę Billa.

– To się działo przed śmiercią twoich rodziców? – spytał.

– Tak.

– Opowiedziałaś o tym swojej mamie? I nie zareagowała?

– Opowiedziałam jej. Odparła, że mam sprośne myśli albo znalazłam w bibliotece jakąś książkę, z której dowiedziałam się rzeczy, na które jestem zbyt młoda. – Pamiętam jej twarz... twarz skrzywioną z odrazy. Mama pochodziła z bardzo konserwatywnej rodziny i nie tolerowała publicznego okazywania miłości czy poruszania tematów, które uważała za nieprzyzwoite. – Dziwne, że rodzice wyglądali na szczęśliwych – dodałam w zadumie. – Tak bardzo się od siebie różnili. – Potem uświadomiłam sobie, jak śmieszne jest moje stwierdzenie. Przekręciłam się na bok. – Tak jak my się różnimy – stwierdziłam i usiłowałam się uśmiechnąć.

Na obliczu Billa nie było widać emocji.

– A ojcu powiedziałeś?

– Tak, tuż przed ich wypadkiem. Czułam się zbyt zakłopotana, żeby porozmawiać z nim wcześniej, kiedy byłam młodsza. Szczególnie że matka mi nie uwierzyła... W pewnym momencie odkryłam, że nie mogę dłużej znieść tej sytuacji, a wiedziałam, że jestem skazana na widywanie wujka Bartletta co najmniej w dwa weekendy każdego miesiąca, bo tak często nas odwiedzał.

– On żyje?

– Wujek Bartlett? O tak, na pewno! To brat mojej zamordowanej babci, czyli matki mojego ojca. Bartlett mieszka w Shreveport. Wiesz, gdy po śmierci moich rodziców wraz z Jasonem przenieśliśmy się do domu babci, podczas pierwszej wizyty wuja ukryłam się. Babcia mnie znalazła i spytała, dlaczego się chowam, więc zwierzyłam się jej ze wszystkiego. Uwierzyła mi.

Przypomniała mi się ulga, jakiej doświadczyłam tamtego dnia, cudny dźwięk głosu mojej babci, obiecującej, że nigdy więcej nie będę musiała się spotkać z jej bratem, że ten człowiek już nigdy nie wejdzie do jej domu.

I nie wszedł. By mnie chronić, babcia odcięła się od własnego brata. Wcześniej wuj próbował molestować jej córkę, Lindę, kiedy była małą dziewczynką, wtedy jednak

216

babcia wyparła to wspomnienie, uznając, że pewnie coś źle zinterpretowała. A jednak, mimo że nie całkiem uwierzyła w seksualne zamiary brata wobec Lindy – jak mnie zapewniła – później ani razu nie zostawiła go sam na sam z nią i przestała go zapraszać do swojego domu...

– Czyli że on również nazywa się Stackhouse?

– Och, nie, nie. Babcia nazywała się Stackhouse po mężu, jej panieńskie nazwisko brzmiało: Hale.

Zastanowiłam się, czy że muszę przeliterować to słowo Billowi. Od tak dawna był przecież Południowcem, że (chociaż był wampirem) powinien znać także tę rodzinę. Bill zapatrzył się w dal. Rozproszyłam go swą ponurą i paskudną historyjką. Nie miałam po niej ochoty na seks, na pewno nie.

– Idę – oświadczyłam.

Wyszłam z łóżka i schyliłam się po ubranie.

Wampir wyskoczył za mną i chwycił moje rzeczy.

– Nie zostawiaj mnie teraz – poprosił. – Zostań.

– Nie jestem w dobrym nastroju – wyjaśniłam mu. Na dowód po policzkach spłynęły mi łzy. Uśmiechnęłam się smutno.

Bill starł palcami łzy z mojej twarzy i przesunął językiem po mokrych śladach.

– Zostań ze mną do świtu – powiedział.

– Ale przed świtem musisz być w swojej kryjówce.

– Gdzie?

– W miejscu, w którym spędzasz dzień. Nie chcę wiedzieć, gdzie ono jest! – Dla podkreślenia swoich intencji uniosłam ręce. – Czy nie musisz ukryć się przed pierwszym światłem świtu?

– Och – odparł. – Będę wiedział kiedy. Wiem, kiedy nadchodzi świt.

– Na pewno nie zaśpisz?

– Na pewno.

– W porządku. A ja mogę pospać?

– Jasne – odparł z dżentelmeńskim ukłonem. Wyglądał zabawnie, stojąc tak na golasa. – Za chwilę. – Kiedy położyłam się na łóżku i wyciągnęłam ręce do niego, dorzucił: – Nareszcie.

***

Rano oczywiście obudziłam się sama. Leżałam i rozmyślałam. Wcześniej od czasu do czasu napadały mnie przykre myśli, dopiero teraz jednak w całej okazałości dostrzegłam wszystkie problemy, wynikające z mojego związku z wampirem.

Nigdy nie zobaczę Billa w świetle słonecznym! Nigdy nie podam mu śniadania. Nigdy nie spotkam się z nim na lunchu.

Nigdy nie będę mogła mieć z Billem dziecka. Z jednej strony nie musiałam się martwić o antykoncepcję, co było miłe, z drugiej jednak...

Nigdy nie zadzwonię do Billa do biura i nie poproszę go, by po drodze do domu na przykład kupił mleko. Mój wampir nigdy nie wstąpi do Klubu Rotariańskiego, nie opowie w szkole średniej o swoim zawodzie, nie będzie trenował bejsbolistów z Małej Ligi.

Nigdy nie pójdzie ze mną do kościoła.

Wiedziałam też, że teraz, podczas gdy ja leżę w łóżku, przebudzona – słuchając ptaków ćwierkających o poranku i pędzących drogą ciężarówek, teraz, kiedy wszyscy mieszkańcy Bon Temps wstawali, parzyli kawę, przynosili z ganku gazety i planowali swój dzień – istota, którą ukochałam, leżała w jakiejś dziurze pod ziemią, martwa aż do zmroku.

Otrząsnęłam się z tych przykrych myśli, wstałam, posprzątałam łazienkę i ubrałam się. Postanowiłam policzyć zalety swego związku.

Bill się o mnie troszczył. Było to cudowne, choć też nieco niepokojące, ponieważ nie miałam pewności, jak bardzo mnie kocha.

Seks z nim był wspaniały. Nigdy nie śniłam, że będzie mi tak cudownie.

Jako dziewczyny wampira na pewno nikt nie będzie mnie zaczepiał. Wszystkie męskie dłonie, które poklepywały mnie czasem w niechcianych pieszczotach, teraz pozostaną na kolanach właścicieli. Jeśli morderca mojej babci czekał wtedy na mnie, zapewne nie zaryzykuje drugiej próby, wiedząc, że chroni mnie wampir.

Poza tym przy Billu mogłam się całkowicie odprężyć. Wysoce sobie ceniłam ten luksus. Nie musiałam się przejmować stawianiem mentalnych blokad. I nie dowiem się niczego, czego Bill sam mi nie powie.

Bezcenny spokój.

W tym kontemplacyjnym nastroju zeszłam po schodach i ruszyłam do samochodu.

Zdumiał mnie widok pikapa Jasona.

W tej chwili nie miałam ochoty na rozmowę z bratem. Niechętnie powlokłam się do okna kierowcy.

– Widzę, że to prawda – powiedział Jason. Wręczył mi kubek z kawą z Grabbit Kwik. – Wsiądź do wozu.

Wsiadłam.

– Nie mogę ci robić wymówek. Z tego, co wiem, wampir to twój pierwszy facet. Zgadza się?

Kiwnęłam głową.

– Dobrze cię traktuje?

Znów kiwnęłam głową.

– Muszę ci coś powiedzieć.

– Tak?

– Ubiegłej nocy zabito wujka Bartletta.

Gapiłam się na brata nad parą wydobywającą się spod uniesionej pokrywki kubka z kawą.

– Nie żyje? – zapytałam. Od dawna nie myślałam o nim tak wiele jak wczoraj, a dziś usłyszałam, że został zamordowany.

– Tak.

– Och.

Spojrzałam przez okno na różowy horyzont i odkryłam, że ogarnia mnie... nadpływające powoli... poczucie wolności. Człowiek, którego się bałam i nienawidziłam, człowiek, który znajdował przyjemność w tym, co było obleśne i co uważałam za chore... nie żył! Zrobiłam głęboki wdech.

– Mam nadzieję, że się smaży w piekle – warknęłam. – Mam nadzieję, że ilekroć pomyśli o tym, co mi zrobił, jakiś demon kłuje go w dupę widłami.

– Boże, Sookie!

– No co? Ten facet nigdy nie próbował z tobą!

– No nie... Ale...

– Ale?

– Sookie, wuj nigdy nie molestował nikogo poza tobą.

– Molestował również ciocię Lindę.

Twarz Jasona znieruchomiała z szoku. W końcu coś do niego dotarło.

– Babcia ci to powiedziała?

– Tak.

– Mnie tego nigdy nie mówiła.

– Wiedziała, że kochasz wuja i byłoby ci przykro, że nie możesz go widywać. Nie chciała jednak zostawiać go z tobą samego, ponieważ nie miała stuprocentowej pewności, czy lubi wyłącznie dziewczynki.

– Widziałem się z nim parę lat temu.

– Tak? – Nie miałam o tym pojęcia. Babcię prawdopodobnie ta informacja także by zaskoczyła.

– Widzisz, Sookie... Był już stary. I chory. Miał kłopoty z prostatą, bardzo osłabł i chodził o lasce.

– Pewnie trudniej mu było dogonić pięciolatkę.

– Przestań!

– Jasne! Jak mogłam coś takiego powiedzieć?! – Obrzuciliśmy się piorunującymi spojrzeniami. – No i cóż mu się przydarzyło?

– Ktoś się włamał do jego domu zeszłej nocy.

– I co?

– Wuj skręcił sobie kark. Włamywacz zrzucił go ze schodów.

– Jasne. Jadę do domu. Wezmę prysznic i idę do pracy.

– Nic więcej nie powiesz?

– A co mogę jeszcze powiedzieć?

– Nie spytasz o pogrzeb?

– Nie.

– Nie chcesz znać jego ostatniej woli?

– Nie.

Po chwili jednak spytałam:

– No? O co chodzi?

– O nic. Po prostu umarł nasz wuj. Sądziłem, że jest to wystarczający powód.

– Właściwie masz rację – zauważyłam, otwierając drzwi pikapa. – Jest wystarczający. – Oddałam mu kubek. – Dzięki za kawę, braciszku.

***

Dopiero gdy dotarłam do pracy, złożyłam w całość wszystkie fakty!

Wycierałam akurat jakąś szklankę i właściwie nie myślałam o wuju Bartletcie, kiedy nagle straciłam siłę w palcach.

– Jezu Chryste, pasterzu z Judei – mruknęłam, patrząc na rozbite szkło u moich stóp. – Bill go zabił.

***

Nie wiem, skąd się wzięła moja pewność, ale byłam co do tego przekonana – od chwili, w której ta myśl przemknęła mi przez głowę. Może na wpół śpiąca słyszałam w nocy, jak Bill wystukuje jakiś numer? Może ostrzegła mnie wcześniej mina mojego wampira, gdy opowiedziałam mu o wujku Bartletcie?

Zastanowiłam się, czy Bill zapłacił jakiemuś wampirowi gotówką, czy też odwdzięczył mu się w naturze.

Do końca zmiany pracowałam w oszołomieniu. Nie mogłam się nikomu zwierzyć ze swoich podejrzeń, nie mogłam nawet powiedzieć, że jestem chora, ponieważ ludzie zaczęliby pytać, co mi dolega. Do nikogo więc się nie odzywałam, tylko pracowałam. Skupiałam się wyłącznie na kolejnych zamawianych napojach, które musiałam przynosić. Po drodze do domu starałam się o niczym nie myśleć, trzeba było jednak stawić czoło faktom.

Byłam wkurzona.

Wiedziałam na sto procent, że Bill w swoim bardzo długim życiu zabił przynajmniej jednego człowieka. Kiedy był młodym wampirem, potrzebował mnóstwo krwi, zanim więc zdobył kontrolę nad własnymi potrzebami na tyle, by wystarczył mu łyczek tutaj, łyczek tam (czyli gdy już nie musiał zabijać osób, których krew ssał), zabił – jak mi powiedział – jednego czy dwóch nieszczęśników. Wykończył też Rattrayów. Ale wtedy ratował mnie, bo na pewno nie przeżyłabym ich nocnej napaści na tyłach „Merlotte'a". Te dwa trupy mu wybaczyłam.

Dlaczego nie potrafiłam przymknąć oczu na zamordowanie wujka Bartletta? Czym ta śmierć różniła się od tamtych? Wuj również mnie skrzywdził, strasznie mnie skrzywdził, zmieniając moje i tak trudne dzieciństwo w koszmar. Czy nie poczułam ulgi, a nawet zadowolenia, dowiedziawszy się, że znaleziono go martwego? Czy moja odraza wobec interwencji Billa nie zalatywała hipokryzją?

Tak.

Usiadłam na stopniach prowadzących na ganek mojego domu i objąwszy kolana, trwałam nieruchomo w ciemnościach. Świerszcze śpiewały w wysokiej trawie. Bill zjawił się tak cicho i nieoczekiwanie, że w ogóle go nie usłyszałam. W jednej minucie byłam sama z nocą, a w następnej mój wampir siedział na schodach obok mnie.

– Co chcesz robić dziś wieczorem, Sookie?

Objął mnie.

– Och, Bill. – Byłam zrozpaczona. – Nie powinieneś był tego robić. Cieszę się, że on nie żyje, Bill. Ale nie mogę...

– Sądzisz, że kiedykolwiek bym cię zranił, Sookie? – spytał.

– Nie. Może to dziwne, ale myślę, że nie zraniłbyś mnie, nawet gdybyś naprawdę się na mnie wściekł.

– A więc...?

– Mam wrażenie, Bill, że spotykam się z Ojcem Chrzestnym... z szefem mafii. Teraz będę się bała cokolwiek ci powiedzieć. Nie przywykłam, by ktoś rozwiązywał w ten sposób moje problemy.

– Kocham cię.

To wyznanie padło z jego ust po raz pierwszy. Wypowiedział je głosem cichym, niemal szeptem.

– Naprawdę, Bill? – Nadal przyciskałam czoło do kolan.

– Tak. Naprawdę cię kocham.

– Musisz mi więc pozwolić przeżyć moje życie po swojemu, Bill. Nie możesz go dla mnie zmieniać.

– Chciałaś, bym cię bronił, kiedy Rattrayowie cię bili.

– Tak. Tyle że wtedy mieliśmy do czynienia z napaścią, a teraz mówię o moim codziennym życiu. Czasem będę się wściekać na różnych ludzi, a ludzie będą się złościć na mnie. To normalne. Nie mogę za każdym razem martwić się, że kogoś zabijesz. Nie potrafię żyć w ten sposób, kochanie. Rozumiesz, co mówię?

– Kochanie? – powtórzył.

– Ja także cię kocham – odparłam. – Pragnę cię obsypywać miłosnymi, pieszczotliwymi słowami, nawet jeśli brzmią głupio, gdy określa się nimi wampira. Chcę ci mówić, że jesteś moim maleństwem, że będę cię kochać, aż się razem zestarzejemy i osiwiejemy. Chociaż to się wcale nie zdarzy... Wiem, że nie jesteś człowiekiem, Bill.

– Kryzys pojawił się szybciej, niż sądziłem – oświadczył wampir.

Przez długą chwilę milczałam, słuchając śpiewu świerszczy.

– Tak.

– Co teraz, Sookie?

– Potrzebuję trochę czasu.

– By...?

– By zdecydować, czy miłość jest warta cierpienia.

– Sookie, gdybyś wiedziała, jak odmiennie smakujesz i jak bardzo pragnę cię chronić...

Wnosząc z tonu Billa, chodziło mu o jakieś niezwykle miłe i czułe doznania.

– Dziwnym trafem – oznajmiłam – podobnie myślę o tobie. Muszę jednak żyć tutaj i muszę pozostać sobą. Powinniśmy ustalić pewne zasady i reguły, których nie będzie nam wolno łamać.

– No to co robimy?

– Ja będę myśleć, a ty żyj, tak jak żyłeś, zanim mnie spotkałeś.

– Zastanawiam się, czy potrafię egzystować wśród ludzi. Pewnie czasem skorzystam z czyjejś krwi, zamiast z tej przeklętej syntetycznej.

– Wiem, że będziesz pić krew innych osób... nie tylko moją. Proszę jednak, nie wiąż się z nikim stąd, z nikim, kogo muszę spotykać. Nie zniosłabym tego. Wiem, że nie powinnam cię o to prosić, ale proszę.

– Jeśli ty nie będziesz się umawiać z innymi, ja nie pójdę z nikim do łóżka.

– Nie zrobię tego.

– Mogę przychodzić czasem do baru?

– Oczywiście. Nie powiem nikomu, że się rozstaliśmy. Zresztą wcale się nie rozstajemy.

Bill przytulił się do mnie.

– Pocałuj mnie – szepnął.

Uniosłam głowę i nasze wargi się zetknęły. Miałam wrażenie, że ogarnia mnie niebieski ogień, nie gorące pomarańczowoczerwone płomienie, lecz właśnie zimny niebieski ogień. Wampir zaczął mnie głaskać, a po chwili ja zaczęłam gładzić jego ciało. Czułam, że ogarnia mnie pożądanie. Oderwałam się od niego.

– Nie możemy, Bill.

Wciągnął z sykiem powietrze.

– Oczywiście, że nie możemy, skoro się rozchodzimy – odparł cicho, mimo że chyba nie wierzył, że mówię poważnie. – Jasne, że nie powinniśmy się całować. Co najwyżej mógłbym rzucić cię na ganek i pieprzyć, aż zemdlejesz.

Czułam, że drżą mi kolana. Jego umyślnie szorstkie słownictwo, kontrastujące z lodowatym, a równocześnie słodkim głosem, straszliwie spotęgowało moją tęsknotę. Wstanie z miejsca i jazda do domu wymagały ode mnie całego mojego opanowania.

Udało mi się. Odjechałam.

***

W następnym tygodniu zaczęłam życie bez babci i bez Billa. Pracowałam nocami. Po raz pierwszy w moim życiu zachowywałam wzmożoną ostrożność i dokładnie zamykałam wszystkie zamki. Gdzieś czaił się morderca, a ja nie miałam już swojego obrońcy. Rozważałam zakup psa, nie potrafiłam jednak wybrać rasy. Chroniła mnie tylko moja kotka Tina – w tym sensie, że zawsze reagowała, kiedy ktoś przechodził obok domu.

Od czasu do czasu dzwonił do mnie prawnik babci, informując o postępach w likwidacji jej majątku. Zadzwonił do mnie też prawnik Bartletta. Wuj zostawił mi dwadzieścia tysięcy dolarów; jak na niego była to wielka suma. Omal nie odrzuciłam spadku. Ale przemyślałam sprawę, przyjęłam pieniądze i przekazałam je miejscowemu ośrodkowi zdrowia psychicznego; miały zostać użyte na medyczną i psychologiczną pomoc dzieciom, które padły ofiarą molestowania i gwałtu.

Brałam witaminy, całe stosy, gdyż cierpiałam na lekką anemię. Piłam też mnóstwo płynów i jadłam sporo białka.

Jadłam też czosnek, którego Bill nie tolerował. Twierdził wcześniej, że czosnek wydziela się przez pory mojej skóry i narzekał nawet wtedy, gdy jadłam chleb czosnkowy do spaghetti z sosem mięsnym.

I ciągle spałam. Musiałam odespać dnie, kiedy pracowałam do późna, a później spędzałam czas z wampirem. Po trzech dniach czułam się znacznie lepiej i nawet zaczęłam się interesować tym, co się działo wokół mnie.

Od razu spostrzegłam, że mieszkańcy gminy wściekają się na wampiry, które zagnieździły się w Monroe. Diane, Liam i Malcolm objeżdżali bary w tym rejonie, najwidoczniej próbując uniemożliwić innym wampirom przystosowanie się do życia wśród ludzi. Zachowywali się skandalicznie, a często bywali agresywni. Przy wyczynach tej trójki eskapady studentów Louisiana Tech wyglądałyby na dziecinną zabawę.

Wampiry wyraźnie nie miały pojęcia, na co się narażają. Uderzyła im do głów wolność uzyskana po opuszczeniu trumien. Prawo do legalnej egzystencji zniosło ich liczne ograniczenia, lecz odebrało najprawdopodobniej także rozwagę i ostrożność. Malcolm podgryzał jakiegoś barmana w Bogaloosas, Diane tańczyła nago w Farmerville, Liam omamił nieletnią z Shongaloo; spotykał się również z jej matką. Ssał krew obu i żadnej nie skasował wspomnień.

Pewnej czwartkowej nocy w „Merlotcie" zauważyłam, że przedsiębiorca pogrzebowy Mike Spencer rozmawia z Rene. Zamilkli, gdy się zbliżyłam, co naturalnie przyciągnęło moją uwagę. Weszłam więc w umysł Mike'a i odkryłam, że grupa okolicznych mężczyzn zamierza spalić wampiry z Monroe.

Nie wiedziałam, co zrobić. Tych troje może nie było przyjaciółmi Billa, ale coś ich z nim łączyło. Z drugiej strony brzydziłam się Malcolmem, Diane i Liamem tak samo, jak wszyscy mieszkańcy gminy. Poza tym – cholera! – skoro już wiedziałam, nie mogłam zapomnieć o planowanym morderstwie.

A może to była tylko pijacka gadka w barze? Postanowiłam to sprawdzić i zaczęłam czytać myśli innych gości „Merlotte'a". Ku mojej konsternacji, wielu mężczyzn myślało o podpaleniu wampirzego gniazda. Nie zdołałam, niestety, wyśledzić pomysłodawcy, odniosłam jednak wrażenie, że „trucizna" wypłynęła z jednego umysłu i zakaziła pozostałe.

Nie było dowodu na to, że Maudette, Dawn i moją babcię zabił wampir. Podobno – jak głosiła plotka – raport koronera wykazał coś przeciwnego. Wampiry z Monroe zachowywały się okropnie, toteż ludzie postanowili się ich pozbyć. A ponieważ Maudette i Dawn zostały pogryzione, i często bywały w barach dla wampirów, no cóż... mieszkańcy Bon Temps połączyli fakty i znaleźli doskonały pretekst do zabójstwa.

Bill przyszedł do baru siódmej nocy, gdy pracowałam tylko ja. Nagle zjawił się przy tym samym stoliku co zwykle. Był w towarzystwie chłopca, który miał chyba jakieś piętnaście lat i także był wampirem,

– Sookie, to Harlen Ives z Minneapolis – zagaił Bill.

– Harlen – powiedziałam i skinęłam głową. – Miło cię poznać.

– Sookie – rzucił, skłaniając głowę.

– Harlen podróżuje z Minnesoty do Nowego Orleanu – wyjaśnił Bill.

– Jadę na wakacje – wyjaśnił nastolatek. – Od lat chciałem odwiedzić Nowy Orlean. Pewno wiesz, że to dla nas prawdziwa mekka.

– Och... no tak – przyznałam.

– Istnieje numer, pod który można zadzwonić – ciągnął Harlen. – Zostajesz wtedy prawdziwym mieszkańcem albo wynajmujesz...

– Trumnę? – spytałam pogodnie.

– No...

– Macie świetne życie – zażartowałam. – Co wam przynieść? Zdaje się, że Sam odnowił zapasy krwi. Napijesz się, Bill? Mamy A Rh minus albo 0 Rh plus.

– Och, wezmę chyba A Rh minus – odparł Bill.

– Mówisz i masz! – Poszłam do lodówki za kontuarem, wyjęłam dwie butelki z krwią, zdjęłam kapsle i przyniosłam butelki na tacy.

– Wszystko w porządku, Sookie? – spytał Bill, gdy stawiałam napoje.

– Oczywiście – odrzekłam wesoło.

Miałam ochotę rozbić mu tę butelkę na głowie. Harlen, phi, też coś. Pewnie zanocuje u Billa. No i dobrze!

– Harlen chciałby dziś odwiedzić Malcolma – powiedział Bill, kiedy przyszłam po puste butelki i spytałam, czy przynieść następne.

– Jestem pewna, że Malcolm bardzo chętnie spotka się z Harlenem – odpowiedziałam, próbując nie brzmieć jak suka, chociaż tak się czułam.

– Och, Bill jest naprawdę cudowny – powiedział Harlen, uśmiechając się do mnie i pokazując kły. Bez wątpienia umiał sobie radzić z takimi jak ja. – Ale Malcolm jest legendą!

– Uważaj – warknęłam do Billa.

Chciałam mu powiedzieć, jakie niebezpieczeństwo grozi trójce wampirów z Monroe, choć nie sądziłam, by ludzie zbyt szybko obrócili swe zamiary w czyn. Nie zamierzałam wyjaśniać moich podejrzeń w szczegółach, skoro z Billem siedział Harlen, który mrużył piękne błękitne oczy i wyglądał jak młodziutki symbol seksu.

– Lepiej akurat teraz nie spotykać się z tą trójką – dodałam. To chyba nie było zbyt skuteczne ostrzeżenie.

Bill zerknął na mnie, ja zaś odwróciłam się na pięcie i odeszłam.

Szybko zaczęłam żałować swego zachowania, i żałowałam go gorzko.

***

Po wyjściu Billa i Harlena, w barze podjęto rozmowy na temat planowanego podpalenia. Odnosiłam wrażenie, że ktoś specjalnie podjudza ludzi. Niestety, mimo wysiłków, nie mogłam wykryć prowokatora. Podsłuchiwałam zarówno mentalnie, jak i prowadzone rozmowy, ale bez rezultatów. Do „Merlotte'a" przyszedł Jason. Przywitaliśmy się, choć niezbyt ciepło. Prawdopodobnie nie wybaczył mi mojej reakcji na śmierć wujka Bartletta.

Prawdę mówiąc, wcale o tym nie myślał, całkowicie skupiając się na próbach zaciągnięcia do łóżka Liz Barrett. Liz była młodsza ode mnie, miała krótkie kasztanowe loczki, duże piwne oczy i była cholernie wyczulona na swoim punkcie, czym przypominała Jasona. Gdy ich pożegnałam (wypili duży dzban piwa), uświadomiłam sobie, że poziom gniewu w barze wzmógł się tak bardzo, że projekt podpalenia zaczął nabierać naprawdę realnych kształtów.

Szczerze się zaniepokoiłam.

Z każdą minutą ludzie coraz bardziej się podkręcali. Było teraz mniej kobiet, a więcej mężczyzn. Wielu przechodziło od stolika do stolika. Coraz szybciej pili. Mnóstwo mężczyzn stało, zamiast siedzieć. Spotkanie nie wyglądało jak zebranie czy wiec i nadal rozmawiano szeptem. Nikt na przykład nie wskoczył na bar i nie wrzasnął: „No więc co, chłopaki? Będziemy znosić obecność tych potworów wśród nas? Do zamku!". Jakiś czas później ludzie zaczęli wychodzić. Nie rozjechali się jednak do domów, tylko stali w grupkach na parkingu. Wyjrzałam przez okno i potrząsnęłam głową. Sytuacja stawała się poważna.

Sam również się denerwował.

– Co myślisz? – spytałam go i zdałam sobie sprawę, że po raz pierwszy tego wieczoru powiedziałam do niego coś innego niż „Daj mi dzban" albo „Zrób mi jeszcze jedną margaritę".

– Myślę, że postanowili działać – odparł. – Tyle że teraz nie pojadą do Monroe. Wampiry nie kładą się prawie do świtu.

– Gdzie jest ich dom, Sam?

– Z tego, co zrozumiałem, gdzieś na peryferiach Monroe... od zachodniej strony... Innymi słowy, najbliżej nas – wyjaśnił. – Ale nie wiem tego na pewno.

Po zamknięciu baru pojechałam do domu. Niemal spodziewałam się Billa na moim podjeździe. Bardzo chciałam mu powiedzieć, co się święci.

Nie było go, a ja wolałam nie jechać do niego. Długo się wahałam, w końcu wystukałam jego numer, ale połączyłam się tylko z automatyczną sekretarką. Zostawiłam wiadomość. Nie miałam pojęcia, pod jakim nazwiskiem mogłabym znaleźć w książce numer telefonu wampirów z Monroe, o ile w ogóle był tam telefon.

Kiedy zdjęłam buty i biżuterię – całe to srebro przeciwko tobie, Bill! – nadal się martwiłam. Położyłam się i szybko zasnęłam – w sypialni, która należała teraz do mnie.

Światło księżyca wpływało przez otwarte żaluzje, tworząc na podłodze dziwaczne cienie. Gapiłam się na nie zaledwie minutkę przed zaśnięciem. Tej nocy nie obudził mnie żaden telefon.

***

Zadzwonił dopiero wcześnie rano, niedługo po świcie.

– Halo? – rzuciłam do słuchawki. Spojrzałam na zegar. Była siódma trzydzieści.

– Spalili gniazdo wampirów – oznajmił Jason. – Mam nadzieję, że twojego tam nie było.

– Co takiego?!

– Spalili dom wampirów w pobliżu Monroe. Zaraz po świcie. Callista Street, na zachód od Archer.

Przypomniałam sobie, że Bill zamierzał zabrać tam Harlena.

– Cholera – warknęłam.

***

W jaskrawym świetle słonecznym dostrzegłam dym. Jego wstęgi szpeciły niebieskie niebo. Zwęglone drewno wyglądało jak skóra aligatora. Pojazdy straży pożarnej i przedstawicieli prawa parkowały bezładnie na trawniku dwupiętrowego budynku. Za żółtą taśmą stała grupka gapiów.

Resztki czterech trumien ułożono obok siebie na przypalonej trawie. Zauważyłam też worek na zwłoki. Ruszyłam ku nim powoli. Szłam jak we śnie, w którym wbrew wszelkim wysiłkom nie sposób dotrzeć do celu.

Ktoś chwycił mnie za rękę i usiłował zatrzymać. Teraz nie przypomnę sobie, co odpowiedziałam, lecz pamiętam czyjąś przerażoną twarz. Powlokłam się przez rumowisko, wdychając swąd zwęglonych przedmiotów. Wspomnienie tego zapachu nie opuści mnie chyba do końca życia.

Dotarłam do pierwszej trumny i zajrzałam do środka.

Resztki wieka nie chroniły zawartości przed światłem. Wiedziałam, że słońce za chwilę ucałuje straszne szczątki spoczywające na białym jedwabiu.

Czy to był Bill? Ciało trupa rozpadało się na moich oczach. Małe kawałki odpadały płatami i wzlatywały porywane przez wiatr. Albo znikały w maleńkich smugach dymu w miejscach, gdzie słoneczne snopy dotknęły ciała.

Każda trumna zawierała podobne okropności.

Sam stanął przy mnie.

– Nazwałbyś to morderstwem? – spytałam.

Pokręcił głową.

– Po prostu nie wiem, Sookie. W sensie prawnym, zabijanie wampirów jest morderstwem. W tym przypadku dodatkowo musiałabyś udowodnić podpalenie, choć pewnie nie byłoby to szczególnie trudne.

Oboje czuliśmy smród benzyny. Wokół domu kręcili się ludzie.

– Jednak te zwłoki, Sookie... – Sam wskazał na czarną torbę leżącą w trawie. – To był człowiek i trzeba ustalić przyczynę jego śmierci. Prawdopodobnie nikt z tłumu nie brał pod uwagę takiej możliwości, że w domu znajduje się istota ludzka. Może podpalacze nie wiedzieli, co robią.

– A dlaczego ty tu jesteś, Sam?

– Z twojego powodu – odparł.

– Przez cały dzień nie dowiem się, czy wśród zabitych był Bill.

– Tak.

– Jak to przetrwać?

– Może weź jakieś leki – zasugerował. – Pigułki na sen albo na uspokojenie?

– Nie mam takich prochów – odparłam.

Ta rozmowa stawała się coraz dziwniejsza. Nagle uznałam, że nie mam mojemu szefowi nic więcej do powiedzenia.

Stanął przede mną jakiś wielki policjant. Pocił się w gorącym poranku i wyglądał, jakby był na nogach od wielu godzin. Może pracował na nocnej zmianie i musiał wziąć nadgodziny, gdy usłyszał o pożarze?

– Znała pani tych ludzi?

– Tak, spotkałam się kiedyś z nimi.

– Potrafi pani zidentyfikować szczątki?

– Kto mógłby coś takiego zidentyfikować?

Ciała niemal już zniknęły, stały się bezpłciowe i nadal się rozpadały.

Posłał mi niechętne spojrzenie.

– Zgadza się, proszę pani. Chodzi mi o człowieka.

– Zerknę – powiedziałam, zanim zdążyłam pomyśleć. Nie potrafiłam zapanować nad zwyczajem ciągłego pomagania wszystkim dookoła...

Policjantowi chyba przemknęło przez głowę, że mogę się rozmyślić, gdyż natychmiast klęknął na osmalonej trawie i rozpiął zamek torby. Okopcona twarz w środku należała do dziewczyny, której nigdy nie spotkałam. W myślach podziękowałam Bogu.

– Nie znam jej – powiedziałam i poczułam, że uginają się pode mną kolana. Mój szef złapał mnie, zanim upadłam. Musiałam się o niego oprzeć.

– Biedna dziewczyna – szepnęłam. – Sam, nie wiem, co robić.

Współpraca z policją zabrała mi sporą część dnia. Funkcjonariusze pytali, co wiem o wampirach, do których należał zniszczony budynek. Opowiedziałam im, ale nie wniosłam zbyt wiele do śledztwa. Malcolm, Diane, Liam... Skąd pochodzili? Ile mieli lat? Dlaczego osiedlili się w Monroe? Kim byli ich prawnicy? Skąd miałabym wiedzieć takie rzeczy? Nigdy mnie do siebie nie zapraszali.

Kiedy mój rozmówca, kimkolwiek był, odkrył, że poznałam ich przez Billa, chciał się dowiedzieć, gdzie jest Bill i jak można się z nim skontaktować.

– Może jest właśnie tam – odparłam, wskazując na czwartą trumnę. – Nie ustalę tego aż do zmroku. – Uniosłam rękę i zakryłam usta.

Wtedy jeden ze strażaków wybuchnął śmiechem, a jego towarzysz mu zawtórował.

– Smażone wampiry z Południa! – zawołał niższy z nich do mężczyzny, który mnie przesłuchiwał. – Mamy tu smażone luizjańskie wampiry!

Gdy kopnęłam faceta, od razu przestał uważać swoją wypowiedź za tak cholernie zabawną. Sam odciągnął mnie od nieszczęśnika, a mój rozmówca chwycił strażaka, na którego napadłam. Wrzeszczałam jak potępiona i ruszyłabym na niego znów, gdyby mój szef mnie puścił.

Ale nie puścił. Nie zwalniając uścisku, zaciągnął mnie do mojego samochodu. Pomyślałam nagle, jak zawstydzona byłaby moja babcia, widząc, że na kogoś wrzeszczę i go atakuję. Pod wpływem tej wizji moja szaleńcza wrogość pękła niczym przekłuty igłą balonik. Pozwoliłam, by Sam wepchnął mnie na siedzenie pasażera. Nie protestowałam też, kiedy uruchomił samochód i zaczął cofać. Odwiózł mnie do domu.

Dotarliśmy tam bardzo szybko. Była dopiero dziesiąta rano. O tej porze roku do zmroku zostało jeszcze przynajmniej dziesięć godzin.

Sam odbył kilka rozmów telefonicznych, ja natomiast siedziałam nieruchomo na kanapie i wpatrywałam się przed siebie. Po pięciu minutach mój szef wrócił do salonu.

– Chodź, Sookie – polecił szybko. – Twoje żaluzje są brudne.

– Co?

– Żaluzje. Jak mogłaś dopuścić do tego stanu?

– Co ty mówisz?!

– Umyjemy je. Przynieś wiadro, płyn i jakieś szmaty. I zrób kawę.

Wykonałam jego polecenie bardzo powoli i ostrożnie. Towarzyszył mi strach, że mogę wyschnąć i wyparować jak ciała w trumnach.

Do chwili, gdy wróciłam z wiadrem i szmatami, Sam zdążył już zdjąć zasłony z okien w salonie.

– Gdzie jest pralka?

– Z tyłu, za kuchnią – bąknęłam.

Sam poszedł do łazienki z naręczem zasłon. Chociaż babcia wyprała je niecały miesiąc temu, z okazji wizyty Billa, nic nie powiedziałam.

Opuściłam żaluzję, zamknęłam ją i zaczęłam myć. Po wyczyszczeniu wszystkich żaluzji umyliśmy okna. W połowie poranka zaczęło padać, więc i tak nie moglibyśmy wyjść na dwór. Sam wziął szczotkę na długiej rączce i zdjął pajęczyny z narożników wysokiego sufitu, ja zaś wytarłam listwy przypodłogowe. Później mój szef zdjął lustro znad obramowania kominka i odkurzył części, których ja nie mogłam dosięgnąć, po czym wyczyściliśmy całe lustro i ponownie je powiesiliśmy. Wyszorowałam stary marmurowy kominek. Nie został nawet ślad po zimowym palenisku, a nad kominkiem powiesiłam ładny obrazek przedstawiający kwiaty magnolii. Wyczyściłam telewizor i kazałam Samowi podnieść odbiornik, by umyć półkę pod nim. Włożyłam wszystkie filmy wideo do pudełek i nakleiłam etykietki. Zdjęłam z kanapy poduszki i za pomocą odkurzacza usunęłam brud, który zebrał się pod nią, przy okazji znajdując dolara i pięć centów w monetach. Odkurzyłam też dywan i przetarłam mopem drewnianą podłogę.

Przeszliśmy do jadalni i wypolerowaliśmy wszystko, co można było wypolerować. Gdy drewno stołu i krzeseł błyszczało, Sam spytał mnie, kiedy ostatnio czyściłam srebra babci.

Nigdy tego nie robiłam. Otworzyliśmy bufet i odkryliśmy, że istotnie trzeba je wyczyścić. Zanieśliśmy je do kuchni, znaleźliśmy środek do czyszczenia srebra i wszystko wypolerowaliśmy. Słuchaliśmy radia.

Po pewnym czasie jednak zdałam sobie sprawę, że Sam wyłączał je za każdym razem, kiedy zaczynały się wiadomości.

Sprzątaliśmy przez cały dzień. I cały dzień padało. Sam odzywał się do mnie rzadko, wyłącznie przekazując mi następne polecenie.

Tyraliśmy aż do zmroku. Miałam teraz najczystszy dom w gminie Renard.

– Pójdę już, Sookie – oświadczył w pewnym momencie Sam.

– Tak, leć – odparłam. – Kiedyś ci podziękuję. Uratowałeś mi dziś życie...

Pocałował mnie w czoło. Minutę później usłyszałam odgłos zatrzaskiwanych drzwi. Usiadłam przy stole w kuchni. A potem wyszłam na dwór. Zabrałam ze sobą latarkę.

Nie miało dla mnie znaczenia to, że nadal pada deszcz.

Miałam na sobie dżinsową sukienkę bez rękawów i sandały – ubranie, które włożyłam rano, po telefonie Jasona.

Stałam w ulewnym, ciepłym deszczu, włosy lepiły mi się do czaszki, wilgotna sukienka przylegała do skóry. Skręciłam w lewo do lasu i weszłam między drzewa. Najpierw szłam powoli, potem ruszyłam biegiem. Gałęzie smagały moje policzki, cierniste krzewy drapały nogi. Wypadłam z lasu i zaczęłam pędzić przez cmentarz; snop światła z latarki huśtał się przede mną. Wcześniej kierowałam się do domu po drugiej stronie cmentarza, czyli domu Comptonów. Później jednak pomyślałam, że Bill prawdopodobnie ukrywa się gdzieś tutaj, na tych sześciu akrach ziemi skrywającej wypełnione kośćmi trumny. Stanęłam w centrum najstarszej części cmentarza. Otaczały mnie pomniki i skromne nagrobki, towarzyszyli mi zmarli.

– Billu Compton! – krzyknęłam. – Wyjdź tu natychmiast!

Obracałam się to w prawo, to w lewo, usiłując coś zobaczyć w ciemnościach. Wiedziałam, że nawet jeśli ja nie zdołam dojrzeć mojego wampira, on na pewno zobaczy mnie...

O ile oczywiście mógł jeszcze widzieć, o ile jego ciało nie było jednym z tych sczerniałych, rozpadających się okropności, na które patrzyłam przed domem pod Monroe...

Nie dotarł do mnie żaden dźwięk. Słyszałam jedynie odgłos ulewnego deszczu.

– Bill?!

Po prawej stronie wyczułam ruch. Zwróciłam w tym kierunku latarkę. Obok mnie poruszyła się ziemia i na moich oczach wyskoczyła z niej biała ręka. Osypując z siebie ziemię, powstała czyjaś postać.

– To ty, Bill?

Postać obróciła się w moją stronę. Wampir, pokryty czerwonawymi smugami i z włosami pełnymi grudek ziemi, zrobił niezdecydowany krok w moją stronę.

– Sookie. – Stanął przy mnie. – Dlaczego tu jesteś? – Po raz pierwszy przemawiał do mnie niepewnym głosem.

Nie mogłam otworzyć ust.

– Kochana?

Kolana znowu się pode mną ugięły i po chwili klęknęłam w rozmokłej trawie.

– Co się stało, kiedy spałem? – Opadł na kolana obok mnie. Po jego nagim ciele spływały krople deszczu.

– Nie masz na sobie ubrania.

– Tylko by się pobrudziło. – Odpowiedź była absolutnie logiczna. – Kiedy idę spać w ziemi, zdejmuję je.

– Och. Jasne.

– Teraz musisz mi wszystko opowiedzieć.

– Znienawidzisz mnie.

– Co zrobiłaś?!

– O mój Boże, to nie ja! Ale mogłam cię ostrzec, mogłam złapać cię za rękę i zmusić do wysłuchania... Próbowałam się do ciebie dodzwonić, Bill!

– Co się zdarzyło?

Przyłożyłam dłonie do jego policzków. Dotykając jego skóry, uświadomiłam sobie, jak wiele bym straciła i jak dużo ciągle jeszcze mogłam utracić.

– Oni nie żyją, Bill. Wampiry z Monroe. Zginęła z nimi dziewczyna. Ludzka dziewczyna.

– I Harlen – odparł pozbawionym emocji głosem. – Harlen został tam ostatniej nocy. On i Diane przypadli sobie do gustu.

– Ktoś ich spalił.

– Z premedytacją.

– Tak.

Bill kucnął obok mnie. W mroku nie widziałam jego twarzy. Zaciskałam w dłoni latarkę.

Czułam gniew Billa.

Czułam jego okrucieństwo.

Czułam jego głód.

Nigdy nie był bardziej wampirem. W tej chwili nie dostrzegałam w nim ludzkich cech.

Uniósł twarz do nieba i zawył.

Był wściekły. Bałam się, że za chwilę kogoś zabije. A najbliżej niego byłam ja.

Kiedy pojęłam, w jakim jestem niebezpieczeństwie, Bill złapał mnie za ramiona i przyciągnął ku sobie. Powoli. Nie było sensu z nim walczyć. Podejrzewałam, że moja szarpanina jeszcze bardziej by go podnieciła.

Pomyślałam, że mogę się uratować, kierując jego wściekłość w inną stronę. Przytuliłam się do niego i przytknęłam wargi do jego piersi. Zlizałam deszcz, otarłam się policzkiem o sutek Billa.

Wampir musnął zębami moje ramię. A później pchnął mnie tak mocno, że usiadłam. Wszedł we mnie gwałtownie. Przerażona, wrzasnęłam. On warknął w odpowiedzi. Objęłam go. Po dłoniach spływał mi deszcz. Wiedziałam, że pod paznokciami mam krew Billa. Mój wampir poruszał się rytmicznie. Odniosłam wrażenie, że wbije mnie w błoto, które stanie się moim grobem. W końcu zatopił mi kły w szyi.

Doszłam. Bill zawył, również mając orgazm, po czym opadł ciężko na mnie. Jego kły się cofnęły i przez chwilę lizał moją szyję.

Przemknęło mi przez głowę, że mógłby mnie zabić...

242

Mięśnie nie posłuchałyby mnie, nawet gdybym się broniła.

Wampir wziął mnie na ręce i zaniósł do domu. Pchnął drzwi i wszedł ze mną prosto do łazienki. Położył mnie delikatnie na dywaniku, który natychmiast pobrudził się od błota, deszczówki i małego strumyka krwi. Następnie Bill odkręcił kurek z ciepłą wodą, a gdy wanna się napełniła, włożył mnie do wody, po czym sam do niej wszedł. Usiedliśmy na siedziskach i wyciągnęliśmy nogi w ciepłej, spienionej wodzie, która szybko zmieniła kolor.

Wampir zapatrzył się przed siebie.

– Wszyscy nie żyją? – spytał cicho.

– Wszyscy... Dziewczyna także – odparłam.

– Co robiłaś przez cały dzień?

– Sprzątałam. Sam kazał mi posprzątać w domu.

– Sam – powtórzył zamyślonym tonem Bill. – Powiedz mi, Sookie. Potrafisz czytać Samowi w myślach?

– Nie – wyznałam, nagle wyczerpana.

Zanurzyłam głowę. Podniósłszy ją, dostrzegłam, że Bill trzyma w dłoni butelkę z szamponem. Namydlił mi włosy, spłukał je, a później uczesał – tak jak wtedy, gdy kochaliśmy się pierwszy raz.

– Bill, przykro mi z powodu twoich przyjaciół – oświadczyłam. Byłam tak zmęczona, że ledwie mogłam mówić. – I tak bardzo się cieszę, że ty żyjesz! – Objęłam go i położyłam mu głowę na ramieniu. Było twarde jak skała.

Pamiętam z tego wieczoru jeszcze tylko trzy rzeczy: najpierw mój wampir wytarł mnie dużym, białym ręcznikiem, potem pomyślałam, że poduszka jest bardzo miękka, w końcu Bill wślizgnął się do łóżka, położył obok mnie i objął. Później zasnęłam.

W nocy obudziłam się i usłyszałam, że ktoś kręci się po pokoju. Chyba śnił mi się jakiś koszmar, bo strasznie łomotało mi serce.

– Bill?

– Co się stało? – spytał. Usiadł na krawędzi i łóżko lekko się ugięło.

– Dobrze się czujesz?

– Tak, byłem tylko na przechadzce.

– Nie ma tam nikogo?

– Nie, kochana.

Usłyszałam szelest pościeli i wampir znalazł się przy mnie pod kołdrą.

– Och, Bill... mogłeś przecież leżeć w jednej z tych trumien – powiedziałam. Nadal pamiętałam swój strach i niepokój.

– Sookie, pomyślałaś choć przez chwilę, że twoje zwłoki mogły się znajdować w tej torbie na ciała? Gdyby przyszli tutaj i spalili ten dom... o świcie?

– A więc ty musisz odwiedzać mnie! Mojego domu nie spalą! Ze mną będziesz bezpieczny – zapewniłam go żarliwie.

– Sookie, posłuchaj... Z mojego powodu mogłabyś umrzeć.

– Co mam do stracenia? – spytałam z pasją w głosie. – Odkąd cię spotkałam, przeżywam najlepszy czas... najlepszy czas mojego życia!

– Jeśli umrę, idź do Sama.

– Przekazujesz mu mnie?

244

– Nigdy – odparł łagodnym, ale zimnym tonem. –
Nigdy.

Leżał blisko mnie, opierając się na łokciu. Po chwili
przytulił się do mnie.

– Posłuchaj, Bill – powiedziałam. – Nie jestem wykształcona, ale nie jestem też głupia. Hm... Może brakuje
mi doświadczenia czy obycia, nie uważam się jednak za
naiwną. – Miałam nadzieję, że wampir nie uśmiecha się
w ciemnościach. – Mogę kazać im cię zaakceptować. Potrafię to zrobić.

– Tak, jeśli ktoś to potrafi, to na pewno ty – przyznał. –
Och, znów chcę być w tobie.

– Słucham...? Aha... Już rozumiem co masz na myśli.
Wziął moją rękę i położył na swoim członku.

– Ja także tego pragnę – dodałam.
Rzeczywiście pragnęłam Billa... o ile zdołam się znowu
kochać po tym gwałtownym stosunku na cmentarzu. Poczułam rozchodzące się w moim ciele ciepło, sugerujące
podniecenie, od którego Bill mnie wręcz uzależnił.

– Kochanie – szepnęłam, pieszcząc go. – Kochanie. –
Pocałowałam go i poczułam jego język w swoich ustach.
Dotknęłam językiem jego kłów. – Umiesz się kochać bez
gryzienia? – spytałam szeptem.

– Tak. Kosztowanie twojej krwi to tylko wielki finał.

– Byłoby prawie tak samo dobrze bez gryzienia?

– Nie, nigdy nie będzie tak dobrze, lecz nie chcę cię
osłabić.

– Jeśli nie masz nic przeciwko temu – dodałam. – Minęło kilka dni, nim zaczęłam się normalnie czuć.

– Byłem samolubny... ale jesteś taka wspaniała.

– Gdy się wzmocnię, będzie jeszcze lepiej – zasugerowałam.

– Pokaż mi, jaka jesteś silna – powiedział żartobliwie.

– Połóż się na plecach. Prawdę mówiąc, nie mam pojęcia, jak się to robi, wiem jednak, że inni ludzie tak się kochają.

Usiadłam na nim. Jego oddech przyspieszył. Cieszyłam się, że w pokoju panuje mrok, a na zewnątrz wciąż pada deszcz. W blasku błyskawicy dostrzegłam jego pałające oczy. Ostrożnie usadowiłam się we właściwej pozycji (w każdym razie miałam nadzieję, że jest właściwa) i wsunęłam w siebie jego członek. Liczyłam na własny instynkt i rzeczywiście nieźle sobie poradziłam.

ROZDZIAŁ ÓSMY

Znów byliśmy razem. Moje wątpliwości przynajmniej chwilowo zagłuszył strach, który ogarnął mnie na myśl, że mogę stracić Billa. W każdym razie ja i mój wampir wróciliśmy do naszego wcześniejszego, niespokojnego wspólnego życia.

Jeśli pracowałam na nocną zmianę, jechałam potem do domu Billa i zwykle spędzałam resztę nocy u niego. Gdy pracowałam w dzień, wampir zjawiał się u mnie po zachodzie słońca. Oglądaliśmy telewizję, wychodziliśmy do kina albo graliśmy w scrabble. Co trzecią noc wypoczywałam (lub Bill musiał się powstrzymać od gryzienia mnie), w przeciwnym razie stawałam się słaba i ospała. Kiedy wysysał ze mnie zbyt dużo krwi, brałam mnóstwo witamin i żelaza, aż mój wampir zaczynał się skarżyć na smak; wtedy ograniczałam żelazo. Czasem przesypiałam noc, Bill natomiast oddawał się innym czynnościom. Nierzadko czytał bądź wędrował po okolicy. Czasami pracował na moim oświetlonym lampą podwórzu.

Jeżeli posilał się także krwią innych osób, zachowywał ten fakt w sekrecie, a ofiary znajdował – tak jak go o to prosiłam – z dala od Bon Temps.

Okres ten nie był dla mnie łatwy, ponieważ miałam wrażenie, że przez cały czas oboje na coś czekamy. Podpalenie gniazda wampirów w Monroe rozwścieczyło Billa i (jak sądzę) przestraszyło. Na pewno irytowały go własne ograniczenia – dla kogoś tak potężnego nie jest miła świadomość własnej bezradności za dnia, w czasie snu.

Zastanawialiśmy się, czy teraz, gdy nie żyła trójka prowokatorów, zmieni się nastawienie ludzi do wampirów.

Chociaż Bill nie powiedział mi niczego wprost, to z tematów, jakie często poruszaliśmy w naszych rozmowach, wywnioskowałam, że wampir martwi się o moje bezpieczeństwo. Przecież stale pozostawał na wolności morderca Dawn, Maudette i mojej babci.

Mężczyźni z Bon Temps i okolic srodze się mylili, jeśli sądzili, że spaliwszy wampiry z Monroe, uwolnią się od lęku przed zabójcą. Zgodnie z raportem koronera żadna z zabitych kobiet nie zostało osuszona. Co więcej, ślady po ugryzieniach na ciałach Maudette i Dawn nie tylko wyglądały na stare, ale również takie się okazały. Jednoznaczną przyczyną śmierci obu kobiet było uduszenie. Obie uprawiały przed śmiercią seks. Zostały też zgwałcone po śmierci.

Arlene, Charlsie i ja starałyśmy się zachowywać ostrożność. Nie wychodziłyśmy same na parking, przed wejściem do swoich domów sprawdzałyśmy, czy drzwi są zamknięte na klucz, a podczas jazdy samochodem stale obserwowałyśmy towarzyszące nam na drodze auta. Trudno jednak w każdym momencie zachowywać maksymalną ostrożność i żyć w ciągłym napięciu, toteż jestem pewna, że każdej z nas co jakiś czas zdarzała się chwila nieuwagi.

Arlene i Charlsie mogły sobie jednak pozwolić na pewne rozkojarzenie, gdyż – w przeciwieństwie do dwóch pierwszych ofiar – nie mieszkały same. Arlene mieszkała z dziećmi (a czasem także z Rene Lenierem) Charlsie natomiast z mężem, Ralphem.

Jako jedyna z nas mieszkałam sama.

Jason przychodził do baru prawie co noc i zawsze zamieniał ze mną kilka zdań. Uświadomiłam sobie, że mój brat stara się naprawić stosunki między nami, więc zawsze odpowiadałam mu uprzejmie. Jason jednak pił teraz więcej niż kiedykolwiek, a przez jego łóżko przewijało się tyle dziewczyn, co przez publiczną toaletę. Chociaż wydawało mi się, że żywi prawdziwe uczucia do Liz Barrett... Współpracowaliśmy nad kwestią majątku babci i wujka Bartletta, mimo że ta ostatnia sprawa bardziej dotyczyła mojego brata niż mnie. Wuj Bartlett zostawił mu wszystko, z wyjątkiem zapisu dla mnie.

Pewnej nocy mój brat zamówił kolejne piwo, po czym zwierzył mi się, że jeszcze dwukrotnie wzywano go na posterunek policji. Wizyty tam doprowadzały go do szaleństwa. W końcu odbył rozmowę z Sidem Mattem Lancasterem, który mu doradził, by od tej pory zjawiał się na posterunku wyłącznie z nim, swoim adwokatem.

– Dlaczego stale cię wzywają? – spytałam. – Chyba czegoś mi nie powiedziałeś. Andy Bellefleur nie gnębi nikogo innego, a wiem, że zarówno Dawn, jak i Maudette spotykały się z wieloma mężczyznami.

Jason popatrzył na mnie zmartwiony. Nigdy nie widziałam u mojego przystojnego starszego brata tak zażenowanej miny.

249

– Filmy – wymamrotał.

Pochyliłam się, nie miałam bowiem pewności, czy dobrze go usłyszałam.

– Filmy? – spytałam z niedowierzaniem.

– Ciii – syknął. – Kręciliśmy filmy.

Chyba byłam tak samo zakłopotana jak Jason. Siostry i bracia nie muszą wiedzieć o sobie wszystkiego.

– I dałeś tym kobietom kopie – podsunęłam nieśmiało, zastanawiając się jednocześnie nad skalą jego głupoty.

Jason odwrócił wzrok. Jego zamglone niebieskie oczy zalśniły od łez.

– Debil – oceniłam. – Nie mogłeś wprawdzie wiedzieć, że obejrzy je ktoś poza wami, pomyśl jednak, co się zdarzy, kiedy postanowisz się ożenić? Co będzie, jeśli jedna z twoich ekskochanek wyśle przyszłej pannie młodej kopię waszej randki?

– Dzięki, że kopiesz leżącego, siostrzyczko.

Wzięłam głęboki wdech.

– No dobra, dobra. Już nie kręcisz takich filmów, co? Pokiwał głową, ale nie wierzyłam mu.

– I wszystko opowiedziałeś Sidowi Mattowi, prawda? Znów kiwnął głową, choć z mniejszym przekonaniem.

– Dlatego twoim zdaniem Andy jest na ciebie taki cięty?

– Tak sądzę – bąknął żałośnie Jason.

– Cóż, jeśli sprawdzą twoje nasienie i nie będzie pasowało do próbek znalezionych podczas sekcji w pochwach Maudette i Dawn, oczyszczą cię z zarzutów.

Do tej pory miałam równie niepewną minę jak mój brat. W dodatku nigdy wcześniej nie rozmawialiśmy o męskich próbkach nasienia i kobiecych pochwach.

– To samo mówi Sid Matt. Tyle że ja po prostu już straciłem wiarę.

Hm, Jason nie ufał najbardziej niezawodnemu naukowemu dowodowi, jaki można przedstawić w sądzie.

– Myślisz, że Andy sfałszuje wyniki? – spytałam.

– Nie, Andy jest w porządku. Wykonuje jedynie swoją robotę. Po prostu nie wiem zbyt wiele o DNA.

– Debil – powtórzyłam i obróciłam się, by pójść po kolejny dzban piwa dla czterech facetów z Ruston. Podejrzewałam, że są pewnie studentami college'u, którzy postanowili zabawić się na zadupiu.

Co do Jasona, pozostała mi nadzieja, że Sid Matt Lancaster potrafi używać perswazji.

Zanim mój brat opuścił „Merlotte'a", rozmawiałam z nim raz jeszcze.

– Mógłbyś mi pomóc? – spytał, spoglądając na mnie.

Nigdy nie widziałam u niego takiej miny. Stanęłam przy jego stoliku, gdyż jego „dzisiejsza dziewczyna" wyszła do toalety.

Jason nigdy wcześniej nie poprosił mnie o pomoc.

– W jaki sposób?

– Może poczytasz w myślach przychodzącym do baru ludziom i dowiesz się, który z nich jest zabójcą?

– Och, to nie jest takie łatwe, jak ci się wydaje, braciszku – odparłam powoli. Zastanowiłam się i wyjaśniłam: – Po pierwsze, taki facet musiałby, siedząc tutaj, myśleć o swojej zbrodni, i to dokładnie w momencie, w którym postanowię wejść w jego umysł. Po drugie, nie zawsze słyszę myśli wyraźnie. Niektórych osób, owszem, słucha się jak radia. Słyszę wtedy myśli słowo w słowo. Od innych ludzi, niestety, otrzymuję tylko masę emocji... Albo taki bełkot, jakby ktoś mówił przez sen. Rozumiesz? Mniej więcej wiem, co myślą, potrafię ocenić, czy są zdenerwowani, czy szczęśliwi, nie słyszę jednak żadnych wyrazów. Albo innymi razy słyszę myśl, lecz nie mogę wytropić, z czyjego umysłu pochodzi, szczególnie jeśli w sali panuje tłok.

Jason gapił się na mnie przez długą chwilę. Po raz pierwszy rozmawialiśmy otwarcie o moim przeklętym darze.

– Jak ci się udaje nie oszaleć? – spytał, ze zdumieniem kręcąc głową.

Już chciałam podjąć próbę wyjaśnienia mu swoich metod blokowania mózgu przed napływem niechcianych myśli, ale do stolika wróciła Liz Barrett – uczesana i ze świeżą szminką na ustach. Obserwowałam metamorfozę Jasona w uwodzicielskiego czarusia. Zrzucił swój smutek niczym ciężki płaszcz, a ja pożałowałam, że gdy był sam, nie rozmawiałam z nim dłużej.

Tej nocy, gdy nasz personel był gotów do wyjścia, Arlene spytała, czy mogłabym popilnować jej dzieci następnego wieczoru. Obie miałyśmy wtedy dzień wolny. Arlene chciała pojechać do Shreveport z Rene. Kino, potem może kolacja.

– Pewnie – odparłam. – Już od jakiegoś czasu nie pilnowałam dzieciaków.

Nagle twarz mojej przyjaciółki zastygła. Arlene, na wpół do mnie zwrócona, otworzyła usta, po czym się zastanowiła i w końcu zapytała:

– Czy... Bill tam będzie?

– Tak, planowaliśmy obejrzeć film na wideo. Zamierzam podjechać jutro rano do wypożyczalni. W takim razie wezmę raczej coś dla dzieci. – Nagle zrozumiałam, o co pyta. – Hej, nie chcesz zostawić u mnie dzieci, jeśli odwiedzi mnie Bill?

– Sookie – zaczęła bezradnie. – Moja droga przyjaciółko, bardzo cię kocham. Nie jesteś jednak matką i dlatego nie możesz mnie zrozumieć... Nie zostawię moich dzieci z wampirem. Po prostu nie mogę.

– Niezależnie od tego, że ja również tam będę i że także kocham twoje dzieci? Niezależnie od tego, że Bill nigdy nie zrobiłby krzywdy dziecku?

Wściekłym ruchem zarzuciłam torebkę na ramię i wyszłam tylnymi drzwiami, zostawiając Arlene, która wyglądała na rozdartą. Psiakość, powinna się czuć rozdarta!

Skręciwszy w drogę prowadzącą do mojego domu, trochę się już uspokoiłam, ciągle jednak byłam rozdrażniona. Martwiłam się problemami Jasona, denerwowałam na Arlene i z zaskoczeniem rozmyślałam nad zachowaniem Sama, który traktował mnie jak daleką znajomą. Zastanawiałam się, czy wrócić do domu, czy też raczej pojechać do Billa. Wybrałam dom.

Odkryłam, jak bardzo mój wampir martwi się o mnie, gdy zjawił się na progu mojego domu jakieś piętnaście minut po godzinie, o której miałam być u niego.

– Nie przyszłaś, nie zadzwoniłaś – powiedział cicho, kiedy otworzyłam mu drzwi.

– Jestem w kiepskim nastroju – wyjaśniłam. – W paskudnym. Ale przepraszam, że się przeze mnie martwiłeś – dodałam po chwili. – Nigdy więcej tak nie postąpię.

Poszłam do kuchni. Podążył za mną, a przynajmniej tak przypuszczałam. Zachowywał się zawsze tak cicho, że człowiek – dopóki nie spojrzał – nie miał pewności co do miejsca jego pobytu.

Mój wampir opierał się o framugę drzwi, tymczasem ja stałam pośrodku kuchni i nie wiedziałam, po co tu przyszłam. Byłam wkurzona. Zawładnęło mną pragnienie rzucenia czymś, uszkodzenia czegoś. Wychowano mnie jednak inaczej i nie miałam zwyczaju ulegać takim niszczącym impulsom, toteż się powstrzymałam. Zamknęłam oczy, a dłonie zacisnęłam w pięści.

– Muszę coś zrobić – warknęłam i wymaszerowałam przez tylne wyjście.

Z szopy na narzędzia wzięłam łopatę i wyszłam na podwórko za domem. Znajdowała się tam grządka, na której – nie wiem dlaczego – nigdy nic nie rosło. Wbiłam łopatę w ziemię, nacisnęłam stopą, po czym wyjęłam wraz z kawałem ziemi. Pracowałam przez jakiś czas. Pagórek ziemi rósł, otwór się pogłębiał.

– Mam doskonale wyćwiczone mięśnie ramion i barków – zauważyłam, opierając się na łopacie i posapując.

Bill usiadł na leżaku i przypatrywał mi się.

Nic nie mówił.

Kontynuowałam kopanie.

W końcu miałam przed sobą naprawdę spory dół.

– Będziesz coś zakopywać? – spytał wampir.

– Nie. – Spojrzałam w dół. – Posadzę drzewo.

– Jakie?

– Dąb – odparłam.

– Gdzie można kupić sadzonkę?

– W centrum ogrodniczym. Wpadnę tam w tygodniu.

– Dęby bardzo wolno rosną.

– Jaka to dla ciebie różnica? – odburknęłam. Odniosłam łopatę do szopy, potem oparłam się o ścianę, nagle wyczerpana.

Bill zrobił ruch, jakby chciał mnie wziąć na ręce.

– Jestem dorosłą kobietą! – wrzasnęłam. – Umiem wejść do domu sama.

– Zrobiłem ci coś? – spytał mój wampir niezbyt miłym tonem, który sprawił, że się otrząsnęłam.

– Przepraszam – bąknęłam.

– Co cię tak rozgniewało?

Nie chciałam powtórzyć mu słów Arlene.

– Jak ty dajesz upust wściekłości, Bill?

– Wyrywam jakieś drzewo – odparł. – Czasami kogoś ranię.

W porównaniu z reakcjami wampira, kopanie dołu nie wyglądało źle. I okazało się całkiem konstruktywne. Choć nie do końca się uspokoiłam, było we mnie teraz więcej pokory niż gniewu. Niecierpliwie rozejrzałam się za jakimś zajęciem.

Bill potrafił szybko interpretować takie symptomy.

– Kochajmy się – zaproponował. – Kochaj się ze mną.

– Nie jestem w nastroju.

– Może potrafię cię przekonać.

Okazało się, że potrafi.

Seks rzeczywiście uwolnił mnie od gniewu, nie uleczył jednak smutku. Arlene naprawdę zraniła moje uczucia. Zagapiłam się przed siebie, gdy Bill splatał mi włosy.

To zajęcie najwidoczniej go uspokajało.

– Jason był dzisiaj wieczorem w barze – powiedziałam.

– Czego chciał?

– Odwołał się do moich zdolności telepatycznych. Prosił, żebym czytała w myślach mężczyznom przychodzącym do baru, aż odkryję mordercę.

– Z wyjątkiem kilku tuzinów wad, to nie jest zły pomysł.

– Tak sądzisz?

– Gdy morderca znajdzie się w więzieniu, zarówno twój brat, jak i ja zostaniemy oczyszczeni z podejrzeń. A ty będziesz bezpieczna.

– To prawda, tyle że nie wiem, jak się za to zabrać. Słuchanie myśli tych wszystkich ludzi byłoby trudne, bolesne i strasznie nudne. Wyobraź sobie, ilu rzeczy musiałabym wysłuchać, próbując wyłapać tę jedną informację, przebłysk czyjejś myśli.

– Nie jest to chyba boleśniejsze czy trudniejsze, niż być podejrzewanym o morderstwo. Po prostu dotąd przyzwyczaiłaś się nie wykorzystywać swojego daru.

– Tak sądzisz? – Zaczęłam się obracać, chcąc spojrzeć mu w twarz, Bill jednak mnie przytrzymał, dopóki nie skończył zaplatać mi włosów.

Zastanowiłam się, czy moja niechęć do własnej telepatii jest objawem egoizmu, i doszłam do wniosku, że może w tym przypadku tym właśnie była. Z drugiej strony poznałabym wiele sekretów różnych osób, straszliwie naruszając ich prywatność.

– Pani detektyw – mruknęłam, usiłując postrzegać swoje zadanie jako coś lepszego od zwykłego wścibstwa.

– Sookie – powiedział Bill. – Eric kazał mi cię znów sprowadzić do Shreveport.

Minęło dobre parę sekund, zanim przypomniałam sobie, kim jest Eric.

– Ach, ten duży wampir o wyglądzie wikinga?

– Bardzo stary wampir – uściślił Bill.

– Mówisz, że kazał ci mnie tam sprowadzić?!

Wcale mi się to nie podobało. Usiadłam na brzegu łóżka. Odwróciłam się i popatrzyłam Billowi w twarz. Gapiłam się na niego, dostrzegając na jego obliczu coś, czego nigdy przedtem nie widziałam. – Musisz to zrobić – szepnęłam przerażona. Nie mogłam sobie wyobrazić, że ktoś Billowi rozkazuje. – Ale ja... nie chcę się spotykać z Erikiem. Kim on jest, Ojcem Chrzestnym wampirów? – spytałam gniewnym tonem. – Złożył ci propozycję, której nie mogłeś odrzucić?

– Jest ode mnie starszy, a co ważniejsze, silniejszy.

– Nikt nie jest silniejszy od ciebie – oświadczyłam.

– Szkoda, że nie masz racji.

– A więc on jest głową jednego z wampirzych stanów czy czegoś w tym rodzaju?

– Tak. Czegoś w tym rodzaju.

Bill zawsze bardzo powściągliwie mówił o sprawach wampirów. Dotychczas mi to odpowiadało.

– Czego chce ode mnie? Co się stanie, jeśli do niego nie pójdę?

Pierwsze pytanie mój wampir po prostu pominął milczeniem.

– Wyśle swoich ludzi... kilkoro swoich ludzi... Dopadną cię.

– Kilkoro wampirów.

– Tak.

Wpatrzyłam się w pozbawione wyrazu oczy Billa. Spróbowałam przemyśleć jego słowa. Nie byłam przyzwyczajona do wypełniania czyichś rozkazów. Obca była mi sytuacja, w której nie mam możliwości manewru. Kilka długich minut oceniałam swoje możliwości.

– Czułbyś się więc zobowiązany do walki z nimi?

– Oczywiście. Jesteś moja.

Znów użył określenia „moja". Odnosiłam wrażenie, że mówi bardzo poważnie. Miałam ochotę się buntować, czułam jednak, że moje jęki zdadzą się na nic.

– Chyba muszę pójść – oznajmiłam, starając się nie dopuścić goryczy do głosu. – Chociaż to jawny szantaż.

– Sookie, wampiry nie są podobne do ludzi. Eric wybiera po prostu najlepsze możliwe środki do osiągnięcia swojego celu, którym jest ściągnięcie cię do Shreveport. Nie musiał mi niczego wyjaśniać. Od razu wiedziałem o co mu chodzi.

– No cóż, rozumiem to, ale mi się nie podoba! Znalazłam się między młotem a kowadłem! Do czego Eric mnie potrzebuje? – Oczywista odpowiedź pojawiła się sekundę później. Natychmiast spojrzałam na Billa z przestrachem. – Och, nie, nie zrobię tego!

– Eric nie będzie uprawiał z tobą seksu ani cię kąsał... – zapewnił mnie. – Chyba że po moim trupie. – Twarz Billa zatraciła nagle wszelkie znajome dla mnie rysy i stała się zupełnie obca.

– On również zdaje sobie z tego sprawę – powiedziałam nieśmiało. – Musi więc istnieć inny powód, dla którego mam się zjawić w Shreveport.

– Tak – zgodził się mój wampir. – Ja go, niestety, nie znam.

– No cóż, skoro wizyta nie ma związku ani z moim uro-
kiem, ani z niezwykłością mojej krwi, musi mieć związek
z moim... małym dziwactwem.

– Twoim darem.

– Właśnie – odparłam sarkastycznie. – Moim cennym
darem.

Cały gniew, o który myślałam, że się go pozbyłam, wrócił teraz i osiadł na barkach niczym dwustukilogramowy
goryl. W dodatku byłam przerażona. Byłam też ciekawa,
jak się czuje Bill, ale bałam się go o to spytać.

– Kiedy? – spytałam tylko.

– Jutro w nocy.

– No to chyba trzeba będzie wziąć udział w tym spotkaniu.

Spojrzałam ponad ramieniem Billa na wzorzystą tapetę,
którą babcia wybrała dziesięć lat temu, i obiecałam sobie,
że jeśli wrócę z tego spotkania, zmienię ją.

– Kocham cię – szepnął.

Nie było w tym wszystkim winy Billa.

– Ja ciebie też kocham – odparłam.

Musiałam zapanować nad chęcią błagania go: „Proszę,
nie pozwól, by ten zły wampir mnie zranił, proszę, nie
pozwól mu mnie zgwałcić".

Jeśli ja znajdowałam się między młotem i kowadłem,
sytuacja Billa była dwukrotnie gorsza. Nie próbowałam
się zastanawiać, ile go kosztuje to sztuczne opanowanie.
A może naprawdę był spokojny? Czy wampiry potrafią zachowywać całkowity spokój w obliczu czyjegoś bólu i tego
rodzaju bezradności?

Przyjrzałam się uważnie jego twarzy, znajomym rysom, jasnej cerze i ciemnym brwiom. Zauważyłam, że nieznacznie wysunął kły, a wiedziałam, że wysuwają się w pełni, gdy Billa ogarnia wściekłość lub żądza.

– Dzisiaj wieczorem... – zaczął. – Sookie... – Przyciągał mnie do siebie.

– Co takiego?

– Myślę, że powinnaś się napić mojej krwi.

Skrzywiłam się.

– Nie potrzebujesz zachować sił na jutrzejszą noc? Przecież nie jestem ranna.

– Jak się czułaś, gdy piłaś moją krew? Pamiętasz?

– Dobrze – przyznałam.

– Byłaś chora?

– Nie, ale, prawdę mówiąc, rzadko choruję.

– Miałaś więcej energii?

– O ile sam mi jej nie odbierałeś! – Uśmiechnęłam się.

– Byłaś silniejsza?

– Hm... Tak, chyba tak. – Dopiero teraz uświadomiłam sobie, że tydzień temu bez problemu przeniosłam nowe, solidne krzesło. Wcześniej nie dostrzegałam w tym nic nadzwyczajnego.

– Prościej ci było kontrolować twój dar?

– Tak, to również zauważyłam. – Zwiększoną kontrolę przypisałam większemu odprężeniu.

– Jeśli napijesz się mojej krwi dziś wieczorem, jutro w nocy będziesz silniejsza.

– Ale ty będziesz słabszy.

– Jeśli nie wypijesz zbyt dużo, zregeneruję się podczas dnia w trakcie snu. A może będę musiał poszukać jakiegoś

dawcy jutro w nocy, przed naszym wyjazdem do Shreveport.

Moją twarz zalał smutek. Co innego podejrzewać, że Bill
korzysta z krwi różnych osób, co innego wiedzieć o tym!

– Sookie, robię to dla nas. Obiecuję, że nie będę uprawiał seksu z nikim innym.

– Skoro uważasz, że takie rzeczy są konieczne.

– Konieczne? Są na pewno pomocne. Wierz mi, potrze-
bujemy wszelkiej dostępnej pomocy...

– Och, w porządku. Jak to zrobimy?

Moje wspomnienie nocy, której ssałam krew Billa, było
bardzo zamglone, z czego dotąd byłam ogromnie zadowolona.

Wampir popatrzył na mnie zagadkowo. Odniosłam
wrażenie, że jest rozbawiony.

– Nie jesteś podekscytowana, Sookie?

– Perspektywą picia twojej krwi? Wybacz, lecz podnie-
cają mnie inne rzeczy.

Potrząsnął głową.

– Zapominam – odparł. – Zapominam, jak się czują
ludzie. Wolałabyś z szyi, przegubu, pachwiny?

– Z pachwiny nie – rzuciłam pospiesznie. – Nie wiem,
Bill. Ty postanów.

– Szyja – zdecydował. – Połóż się na mnie, Sookie.

– Jak podczas seksu.

– To najprostszy sposób.

Usiadłam zatem na nim, a potem delikatnie się położyłam na jego piersi. Czułam się bardzo szczególnie. Dotąd
tej pozycji używaliśmy wyłącznie podczas aktu miłosnego.

– Ugryź mnie, Sookie – szepnął wampir.

– Nie mogę tego zrobić – zaprotestowałam.

– Ugryź, bo będę musiał użyć noża.

– Nie mam tak ostrych zębów jak ty.

– Są wystarczająco ostre.

– Zranię cię.

Zaśmiał się cicho. Jego pierś poruszyła się pode mną.

– Cholera – prychnęłam.

Nie było sensu tego odwlekać, skoncentrowałam się więc i ugryzłam go w szyję. Po chwili kosztowałam w ustach metaliczną krew. Bill jęknął cicho, po czym przesunął dłońmi po moich plecach w dół i jeszcze niżej. Jego palce wśliznęły się we mnie.

Sapnęłam.

– Pij – wychrypiał.

Ssałam. Wampir jęknął i przytulił się do mnie. Przywarłam do Billa niczym pijawka, a on wszedł we mnie i zaczął się poruszać. Piłam krew i miałam wizje – na ciemnym tle widziałam białe istoty, które wychodziły z ziemi i ruszały na polowanie. Po chwili i ja pędziłam przez las. Przede mną dyszała moja ofiara. Podniecał mnie jej strach. Biegłam długimi susami, słysząc krew tętniącą w żyłach ściganego...

Mój wampir westchnął głośno i zadrżał, szczytując. Podniosłam głowę znad jego szyi, poczułam falę mrocznej rozkoszy i doświadczyłam spełnienia.

Ciekawe przeżycie dla kelnerki-telepatki z północnej Luizjany.

ROZDZIAŁ DZIEWIĄTY

Nazajutrz, aż do zachodu słońca przygotowywałam się na spotkanie. Bill powiedział, że przed wyjazdem skorzysta z czyjejś krwi i chociaż początkowo ten pomysł mnie zdenerwował, w końcu uznałam go za sensowny. Mój wampir miał też rację co do mojego samopoczucia po dawce jego krwi. Byłam w świetnym nastroju, czułam się niezwykle silna, miałam wyostrzone zmysły i wydawało mi się – co mnie nieco zdziwiło – że jestem bardzo atrakcyjna.

Zastanawiałam się, co włożyć na mój mały prywatny wywiad z wampirem. Nie chciałam wyglądać zbyt seksownie, z drugiej strony nie zamierzałam się także ośmieszać jakąś bezkształtną sukmaną. Jak często bywało w takich sytuacjach, najodpowiedniejsze wydały mi się dżinsy. Włożyłam do nich białe sandałki i wydekoltowany jasnoniebieski podkoszulek. Nie nosiłam go, odkąd zaczęłam się spotykać z Billem, ponieważ nie zakrywał śladów po kłach mojego ukochanego. Dziś jednak mogłam na wszelkie możliwe sposoby podkreślać, że należę do Billa. Przypomniałam sobie jednak policjanta, który chciał obejrzeć moją szyję, i schowałam do torebki apaszkę. Po chwili namysłu dodałam jeszcze srebrny

naszyjnik. Wyszczotkowałam włosy i zostawiłam je rozpuszczone.

Bill zapukał do drzwi, gdy zaczęłam go sobie wyobrażać
z kimś innym. Otworzyłam mu i staliśmy przez minutę
w bezruchu, przyglądając się sobie. Wargi mojego wampira miały intensywniejszą barwę niż zazwyczaj. Więc... to
zrobił! Przygryzłam usta, by czegoś nie palnąć.

– Wyglądasz inaczej – powiedział.

– Myślisz, że ktoś jeszcze to zauważy? – Miałam nadzieję, że nie.

– Nie wiem.

Podał mi rękę i poszliśmy do jego samochodu. Otworzył mi drzwiczki, a ja przesunęłam się obok niego, by
wsiąść. Nagle zesztywniałam.

– Co się stało? – spytał po chwili.

– Nic – odparłam, starając się zachować spokojny ton.

Usiadłam na siedzeniu pasażera i zagapiłam się przed
siebie. Wmawiałam sobie, że równie dobrze mogłabym się
wściekać na krowę, którą zabito, by Bill mógł zjeść hamburgera. Jednak to porównanie nie było zbyt szczęśliwe.

– Pachniesz inaczej – powiedziałam mu, kiedy wyjechaliśmy na autostradę. Długi czas jechaliśmy w milczeniu.

– Teraz wiesz, jak będę się czuł, jeśli Eric cię tknie – odparował. – Chociaż pewnie czułbym się jeszcze gorzej,
gdyż Ericowi sprawi przyjemność fizyczny kontakt z tobą,
ja zaś nie cieszyłem się swoim... posiłkiem.

Stwierdziłam, że mój wampir nie mówi mi całej prawdy. Ja odczuwam przyjemność, jedząc, nawet jeśli podane
potrawy nie należą do moich ulubionych. Doceniałam
jednak kurtuazyjną odpowiedź Billa.

Nie mówiliśmy dużo. Oboje niepokoiliśmy się czekającym nas spotkaniem. O wiele za wcześnie zaparkowaliśmy przy „Fangtasii", tym razem jednak na tyłach. Kiedy mój wampir trzymał przede mną otwarte drzwiczki samochodu, walczyłam przez chwilę ze sobą: miałam ochotę przylgnąć do siedzenia i odmówić wyjścia z auta. Gdy wreszcie zmusiłam się i wysiadłam, czekała mnie kolejna walka ze sobą – bardzo chciałam ukryć się za plecami Billa. W końcu westchnęłam ciężko, wzięłam go za rękę i ruszyliśmy do drzwi, jakbyśmy szli na przyjęcie, którego już nie możemy się doczekać.

Bill zastukał w metalowe drzwi z namalowanym napisem: FANGTASIA. Znajdowaliśmy się w alejce dla personelu i dostawców, jakie były na tyłach wszystkich sklepów i lokali małego centrum handlowego. Parkowało tu kilka innych samochodów, wśród nich czerwony sportowy kabriolet Erica. Wszystkie pojazdy były luksusowe.

Nie spotkasz wampira w fordzie fiesta.

Bill zastukał: trzykrotnie szybko, potem dwa razy w dłuższych odstępach. Zapewne było to „sekretne pukanie wampirów". Przemknęło mi przez myśl, że może nauczę się też „tajnego uścisku dłoni".

Otworzyła nam piękna jasnowłosa wampirzyca, która podczas mojej poprzedniej wizyty w barze siedziała przy stoliku z Erikiem. Odsunęła się na bok bez słowa, robiąc nam przejście.

Gdyby Bill był człowiekiem, na pewno by zaprotestował, że tak mocno ściskam jego dłoń.

Wampirzyca znalazła się przed nami w mgnieniu oka. Wzdrygnęłam się. Billa jednak oczywiście nie zaskoczyła.

Poprowadziła nas przez magazyn niepokojąco podobny do tego w „Merlotcie", a potem krótkim korytarzem. W końcu weszliśmy w drzwi po prawej stronie.

Eric znajdował w małym pomieszczeniu. Zauważyłam go natychmiast. Bill na szczęście nie klęknął i nie pocałował jego pierścienia, choć skłonił mu się głęboko. W pokoju znajdował się też drugi wampir – barman imieniem Długi Cień. Wyglądał wspaniale w koszuli, wąskim krawacie i obcisłych spodniach; cały jego strój był w intensywnym zielonym odcieniu.

– Bill, Sookie – powitał nas Eric. – Długi Cień, Bill i ty, Sookie, już się znacie. Sookie, pamiętasz Pam? A to jest Bruce.

Bruce był człowiekiem, i to najbardziej przestraszonym, jakiego kiedykolwiek widziałam. Współczułam mu. Mężczyzna był w średnim wieku, miał wydatny brzuszek, rzadkie ciemne włosy, ułożone w sztywne fale, obwisłe policzki i małe usta. Był ubrany w beżowy garnitur, białą koszulę i wzorzysty brązowo-granatowy krawat. Mocno się pocił. Siedział na krześle z prostym oparciem przed biurkiem Erica. Eric naturalnie siedział w fotelu za biurkiem. Pam i Długi Cień stali przy ścianie naprzeciwko niego, przy drzwiach. Bill zajął miejsce obok nich, jednak gdy ja postanowiłam do niego dołączyć, jasnowłosy wampir znów się odezwał:

– Sookie, posłuchaj Bruce'a.

Zastygłam, gapiąc się na mężczyznę przez kilka sekund. Czekałam, aż przemówi, później jednak zrozumiałam, o co chodzi Ericowi.

– Czego dokładnie mam słuchać? – spytałam ostrym tonem.

– Ktoś z pracowników lokalu przywłaszczył sobie około sześćdziesięciu tysięcy dolarów – wyjaśnił wampir.

Rany, temu komuś naprawdę się spieszy na tamten świat! – pomyślałam.

– I zamiast skazać wszystkich naszych ludzkich pracowników na śmierć bądź tortury, pomyśleliśmy, że może zajrzysz w ich umysły i powiesz nam, kto z nich to zrobił.

Powiedział: „śmierć bądź tortury" tak spokojnie, jak ja mawiam: „pilzner bądź porter".

– I co wtedy zrobisz? – spytałam.

Eric wydawał się zaskoczony.

– Ta osoba odda nam pieniądze – odparł.

– A potem?

Zapatrzył się na mnie, mrużąc oczy.

– Och, jeśli zdołamy znaleźć dowód zbrodni, oddamy sprawcę policji – odrzekł gładko.

Czułam, że łże jak z nut.

– Zawrzyjmy umowę, Ericu – zaproponowałam.

Wszyscy wokół zastygli, na szczęście wampir się nie zdenerwował. Nawet uśmiechnął się pobłażliwie.

– Jaką, Sookie?

– Jeśli naprawdę oddasz winnego policji, zjawię się znów następnym razem, kiedy mnie wezwiesz.

Eric uniósł brwi.

– Tak, wiem, że prawdopodobnie i tak musiałabym się zjawić i wykonać twoje polecenie. Lecz czy nie lepiej, żebym przyjechała pełna dobrych intencji? – Czułam, że się pocę. Nie mogłam uwierzyć, że targuję się z wampirem.

Eric jednak wyraźnie rozważał moje słowa. I nagle zaczęłam czytać mu w myślach. Wiedział, że może zrobić ze mną, co zechce. Wszędzie i w każdej chwili. Wystarczy, że zagrozi Billowi lub innej osobie, którą kocham. Pragnął jednak poprawić swoje kontakty z ludźmi i w miarę możliwości przestrzegać naszego prawa. Nie chciał nikogo zabijać, dopóki nie będzie musiał.

Czułam się, jakbym – zamiast do jego umysłu – wpadła w dół pełen węży. Miałam wprawdzie kontakt jedynie z przebłyskiem jego myśli... czymś w tym rodzaju... nieoczekiwanie jednak uświadomiłam sobie istnienie nieznanej mi dotąd rzeczywistości.

– Poza tym – dodałam szybko, zanim wampir zdąży odkryć, że poznałam jego myśli – skąd pewność, że złodziej jest człowiekiem?

Pam i Długi Cień poruszyli się nagle, ale Eric nakazał im spokój.

– To interesujące – powiedział. – Pam i Długi Cień są moimi partnerami w tym barze. Jeśli wszyscy ludzie okażą się niewinni, zapewne będziemy musieli przyjrzeć się również im.

– To tylko sugestia – stwierdziłam cicho, a Eric przyjrzał mi się lodowatymi, niebieskimi oczyma istoty, która ledwie pamięta, czym jest człowieczeństwo.

– Zacznij od tego mężczyzny – rozkazał.

Klęknęłam przy krześle Bruce'a. Zastanawiałam się, co robić. Nigdy nie czytałam ludziom w myślach na rozkaz. Pewnie pomógłby dotyk. Bezpośredni kontakt uwyraźniłby transmisję. Wzięłam mężczyznę za rękę, lecz ów gest wydał mi się zbyt intymny (poza tym dłoń była mokra od potu), odsunęłam mu więc mankiet marynarki i chwyciłam za nadgarstek. Następnie zajrzałam Bruce'owi w oczy.

„Nie wziąłem tych pieniędzy, ten, kto je wziął, jest szalony i głupi, skoro naraża nas na takie niebezpieczeństwo; co zrobi Lillian, jeśli mnie zabiją, a Bobby i Heather, po co w ogóle pracowałem dla wampirów, chyba z czystej chciwości, za którą teraz płacę, Boże, nigdy już nie zamierzam pracować dla tych istot, jak ta wariatka może odkryć, kto wziął tę pieprzoną forsę, dlaczego mnie nie puszcza, kim ta dziewucha w ogóle jest, czy jest również wampirzycą, czy może jakimś demonem, ma takie dziwne oczy, trzeba było najpierw ustalić, kto ukradł pieniądze, a dopiero później poinformować Erica o ich zniknięciu...".

– Czy to ty wziąłeś pieniądze? – wydyszałam, choć byłam pewna, że znam już odpowiedź.

– Nie – jęknął Bruce. Pot spływał mu po twarzy, a jego myśli i reakcja na moje pytanie potwierdzały wszystko to, co usłyszałam przed chwilą.

– Wiesz, kto je wziął?

– Chciałbym wiedzieć.

Wstałam, odwróciłam się do Erica i pokręciłam głową.

– Nie on – powiedziałam.

Pam wyprowadziła Bruce'a, po czym wprowadziła na przesłuchanie następną osobę.

Była to barmanka, ubrana w czarną suknię z dekoltem i licznymi rozcięciami. Postrzępione włosy w odcieniu rdzawego blondu opadały jej na plecy. Praca w „Fangtasii" stanowiła wymarzone zajęcie dla miłośniczki kłów, a dziewczyna miała blizny, udowadniające, że panienkę cieszą te dodatkowe korzyści. Była tak pewna siebie, że uśmiechnęła się do Erica, i tak głupia, że śmiało zajęła drewniane krzesło. Nawet założyła nogę na nogę, w stylu – jak jej się wydawało – Sharon Stone. Zaskoczyliśmy ją – obcy wampir i obca kobieta. Nie spodobałam się jej, choć na widok Billa oblizała wargi.

– Hej, kochanie – rzuciła do Erica.

Uznałam, że biedaczka nie ma za grosz wyobraźni.

– Ginger, odpowiedz tej pani na kilka pytań – polecił jej Eric tonem stanowczym, nieubłaganym i twardym niczym kamienny mur.

Barmanka zrozumiała, że to nie jest dobry moment na żarty. Ustawiła prosto nogi i położyła ręce na udach.

– Tak, szefie – powiedziała.

Bałam się, że zaraz zwymiotuję.

Dziewczyna machnęła do mnie ręką, jakby sugerowała: „Dalej, wypełniaj polecenia naszego pana".

Chwyciłam jej przegub, lecz wyrwała dłoń.

– Nie dotykaj mnie – wysyczała.

Była to tak ekstremalna reakcja, że wszystkie wampiry zastygły w oczekiwaniu.

– Pam, przytrzymaj Ginger – rozkazał Eric.

Wampirzyca w milczeniu przeszła za krzesło barmanki, po czym pochyliła się nad nią i położyła jej ręce na ramionach. Dziewczyna walczyła, Pam jednak mocno ją trzymała.

Znowu chwyciłam ją za przegub.

– Ukradłaś pieniądze? – spytałam, wpatrując się w płonące piwne oczy Ginger.

Zareagowała, obrzucając mnie przekleństwami.

Wsłuchałam się w myślowy chaos panujący w jej małym móżdżku.

– Ona wie, kto je zabrał – poinformowałam Erica.

Barmanka już tylko szlochała.

– Nie może podać jego imienia, bo ją ugryzł. – Dotknęłam blizny na szyi Ginger. – W jakiś sposób ją zablokował – dodałam po kolejnej próbie odczytania myśli dziewczyny. – Nawet nie może go opisać.

– Hipnoza – skomentowała Pam, wysuwając kły. – Silny wampir.

– Sprowadźcie jej najbliższą przyjaciółkę – podsunęłam.

Ginger trzęsła się jak osika. Chyba usiłowała coś sobie przypomnieć, ale nie mogła.

– A ona ma zostać czy odejść? – spytała mnie wampirzyca.

– Niech odejdzie. Bo tylko przestraszy tę drugą.

Tak bardzo się zaangażowałam w sprawę i po raz pierwszy tak jawnie używałam mojej dziwnej zdolności, że aż się bałam spojrzeć na Billa. Wydawało mi się, że nie mogę na niego patrzeć, gdyż jego widok mnie osłabi.

Pam wyprowadziła trzęsącą się Ginger z pokoju. Nie mam pojęcia, co z nią zrobiła, tak czy owak po chwili wróciła z kelnerką w podobnym stroju. Nowo przybyła, imieniem Belinda, była starsza i bardziej doświadczona od Ginger. Miała kasztanowe włosy, okulary i najseksowniejsze wargi, jakie kiedykolwiek widziałam.

– Belindo, z jakim wampirem Ginger się spotyka? – spytał ją Eric, gdy tylko usiadła, a ja jej dotknęłam.

Kelnerka miała dość rozumu, by odpowiadać szczerze.

– Był taki jeden – odparła wprost.

Dostrzegłam w umyśle Belindy zamazany obraz.

– Kto? – spytałam szybko i kelnerka pomyślała imię.

Zanim je przekazałam, spojrzałam na Indianina, a wtedy on przeskoczył krzesło, na którym siedziała Belinda, i rzucił się na mnie. Wpadłam plecami na biurko Erica i tylko uniesione dłonie uchroniły mnie przed zębami, które Długi Cień właśnie miał zatopić w moim gardle. Ugryzł mnie w przedramię. Tak mocno, że aż wrzasnęłam; a przynajmniej próbowałam wrzasnąć. Niestety, po upadku zabrakło mi tchu, wydałam więc z siebie jedynie nerwowy gulgot.

Czułam ciężar jego ciała na swoim, doskwierało mi ugryzione przedramię i własny strach. Przypomniałam sobie sytuację z Rattrayami i fakt, że zaczęłam się bać śmierci z rąk Szczurów dopiero wówczas, gdy już było za późno na zachowanie ostrożności. Teraz postanowiłam nie wypowiadać głośno imienia Indianina; wiedziałam, że wampir natychmiast zada mi śmiertelny cios. Sekundę później usłyszałam hałas i odkryłam, że ciało wampira ciąży mi jeszcze bardziej. Nie miałam pojęcia, co się stało. Widziałam oczy Indianina nad moim ramieniem. Były szeroko otwarte, oszalałe, lodowate... Niespodziewanie zmatowiały, a potem zaczęły się zamykać. Z ust wampira chlusnęła krew. Część spłynęła mi na rękę, część dostała się do moich otwartych ust. Zakrztusiłam się. Twarz wampira odsunęła się od mojego przedramienia i zaczęła się marszczyć. Oczy Indianina zmieniły się w galaretowate sadzawki. Gęste czarne włosy wampira opadły mi na twarz.

Zszokowana, znieruchomiałam. Czyjeś ręce chwyciły mnie za ramiona i zaczęły wyciągać spod gnijącego trupa.

Odpychałam się stopami, by pozbyć się jak najprędzej tego ciężaru.

Nie czułam smrodu, ale widok rozpadającego się z niewiarygodną szybkością wampirzego ciała był wstrętny i przerażający. Dostrzegłam sterczący z pokrytych czarną mazią pleców Indianina kołek. Eric stał równie nieruchomo jak pozostali, tyle że w dłoni trzymał drewniany młotek. Bill znajdował się tuż za mną; to on wyciągnął mnie spod zwłok Indianina. Pam czekała przy drzwiach, rękę położyła na ramieniu Belindy. Kelnerka wyglądała na równie przestraszoną jak ja.

Nawet maź powoli zaczęła niknąć w dymie. Staliśmy nieruchomo, aż rozwiała się jego ostatnia wstęga. W końcu na dywanie pozostał tylko niewielki ślad przypalenia.

– Będziesz musiał kupić nowy dywan – palnęłam ni z tego, ni z owego, nie mogąc znieść ciszy.

– Masz zakrwawione usta – zauważył Eric. Wszystkie wampiry wysunęły kły i wyglądały na podniecone.

– To jego krew.

– Połknęłaś trochę?

– Prawdopodobnie. Co to dla mnie oznacza?

– Zobaczymy – wtrąciła Pam mrocznym, chrapliwym głosem.

Przypatrywała się Belindzie w sposób, który mnie by zaniepokoił. Kelnerka jednak, co wydało mi się niewiarygodne, sprawiała wrażenie niebywale dumnej z tego spojrzenia.

– Zwykle – dodała wampirzyca, wpijając się wzrokiem w wydatne wargi Belindy – my pijemy ludzką krew, nie ludzie naszą.

Eric przyglądał mi się z podobnym zainteresowaniem, jak Pam Belindzie.

– Jak teraz postrzegasz swoje otoczenie, Sookie? – spytał miłym tonem. Słysząc go, nigdy bym nie pomyślała, że dopiero co zabił przyjaciela.

Zastanowiłam się nad jego pytaniem. Ogólnie rzecz biorąc, postrzegałam je jaśniej. Dźwięki były wyraźniejsze i słyszałam je dokładniej. Miałam ochotę odwrócić się i spojrzeć na Billa, bałam się jednak spuścić z oczu Erica.

– No cóż, sądzę, że my z Billem chyba już pójdziemy – powiedziałam, jakby to było jedyne możliwe posunięcie. – Zrobiłam, Ericu, to, o co prosiłeś. Teraz odejdziemy. Nie będziesz się mścił na Ginger, Belindzie i Brusie, prawda? Zawarliśmy układ. – Ruszyłam do drzwi. – Założę się, że musisz się zająć barem. Kto dziś obsługuje?

– Mam zastępcę – odparł Eric. Nie odrywał wzroku od mojej szyi. – Pachniesz inaczej, Sookie – mruknął, robiąc ku mnie krok.

– Ericu, pamiętaj, że zawarliśmy umowę – przypomniałam mu. – Bill i ja idziemy do domu, zgadza się?

Zaryzykowałam spojrzenie za siebie, na mojego wampira. Bill miał oczy szeroko otwarte i nieodgadnione oblicze. Obnażył kły i cicho powarkiwał. Jego źrenice były ogromne. Gapił się na Erica.

– Pam, wypuść nas – poleciłam cicho.

Wampirzyca otrząsnęła się i oceniła sytuację. Otworzyła drzwi biura, kazała wyjść Belindzie, a potem zrobiła nam przejście.

– Zawołaj Ginger – zasugerowałam, a Pam natychmiast pojęła sens moich słów.

– Ginger! – zawołała chrapliwie.

Barmanka ukazała się w drzwiach w dole korytarza.

– Eric cię potrzebuje – dodała Pam.

Oblicze Ginger rozjaśniło się, jakby dziewczyna miała randkę co najmniej z Davidem Duchovnym. Niemal tak szybko, jak to robią wampiry, zjawiła się w pokoju i przytuliła się do Erica. Eric popatrzył na Ginger, która głaskała jego pierś. Kiedy się pochylał, by ją pocałować, zerknął na mnie.

– Jeszcze się zobaczymy – rzucił, na co ja natychmiast wyciągnęłam Billa z pomieszczenia.

Mój wampir nie chciał odejść, miałam więc wrażenie, że ciągnę ciężką kłodę. Na szczęście w korytarzu zrozumiał chyba konieczność zniknięcia z „Fangtasii". Wyszliśmy na dwór, pospiesznie ruszyliśmy na parking i już po chwili siedzieliśmy w aucie Billa.

Obejrzałam swój strój. Całe ubranie miałam pokrwawione i wymięte. Dziwnie pachniałam. Przeniosłam wzrok na Billa. On gapił się na mnie w niedwuznaczny sposób.

– Nie – powiedziałam. – Uruchomisz teraz samochód, Billu Compton, i odjedziesz stąd, zanim coś się wydarzy. Stanowczo ci powtarzam, że nie jestem w nastroju do figli!

Nic więcej nie zdążyłam powiedzieć, gdyż Bill sięgnął ku mnie, chwycił mnie w pasie i pociągnął ku sobie. Jego usta znalazły się na moich i zaczął zlizywać z mojej twarzy krew.

Naprawdę się wystraszyłam. A poza tym się wściekłam. Złapałam go za uszy i odciągnęłam jego głowę od swojej. Okazało się, że jestem silniejsza, niż przypuszczałam.

Oczy Billa nadal wyglądały jak głębokie jaskinie zaludnione duchami.

– Bill! – wrzasnęłam, potrząsając nim. – Opanuj się! W końcu westchnął i pocałował mnie.

– Możemy wreszcie pojechać do domu? – spytałam.

– Pewnie – odparł. Powoli dochodził do siebie.

– Czy czuliście się jak rekiny, które zwietrzyły krew? – spytałam po kwadransie jazdy. Już prawie wyjechaliśmy ze Shreveport.

– Dobra analogia.

Nie musiał przepraszać. Zachowywał się przecież zgodnie ze swoją naturą, zgodnie z instynktem wampira. Nie czuł się winny. Ja jednak pragnęłam usłyszeć jego przeprosiny.

– Mam więc kłopoty? – spytałam wreszcie.

– Eric dotrzyma danego słowa – odrzekł Bill – ale nie wiem, czy zostawi cię w spokoju. Chciałbym...

– Sześćdziesiąt tysięcy dolarów nie jest pewnie dużą sumą dla wampira – zauważyłam. – Wydaje mi się, że wszyscy macie mnóstwo pieniędzy.

– Wampiry okradają swoje ofiary – odparł. – Początkujące wampiry rabują zwłoki, bardziej doświadczone potrafią przekonać ludzi do dobrowolnego oddawania pieniędzy. Dzięki naszemu czarowi człowiek zapomina, że to zrobił. Niektórzy z nas zatrudniają doradców finansowych, inni zajmują się handlem nieruchomościami, jeszcze inni żyją z odsetek zainwestowanych w rozmaite fundusze. Eric i Pam założyli bar. Większość pieniędzy wyłożył Eric, resztę dała Pam. Długi Cień był im znany od stu lat, więc przyjęli go na barmana. A on ich zdradził.

– Dlaczego ich obrabował?

– Pewnie potrzebował kapitału na jakieś przedsięwzięcie – odparł Bill. – Ze względu na swój tryb życia nie mógł po prostu dopaść jakiegoś pracownika banku, zahipnotyzować go, wziąć od niego pieniędzy, a później go zabić... Dlatego zabrał je Ericowi.

– Eric nie pożyczyłby mu?

– Pożyczyłby, ale Długi Cień był zbyt dumny, by go o nie poprosić – wyjaśnił.

Nastąpiła kolejna długa chwila ciszy.

– Zawsze – odezwałam się w końcu – uważałam wampiry za istoty inteligentniejsze od ludzi. Nie są takie, prawda?

– Nie wszystkie – zgodził się.

Gdy dotarliśmy na peryferie Bon Temps, poprosiłam Billa o odwiezienie do domu. Spojrzał na mnie z ukosa, nic jednak nie powiedział. Może wampiry są jednak bystrzejsze niż ludzie?

ROZDZIAŁ DZIESIĄTY

Nazajutrz, kiedy przygotowywałam się do pracy, pomyślałam, że przez jakiś czas nie mam ochoty widywać wampirów. Nawet Billa.

Byłam gotowa przypomnieć sobie, że jestem człowiekiem.

Kłopot w tym, że nie mogłam nie zauważyć, że jestem człowiekiem... hm... zmienionym.

Niby nie stało się nic wielkiego. Kiedy po napaści Szczurów napiłam się po raz pierwszy krwi Billa, czułam się uzdrowiona, silniejsza. Lecz nie wyraźnie inna! Może trochę – no cóż! – seksowniejsza.

Po drugim kontakcie z krwią Billa byłam naprawdę silniejsza i odważniejsza, miałam więcej pewności siebie. Innymi słowy, pokładałam więcej wiary we własną seksualność i jej moc. Wyraźnie lepiej i szybciej panowałam nad swoim „upośledzeniem".

Krew Indianina trafiła mi się przez przypadek. Spoglądając rano w lustro, odkryłam, że zęby mam bielsze i ostrzejsze. Moje włosy wydawały się jaśniejsze i bardziej błyszczące, oczy lśniły. Wyglądałam jak dziewczyna z plakatu reklamującego ogólnie higienę i zdrowie albo konkretnie łykanie witamin lub picie mleka. Ugryzienie na moim przedramieniu (uświadomiłam sobie, że było to ostatnie ugryzienie Indianina na tym świecie) nie zagoiło się w pełni, lecz nie bolało i nie przeszkadzało mi.

W pewnej chwili upadła mi torebka, a kiedy ją podnosiłam, wyleciały z niej drobniaki i potoczyły się pod kanapę. Uniosłam kanapę jedną ręką, drugą pozbierałam monety.

Jezusie!

Wyprostowałam się i wzięłam głęboki wdech. Przynajmniej światło słoneczne nie raniło moich oczu i nie miałam ochoty gryźć każdego, kogo zobaczę. Smakował mi tost, który jadłam na śniadanie, i wcale nie tęskniłam za sokiem pomidorowym. Nie zmieniałam się w wampira. Może stawałam się udoskonaloną istotą ludzką?

W czasach, gdy nie umawiałam się na randki, moje życie na pewno było prostsze.

Dotarłam do „Merlotte'a". Stwierdziłam, że nikt nie pokroił cytryn i limonek, a podawaliśmy te owoce do koktajli alkoholowych i herbaty. Wzięłam więc deskę do krojenia i ostry nóż. Kiedy wyjmowałam z dużej lodówki cytryny, Lafayette obwiązywał się fartuchem.

– Rozjaśniłaś włosy, Sookie? – spytał.

Pokręciłam głową. Oprócz białego fartucha Lafayette miał na sobie symfonię kolorów: wąski jasnoczerwony krawat, ciemnofioletowe dżinsy, czerwone klapki, na powiekach zaś cienie w kolorze malinowym.

– Pewnie tak wyglądają w tym świetle – powiedział sceptycznie, unosząc wyskubane brwi.

– Dużo byłam na słońcu – odparłam.

Dawn nigdy się nie zbliżyła z Lafayette'em. Może dlatego, że był czarny, albo dlatego, że był gejem. Zresztą nie wiem... może z obu tych powodów. Arlene i Charlsie zaakceptowały go, choć nie siliły się na przyjazny ton. Ja jednak go lubiłam, bo zawsze był uśmiechnięty i miał specyficzne poczucie humoru.

Zerknęłam na deskę do krojenia. Wszystkie cytryny poćwiartowałam, a limonki pokroiłam w plasterki. W ręku trzymałam ociekający sokiem nóż. Zrobiłam to całkiem bezwiednie. W jakieś trzydzieści sekund. Zamknęłam oczy. Mój Boże!

Gdy je otworzyłam, Lafayette przeskakiwał wzrokiem od mojej twarzy do rąk.

– Uznajmy, że tego nie widziałem.

– Nie widziałeś – potwierdziłam.

Odstawiłam owoce w oddzielnych pojemnikach do dużej lodówki za barem, gdzie Sam trzymał piwo. Zamykając drzwi, zobaczyłam mojego szefa. Stał z rękoma skrzyżowanymi na piersi. Nie wyglądał na szczęśliwego.

– Wszystko w porządku? – zapytał. Zmierzył mnie wzrokiem. – Robiłaś coś z włosami?

Roześmiałam się. Odkryłam, że z łatwością blokuję też dziś napływ ludzkich myśli. Proces blokowania przestał być bolesny.

– Byłam długo na słońcu – wyjaśniłam.

– A co ci się stało w rękę?

Popatrzyłam na swoje prawe przedramię. Było obandażowane.

– Pies mnie ugryzł.

– Był szczepiony?

– Oczywiście.

Popatrzyłam na Sama i wydało mi się, że jego rude włosy elektryzują się i lekko unoszą. Miałam wrażenie, że słyszę bicie jego serca. Czułam niepewność mojego szefa i jego pożądanie. Moje ciało zareagowało natychmiast. Skupiłam spojrzenie na jego wąskich wargach i wciągnęłam nozdrzami zapach płynu po goleniu. Sam podszedł do mnie. Dyszał. Wyczułam, że ma erekcję.

Wtedy weszła Charlsie Tooten. Ja i Sam od razu odskoczyliśmy od siebie.

Dzięki ci, Boże, za Charlsie, pomyślałam.

Pulchna, głupia, dobroduszna i pracowita Charlsie była wymarzoną pracownicą. Mieszkała z mężem Ralphem, z którym zaczęła już chodzić w szkole średniej. On pracował w przetwórni drobiu. Mieli dwie córki – jedną w jedenastej klasie, a drugą zamężną. Charlsie uwielbiała pracę w barze, bo dzięki niej mogła wyjść z domu i spotykać się z ludźmi. Łatwo radziła sobie z pijakami, którzy po rozmowie z nią grzecznie i bez buntu wychodzili z „Merlotte'a".

– Cześć wam! – oświadczyła.

Ciemnokasztanowe włosy (od farby firmy „L'Oreal", jak oświadczył Lafayette) ściągnęła gumką i teraz zwisały jej z wierzchołka głowy w kaskadzie loków. Miała na sobie nieskazitelnie czystą bluzkę, ale kieszenie szortów jej odstawały, bo powpychała do nich zbyt dużo rzeczy. Na nogach miała rajstopy przeciwżylakowe i tenisówki marki Keds. Tipsy pomalowała na burgundową czerwień.

– Moja córka spodziewa się dziecka. Możecie mnie już nazywać babcią! – oznajmiła. Była szczęśliwa jak nigdy dotąd.

Przytuliłam ją, a Sam poklepał ją po ramieniu.

– Kiedy się urodzi? – spytałam, ale Charlsie już zniknęła.

Przez następne pięć minut nie musiałam się do nikogo odzywać. Potem przyszła Arlene (z makijażem niedokładnie tuszującym malinki na szyi) i wysłuchała całej historii. Raz tylko wymieniłam spojrzenia z Samem. Po krótkiej chwili równocześnie odwróciliśmy wzrok.

Potem nastała się pora lunchu, musiałam obsłużyć spory tłumek i incydent z szefem poszedł w zapomnienie.

O tej godzinie większość ludzi piła niewiele, najwyżej piwo lub kieliszek wina. Spora liczba zamawiała jedynie mrożoną herbatę albo wodę. Tłum w porze lunchu składał się z osób, które akurat przypadkowo znalazły się w pobliżu „Merlotte'a", stałych bywalców oraz miejscowych alkoholików, dla których południowy drink był już trzecim bądź czwartym. Przyjmując zamówienia, przypomniałam sobie prośbę mojego brata.

Resztę zmiany spędziłam, przysłuchując się ludzkim myślom, co okazało się bardzo wyczerpujące. Nigdy nie słuchałam przez cały dzień. Nigdy nie opuściłam mojej mentalnej blokady na tak długi czas. Czytanie w myślach nie sprawiało mi jednak tak dużego bólu jak wcześniej i chyba chłodniej podchodziłam do tego, co słyszę. Szeryf Bud Dearborn siedział przy stoliku z burmistrzem, przyjacielem mojej babci, Sterlingiem Norrisem. Gdy przechodziłam, pan Norris wstał i poklepał mnie po ramieniu, a ja zrozumiałam, że widzę go pierwszy raz od pogrzebu babci.

– Jak sobie radzisz, Sookie? – spytał. Wyglądał marnie.

– Dobrze, panie Norris. A pan?

– Cóż, Sookie, jestem starcem – odparł z niepewnym uśmiechem. Nie czekał, aż zaprotestuję. – Te morderstwa mnie załamały. Nie było żadnych zabójstw w Bon Temps, odkąd Darryl Mayhew zastrzelił Sue Mayhew. A tamtej śmierci nie otaczała żadna tajemnica.

– Ile to było... lat temu? Sześć? – spytałam jedynie dla przedłużenia pogawędki. Chciałam postać przy jego stoliku jeszcze chwilę. Wiedziałam, że Norris tak posmutniał na mój widok, ponieważ sądził, że mój brat zostanie aresztowany za morderstwo Maudette Pickens, co zdaniem burmistrza będzie najprawdopodobniej oznaczało, że Jason zabił też naszą babcię. Pochyliłam głowę.

– Przypuszczam, że coś koło tego... Pamiętam, że wybieraliśmy się właśnie na występ taneczny Jean-Anne... więc było to... tak, masz rację, Sookie, sześć lat temu.

Szeryf kiwnął głową.

– Był tu dziś Jason? – rzucił od niechcenia.

– Nie, nie widziałam go – odrzekłam.

Szeryf zamówił mrożoną herbatę i hamburgera. Rozpamiętywał dzień, w którym przyłapał Jasona ze swoją Jean-Anne. Obściskiwali się na pace pikapa mojego brata.

O, rany! „Jean-Anne ma szczęście" – pomyślał szeryf – „że nie została uduszona". Jego kolejna myśl dotknęła mnie do żywego: „Te zabite dziewczyny to i tak śmiecie".

Czytałam w myślach szeryfa Dearborna jak w książce. Wyczuwałam kontekst i rozmaite niuanse jego myśli. Przemknęło mu przez głowę: „Wykonują najgorsze prace, nie chodziły do college'u, pieprzą się z wampirami... kompletne dno".

Nie potrafię wręcz opisać ogromu bólu i gniewu, które poczułam, słysząc to.

Chodziłam mechanicznie od stolika do stolika, przynosiłam napoje i kanapki, sprzątałam resztki, pracując z tym okropnym uśmiechem rozciągniętym na twarzy. Rozmawiałam z dwudziestoma znanymi mi osobami; myśli większości były niewinne – na przykład, że dzisiejszy dzień jest strasznie długi. Wielu klientów baru rozmyślało o pracy lub o rzeczach, które będą musieli zrobić w domu, bądź też o drobnych problemach do rozwiązania, jak na przykład załatwienie fachowca, który naprawi zmywarkę, albo konieczność zamówienia na weekend firmy sprzątającej.

Arlene ulżyło, ponieważ miała okres.

Charlsie zatopiła się w przyjemnych marzeniach związanych z jej „krokiem ku nieśmiertelności", czyli mającym się urodzić wnukiem. Gorliwie się modliła dla córki o lekką ciążę i bezpieczny poród.

Lafayette dumał o tym, że współpraca ze mną staje się coraz dziwniejsza.

Policjant Kevin Pryor zastanawiał się, co jego partnerka Kenya robi w wolny dzień. On pomagał matce sprzątać szopę na narzędzia i nienawidził każdej minuty spędzonej na tym zajęciu.

Dotarło do mnie wiele komentarzy (zarówno głośnych, jak i niewypowiedzianych) o moich włosach, cerze i bandażu na ręce. Wielu mężczyzn i jedna kobieta uważali mnie za bardziej pociągającą. Niektórzy spośród facetów, którzy uczestniczyli w wyprawie zakończonej podpaleniem domu wampirów, sądzili, że nie mają u mnie najmniejszych szans, z powodu mojej sympatii do wampirów, i żałowali swego czynu, dokonanego pod wpływem impulsu. Zapamiętałam sobie ich. Nie zapomnę im, że mogli zabić mojego Billa, chociaż w tej chwili pozostali przedstawiciele wampirzej społeczności zajmowali odległe miejsca na mojej liście ulubionych osób.

Andy Bellefleur i jego siostra Portia jedli razem lunch; mieli zwyczaj się u nas spotykać przynajmniej raz w tygodniu. Portia była żeńską wersją Andy'ego: średniego wzrostu, masywnej budowy, z wydatnymi ustami i szczęką. Podobieństwo między bratem i siostrą wychodziło wszakże na korzyść jemu, nie jej. Słyszałam, że Portia jest bardzo kompetentnym prawnikiem. Może zasugerowałabym jej sprawę Jasona, kiedy zastanawiał się nad zatrudnieniem adwokata, gdyby nie była kobietą... i w tamtym momencie martwiłam się raczej o nią niż o mojego brata.

Dzisiaj głowę prawniczki wypełniały przygnębiające myśli. Chociaż była doskonale wykształcona i dobrze zarabiała, smuciła się, bo nie była zapraszana na randki i stale o tym myślała.

Andy z kolei był zdegustowany, że nadal trwa mój związek z Billem Comptonem. Również jego zaciekawiły korzystne zmiany w moim wyglądzie. Zastanawiał się też, w jaki sposób wampiry uprawiają miłość. I wcale się nie cieszył z faktu, że będzie musiał aresztować Jasona. Nie uważał go za bardziej podejrzanego od kilku innych mężczyzn, mój brat wydawał mu się jednak najbardziej przestraszony, z czego Andy wnosił, że Jason ma coś do ukrycia. Istniały też filmy wideo, na których mój nieszczęsny brat uprawiał seks – w dodatku dość ostry – z Maudette i Dawn.

Gapiłam się na detektywa, kontemplując niepokojące myśli. A przecież Bellefleur wiedział, do czego jestem zdolna.

– Sookie, przyniesiesz mi wreszcie to piwo? – spytał w końcu, machając do mnie.

– Jasne, Andy – odparłam i wyciągnęłam z lodówki butelkę. – Napijesz się jeszcze herbaty, Portio?

– Nie, dzięki, Sookie – odparła kobieta, oklepując usta papierową serwetką.

Portia pomyślała o czasach w szkole średniej, kiedy zaprzedałaby duszę za randkę z cudownym Jasonem Stackhouse'em. Zastanawiała się, co mój brat teraz porabia, czy miałaby o czym z nim rozmawiać... Potem pomyślała, czy jego ciało nie jest przypadkiem warte grzechu. Uświadomiłam sobie, że Portia ani nie widziała kaset, ani nawet nie wiedziała o ich istnieniu. Andy był rzeczywiście dobrym policjantem.

Spróbowałam wyobrazić sobie Portię z Jasonem i nie mogłam powstrzymać uśmiechu. Spotkanie byłoby niesamowitym przeżyciem dla nich obojga. Pożałowałam – nie po raz pierwszy zresztą – że nie umiem wprowadzać myśli w ludzkie umysły, tak jak potrafię je stamtąd „wyciągać".

Do końca mojej zmiany nie dowiedziałam się niczego interesującego. Może jeszcze tylko uderzył mnie jeden szczegół pomyślany przez Andy'ego Bellefleura. Na filmach wideo, które mój brat nakręcił, dziewczyny były krępowane. Policjantowi ów fakt skojarzył się ze śladami sznura na szyjach ofiar.

Reasumując, tego dnia dla dobra Jasona otworzyłam głowę na napływ ludzkich myśli i doświadczenie to nie przyniosło absolutnie żadnych rezultatów. Wszystko, co usłyszałam, zmartwiło mnie tylko i nie otrzymałam żadnej informacji, która mogłaby pomóc mojemu bratu.

Pomyślałam, że wieczorem przyjdą do baru inne osoby. Nigdy wcześniej nie wpadałam do „Merlotte'a" ot tak, dla czystej przyjemności. Może powinnam dzisiaj się tu zjawić? Co będzie robił wtedy Bill? Czy w ogóle chciałam go widzieć?

Czułam się zagubiona. Z nikim nie mogłam porozmawiać o moim wampirze, bo nie istniała ani jedna osoba, której nie szokowałby fakt, że się z nim widuję. Czy mogłam powiedzieć na przykład Arlene, że jestem smutna, ponieważ przerażają mnie bezwzględni wampirzy kumple Billa? I że jeden z nich ugryzł mnie ubiegłej nocy, wpuścił mi swoją krew do ust i leżąc na mnie, zginął przebity kołkiem? Arlene nie miała pojęcia, że można mieć takie problemy.

Nie przychodził mi do głowy nikt, kto by je miał.

Nie mogłam sobie przypomnieć żadnej znajomej dziewczyny, która spotykałaby się z wampirem, a nie należałaby do niewybrednych fanek wampirów, miłośniczek kłów, które umawiały się z każdym osobnikiem, byle... był wampirem.

Gdy kończyłam pracę, „poprawiony" wygląd stracił moc w tym sensie, że nie dodawał mi już pewności siebie. Czułam się teraz raczej jak wybryk natury.

Pokręciłam się po domu, później się zdrzemnęłam, a kiedy wstałam, podlałam kwiaty babci. Wieczorem zjadłam gotowe danie, które podgrzałam w kuchence mikrofalowej. Mimo że do ostatniej chwili wahałam się, czy wyjść z domu, włożyłam w końcu czerwoną koszulę, białe spodnie i biżuterię, po czym pojechałam z powrotem do „Merlotte'a".

Czułam się bardzo dziwnie, wchodząc do baru jako klientka. Sam stał za barem i na mój widok uniósł brwi. Tego wieczoru pracowały trzy kelnerki, które znałam jedynie z widzenia.

Jason był w barze. Usiadłam przy jego stoliku.

Odwrócił się do mnie z miną przeznaczoną dla nowej dziewczyny: rozchylone usta, uśmiech, pogodne spojrzenie. Gdy zobaczył, że to ja, jego oblicze uległo komicznej przemianie.

– Co tu robisz, Sookie? – spytał.

– Nie cieszysz się z mojego widoku? – zapytałam. Kiedy stanął przede mną Sam, nie patrząc mu w oczy, poprosiłam go o bourbona z colą. – Zrobiłam to, co mi kazałeś, ale jak do tej pory bez rezultatów – szepnęłam do Jasona. – Przyjechałam teraz spróbować z innymi ludźmi.

– Dzięki, Sookie – odparł po długiej przerwie. – Zrobiłaś coś z włosami?

Zapłacił za mojego drinka, gdy Sam go przyniósł.

Nie mieliśmy sobie zbyt dużo do powiedzenia, co mi właściwie odpowiadało, ponieważ usiłowałam się skupić na myślach pozostałych klientów. Przyszło kilku obcych mężczyzn i skoncentrowałam się najpierw na nich, sprawdzając, czy warto ich podejrzewać. Z niechęcią uznałam, że raczej nie. Jeden myślał intensywnie o swojej żonie, za którą bardzo tęsknił. Z kontekstu wywnioskowałam, że jest jej wierny. Drugi był w naszym barze po raz pierwszy. Podobało mu się tutaj i smakowały mu drinki. Trzeci –

podpity – starał się przede wszystkim siedzieć prosto. Miał nadzieję, że uda mu się wrócić samochodem do motelu.

Zamówiłam drugiego bourbona.

Rozmawialiśmy z Jasonem na temat przypuszczalnej wysokości opłaty, którą weźmie notariusz po sprzedaży części posiadłości naszej babci. W pewnym momencie mój brat zerknął na wejście i powiedział:

– Ooooo!

– Co? – spytałam.

– Twój chłopak jest tutaj. I to nie sam.

W pierwszej chwili pomyślałam, że Bill przyprowadził jednego ze swoich kumpli wampirów, co byłoby z jego strony nierozsądne, a dla mnie przykre. Jednak, obróciwszy się, zrozumiałam, skąd w głosie Jasona wziął się gniew. Bill zjawił się z dziewczyną. Wyglądała wyzywająco, jak dziwka. Bill rozglądał się, prawdopodobnie wypatrując mnie w tłumie.

Zeskoczyłam ze stołka, nie wiedząc, co ze sobą zrobić.

Byłam podpita. Rzadko piłam, a po dwóch whisky z colą wypitych w ciągu kilku minut, nawet jeśli się nie słaniałam na nogach, to przynajmniej byłam wstawiona.

Spojrzenie Billa spotkało moje. Zrozumiałam, że nie spodziewał się mnie tutaj.

– Hej, Bill! – zawołał Hoyt, przyjaciel Jasona.

Bill skinął mu głową i zaczął popychać lekko dziewczynę w moją stronę.

Naprawdę nie miałam pojęcia, co robić.

– Siostrzyczko, co on knuje? – spytał mój brat. – Ta dziewczyna to miłośniczka kłów z Monroe. Znałem ją, kiedy jeszcze lubiła normalnych facetów.

Nadal nie wiedziałam, jak zareagować. Czułam się zraniona, lecz duma nie pozwalała mi okazać emocji. Do własnego chaosu myślowego dodałam też cząstkę wyrzutów sumienia – nie byłam tam, gdzie Bill mnie oczekiwał, i nie zostawiłam mu kartki. Z drugiej strony, miałam sporo traumatycznych przeżyć ubiegłej nocy na „przedstawieniu galowym" w barze w Shreveport... gdzie zresztą zjawiłam się wyłącznie z powodu zobowiązań wynikających z mojego związku z Billem.

Z powodu tych wszystkich sprzecznych emocji milczałam. Miałam ochotę rzucić się na towarzyszkę mojego wampira i wdeptać ją w ziemię. Nigdy jednak nie wszczynałam burd w barze. (Chciałam stłuc Billa, mimo że wiedziałam, że jestem za słaba, by wyrządzić mu krzywdę). Może powinnam po prostu wybuchnąć płaczem? Przecież zraniono moje uczucia. Uznałam, że najlepiej będzie nie okazywać emocji, szczególnie że Jason był gotów zaatakować Billa i prawdopodobnie czekał jedynie na mój zachęcający go do walki gest.

Oboje zbyt dużo już dziś wypiliśmy.

Kiedy rozważałam te opcje, mój wampir przeszedł między stolikami i stanął przede mną. Dziewczyna szła za nim.

Większość klientów przypatrywała się nam w milczeniu.

W oczach stanęły mi łzy, ręce mimowolnie zacisnęłam w pięści. Świetnie! Najgorsza z możliwych reakcji.

– Sookie – odezwał się Bill – zobacz, co Eric mi dał.

Nie wiedziałam, co ma na myśli.

– Co? – spytałam, spoglądając dziewczynie w oczy.

– Jako nagrodę – dorzucił Bill. Nie wiedziałam, jaki jest jego stosunek do prezentu Erica.

– Taki darmowy drink? – odburknęłam. Nawet nie wiedziałam, że potrafię przemawiać tak jadowitym głosem.

Jason położył mi dłoń na ramieniu.

– Spokojnie, siostrzyczko – rzekł cicho. – Facet nie jest tego wart.

Nie wiedziałam, czego Bill nie jest niby wart, ale czułam, że szybko otrzymam odpowiedź na to pytanie. Byłam chyba zachwycona sytuacją, w której nie wiem, co robić, i nie mam nad niczym kontroli.

Wampir bacznie mnie obserwował. Pod barowymi jarzeniówkami miał bardzo bladą twarz. Wiedziałam, że nie napił się krwi swojej towarzyszki.

– Wyjdź ze mną na dwór i porozmawiajmy – powiedział.

– I z nią? – warknęłam.

– Nie – odparł. – Tylko ze mną. Ją i tak muszę odesłać.

Poszłam za Billem. Mój wampir trzymał dziewczynę za ramię i ciągnął; praktycznie szła na palcach, by dotrzymać mu kroku. Nie wiedziałam, że Jason idzie za nami, dopóki się nie odwróciłam i nie zobaczyłam go za sobą. Weszliśmy na parking.

– Cześć – zagaiła dziewczyna. – Mam imię Desiree. Jason, chyba się znamy...

– Co tu robisz, Desiree? – spytał mój brat cicho.

– Eric wysłał mnie do Bon Temps. Miałam być nagrodą dla Billa – odparła, zerkając na wampira. – Tyle że Bill nie

291

wydaje się szczególnie podekscytowany. Nie wiem dlaczego. Jestem przecież bardzo luksusowym prezentem.

– Eric? – spytał mnie Jason.

– Wampir ze Shreveport. Właściciel baru. Największa szycha w mieście – wyjaśniłam.

– Zostawił ją na moim progu – powtórzył Bill. – Nie prosiłem o nią.

– Co zrobisz? – zapytałam.

– Odeślę ją – odrzekł. – Musimy porozmawiać.

Przełknęłam ślinę i bezwiednie rozluźniłam pięści.

– Trzeba ją odwieźć z powrotem do Monroe? – spytał mój brat.

Bill wyglądał na zaskoczonego.

– Tak. Odwieziesz ją? Muszę porozmawiać z twoją siostrą.

– Jasne – odparł Jason.

Jego entuzjazm natychmiast wzbudził moją podejrzliwość.

– Nie mogę uwierzyć, że mi odmawiasz – wtrąciła Desiree, patrząc na Billa i wydymając wargi. – Dotąd nikt mnie nie odrzucił.

– Jestem oczywiście wdzięczny. A ty na pewno jesteś, jak to ujęłaś, luksusowym prezentem – stwierdził uprzejmie mój wampir. – Mam już jednak swój... prezent.

Desiree gapiła się na niego bez zrozumienia, w końcu jej piwne oczy rozbłysły.

– To twoja kobieta? – spytała, skinąwszy głową ku mnie.

– Tak.

Desiree zmierzyła mnie wzrokiem.

– Ma dziwne oczy – obwieściła.

– To moja siostra – dodał Jason.

– Och. Przepraszam. Ty jesteś dużo bardziej... normalny. Jak się właściwie nazywacie?

Jason wziął ją za rękę i poprowadził do swojego pikapa.

– Stackhouse – powiedział. Gdy odeszli kilka metrów, zaczął z nią flirtować. – Może po drodze do domu opowiesz mi o tym, czym się teraz zajmujesz...

Odwróciłam się do Billa, zastanawiając się nad wielkodusznym uczynkiem Jasona i motywami, jakie nim kierowały. Napotkałam spojrzenie wampira, lecz odniosłam wrażenie, że uderzam w ceglany mur.

– Porozmawiamy? – spytałam szorstkim tonem.

– Nie tutaj. Jedźmy do domu.

Zaszurałam butem po żwirze.

– Nie do twojego.

– Zatem do twojego.

– Nie.

Uniósł brwi.

– Dokąd zatem?

Dobre pytanie.

– Nad staw moich rodziców. – Ponieważ Jason odwozi pannę Małą Czarną do domu, nie będzie go tam.

– Pojadę za tobą – rzucił krótko. Rozdzieliliśmy się i każde ruszyło do swojego samochodu.

Posiadłość, w której spędziłam kilka pierwszych lat mojego życia, leżała na zachód od Bon Temps. Skręciłam w znajomy żwirowy podjazd i zaparkowałam przed skromnym domem utrzymywanym przez Jasona w całkiem dobrym stanie. Bill wyłonił się z auta, gdy wysiadałam ze swojego. Dałam mu znak, by podążył za mną.

Obeszliśmy dom i zeszliśmy po zboczu ścieżką wyłożoną płytami chodnikowymi. Chwilę później znaleźliśmy się przy sztucznym stawie, który wykopał mój tato na podwórku za domem, mając nadzieję, że będzie w nim łowił ryby ze swym synem.

Na staw wychodziło patio, a na jednym z metalowych krzeseł leżał złożony koc. Nie pytając mnie, Bill podniósł go, strząsnął i rozłożył na trawiastym stoku ciągnącym się od patia do stawu. Usiadłam z oporami, myśląc, że siadanie na kocu nie jest bezpieczne z tych samych względów, co spotykanie się z Billem w którymś z domów. Kiedy byłam blisko mojego wampira, w głowie miałam tylko jedno – być jeszcze bliżej.

Przycisnęłam kolana do piersi i wpatrywałam się w mrok. Za stawem paliło się światło. Bill położył się obok mnie. Czułam jego spojrzenie. Splótł palce na piersi.

– Ostatniej nocy bardzo się przestraszyłaś – powiedział.

– A ty ani trochę?

– Bałem się o ciebie. O siebie raczej nie.

Chciałam się położyć na brzuchu, martwiłam się jednak, że za bardzo się zbliżę do wampira. Patrzyłam na jego skórę pałającą w świetle księżyca i całą sobą pragnęłam go dotknąć.

– Przestraszyłam się, że Eric zacznie nas kontrolować.

– Nie chcesz już być ze mną?

Poczułam ból w piersi. Był tak okropny, że musiałam położyć na niej dłoń i przycisnąć.

– Sookie? – Bill klęknął przy mnie i objął mnie.

Nie mogłam odpowiedzieć. Brakowało mi tchu.

– Kochasz mnie? – spytał.

Kiwnęłam głową.

– Dlaczego okazujesz mi, że chcesz mnie zostawić?

Oczy wypełniły mi łzy.

– Przerażają mnie inne wampiry i ich zachowanie. O co Eric poprosi następnym razem? Na pewno każe mi zrobić coś więcej. Zagrozi na przykład, że w przeciwnym razie cię zabije. Albo że zrobi krzywdę Jasonowi. Może przecież tak postąpić. Jest do tego zdolny.

Bill mówił bardzo cicho.

– Nie płacz – poprosił. – Sookie, muszę ci o czymś powiedzieć.

Pomyślałam, że mógłby mi przekazać tylko jedną mile widzianą informację: powiadomić mnie o śmierci Erica.

– Zaintrygowałaś Erica – podjął. – Odkrył, że posiadasz talent, którego większość ludzi nie ma lub go ignoruje. Eric założył, że twoja krew jest niezwykle bogata w składniki odżywcze i słodka. – To zdanie mój wampir wypowiedział ochrypłym głosem. – No i jesteś piękna. Eric nie zdaje sobie sprawy z tego, że już trzykrotnie połknęłaś naszą krew.

– Wiesz, że połknęłam krew Długiego Cienia?

– Tak. Widziałem.

– Istnieje jakiś przesąd związany z trzema razami?

Bill zarechotał typowym dla niego, osobliwym, niskim, głuchym, sztucznym śmiechem.

– Nie. Chociaż, im więcej wampirzej krwi wypijesz, tym bardziej pożądana stajesz się dla nas, a przy okazji bardziej pożądana dla wszystkich. I pomyśleć, że to Desiree uważała się za luksusowy prezent! Zastanawiam się, który wampir jej to powiedział.

– Ten, który chciał wsadzić łapy w jej majtki – odparłam, a Bill znów się roześmiał. Uwielbiałam jego śmiech.

– Mówiąc mi o mojej atrakcyjności, chcesz zasugerować, że Eric... hm... mnie pożąda?

– Właśnie.

– Co go powstrzyma przed wzięciem mnie? Przecież twierdzisz, że jest od ciebie silniejszy.

– Przede wszystkim kurtuazja i dobre obyczaje.

Nie parsknęłam śmiechem, chociaż byłam tego bliska.

– Nie lekceważ moich słów. Przestrzegamy zwyczajów.

– Coś jeszcze? – zapytałam.

– Nie jestem tak silny jak Eric, ale nie jestem też młodym nieopierzonym wampirem. Mógłbym poważnie zranić Erica w walce. A gdybym miał szczęście, mógłbym nawet zwyciężyć.

– Coś jeszcze?

– Być może – odparł ostrożnie – ty sama.

– Jak to?

– Jeśli będziesz dla niego wartościowa w innym sensie, może zostawi cię w spokoju, szczególnie jeśli wie, że naprawdę tego pragniesz.

– Ależ ja nie chcę być dla niego wartościowa! Nie chcę go nigdy więcej widzieć!

– Obiecałaś Ericowi, że mu znów pomożesz – przypomniał mi Bill.

– O ile odda złodzieja policji – odparłam. – A co on zrobił? Wbił Długiemu Cieniowi kołek w plecy!

– Prawdopodobnie ratując ci życie...

– No cóż, w końcu to ja znalazłam złodzieja!

– Sookie, niewiele wiesz o świecie.

Gapiłam się na niego.

– Pewnie tak.

– Często proste sprawy nagle się komplikują, a sytuacja niespodziewanie zmienia. – Bill zagapił się w ciemność. – Nawet ja dochodzę czasami do wniosku, że nie wiem zbyt wiele. – Kolejna ponura przerwa. – Wcześniej tylko raz widziałem, jak jeden wampir zneutralizował drugiego. Eric złamał zasady naszego świata.

– A więc jednak nie ceni sobie waszej kurtuazji i obyczajów, którymi chełpiłeś się przed chwilą.

– Pam dobrze go pilnuje.

– Kim jest dla niego?

– Stworzył ją. To znaczy... zrobił z niej wampirzycę, stulecia temu. Wraca do niego od czasu do czasu i pomaga mu. Z Erica zawsze był kawał łobuza, a z wiekiem staje się coraz bardziej uparty.

Nazwanie Erica upartym wydało mi się ogromnym niedopowiedzeniem.

– Musimy się z nim spotykać? – spytałam.

Bill zastanowił się nad odpowiedzią.

– Tak – przyznał w końcu z lekkim żalem w głosie. – Mimo że ani tobie, ani mnie nie odpowiada towarzystwo innych wampirów. Niestety, nie mamy wyboru.

– A ta sprawa z Desiree?

– Eric namówił kogoś, by mi ją podrzucił na próg. Miał nadzieję, że ucieszę się z prezentu, a równocześnie sprawdzał, jak bardzo jestem ci oddany. Gdybym napił się jej krwi, okazałbym się niewierny. Może zresztą Eric zatruł czymś jej krew. Może chciał mnie osłabić albo... zniszczyć. – Wzruszył ramionami. – Sądziłaś, że umówiłem się z nią?

– Tak. – Na wspomnienie wchodzącej do „Merlotte'a" pary poczułam, że moje rysy twardnieją.

– Nie było cię w domu. Pojechałem więc cię szukać. – W jego tonie nie było oskarżenia, tylko smutek.

– Chciałam posłuchać myśli klientów i pomóc w ten sposób Jasonowi. Poza tym ciągle byłam podenerwowana po ostatniej nocy.

– Już wszystko między nami w porządku?

– Nie wszystko, ale tyle, ile się da – odparłam. – Pewnie każdy związek jest narażony na problemy, nie zawsze wszystko idzie gładko. Nie brałam jednak pod uwagę tak poważnych przeszkód. Zdaje się, że nigdy nie pokonasz Erica. Wiek jest głównym kryterium?

– Cóż – odrzekł Bill. – Pokonać go pewnie nie zdołam... – Popatrzył na mnie w zadumie. – Chociaż jest coś, co mogę zrobić. Wolałbym nie... bo to wbrew mojej naturze... ale bylibyśmy wtedy bezpieczniejsi. Kocham cię – oświadczył.

Pomyślałam, że to dziwna puenta, niezależnie od kwestii, które rozważał.

Jego twarz zamajaczyła nade mną. W półmroku wydawała się wyjątkowo połyskująca i piękna.

– Czuję do ciebie to samo – odparłam i położyłam dłonie na jego piersi. – Niestety, w tej chwili zbyt wiele kwestii przemawia przeciwko. Na początek najlepiej byłoby się pozbyć Erica... I trzeba sobie odpuścić to prywatne śledztwo w sprawie morderstwa. Możemy ściągnąć na siebie nieszczęście. Ten morderca ma na sumieniu prawdopodobnie śmierć twoich spalonych przyjaciół, zabił też Maudette i Dawn. – Wzięłam głęboki wdech. – Oraz moją babcię. – Zamrugałam.

Przyzwyczaiłam się powoli do tego, że po powrocie do domu nie zastaję tam babci. Nie brakowało mi już tak bardzo rozmów z nią i opowieści o moich przeżyciach, a jednak co jakiś czas dopadał mnie żal.

– Dlaczego uważasz, że ten zabójca jest odpowiedzialny za spalenie wampirów z Monroe?

– Myślę, że właśnie morderca podsunął pomysł klientom w barze tamtego wieczoru i namówił ich do działania. Pewnie chodził od grupki do grupki, podjudzając facetów. Mieszkam tu od urodzenia i nigdy nie widziałam, żeby ludzie stąd tak się zachowywali. Musieli zaatakować z jakiegoś powodu.

– Podżegał ich? Podburzył ich do podpalenia?

– Tak.

– Nie usłyszałaś imienia w niczyich myślach?

– Nie. Może jutro czegoś się dowiem.

– Jesteś optymistką, Sookie.

– Zgadza się, jestem. Muszę nią być. – Poklepałam go po policzku. Odkąd Bill zagościł w moim życiu, mój optymizm był usprawiedliwiony.

– Ciągle podsłuchujesz, ponieważ żywisz nadzieję, że zdobędziesz ważne informacje – podsumował. – Mam teraz coś do załatwienia. Zobaczymy się jutro wieczorem w twoim barze, dobrze? Mogę... Pozwól, że wytłumaczę ci wszystko dopiero wtedy.

– W porządku. – Byłam oczywiście ciekawa, o co chodzi, ale Bill najwyraźniej nie był gotów do wyjaśnień.

Do domu jechałam za tylnymi światłami samochodu Billa. Tak dotarłam aż do mojego podjazdu. Po drodze myślałam, że ubiegłe tygodnie byłyby dla mnie jeszcze bardziej przerażające, gdybym nie miała wsparcia w nim. Idąc podjazdem ku domowi, smuciłam się, że Bill pojechał do siebie. W te nieliczne noce, które spędzaliśmy osobno, byłam mocno podenerwowana i niespokojna. Wielokrotnie sprawdzałam, czy zamknęłam wszystkie drzwi i okna. W dodatku nie byłam przyzwyczajona do życia w strachu, toteż myśl o kolejnej takiej nocy przygnębiła mnie.

Zanim wysiadłam z samochodu, uważnie rozejrzałam się po podwórku. Cieszyłam się, że przed wyjazdem do baru zostawiłam włączone światło na zewnątrz. Tina wychodziła na dwór.

Oddzieliłam klucz do domu od pozostałych na kółku, wyskoczyłam z auta, popędziłam do frontowych drzwi, wsunęłam w zamek klucz, przekręciłam go gwałtownie, po czym zatrzasnęłam za sobą drzwi i zamknęłam zasuwę. Przemknęło mi przez myśl, że nie powinnam tak żyć. Pokiwałam głową i rozważałam tę kwestię, kiedy zupełnie nieoczekiwanie coś z głuchym odgłosem uderzyło we frontowe drzwi. Wrzasnęłam.

Pobiegłam do telefonu przy kanapie. Wystukałam numer Billa, chodząc po pokoju i rozglądając się. Co zrobię, jeśli telefon będzie zajęty?

Na szczęście odebrał go. Akurat wszedł do domu.

– Tak? – spytał.

– Bill – wysapałam – ktoś jest przed domem!

Rzucił słuchawkę.

Iście wampirza szybkość działania!

Był przy mnie dwie minuty później. Wyjrzałam na podwórko przez uniesioną żaluzję i zobaczyłam Billa wychodzącego z lasu. Szedł szybkim krokiem. Żaden człowiek nie mógłby mu dorównać. Na jego widok poczułam ulgę. Przez sekundę wstydziłam się, że zadzwoniłam do niego po ratunek; powinnam była sama zapanować nad sytuacją.

Potem jednak pomyślałam sobie: A niby dlaczego nie? Dlaczego nie mam zadzwonić po ratunek do kogoś o sile tytana, kto twierdzi, że mnie ubóstwia? Tak, z pewnością do takiej osoby dzwoni się w razie niebezpieczeństwa.

Bill obszedł podwórko i las. W końcu wszedł na ganek i pochylił się. Nie miałam pojęcia, co tam zobaczył. Gdy się wyprostował, trzymał coś w rękach i patrzył na to ze stężałą twarzą.

Wiedziałam, że taka mina rokuje bardzo źle.

Niechętnie powlokłam się do frontowych drzwi, otworzyłam zasuwkę i pchnęłam drzwi siatkowe.

Bill trzymał w rękach ciało mojej kotki.

– Tina? – spytałam. – Nie żyje?

Wampir kiwnął głową.

– Co... Jak?

– Uduszona, zdaje mi się.

Bill stał nieruchomo z kocimi zwłokami na rękach.

– Nie kupiłam sadzonki dębu – powiedziałam. – Możemy pochować ją więc w tej dziurze.

Poszliśmy na podwórko.

Bill trzymał Tinę, ja zaś starałam się znów nie rozpłakać. Bill klęknął i położył mały kłębek czarnego futra na dnie mojego dołu. Przyniosłam łopatę i zaczęłam go zasypywać, jednak widok pierwszej grudy ziemi spadającej na futerko Tiny sparaliżował mnie. Wampir wziął z moich rąk łopatę. Odwróciłam się plecami, a on dokończył tę okropną czynność.

– Chodź – poprosił, kiedy skończył.

Weszliśmy do domu.

Bill poklepywał mnie i pocieszał, chociaż wiedziałam, że nie przepadał za Tiną.

– Niech cię Bóg błogosławi, Billu – szepnęłam.

Mocno zacisnęłam ręce na jego szyi, przerażona, że jego także ktoś mi odbierze.

Bill był wściekły. Pałającymi oczyma gapił się na ścianę nad moim ramieniem. Wydał mi się najbardziej przerażającą istotą, jaką spotkałam w całym moim życiu.

– Odkryłeś coś na podwórku? – spytałam.

– Nie. Znalazłem tylko ślady zabójcy. Odciski stóp, zapach. Jednak nic, co można by przedstawić w sądzie jako dowód.

– Mógłbyś zostać tutaj do czasu, aż będziesz musiał odejść do... uciec przed słońcem?

– Oczywiście. – Przypatrywał mi się. Uświadomiłam sobie, że naprawdę chce zostać, i prawdopodobnie zdecydował o tym sam już wcześniej, zanim poprosiłam.

– Jeśli nadal musisz gdzieś zadzwonić, skorzystaj z mojego telefonu. Nic nie stoi na przeszkodzie. – Chciałam powiedzieć, że bez problemów mogę zapłacić za jego rozmowy.

– Mam zniżkową kartę – wyjaśnił, jeszcze raz mnie zadziwiając. Kto by pomyślał?

Umyłam twarz i połknęłam tylenol, później włożyłam nocną koszulę. Od dnia, w którym zginęła babcia, nie czułam takiego smutku. Teraz zresztą mój smutek był inny. Zgon zwierzątka nie może się równać ze śmiercią członka rodziny. Wiedziałam o tym i skarciłam się w myślach za ten żal, ale niewiele to pomogło. Przemyślałam wszystko i nie doszłam do żadnych logicznych wniosków. Pamiętałam jedynie, że karmiłam, szczotkowałam i kochałam moją Tinę przez cztery lata. Będę za nią strasznie tęsknić!

ROZDZIAŁ JEDENASTY

Nazajutrz nerwy miałam napięte jak postronki. Po przyjeździe do pracy powiedziałam Arlene, co się stało, a przyjaciółka mnie przytuliła.

– Chciałabym zabić tego skurwiela, który zamordował biedną Tinę! – powiedziała.

Charlsie okazała mi współczucie, chociaż bardziej litowała się chyba nade mną, niż była przerażona uduszeniem mojego kota. Sam posłał mi tylko srogie spojrzenie. Uważał, że powinnam zadzwonić do szeryfa albo do Andy'ego Bellefleura i poinformować któregoś z nich o zabiciu Tiny. W końcu zatelefonowałam do Buda Dearborna.

– Najczęściej nie są to odosobnione przypadki – zagrzmiał szeryf. – Obawiam się, że tym razem może to być sprawa osobista, Sookie. Ten twój przyjaciel wampir... czy on lubi koty?

Zamknęłam oczy i głęboko wciągnęłam powietrze. Dzwoniłam z telefonu w biurze Sama, a mój szef siedział za biurkiem i pisał kolejne zamówienie na alkohole.

– Bill był w swoim domu, gdy ktoś zabił Tinę i podrzucił ją na mój próg – wyjaśniłam. – Zadzwoniłam do niego natychmiast, a on odebrał telefon. – Sam popatrzył na mnie, a ja wywróciłam oczyma.

– I powiedział ci, że kotkę uduszono – zapytał szeryf.

– Tak.

– Znalazłaś więzy?

– Nie. Nie widziałam nawet, czym została związana.

– Co z nią zrobiłaś?

– Zakopaliśmy ją.

– To był twój pomysł czy pana Comptona?

– Mój.

Cóż innego mieliśmy zrobić z Tiną? – pomyślałam.

– Możemy pojechać i wykopać twoją kotkę. Moglibyśmy sprawdzić, czy zwierzę uduszono podobną metodą, co zamordowane kobiety, Dawn i Maudette – tłumaczył Dearborn.

– Przepraszam, ale nie pomyślałam o tym.

– Dobrze, to nie ma teraz zbytniego znaczenia. Skoro nie ma więzów.

– Do widzenia. – Rzuciłam słuchawkę.

Mój szef uniósł brwi.

– Bud to palant – oświadczyłam.

– To dobry policjant – odparł Sam spokojnie. – Po prostu nikt z nas nie jest przyzwyczajony do takich straszliwych morderstw.

– Masz rację – przyznałam po chwili. – Zdenerwowałam się trochę, bo Bud ciągle mówił o więzach, jakby dopiero co nauczył się nowego słowa. Wybacz mi, że tak się na niego wściekłam.

– Nikt nie jest doskonały, Sookie.

– Chcesz powiedzieć, że mogę się od czasu do czasu powściekać i dać sobie spokój z wyrozumiałością i tolerancją? Dzięki, szefie. – Uśmiechnęłam się do niego z lekko drwiącą miną i podniosłam się z krawędzi jego biurka, o które podpierałam się podczas rozmowy telefonicznej.

Przeciągnęłam się, po chwili jednak dostrzegłam, że Sam dosłownie wbija wzrok w moją pierś, co mnie speszyło.

– Wracam do pracy! – rzuciłam i opuściłam pokój.

– Popilnujesz dziś wieczorem dzieci przez kilka godzin? – spytała nieśmiało Arlene.

Przypomniałam sobie naszą ostatnią rozmowę na ten temat. Pamiętałam, jak niechętnie odniosła się do wizyty Billa. Nie byłam matką i nie potrafiłam się postawić na jej miejscu. Teraz przyjaciółka próbowała mnie udobruchać.

– Z przyjemnością. – Czekałam, czy znów wspomni o Billu. – Od której do której?

– No cóż, Rene i ja zamierzamy pojechać do Monroe, do kina – wyjaśniła. – Powiedzmy, od osiemnastej trzydzieści?

– Jasne. Będą po kolacji?

– Och, tak, nakarmię je. Nie mogą się doczekać, kiedy zobaczą ciocię Sookie.

– Ja również chętnie je zobaczę.

– Dzięki – odparła Arlene. – Widzimy się o osiemnastej trzydzieści.

Do domu dotarłam około siedemnastej. Większą część drogi przejechałam pod słońce, które świeciło mi prosto w oczy, jakby się na mnie gapiło. Przebrałam się w błękitnozielony kostiumik z dzianiny, wyszczotkowałam włosy i spięłam je spinką. Zjadłam kanapkę. Czułam się nieswojo, siedząc przy kuchennym stole. Dom wydawał mi się duży i pusty, więc naprawdę się ucieszyłam na widok Rene nadjeżdżającego z Cobym i Lisą.

– Arlene odkleił się jeden ze sztucznych paznokci – zagaił. Wyglądał na zakłopotanego, jak to mężczyzna zmuszony mówić o kobiecych problemach. – A Coby i Lisa naciskały, by je do ciebie natychmiast przywieźć.

Zauważyłam, że Rene nadal jest w swoim stroju roboczym, łącznie z ciężkimi buciorami i czapką. Arlene nie pojedzie z nim do kina, dopóki on nie weźmie prysznica i się nie przebierze.

Coby miał osiem lat, a Lisa pięć. Natychmiast zawiśli na mnie niczym wielkie kolczyki. Rene ucałował je na do widzenia. Dzięki swej miłości do dzieci zyskał u mnie kilka punktów. Wzięłam dzieciaki za ręce i ruszyłam z nimi do kuchni, gdzie miałam dla nich lody.

– Zobaczymy się około wpół do jedenastej – powiedział Rene. – Może tak być? – Położył rękę na gałce.

– Jasne – zgodziłam się.

Otworzyłam usta, by zaoferować, że mogę przenocować dzieci, tak jak to robiłam przy poprzednich okazjach, nagle jednak pomyślałam o bezwładnym ciałku Tiny. Zdecydowałam, że dziś dzieci nie zostaną u mnie na noc. Tak będzie dla nich bezpieczniej.

Zagoniłam parkę do kuchni, a po minucie czy dwóch usłyszałam cichnące odgłosy starego pikapa Rene, znikającego na podjeździe.

Podniosłam Lisę.

– Ledwie mogę cię unieść, malutka. Strasznie szybko rośniesz! A ty, Coby, zacząłeś się już golić?

Siedzieliśmy przy stole przez dobre dwa kwadranse. Dzieci jadły lody i przekrzykiwały się, opowiadając mi o swoich osiągnięciach i wszystkim, co zdarzyło się od naszego ostatniego spotkania.

Potem Lisa chciała mi poczytać, wyjęłam więc książeczkę do kolorowania z krótkimi podpisami, które mała czytała z dumą. Coby musiał mi oczywiście udowodnić, że potrafi czytać lepiej, później zaś chcieli oglądać ulubiony program w telewizji. Zanim się obejrzałam, na dworze zrobiło się ciemno.

– Późnym wieczorem przychodzi mój przyjaciel – powiadomiłam oboje. – Ma na imię Bill.

– Mama mówiła nam, że masz szczególnego przyjaciela – zauważył Coby. – Może go polubię. Mam nadzieję, że jest dla ciebie miły.

– Och, jest bardzo miły – zapewniłam chłopca, który wyprostował się i wypiął pierś, gotów mnie bronić, gdyby mój szczególny przyjaciel okazał się nie dość miły.

– Przysyła ci kwiaty? – spytała Lisa.

– Nie, jeszcze nie przysłał. Może dasz mu jakoś do zrozumienia, że lubię kwiaty?

– Ooo. Tak, mogę to zrobić.

– Poprosił cię o rękę?

– No cóż, nie. Ale ja również go nie prosiłam. – W tym momencie zapukał do drzwi Bill. – Mam towarzystwo – powiedziałam, otwierając drzwi.

– Słyszę – odparł.

Wprowadziłam go do kuchni.

– Bill, to jest Coby, a ta pannica to Lisa – przedstawiłam ich uroczyście.

– Wspaniale, właśnie chciałem was poznać – odparł ku mojemu zaskoczeniu wampir. – Liso, Coby, nie będzie wam przeszkadzać, że dotrzymam towarzystwa waszej cioci Sookie?

Przypatrzyli mu się w zadumie.

– Tak naprawdę Sookie nie jest naszą ciocią – odrzekł Coby z powagą. – Ale jest bliską przyjaciółką naszej mamy.

– To dobrze?

– Tak, chociaż ciocia twierdzi, że nie przysyłasz jej kwiatów – palnęła Lisa.

Poczułam ogromne zadowolenie, że dziewczynka przezwyciężyła swój mały problem z wymową litery „r". Naprawdę!

Bill zerknął na mnie. Wzruszyłam ramionami.

– No cóż, dzieci mnie spytały – odparłam bezradnie.

– Hm... – powiedział zamyślonym tonem. – Liso, będę się musiał poprawić. Dzięki, że mi to wytknęłaś. Wiesz może, kiedy ciocia Sookie ma urodziny?

Poczułam, że się czerwienię.

– Bill! – krzyknęłam. – Przestań.

– Ty wiesz, Coby? – spytał chłopca wampir.

Malec pokręcił głową.

– Wiem, że latem, ponieważ ostatnim razem mama zabrała ciocię na lunch w Shreveport w jej urodziny i było wtedy bardzo gorąco. My zostaliśmy z Rene.

– Wiesz o tym, że jesteś inteligentny, że to zapamiętałeś, Coby? – rzekł Bill.

– Jestem nawet superinteligentny! Zgadnij, czego się nauczyłem w szkole. – Coby zerwał się z miejsca i zaczął biegać.

Lisa przez cały czas bacznie przyglądała się Billowi. Nagle oświadczyła:

– Jesteś bardzo blady.

– Tak – odparł wampir. – To normalny kolor mojej cery.

Dzieci wymieniły spojrzenia. Wydało mi się, że uznały określenie „normalny kolor cery" za chorobę. Prawdopodobnie doszły do wniosku, że zadawanie dalszych pytań nie byłoby grzeczne. Co jakiś czas dzieciaki potrafią się wykazać taktem.

Początkowo nieco sztywny, w miarę upływu wieczoru Bill zaczął się rozkręcać. Około dziewiątej poczułam zmęczenie, on jednak zajmował się dziećmi aż do jedenastej, kiedy przyjechali po nie Arlene i Rene.

Przedstawiłam moich przyjaciół Billowi.

Nieco później zjawił się następny gość.

Przystojny wampir o gęstych czarnych włosach ułożonych w fale. Wyszedł z lasu, gdy Arlene pakowała dzieci do ciężarówki, a Rene i Bill stali i gawędzili. Bill machnął do przybysza, ten zaś w odpowiedzi uniósł dłoń, po czym podszedł do Billa i Rene.

Z huśtawki na frontowym ganku przyglądałam się Billowi przedstawiającemu parę nowo przybyłemu. Wampir i Rene podali sobie ręce. Rene gapił się na przybysza i dałabym głowę, że go rozpoznał. Bill spojrzał znacząco na Rene i potrząsnął głową, więc mężczyzna zamknął usta, choć ewidentnie miał zamiar skomentować sytuację.

Przybysz był krzepki, wyższy do Billa. Nosił stare dżinsy i podkoszulek z napisem: „Odwiedziłem Graceland". Jego ciężkie buty miały zdarte obcasy. W ręku trzymał plastikową butelkę z syntetyczną krwią i od czasu do czasu pociągał z niej łyk. Pan Kulturalny.

Może zasugerowałam się reakcją Rene, lecz im dłużej patrzyłam na nowo przybyłego wampira, tym bardziej wydawał mi się znajomy. Spróbowałam wyobrazić go sobie z nieco ciemniejszą karnacją, dodać mu w myślach kilka zmarszczek, kazać się trochę wyprostować i wlać w jego twarz życie.

O mój Boże!

To był ten facet z Memphis!

Rene odwrócił się, Bill natomiast zaczął kierować przybysza w moją stronę. Z odległości trzech metrów wampir o wyglądzie Elvisa zawołał:

– Hej. Bill twierdzi, że ktoś zabił twojego kota! – Mówił z ciężkim południowym akcentem.

Bill zamknął na sekundę oczy, ja zaś – kompletnie oniemiała – skinęłam głową.

– No cóż, przykro mi z tego powodu. Lubię koty – ciągnął, a mnie od razu przemknęła przez głowę myśl, że na pewno nie chodzi mu o głaskanie ich.

Miałam nadzieję, że dzieci tego nie usłyszały, zobaczyłam jednak przerażoną twarz Arlene w oknie pikapa. Dobre wrażenie, które zrobił Bill, zapewne całkowicie się już zatarło.

Rene potrząsnął głową za plecami wampira, usiadł za kierownicą i krzyknął: „Do zobaczenia", po czym włączył silnik. Wystawił jeszcze głowę z okna i po raz ostatni popatrzył na przybysza. Musiał coś powiedzieć do Arlene, ponieważ ukazała się ponownie w oknie i zagapiła na istotę stojącą obok mojego wampira. Gdy obejrzała sobie obcego dokładniej, rozdziawiła usta. Sekundę później schowała głowę w pikapie, a ja usłyszałam pisk opon ruszającego auta.

– Sookie – odezwał się Bill ostrzegawczym tonem – to jest Bubba.

– Bubba – powtórzyłam.

– Tak, Bubba – dodał radośnie wampir. Z jego przerażającego uśmiechu promieniowała życzliwość. – To właśnie ja. Miło cię poznać.

Uściskaliśmy sobie dłonie. Również się uśmiechnęłam. Boże Wszechmogący, nigdy nie sądziłam, że uścisnę mu rękę! Tyle że on po śmierci chyba się zmienił na gorsze.

– Bubbo, nie przeszkadza ci, że poczekasz tutaj na ganku? Muszę wyjaśnić Sookie naszą umowę.

– W porządku – rzucił wampir i usiadł na huśtawce.

Weszliśmy do salonu. Wcześniej uprzytomniłam sobie, że od pojawienia się Bubby nocne stworzenia – takie jak owady i żaby – milczały niczym zaklęte.

– Chciałem ci wszystko wytłumaczyć, zanim Bubba się tu zjawi – szepnął Bill. – Niestety, nie zdążyłem.

– Czy to jest ta osoba – spytałam cicho – o której myślę?

– Tak. Wiesz teraz przynajmniej, że prawdziwe są opowieści osób, które go jakoby widziały. Nie nazywaj go jednak po imieniu ani po nazwisku. Nazywaj go Bubbą! Coś poszło źle, gdy zmieniał się... z człowieka w wampira... może z powodu ogromnej ilości substancji chemicznych, które miał we krwi...

– Ale tak naprawdę to on nie żyje, zgadza się?

– Hm... nie całkiem. Jeden z naszych był pomocnikiem w kostnicy i jego wielkim fanem. Dostrzegł podobno maleńką iskierkę życia tlącą się w nim, toteż pospiesznie go przemienił.

– Przemienił?

– Zmienił w wampira – wyjaśnił Bill. – To był, niestety, błąd. Piosenkarz nie jest już taki sam jak przedtem, tak w każdym razie twierdzą moi przyjaciele. Zrobił się równie mądry jak pień drzewa, toteż, by zarobić na życie, wykonuje dla nas drobne prace dorywcze. Nie możemy zabierać go między ludzi, sama rozumiesz.

Kiwnęłam głową. Oczywiście, że nie mogli.

– Jezu – mruknęłam, ciągle ogłuszona obecnością tak słynnej postaci na moim podwórku.

– Pamiętaj, że jest głupi i impulsywny. Nie spędzaj z nim czasu sam na sam i zawsze nazywaj go Bubbą. Cóż, tak jak ci powiedział, lubi przede wszystkim zwierzęta domowe. Ich krew jednak nie wychodzi mu na dobre. Hm... teraz przejdźmy do powodów, dla których go tutaj ściągnąłem...

Stałam z rękami założonymi na piersi i z zainteresowaniem czekałam na wytłumaczenie Billa.

– Widzisz, kochanie, muszę wyjechać z miasta na parę dni – dodał.

– Co?... Dlaczego? Nie, zaczekaj. Nie muszę wiedzieć. – Zamachałam rękoma przed twarzą, nie chcąc się wtrącać i usiłując zasugerować, że mój wampir nie ma obowiązku informować mnie o swoich sprawach.

– Powiem ci, gdy wrócę – oświadczył.

– Gdzie więc twój przyjaciel... Bubba... zostanie? – spytałam, choć miałam paskudne przeczucie, że już wiem.

– Bubba będzie cię pilnował podczas mojej nieobecności – odparł Bill.

Uniosłam brwi.

– No cóż, nie jest zbyt... – Bill rozejrzał się – ...rozgarnięty – przyznał w końcu – lecz jest silny i zrobi, co mu każę. Dzięki niemu nikt nie włamie się do twojego domu.

– Zostanie poza domem, w lesie?

– Och, tak – odparł mój wampir. – Nie będzie przychodził, by z tobą porozmawiać. Po prostu o zmroku zjawi się na podwórzu, znajdzie sobie dogodny punkt obserwacyjny i całą noc będzie pilnował domu.

Muszę pamiętać, by opuścić rolety, pomyślałam.

– Naprawdę uważasz, że to konieczne? – spytałam bezradnie.

Bill westchnął ciężko.

– Kochana, bardzo się staram przyzwyczaić do tego, jak kobiety chcą być teraz traktowane. Nie jest to dla mnie naturalne, szczególnie gdy się obawiam o twoje bezpieczeństwo. Obecność Bubby tutaj pozwoli mi się spokojnie oddalić. Wolałbym nie wyjeżdżać, ale wierz mi, muszę to zrobić. Poza tym robię to dla nas.

Patrzyłam na niego.

– Rozumiem – odrzekłam w końcu. – Nie cieszę się z tego, ale nocami się boję, więc przypuszczam, że... no cóż, dobrze.

Szczerze mówiąc, nie sądzę, by Billa interesowało moje przyzwolenie. Właściwie jak mogłabym przegonić Bubbę, gdyby nie chciał odejść? Nawet przedstawiciele prawa w naszym mieście nie posiadali odpowiedniego wyposażenia przeciwko wampirom, a na widok tego akurat wampira pootwieraliby tylko gęby i stali bez ruchu, dopóki by ich nie rozszarpał. Doceniałam troskę Billa, pomyślałam zatem, że lepiej przestanę narzekać i po prostu mu podziękuję. Przytuliłam go.

– Skoro musisz wyjechać, postaraj się zachować ostrożność – oznajmiłam, usiłując nie dopuścić do głosu żałosnego tonu. – Masz gdzie się zatrzymać?

– Tak. Będę w Nowym Orleanie. Zarezerwowałem pokój w „Krwi", w dzielnicy French Quarter.

Czytałam artykuł o tym hotelu, pierwszym na świecie, który obsługiwał wampiry. Zapewniał im całkowite bezpieczeństwo i – jak dotąd – nikogo nie zawiódł. W dodatku mieścił się w samym środku cudownej French Quarter. O zmierzchu podobno otaczały go prawdziwe tłumy miłośników kłów i turystów, czekających na nocne wyjście wampirów.

Mimo że poczułam zazdrość, postarałam się nie wyglądać jak zbity pies.

– No cóż, baw się dobrze – rzuciłam pogodnie. – Skończyłeś się pakować? Jazda zajmie ci kilka godzin, a jest już późno.

– Samochód przygotowany.

Zrozumiałam, że Bill opóźnił wyjazd, by spędzić nieco czasu ze mną i dziećmi Arlene.

– Lepiej już pojadę. – Wyciągnął do mnie ręce.

Ujęłam je i padłam w objęcia Billa.

– Będę za tobą tęsknił – szepnął i pocałował mnie w czubek głowy, po czym odwrócił się i wyszedł.

Z ganku dotarł do mnie jego głos, gdy udzielał Bubbie ostatnich wskazówek. Skrzypnęła huśtawka; Bubba wstał.

Za okno wyjrzałam dopiero, gdy ucichł odgłos zjeżdżającego podjazdem samochodu Billa. Zobaczyłam Bubbę. Szedł do lasu. Podczas prysznica powiedziałam sobie, że skoro Bill zostawił Bubbę jako mojego ochroniarza, prawdopodobnie całkowicie mu ufa. Nadal jednak nie byłam pewna, kogo bardziej się boję: mordercy, przed którym Bubba mnie strzegł, czy też samego Bubby.

***

Nazajutrz w pracy Arlene spytała mnie, po co tamten wampir został w moim domu. Nie zaskoczyło mnie jej pytanie.

– No cóż, Bill musiał wyjechać z miasta i martwił się, wiesz...

Miałam nadzieję, że to wystarczy.

Później jednak przyszła do mnie Charlsie. Nie byłyśmy szczególnie zajęte: przedstawiciele Izby Handlowej jedli dziś uroczysty lunch w „Fins and Hooves", a Stowarzyszenie Gospodyń Wiejskich piekło ziemniaki w wielkim domu starej pani Bellefleur.

– Chcesz powiedzieć – zapytała Charlsie z roziskrzonymi oczyma – że twój facet przysłał ci osobistego ochroniarza?

Kiwnęłam głową.

– Jak romantycznie – westchnęła.

Można tak było na to spojrzeć.

– Tyle że powinnaś go zobaczyć – wtrąciła Arlene. Nie potrafiła już dłużej utrzymać języka za zębami. – Facet wygląda dokładnie jak...

– Och, nie, nie kiedy z nim rozmawiasz – przerwałam jej. To była szczera prawda. – I podobno wprost nie cierpi swojego prawdziwego imienia.

– Och – pisnęła Arlene.

– Czuję się bezpieczniejsza, kiedy obserwuje mnie z lasu – mruknęłam.

– Och, nie mieszka w domu? – spytała Charlsie, wyraźnie rozczarowana.

– Jasne, że nie! – odparłam. – Bubba spędza noce w lesie. Stamtąd obserwuje dom.

– Czy to była prawda z tymi kotami? – Arlene spojrzała podejrzliwie.

– Nie, tylko żartował. Nieciekawe poczucie humoru, co? – Kłamałam jak z nut. W duszy przecież wierzyłam, że Bubba lubi się napić kociej krwi.

Nieprzekonana Arlene pokręciła głową. Uznałam, że pora zmienić temat.

– Dobrze się bawiliście z Rene ubiegłego wieczoru? – spytałam.

– Był bardzo miły wczoraj w nocy, nieprawdaż? – spytała z zaróżowionymi policzkami.

Kobieta zamężna (niejednokrotnie zamężna), która się rumieni!

– Ty mi to powiedz.

Arlene lubiła sobie czasem nieco sprośnie pożartować.

– Och, ty! Chciałam tylko powiedzieć, że był naprawdę miły dla Billa, a nawet dla Bubby.

317

– Dlaczego nie miałby być miły?

– Wiesz, Sookie, on nie znosi wampirów. – Arlene potrząsnęła głową. – Ja również za nimi nie przepadam – wyznała, gdy spojrzałam na nią z uniesionymi brwiami. – Jednak Rene naprawdę żywi jakieś uprzedzenia. Jego siostra, Cindy, spotykała się przez pewien czas z wampirem, czym straszliwie zdenerwowała Rene.

– Cindy miewa się dobrze? – Bardzo interesowało mnie zdrowie osoby, która „spotykała się przez pewien czas z wampirem".

– Nie widziałam jej – przyznała przyjaciółka. – Ale Rene odwiedza ją mniej więcej co drugi tydzień. Podobno dziewczyna dobrze siebie radzi. Znalazła pracę w szpitalnym bufecie.

– Może Cindy chciałaby wrócić do domu? – spytał Sam zza baru, gdzie napełniał lodówkę butelkami z krwią. – Lindsey Krause odchodzi z drugiej zmiany, ponieważ przenosi się do Little Rock.

Stwierdzenie szefa przyciągnęło naszą uwagę. Lokal „Merlotte" zaczynał poważnie cierpieć z powodu niedoborów kadrowych. Z jakiegoś powodu zawód kelnerki stracił w ostatnich dwóch miesiącach na popularności.

– Rozmawiałeś już z kimś? – zapytała Arlene.

– Będę musiał przejrzeć zgłoszenia – odparł zmęczonym głosem.

Arlene i ja byłyśmy jedynymi spośród barmanek i kelnerek, które nie opuściły Sama od ponad dwóch lat. A nie, była jeszcze jedna. Na drugiej zmianie od lat pracowała też Susanne Mitchell. Mój szef spędzał sporo czasu na zatrudnianiu i (czasem) zwalnianiu.

– Hm... Sookie, mogłabyś zajrzeć w papiery? Sprawdź, która z kandydatek przeprowadziła się od czasu zgłoszenia albo dostała inną pracę. Może znajdziesz wśród dziewczyn taką, którą naprawdę polecasz? Oszczędziłabyś mi trochę roboty.

– Jasne – odrzekłam.

Pamiętałam, że Arlene robiła to samo dwa lata temu, kiedy przyjmowaliśmy Dawn. Miałyśmy więcej więzi ze społecznością miasteczka niż Sam, który niemal z nikim się nie spotykał. Mieszkał w Bon Temps od sześciu lat, ale nie znam nikogo, kto wiedziałby cokolwiek o jego życiu, zanim Sam kupił tu bar.

Usiadłam za jego biurkiem. Podzieliłam akta na trzy grupy: przeprowadzki, osoby zatrudnione gdzie indziej i „dobry materiał". Dodałam jeszcze czwarty i piąty stosik: dla osób, z którymi nie potrafiłabym pracować, gdyż ich nie cierpię, oraz stos dla zmarłych. Pierwszy formularz z tej ostatniej grupki wypełniła dziewczyna, która zginęła w wypadku samochodowym w ostatnie Boże Narodzenie. Drugie podanie należało do Maudette Pickens!

Maudette złożyła je trzy miesiące przed śmiercią. Domyślam się, że nie zadowalała jej praca w Grabbit Kwik. Popatrzyłam na odręczne pismo dziewczyny oraz jej ortografię i na nowo poczułam litość. Usiłowałam sobie wyobrazić mojego brata, który pragnie się kochać z tą kobietą i filmować to. Że też nie szkoda mu było czasu na kogoś takiego! Po raz kolejny zdumiała mnie dziwna mentalność Jasona. Nie widziałam go, odkąd odjechał z Desiree. Miałam nadzieję, że dotarł do domu cały i zdrów. Dziewczyna wyglądała na niezłe ziółko. Szkoda, że mój brat nie chce się ustatkować z, na przykład, Liz Barrett, która chyba potrafiłaby zapanować nad jego wyskokami.

Ilekroć ostatnio myślałam o Jasonie, martwiłam się. Gdybyż tylko nie znał tak dobrze Maudette i Dawn! Chociaż... wielu mężczyzn znało je obie, zarówno z widzenia, jak i hm... fizycznie. Obie miały też na ciele ugryzienia wampirzych zębów. Dawn lubiła ostry seks, skłonności Maudette w tym względzie nie znałam... Sporo facetów kupowało benzynę i kawę w Grabbit Kwik, sporo ich przychodziło również tutaj na drinka. Lecz tylko mój głupi brat zarejestrował na filmach figle z Dawn i Maudette.

Gapiłam się na duży plastikowy kubek z mrożoną herbatą, który stał na biurku Sama.

Z boku zielonego kubka widniał odblaskowy, pomarańczowy napis: „Duży Łyk z Grabbit Kwik". Mój szef także znał je obie. Dawn pracowała dla niego, a Maudette złożyła podanie o pracę w „Merlotcie".

Sam na pewno nie był zachwycony, że spotykam się z wampirem. Może nie chciał, by jakakolwiek kobieta widywała się z wampirem...?

Właśnie wtedy wszedł, ja zaś podskoczyłam, jakbym zrobiła coś złego. I zrobiłam, w mojej opinii. Nie powinno się źle myśleć o przyjacielu.

– Który stos jest dobry? – spytał, posyłając mi zaintrygowane spojrzenie.

Wręczyłam mu niski stosik, może z dziesięć podań.

– Ta dziewczyna, Amy Burley – odparłam, wskazując akta – ma doświadczenie, chociaż obecnie zastępuje tylko stałe kelnerki w barze „Good Times". Charlsie z nią tam pracowała, możesz więc najpierw pogadać z Tooten.

– Dzięki, Sookie.

Skinęłam głową.

– Wszystko w porządku? Wydajesz się dziś jakaś... odległa.

Przyjrzałam mu się. Wyglądał tak samo jak zawsze. Jego umysł jednak pozostawał dla mnie zamknięty. Jak Samowi udawało się mnie blokować? Nie potrafiłam odczytywać myśli tylko jeszcze jednej osoby – Billa. Ale przecież Bill był wampirem. A Sam na pewno nie.

– Po prostu tęsknię za Billem – odparłam z premedytacją. Czy zrobi mi wykład o zgubnych skutkach spotykania się z wampirem?

– Jest dzień – odparł mój szef. – Twojego wampira nie może być tutaj.

– Oczywiście że nie – odparowałam sztywno. – Wyjechał z miasta – dodałam, a potem zastanowiłam się, czy mądrze jest się zwierzać komuś, kogo zaczęłam podejrzewać o najgorsze.

Ruszyłam do drzwi, a Sam zagapił się na mnie ze zdumieniem.

Gdy później zobaczyłam Arlene i Sama odbywających długą rozmowę, jednoznacznie wywnioskowałam z ich porozumiewawczych spojrzeń, że mówią o mnie. Szef wrócił do swojego biura bardziej zmartwiony niż kiedykolwiek. Aż do końca mojej zmiany nie odezwaliśmy się do siebie.

Tego wieczoru droga do domu była dla mnie wyjątkowo trudna, ponieważ wiedziałam, że do rana zostanę sama. Wcześniej lepiej się czułam w samotne noce, gdyż w każdej chwili mogłam zadzwonić do Billa. Dziś nie.

Próbowałam się pocieszyć myślą, że mam „anioła stróża"...
i że gdy zapadną kompletne ciemności, Bubba wypełznie
z dziury, w której spał. Niestety, ta myśl mnie nie uspokoiła.

Zadzwoniłam do Jasona, lecz nie było go w domu.
Sprawdziłam w „Merlotcie", jednak Terry Bellefleur, który odebrał telefon, zapewnił mnie, że mój brat nie pojawił
się dziś w barze.

Zastanowiłam się, co robi teraz Sam. Chyba nigdy nie
słyszałam o jego randkach. Na pewno nie z braku propozycji, gdyż kobiety na pewno się nim interesowały.

Szczególnie zalotna, wręcz napastliwa, była Dawn.

Nie potrafiłam sobie wymyślić niczego przyjemnego do
roboty. Zaczęłam rozważać pomysł, że Bubba jest zabójcą
do wynajęcia... wampirem do wynajęcia. Czy to do niego
zadzwonił Bill, kiedy postanowił sprzątnąć wujka Bartletta? Zapytywałam się w myślach, dlaczego Bill wybrał na
mojego obrońcę takie tępe stworzenie.

Każda książka, którą brałam z półki, wydawała mi się
dziś nieodpowiednia. Każdy program w telewizji, który
zaczynałam oglądać, uznawałam po chwili za pozbawiony
sensu. Przeglądałam „Time'a", szybko wszakże rozdrażniła
mnie determinacja, z jaką wiele narodów usiłowało dać się
unicestwić, cisnęłam więc czasopismem przez pokój.

Mój umysł po omacku szukał jakiegoś punktu zaczepienia – niczym wiewiórka usiłująca się wydostać z klatki.

Na odgłos dzwonka telefonu aż podskoczyłam.

– Halo? – warknęłam.

– Jason jest tu teraz – powiedział krótko Terry Bellefleur. – Chce ci postawić drinka.

Wystraszyła mnie myśl, że musiałabym przejść w mroku do samochodu, a później wrócić do pustego domu (przynajmniej miałam nadzieję, że będzie nadal pusty). Po chwili zbeształam się w myślach, gdyż – ostatecznie – ktoś przecież doglądał budynku, ktoś bardzo silny, nawet jeśli był bardzo głupi.

– W porządku, będę za minutę – odparłam.

Terry odłożył słuchawkę. Pan Gadulski.

Włożyłam dżinsową spódnicę i żółty podkoszulek, a następnie – rozglądając się uważnie – prędko przecięłam oświetlone podwórko i dopadłam auta. Otworzyłam drzwiczki i w mgnieniu oka wsunęłam się na siedzenie. Natychmiast zamknęłam drzwiczki.

Pomyślałam, że nie mogę bez końca żyć w strachu.

***

Przed „Merlotte'em" z przyzwyczajenia zaparkowałam na parkingu dla pracowników. Przy śmietniku dostrzegłam drapiącego ziemię psa. Przechodząc, pogłaskałam go po łbie. Raz na tydzień dzwoniliśmy do schroniska, by przyjechali zabrać zabłąkane lub porzucone psy. Było wśród nich tak wiele ciężarnych suk, że aż krajało mi się serce.

Terry stał za barem.

– Hej – zagaiłam, popatrując po gościach. – Gdzie Jason?

– Nie ma go tutaj – odparł Terry. – Nie widziałem go dziś wieczorem. Mówiłem ci to przez telefon.

Wpatrywałam się w niego z otwartymi ustami.

– Ale później zadzwoniłeś i powiedziałeś, że przyszedł!

– Nie, nie dzwoniłem.

Gapiliśmy się na siebie bez słowa. Widziałam, że Terry ma jedną ze swoich złych nocy. Co chwila bezradnie kręcił głową, walcząc z koszmarnymi myślami dręczącymi go od czasów wojska lub związanymi z prywatnymi bitwami, jakie toczył z alkoholem i narkotykami. Mimo klimatyzacji twarz miał zarumienioną i spoconą, poruszał się niezdarnie i nierytmicznie. Biedny Terry.

– Naprawdę nie dzwoniłeś? – spytałam najbardziej neutralnym tonem, na jaki potrafiłam się zdobyć.

– Powiedziałem przecież, zgadza się? – odwarknął agresywnie.

Miałam nadzieję, że żaden z klientów baru nie przysporzy mu tego wieczoru kłopotów.

Wycofałam się z pojednawczym uśmiechem.

Pies nadal stał przy tylnych drzwiach. Na mój widok zaskowyczał.

– Jesteś głodny, mały? – spytałam.

Podszedł do mnie odważnie; nie kulił się, czego mogłabym się spodziewać po bezpańskim zwierzęciu. Kiedy oświetliła go latarnia, odkryłam, że sierść ma zdrową i połyskującą, zapewne więc porzucono go całkiem niedawno. Wyglądał na owczarka szkockiego. Miałam zamiar wrócić do kuchni i spytać kucharza, czy nie zostały mu jakieś resztki dla psa, później jednak wpadłam na lepszy pomysł.

– Wiem, że zły, stary Bubba kręci się koło domu, ale chyba zabiorę cię do siebie – zagruchałam dziecinnym głosem, którym zwracam się do zwierząt, ilekroć myślę, że nikt mnie nie słyszy. – Umiesz siusiać na dworze, żebyśmy nie nabrudzili w domciu? Co... mały?

Collie, jakby mnie zrozumiał, oznaczył róg śmietnika.

– Dobry piesek! Jedziesz ze mną? – Otworzyłam drzwi samochodu z nadzieją, że pies nie zabrudzi mi siedzeń.

Owczarek zawahał się.

– Wsiadaj, kochany, jak dojedziemy, dam ci coś dobrego do jedzenia, dobrze? – Przekupstwo nie zawsze jest złe.

Po kolejnych kilku spojrzeniach i gruntownym obwąchaniu moich rąk pies wskoczył na siedzenie obok kierowcy, usiadł i zapatrzył się w przednią szybę. Wyraźnie nastawiał się na przygodę.

Powiedziałam mu, że doceniam jego dobrą wolę i połaskotałam go za uszami. Ruszyliśmy w drogę. Collie dał mi do zrozumienia, że jest przyzwyczajony do jazdy autem.

– Wiesz, piesku, gdy dotrzemy pod dom – pouczyłam stanowczo owczarka – od razu pędzimy do frontowych drzwi. W porządku? W lesie jest olbrzym, który chętnie by cię pożarł.

Pies szczeknął nerwowo.

– No cóż, nie damy mu okazji – uspokoiłam go.

Bez wątpienia miło jest mieć stworzenie do pogaduszek. Nawet bardzo miło... chociaż owczarek nie potrafił odpowiadać, w każdym razie w składny, ludzki sposób. A ponieważ nie był człowiekiem, nie musiałam blokować dopływu jego myśli. Odprężyłam się.

– Trzeba się będzie spieszyć – dorzuciłam.

– Hau – zgodził się mój towarzysz.

– Muszę cię jakoś nazywać – ciągnęłam. – Może... Buffy?

Warknął.

– Okej. A Rover?

Zaskowyczał.

– Też mi się niezbyt podoba. Hm... – Skręciliśmy w mój podjazd. – A może masz już imię? – spytałam. – Poczekaj, obmacam ci szyję. – Wyłączyłam silnik i wsunęłam palce w gęstą sierść. Nie miał nawet obroży przeciwpchelnej. – Ktoś źle o ciebie dbał, maleńki – mruknęłam. – Ale to się teraz zmieni. Będę dobrą mamą.

Po tej skrajnie głupkowatej odzywce wyjęłam klucz i otworzyłam drzwi od swojej strony.

Pies natychmiast przepchnął się obok mnie, wyskoczył na podwórko i czujnie się rozejrzał. Poniuchał w powietrzu, w gardle narastał mu warkot.

– To jest naprawdę dobry wampir, kochany piesku, wampir, który chroni dom. Chodźmy do środka. – Chwilę namawiałam owczarka do wejścia. Kiedy znaleźliśmy się w domu, od razu zamknęłam za nami drzwi.

Pies obiegł salon, obwąchując wszystko i popatrując na boki. Dobrą minutę obserwowałam go, w końcu nabrałam pewności, że niczego nie pogryzie ani nie obsika, poszłam więc do kuchni poszukać mu czegoś do zjedzenia.

Napełniłam dużą miskę wodą, po czym wzięłam drugą, plastikową, w której babcia trzymała sałatę i nasypałam tam resztki kociego żarcia Tiny oraz mięso z meksykańskiego taco. Uznałam, że jeśli pies naprawdę głodował, zadowoli się tym posiłkiem. Owczarek po chwili wpadł do kuchni i skierował się do misek. Obwąchał jedzenie, po czym podniósł głowę i posłał mi długie spojrzenie.

– Przykro mi. Nie mam psiego jedzenia. Te odpadki to najlepsze, co udało mi się znaleźć. Jeżeli ze mną zostaniesz, kupię ci trochę Kibbles 'N Bits.

Collie gapił się na mnie jeszcze kilka sekund, potem pochylił głowę nad miską. Zjadł nieco mięsa, popił wodą i popatrzył na mnie wyczekująco.

– Mogę cię nazywać Rex?

Krótko warknął.

– Może Dean? – spytałam. – Dean to miłe imię.

Miał tak na imię pewien uprzejmy mężczyzna, który pomagał mi w księgarni w Shreveport. Facet miał oczy podobne do psich, usłużne i inteligentne. Wydało mi się, że nieco się różnił od innych ludzi. Nigdy nie spotkałam psa o tym imieniu.

– Założę się, że jesteś bystrzejszy od Bubby – mruknęłam w zadumie, a pies szczeknął. – Więc chodź, Dean, przygotujmy ci posłanie – oznajmiłam ot tak, z czystej radości, że mam do kogo otworzyć usta.

Owczarek powędrował za mną do sypialni, bardzo dokładnie obwąchując po drodze wszystkie meble.

Zdjęłam koszulę i podkoszulek, odłożyłam je, po czym zsunęłam majtki i rozpięłam biustonosz. Pies przyglądał mi się z wielką uwagą, kiedy wyjmowałam czystą koszulę nocną i szłam do łazienki wziąć prysznic.

Wyszłam czystsza i znacznie spokojniejsza.

Dean siedział w progu, przechyliwszy głowę.

– Żeby się umyć, ludzie z przyjemnością wchodzą pod prysznic – wyjaśniłam mu. – Wiem, że psy tego nie robią.

Jest to chyba wyłącznie ludzki zwyczaj. – Wyczyściłam zęby i włożyłam koszulę nocną. – Przygotowałeś się do snu, Dean?

W odpowiedzi pies wskoczył na łóżko, zakręcił się w kółko i umościł.

– Hej! Zaczekaj!

Nie mogłam na to pozwolić. Babcia dostałaby szału, gdyby wiedziała, że w jej łóżku leży pies. Uważała, że świetnie jest mieć zwierzęta, o ile spędzają noce na dworze. Ludzie wewnątrz, zwierzęta na zewnątrz – tak brzmiała jej zasada.

No cóż, teraz miałam wampira na zewnątrz i owczarka szkockiego w swoim łóżku.

– Schodzisz! – krzyknęłam i wskazałam przygotowany pled.

Owczarek powoli, niechętnie, zeskoczył z łóżka. Usiadł na pledzie i spojrzał na mnie z wyrzutem.

– Zostajesz tam – oświadczyłam surowo i położyłam się do łóżka.

Byłam bardzo zmęczona, ale dzięki psu moje zdenerwowanie niemal ustąpiło. Chociaż nie wiem, jakiej pomocy spodziewałam się w przypadku wizyty intruza; nie mogłam przecież być pewna lojalności prawie obcego zwierzęcia. Niemniej jednak jego obecność sprawiła, że poczułam ulgę i zaczęłam się relaksować. Już niemal zasypiałam, gdy odkryłam, że łóżko ugięło się pod ciężarem owczarka. Zwierzę polizało mi policzek długim językiem, po czym przytuliło się do mnie. Odwróciłam się i pogłaskałam psa. Przyjemnie było mieć towarzysza.

Obudziłam się o świcie. Usłyszałam nerwowe ćwierkanie ptaków i pomyślałam, że pewnie zbliża się burza. Cudownie było leżeć w łóżku. Od przytulonego do mnie psa biło ciepło, które przenikało przez moją nocną koszulę. W nocy chyba zrobiło mi się za gorąco, bo odrzuciłam kołdrę. Sennym ruchem pogłaskałam zwierzę po głowie i zaczęłam gładzić jego futro, leniwie przesuwając palce po gęstej sierści. Owczarek przysunął się jeszcze bliżej, powąchał moją twarz i... objął mnie...

Pies mnie objął?!

Wyskoczyłam z łóżka i wrzasnęłam.

Leżący w moim łóżku Sam podparł się na łokciach i popatrzył na mnie z rozbawieniem.

– O mój Boże! Sam, skąd się tu wziąłeś? Co robisz w moim domu? Gdzie jest Dean? – Zakryłam twarz dłońmi i odwróciłam się plecami, ale oczywiście natychmiast zaczęłam podejrzewać prawdę.

– Hau – odparł mój szef w całkowicie ludzki sposób.

Musiałam zaakceptować tę sytuację.

Odwróciłam się. Okropnie się gniewałam. Zaczęłam się obawiać, że zaraz wybuchnę.

– Patrzyłeś, jak się rozbierałam ubiegłej nocy, ty... ty... przeklęty psie!

– Sookie – odparł poważnym tonem. – Posłuchaj mnie.

W tym momencie uderzyła mnie inna myśl.

– Och, Sam. Bill cię zabije. – Usiadłam w fotelu przy drzwiach do łazienki, oparłam łokcie na kolanach i zwiesiłam głowę. – Och, nie – jęknęłam. – Nie, nie, nie.

Mój szef klęknął przede mną. Miał takie same sztywne, czerwonozłote włosy na piersi jak na głowie. Ciągnęły się przez brzuch w dół, ku... Znów zamknęłam oczy.

— Sookie, zmartwiła mnie informacja, że zostałaś zupełnie sama — zaczął.

— Arlene nie wspomniała ci o Bubbie?

— O Bubbie?

— To wampir, którego Bill zostawił, by pilnował domu.

— Ach tak, coś mówiła. Chyba przypominał jej jakiegoś piosenkarza.

— Ale ma na imię Bubba. Sprawia mu przyjemność wysysanie krwi ze zwierząt.

Poczułam satysfakcję, widząc (przez palce), że Sam blednie.

— Niedobrze więc, że mnie wpuściłaś — bąknął w końcu.

Nagle przypomniałam sobie jego „przebranie" z ubiegłej nocy.

— Kim ty jesteś, Sam? — spytałam.

— Potrafię zmieniać kształty... Myślę, że powinnaś się o tym dowiedzieć. Już najwyższy czas...

— Musiałeś mnie powiadomić właśnie w taki sposób?

— Faktycznie — przyznał, nieco zakłopotany. — Planowałem, że zanim otworzysz oczy, obudzę się i zniknę. Niestety, zaspałem. Bieganie na czworakach strasznie męczy.

— Sądziłam, że człowiek może się przemienić jedynie w wilka.

— Nie ja. Ja potrafię się zmienić w cokolwiek.

Tak mnie zaintrygował, że opuściłam ręce i spojrzałam na niego. Starałam się jednak patrzeć wyłącznie na jego twarz.

– Jak często? – spytałam. – Muszą być spełnione jakieś warunki?

– Tak, pełnia księżyca – wyjaśnił. – To znaczy, wtedy zmieniam się bez wysiłku. W innych przypadkach muszę chcieć... Wtedy jest trudniej i przygotowania trwają dłużej. Zamieniam się w zwierzę, które widziałem przed przemianą. Często mam więc na ławie książkę o psach, otwartą na zdjęciu owczarka szkockiego. Owczarki collie są duże, ale nikogo nie przerażają.

– Więc mógłbyś zostać ptakiem?

– Tak, chociaż latanie jest bardzo trudne. Zawsze się boję, że się usmażę na linii wysokiego napięcia albo trzasnę w jakieś okno.

– Dlaczego? To znaczy... Dlaczego chciałeś, żebym wiedziała?

– Zauważyłem, że stosunkowo dobrze przyjęłaś fakt, że Bill jest wampirem. Właściwie... chyba nawet znajdujesz przyjemność w jego odmienności. Pomyślałem zatem, że sprawdzę, jak sobie poradzisz z moim... problemem...

– Ale twojego problemu – wtrąciłam, nieco odbiegając od tematu – nie można wytłumaczyć wirusem! Chcę powiedzieć, że zmieniasz się całkowicie!

Milczał, patrząc na mnie. Oczy miał teraz niebieskie, ale równie bystre i spostrzegawcze.

– Umiejętność całkowitej zmiany kształtu jest zdecydowanie nadprzyrodzona. Jeśli coś takiego istnieje, może również legendy o innych stworzeniach są prawdziwe. Na przykład... – ciągnęłam powoli, ostrożnie – ...że Bill wcale nie ma wirusa. Wampirem nie jest człowiek, który ma po prostu alergię na srebro, czosnek czy światło słoneczne...

To kompletna bzdura, propaganda, można by powiedzieć. Tego typu pogłoski rozprzestrzeniają same wampiry, bo sądzą, że jako chorzy prędzej zostaną zaakceptowani. Tak naprawdę jednak wampiry są... są naprawdę...

Rzuciłam się do łazienki i zwymiotowałam. Na szczęście trafiłam do muszli klozetowej.

– Tak – powiedział z progu smutnym głosem Sam. – Przepraszam, Sookie. Niestety, Bill nie ma żadnego wirusa. Jest naprawdę, naprawdę martwy.

***

Umyłam twarz i dwukrotnie wyszczotkowałam zęby. Usiadłam na krawędzi łóżka, zbyt zmęczona, by cokolwiek robić. Mój szef usiadł obok mnie. Objął mnie ramieniem dla pocieszenia, a ja po chwili przysunęłam się bliżej i wtuliłam policzek w zagłębienie przy jego szyi.

– Wiesz, słuchałam NPR – rzuciłam, z pozoru bez związku. – Nadawali program o kriogenice. Podobno wiele osób decyduje się zamrozić tylko swoją głowę, bo to jest znacznie tańsze od zamrożenia całego ciała.

– Hm...?

– Zgadnij, jaką piosenkę zagrali na koniec?

– Jaką, Sookie?

– „Połóż głowę na moim ramieniu".

Mój szef prychnął, po czym zaczął się skręcać ze śmiechu.

– Słuchaj, Sam – oświadczyłam, gdy ucichł. – Słyszałam, co powiedziałeś, muszę jednak omówić tę kwestię z Billem. Kocham go i jestem wobec niego lojalna. A nie ma go tutaj, by mógł przedstawić swój punkt widzenia.

– Och, nie próbuję zabiegać o twoje względy, korzystając z nieobecności Billa. Chociaż byłoby wspaniale. – Uśmiechnął się.

Wyglądał w moim towarzystwie na znacznie bardziej odprężonego – teraz, kiedy znałam jego sekret.

– O co ci więc chodzi?

– Chronię cię do czasu zatrzymania mordercy.

– I dlatego obudziłeś się nagi w moim łóżku? Dla mojej ochrony?

Wyraźnie go zawstydziłam.

– No tak, powinienem wszystko lepiej zaplanować. Ale naprawdę uważałem, że potrzebujesz kogoś w domu. Arlene powiedziała mi, że Bill wyjechał. Wiedziałem, że nie pozwolisz mi tu spędzić nocy, jeśli zachowam ludzką postać.

– Pewnie czujesz ulgę, wiedząc, że nocami domu pilnuje Bubba?

– Wampiry są silne i okrutne – stwierdził Sam. – Domyślam się, że ten Bubba ma jakiś dług wobec Billa, w przeciwnym razie nie wyświadczyłby mu tej przysługi. Wampiry niechętnie to robią. Choć mają też swoistą hierarchię.

Może trzeba było zwrócić dokładniejszą uwagę na to, co mówi Sam? Pomyślałam jednak, że lepiej nie wyjaśniać mu pochodzenia Bubby.

– Skoro istnieją takie stworzenia, jak ty i Bill, to domyślam się, że na świecie jest mnóstwo innych nadnaturalnych istot i zjawisk – zauważyłam, uświadamiając sobie, ile kwestii mam do rozważenia. Odkąd spotkałam Billa, nie czułam zbytniej potrzeby głębokich przemyśleń, nigdy wszakże nie zawadzi być na wszystko przygotowanym. – Będziesz musiał mi kiedyś opowiedzieć. – Wielka Stopa? Potwór z Loch Ness? Zawsze wierzyłam w potwora z Loch Ness.

– No dobrze, chyba lepiej wrócę już do domu – powiedział Sam. Popatrzył na mnie pogodnie. Nadal był nagi.

– Tak, myślę, że powinieneś. Ale... o cholera... do diabła... ty...

Poszłam na górę poszukać jakiegoś ubrania. Wydawało mi się, że Jason zostawił na wszelki wypadek kilka rzeczy w szafie na piętrze.

I rzeczywiście. W pierwszej sypialni na górze znalazłam parę dżinsów i roboczą koszulę.

Na górze, pod cynowym dachem, było gorąco, ponieważ piętro ogrzewał oddzielny termostat. Wróciłam na dół, z radością ponownie oddychając chłodnym, klimatyzowanym powietrzem.

– Proszę – powiedziałam, wręczając Samowi ubranie. – Mam nadzieję, że będą na ciebie pasować. – Spojrzał, jakby chciał ciągnąć rozmowę, teraz jednak zdawałam sobie sprawę z tego, że mam na sobie tylko cienką, nylonową koszulę nocną, a mój szef jest całkiem nagi. – Włóż te rzeczy – poleciłam stanowczym tonem. – Ubierz się w salonie.

Wyprosiłam go i zamknęłam za nim drzwi. Myślałam, że mógłby się obrazić, słysząc, że przekręcam klucz, więc tego nie zrobiłam. Przebrałam się, włożyłam świeżą bieliznę, dżinsową spódnicę i żółty podkoszulek, który miałam ubiegłej nocy. Zrobiłam makijaż, wpięłam kolczyki i zaczesałam włosy w koński ogon, na gumkę dodałam żółtą

334

ozdobę. Humor mi się poprawił, kiedy spojrzałam w lustro, ale minutę później mój uśmiech zmienił się w marsową minę, bo wydało mi się, że słyszę samochód wjeżdżający na frontowe podwórko.

Wypadłam z sypialni jakby mnie ktoś wystrzelił z armaty. Miałam cholerną nadzieję, że Sam zdążył się ubrać i ukryć. Ale on zrobił coś lepszego. Zmienił się ponownie w psa. Ubrania leżały rozrzucone na podłodze, zebrałam je więc i wepchnęłam do szafy w korytarzu.

– Dobry piesek! – powiedziałam z entuzjazmem i podrapałam zwierzę za uszami.

W odpowiedzi Dean wetknął zimny czarny nos pod moją spódnicę.

– Natychmiast przestań – nakazałam mu i wyjrzałam przez okno od frontu. – To Andy Bellefleur.

Detektyw wyskoczył ze swojego dodge'a rama, przeciągnął się i ruszył do drzwi. Otworzyłam je. Dean stał przy moim boku.

Przypatrywałam się policjantowi z zaciekawieniem.

– Wyglądasz, jakbyś był na nogach przez całą noc, Andy. Może zaparzę ci kawy?

Pies poruszył się niespokojnie.

– Byłoby wspaniale – odparł. – Mogę wejść?

– Pewnie. – Odsunęłam się. Dean warknął.

– Masz tu dobrego psa stróżującego. No, mały, chodź do mnie. – Bellefleur kucnął i wyciągnął rękę do owczarka szkockiego, o którym po prostu nie potrafiłam myśleć jako o Samie.

Dean obwąchał rękę Andy'ego, ale jej nie polizał. Trzymał się przez cały czas między mną i detektywem.

– Chodź do kuchni – powiedziałam.

Andy podniósł się i ruszył za mną. Kawa się parzyła. Włożyłam też chleb do tostera. Kolejne kilka minut przygotowywałam śmietankę, cukier, łyżeczki i kubki, potem jednak musiałam zmierzyć się z powodem wizyty detektywa. Twarz miał wymizerowaną, wyglądał dziesięć lat starzej. Czułam, że nie wpadł po prostu z wizytą towarzyską.

– Sookie, byłaś tu ubiegłej nocy? Nie pracowałaś?

– Nie było mnie w domu. To znaczy byłam... z wyjątkiem krótkiego wypadu do „Merlotte'a".

– Bill cię odwiedził choćby na chwilę?

– Nie, Bill jest w Nowym Orleanie. Zatrzymał się w nowym hotelu we French Quarter, tym wyłącznie dla wampirów.

– Jesteś pewna, że właśnie tam przebywa?

– Tak. – Rysy mi jednak stwardniały. Przewidywałam złą wiadomość.

– Byłem na nogach całą noc – wyjaśnił Andy.

– Tak?

– Właśnie jadę z kolejnego miejsca zbrodni.

– Tak. – Od razu weszłam do jego umysłu. – Amy Burley? – Wpatrywałam mu się w oczy, próbując się upewnić. – Amy, która pracowała w barze „Good Times"?

Nazwisko ze szczytu wczorajszego stosu potencjalnych barmanek, nazwisko, które zasugerowałam Samowi! Spojrzałam na psa. Leżał na podłodze z pyskiem między łapami. Wyglądał na tak smutnego i ogłuszonego, jak ja. Nawet zaskowyczał żałośnie.

Andy wwiercał się wzrokiem w moje oczy.

– Skąd wiesz?

– Daj spokój z bzdurami, Andy, wiesz, że potrafię czytać w myślach. Czuję się strasznie. Biedna Amy. Czy zginęła tak jak inne?

– Tak – odpowiedział. – Identycznie. Ale ślady ugryzień były świeższe.

Przypomniała mi się noc, gdy Bill i ja jechaliśmy do Shreveport, wezwani przez Erica. Czy Bill skorzystał wtedy z krwi Amy? Nie potrafiłam policzyć, ile dni temu odbył się ten wyjazd; tak wiele dziwnych i strasznych rzeczy zdarzyło się w ciągu ostatnich kilku tygodni.

Usiadłam ciężko na taborecie w kuchni i przez kilka minut potrząsałam bezwiednie głową, zdziwiona obrotem, jaki przybrało moje życie.

W życiu Amy Burley nic się już nie zmieni. Otrząsnęłam się z szoku i apatii, podniosłam się i nalałam kawy.

– Billa nie było tutaj od przedwczorajszej nocy – oznajmiłam.

– A ty byłaś tu prawie przez całą noc?

– Tak. Mój pies może zaświadczyć. – Uśmiechnęłam się do Deana, który zapiszczał. Gdy piłam kawę, podszedł i położył mi głowę na kolanach. Pogładziłam go po uszach.

– Miałaś wieści od brata?

– Nie, ale miałam zabawny telefon. Ktoś mi powiedział, że Jason jest w „Merlotcie".

Ledwo to powiedziałam, zrozumiałam, że dzwonić musiał Sam, kusząc mnie, bym przyjechała do baru, dzięki czemu mógł się wprosić do auta i przyjechać ze mną do mojego domu. Dean ziewnął, rozwierając szeroko paszczę. Zobaczyłam wszystkie jego białe, ostre zęby.

Żałowałam, że nie zatrzymałam tej informacji dla siebie.

Teraz musiałam wyjaśnić wszystko Andy'emu, który nagle podskoczył na kuchennym taborecie. Najwyraźniej nieco przysypiał. Dostrzegłam, że jego kraciasta koszula jest pognieciona i poplamiona kawą, spodnie khaki powypychane od długiego noszenia. Detektyw tęsknił do łóżka w sposób, w jaki koń tęskni do swego boksu.

– Powinieneś trochę odpocząć – oświadczyłam łagodnie. Było w nim coś smutnego i onieśmielającego.

– Chodzi o te morderstwa – odparł. Z wyczerpania drżał mu głos. – O te biedne kobiety. Były w pewnym sensie bardzo do siebie podobne.

– Niewykształcone pracownice barów, które lubiły od czasu do czasu przespać się z wampirem?

Kiwnął głową. Znowu opadały mu powieki.

– Inaczej mówiąc, kobiety takie jak ja.

Otworzył oczy. Dopiero teraz zrozumiał swój błąd.

– Sookie...

– Rozumiem, Andy – zapewniłam go. – Pod pewnymi względami wszystkie jesteśmy do siebie podobne, a jeśli uznasz, że zamiast mojej babci morderca chciał zaatakować mnie, wtedy można mnie nazwać jedyną osobą, która przeżyła.

Zastanowiłam się, kto jeszcze pozostał zabójcy. Czy spośród żywych dziewcząt tylko ja jedna pasuję do jego kryteriów? Była to najbardziej przerażająca myśl, jaka przemknęła mi przez głowę tego dnia.

Andy roztropnie pokiwał głową nad kubkiem z kawą.

– Może pójdziesz do drugiej sypialni i się położysz? – zasugerowałam cicho. – Musisz się trochę przespać. W takim stanie nie możesz prowadzić. Nie byłoby to mądre.

– Miło z twojej strony – odparł detektyw sennym głosem. Wydawał się nieco zaskoczony, jakby nie spodziewał się po mnie dobroci. – Niestety, muszę dotrzeć do domu i nastawić sobie budzik. Mogę przespać najwyżej trzy godziny.

– Obiecuję, że cię obudzę – zapewniłam go.

Nie chciałam, by Andy spał w moim domu, ale naprawdę się bałam, że w drodze może zasnąć i mieć wypadek. Stara pani Bellefleur nigdy by mi nie wybaczyła. Prawdopodobnie Portia także.

– Chodź, zdrzemniesz się chwilę.

Zaprowadziłam go do mojej starej sypialni. Pojedyncze łóżko było starannie pościelone.

– Po prostu się połóż, a ja nastawię budzik. – Zrobiłam to na jego oczach. – No, prześpij się. Mam pewną sprawę do załatwienia, potem wrócę.

Andy nie stawiał oporu. Nim zamknęłam drzwi, usiadł ciężko na łóżku.

Pies powlókł się za mną.

– Idź się w końcu ubrać! – poleciłam mu natychmiast zupełnie innym tonem.

Andy wystawił głowę z drzwi sypialni.

– Sookie, z kim rozmawiasz?

– Z psem – odparłam natychmiast. – Codziennie zakładam mu obrożę.

– Dlaczego w ogóle ją zdejmujesz?

– Brzęczy w nocy i nie pozwala spać. Odpoczywaj, Andy.

– Dobrze już, dobrze.

Wyglądał na usatysfakcjonowanego wyjaśnieniami. Zamknął drzwi.

Wyjęłam z szafy ubranie Jasona, położyłam je na kanapie przed psem i usiadłam, odwracając się plecami. Od razu jednak zrozumiałam, że widzę go w lustrze nad obramowaniem kominka.

Wokół owczarka zamgliło się powietrze; odniosłam wrażenie, że szumi i wibruje od energii. Później w tej koncentracji energii ciało psa zaczęło się zmieniać, a gdy mgła opadła, na podłodze znów klęczał Sam, goły jak go Pan Bóg stworzył. Och, ależ miał pośladki! Musiałam się zmusić do zamknięcia oczu, tłumacząc sobie, że przecież nie zdradzam Billa. Dodałam stanowczo w myślach, że Bill również ma zgrabny tyłek.

– Jestem gotów – oświadczył Sam tak blisko za mną, że aż podskoczyłam.

Wstałam szybko, obróciłam się i ujrzałam jego twarz nawet nie piętnaście centymetrów od swojej.

– Sookie – powiedział z nadzieją w głosie. Jego ręka wylądowała na moim ramieniu. Pogłaskał je.

Poczułam gniew, ponieważ w pewnym stopniu ja także pragnęłam go pieścić.

– Posłuchaj no, kolego, mogłeś powiedzieć mi o sobie w każdej chwili podczas ostatnich kilku lat. Znamy się ile... cztery lata? Może nawet dłużej! A jednak, Samie, mimo że widuję cię prawie codziennie, czekasz, aż zainteresuje się mną Bill i dopiero wtedy... – Nie umiałam wymyślić zakończenia tego zdania, toteż wyrzuciłam tylko ręce przed siebie.

Mój szef wycofał się. Na szczęście.

– Nie wiedziałem, czego pragnę, dopóki nie odkryłem, że mogę to stracić – odparł spokojnie.

Nie znalazłam riposty.

– Czas wracać do domu – powiedziałam jedynie. – I lepiej zróbmy to tak, żeby nikt cię nie zobaczył. Mówię poważnie.

Ryzykowałam. Jeśli ktoś tak złośliwy jak Rene zobaczy Sama w moim samochodzie wcześnie rano, na pewno wyciągnie niewłaściwe wnioski. I bez wątpienia przekaże je Billowi. Wyjechaliśmy. Mój szef garbił się na tylnym siedzeniu. Ostrożnie zaparkowałam za „Merlotte'em". Stał tam pikap: czarny z niebieskawozielonymi i różowymi płomieniami po bokach. Auto Jasona!

– Jasne – mruknęłam.

– Co takiego? – Głos Sama był stłumiony przez jego niewygodną pozycję.

– Pozwól, że pójdę i się rozejrzę – powiedziałam. Zaczynałam się niepokoić. Po co Jason stanął tutaj na parkingu dla pracowników? Wydało mi się, że dostrzegłam na siedzeniu jakiś ruch.

Otworzyłam drzwiczki i odczekałam chwilę, sprawdzając, czy odgłos zaalarmuje osobę w pikapie. Gdy nic się nie zdarzyło, ruszyłam po żwirze. Nigdy wcześniej w biały dzień nie byłam taka przestraszona.

Dotarłszy bliżej okna, zauważyłam w środku mojego brata. Siedział za kierownicą. Jego koszula była poplamiona, podbródek spoczywał na piersi, ręce leżały bezwładnie na siedzeniu po bokach, a twarz była poznaczona czerwonymi zadrapaniami. Na tablicy rozdzielczej leżała kaseta wideo bez nalepek.

– Sam! – wrzasnęłam, nienawidząc strachu w moim głosie. – Proszę, przyjdź tutaj.

341

Szybciej, niż mogłabym się tego spodziewać, mój szef znalazł się przy mnie. Wyciągnął rękę i otworzył drzwiczki pikapa. Ponieważ auto stało tu prawdopodobnie od kilku godzin (na masce była rosa) z zamkniętymi oknami, a było wczesne lato, ze środka uderzył nas silny zapach; składał się przynajmniej z trzech elementów: krwi, seksu i alkoholu.

– Zadzwoń po karetkę! – poleciłam szybko, gdy Sam sięgnął, chcąc sprawdzić puls Jasona.

Szef popatrzył na mnie z powątpiewaniem.

– Jesteś pewna, że chcesz to zrobić? – spytał.

– Oczywiście! Jest nieprzytomny!

– Zaczekaj, Sookie. Zastanów się.

Może rozważyłabym wszystkie za i przeciw, ale w tym momencie poobijanym niebieskim fordem nadjechała Arlene. Sam westchnął i poszedł do przyczepy zadzwonić na pogotowie.

Jakaż byłam naiwna! Oto, jaką nagrodę dostają praworządne obywatelki.

Pojechałam z Jasonem do małego lokalnego szpitala, obojętna na policjantów oglądających bardzo uważnie ciężarówkę mojego brata, ślepa na samochód patrolowy jadący za karetką. Całkowicie zaufałam lekarzowi pogotowia, który odesłał mnie do domu z zapewnieniem, że zadzwoni natychmiast, gdy Jason odzyska przytomność. Doktor oznajmił też, przypatrując mi się z ciekawością, że mój brat najwyraźniej odsypia skutki wypicia zbyt dużej ilości alkoholu bądź zażycia narkotyków. Jason jednak nigdy przedtem aż tyle nie pił, a narkotyków w ogóle nie brał. Wystarczy, że nasza kuzynka Hadley nisko upadła i żyła na ulicy. Jej los zrobił na nas obojgu wielkie wrażenie. Powiedziałam to wszystko doktorowi, który mnie wysłuchał, a następnie spławił.

Nie wiedząc, co myśleć, wróciłam do domu. Andy'ego Bellefleura w nim nie było. Obudził go jego pager. Detektyw zostawił mi kartkę z tą informacją, nie pisząc nic więcej. Później się dowiedziałam, że przebywał w szpitalu w tym samym czasie co ja. Przez wzgląd na mnie poczekał, aż wyjdę, i dopiero wtedy przykuł Jasona kajdankami do łóżka.

ROZDZIAŁ DWUNASTY

Sam zjawił się z nowinami około jedenastej.

– Sookie, aresztują Jasona, gdy tylko dojdzie do siebie, co zapewne stanie się bardzo szybko. – Szef nie powiedział mi, skąd to wie, a ja nie zapytałam.

Patrzyłam na niego bez słowa, po twarzy spływały mi łzy. Innego dnia może pomyślałabym, że brzydko wyglądam zapłakana, dziś jednak w ogóle nie troszczyłam się o swój wygląd. Byłam zdenerwowana, bałam się o Jasona, smuciłam się z powodu Amy Burley, przepełniał mnie gniew, że policja popełnia takie głupie pomyłki, w dodatku straszliwie tęskniłam za moim Billem.

– Policjanci uważają, że Amy Burley dzielnie się broniła. Twierdzą, że Jason zabił ją, a potem się upił.

– Dzięki za ostrzeżenie, Samie. – Mój głos nawet mnie samej wydawał się osobliwie nieobecny. – Lepiej jedź teraz do pracy.

Uznał, że chcę zostać sama, i dał mi spokój, a ja zadzwoniłam do informacji i zdobyłam numer hotelu „Krew" w nowoorleańskiej dzielnicy French Quarter. Wystukałam go. Czułam, że robię coś złego, chociaż nie potrafiłam tego uzasadnić.

– „Kreeeeeew"... we French Quarter – obwieścił dramatycznie głęboki głos. – Twoja trumna z dala od domu. Jezuuu!

– Dzień dobry. Mówi Sookie Stackhouse. Dzwonię z Bon Temps – powiedziałam grzecznie. – Muszę zostawić wiadomość dla Billa Comptona. Jest u was gościem.

– Kły czy człowiek?

– Eee... kły.

– Proszę poczekać minutkę. – Głęboki głos wrócił na linię po chwili. – Jaka to wiadomość, proszę pani?

Zawahałam się.

– Proszę przekazać panu Comptonowi, że... mój brat został aresztowany i że będę wdzięczna, jeśli Bill wróci do domu natychmiast po załatwieniu swoich spraw.

– Zapisałem. – Dźwięk bazgrania. – A pani nazwisko? Można prosić o powtórzenie?

– Stackhouse. Sookie Stackhouse.

– W porządku, droga pani. Dopilnuję, by pan Compton otrzymał tę wiadomość.

– Dzięki.

Żadne inne działania nie przyszły mi do głowy – do czasu, aż zrozumiałam, że powinnam zatelefonować do Sida Matta Lancastera. Informacja o aresztowaniu Jasona mocno zszokowała adwokata, a przynajmniej to sugerował ton jego głosu. Zapewnił mnie, że pospieszy do szpitala po południu, od razu po opuszczeniu sądu. Później miał się do mnie odezwać.

Pojechałam do szpitala. Poprosiłam, żeby pozwolili mi posiedzieć z Jasonem do chwili, aż odzyska przytomność. Nie zgodzili się. Pomyślałam, że może już ją odzyskał i nikt mi o tym nie powiedział. Zobaczyłam w końcu korytarza Andy'ego Bellefleura, on jednak na mój widok odwrócił się i odszedł.

Przeklęty tchórz!

Wróciłam do domu, ponieważ nie miałam pojęcia, co jeszcze mogłabym zrobić. Uświadomiłam sobie, że tego dnia nie pracuję. Byłam z tego zadowolona, choć tak naprawdę fakt ten niewiele mnie obchodził. Przemknęło mi przez myśl, że nie radzę sobie z całą sprawą tak dobrze, jak powinnam. Znacznie bardziej opanowana byłam po śmierci babci.

Tamta sytuacja była jednak absolutnie jasna. Musieliśmy wyprawić babci pogrzeb, jej mordercę należało schwytać i zatrzymać, my zaś mieliśmy po prostu żyć dalej. Jeśli policja poważnie sądziła, że Jason zabił naszą babcię (oraz inne kobiety)... Oznaczałoby to, że świat jest tak paskudny i niebezpieczny, że nie mam ochoty na nim żyć.

W to straszliwie długie popołudnie, siedząc i patrząc przed siebie, uprzytomniłam sobie, że do aresztowania Jasona doprowadziła moja naiwność. Gdybym po prostu zabrała brata do przyczepy Sama, obmyła go z krwi, ukryła film do czasu, aż sprawdzę, co zawiera... gdybym nie zadzwoniła po karetkę... Tak sugerował zapewne mój szef, patrząc na mnie z powątpiewaniem. Tyle że przyjazd Arlene odebrał mi tę możliwość...

Pomyślałam, że kiedy ludzie się dowiedzą o Jasonie, mój telefon się rozdzwoni.

Nikt jednak nie zatelefonował.

Pewnie nie wiedzieli, co powiedzieć.

Sid Matt Lancaster przyjechał około szesnastej trzydzieści.

– Zatrzymali go za morderstwo pierwszego stopnia – obwieścił bez zbędnych wstępów.

Zamknęłam oczy. Kiedy je otworzyłam, odkryłam, że Sid przygląda mi się z przenikliwą miną. Tradycyjne okulary w czarnych oprawkach powiększały jego piwne oczy, a wyraziste szczęki i ostry nos upodabniały prawnika do ogara.

– A co mówi Jason? – spytałam.

– Twierdzi, że był z Amy ubiegłej nocy.

Westchnęłam.

– Mówi, że poszli do łóżka i że sypiał z nią wcześniej – ciągnął Sid. – Podobno nie widział jej przez dłuższy czas, bo podczas ostatniego spotkania Amy była zazdrosna o inne kobiety, z którymi twój brat się widywał. Naprawdę była rozgniewana... Zdumiał się więc, że zagadnęła go ubiegłej nocy w „Good Times". Zdaniem Jasona, Amy zachowywała się przez całą noc dziwacznie, jakby postępowała zgodnie z jakimś planem, którego twój brat nie znał. Przypomina sobie, że uprawiali seks, potem leżeli w łóżku i pili drinka... Dalej nic nie pamięta... aż do przebudzenia w szpitalu.

– Ktoś go upił i wrobił – oświadczyłam stanowczo, choć natychmiast przypomniały mi się podobne teksty z filmów, które oglądałam w telewizji.

– Oczywiście, że tak. – Sid Matt posłał mi poważne i pełne przekonania spojrzenie, jakby ubiegłej nocy był w domu Amy Burley i wszystko widział.

Psiakrew, może i był!

– Niech pan posłucha, Sidzie Matt. – Pochyliłam się, musiał więc spojrzeć mi w oczy. – Nawet gdybym mogła jakimś sposobem uwierzyć, że Jason zabił Amy, a także Dawn i Maudette, nikt mnie nie przekona, że podniósł choćby mały palec na naszą babcię.

– To dobrze. – Sid Matt zastanowił się nad moimi słowami. Widziałam, że całkowicie się ze mną zgadza. – Panno Sookie, załóżmy na moment, że Jason miał coś wspólnego ze zgonami młodych dziewcząt. Wówczas... co do pani babci... policja może pomyśleć, że zabił ją pani przyjaciel, Bill Compton, ponieważ była przeciwna waszemu związkowi.

Usiłowałam udawać, że się zastanawiam nad tym idiotyzmem.

– No cóż, Sidzie Matt, moja babcia bardzo lubiła Billa i była zadowolona, że się z nim spotykam.

Zachował uprzejmą minę, ale w jego oczach dostrzegałam skrajne niedowierzanie.

On na pewno nie byłby zadowolony, gdyby jego córka widywała się z wampirem. Nie dopuszczał nawet myśli, że jakiś odpowiedzialny rodzic zareaguje na taką nowinę inaczej niż strachem. I nie potrafił sobie wyobrazić, jak ma przekonać sąd, że babcia cieszyła się z mojego związku z facetem, który – nie dość, że nieżywy – był ode mnie starszy o ponad sto lat.

Wszystkie te stwierdzenia wyczytałam w umyśle Sida Matta.

– Poznał pan kiedyś Billa? – spytałam.

Zaskoczyłam go.

– Nie – przyznał. – Wie pani, panno Sookie, nie jestem zwolennikiem wampirów. Zdaje mi się, że... mówiąc obrazowo... nie należy wiercić otworów w ścianie dzielącej nas od tak zwanych zakażonych wirusem. Skoro Bóg postawił między nami tę ścianę, nie powinniśmy jej ruszać, ja w każdym razie będę twardo stać po naszej stronie muru.

– Problem w tym, Sidzie Matt, że mnie osobiście Bóg stworzył jako łączniczkę między stronami tego muru. – Po latach ukrywania mojego „daru" zaczęłam o nim mówić każdemu, jeśli tylko podejrzewałam, że mogę w ten sposób pomóc Jasonowi.

– A zatem – Sid Matt popchnął okulary na grzbiet ostrego nosa i dzielnie stawiał mi czoło – jestem pewien, że dobry Bóg obarczył panią problemem, o którym słyszałem... z jakiegoś ważnego powodu. Musi się pani nauczyć używać tego daru dla Jego chwały.

Nikt nigdy nie mówił o moim problemie w taki sposób. Uznałam, że w wolnej chwili powinnam się zastanowić nad tym osobliwym stwierdzeniem.

– Przeze mnie odeszliśmy, niestety, nieco od tematu, a wiem, że pański czas jest cenny. – Zebrałam myśli. – Sądzę, że Jason mógłby wyjść za kaucją. Istnieją tylko poszlaki łączące go z jednym zabójstwem. Zabójstwem Amy. Mam rację?

– Pani brat przyznał się do spotkania z ofiarą tuż przed jej śmiercią, kaseta wideo zaś... co jeden z policjantów zasugerował z naciskiem... ukazuje stosunek Jasona z zamordowaną dziewczyną. Zgodnie z widocznymi na kasecie datą i godziną film nakręcono w dniu śmierci, może nawet kilka minut przed zabójstwem.

Ach te szczególne, sypialniane preferencje mojego cholernego brata!

– Jason zazwyczaj nie pije dużo. Gdy go znalazłam w pikapie, cały śmierdział alkoholem. Podejrzewam, że ktoś go nim oblał. Zapewne testy to potwierdzą. Może Amy podała mu jakiś narkotyk w drinku, który dla niego przyrządziła?

– Dlaczego miałaby to zrobić?

– Ponieważ, jak wiele kobiet, miała na punkcie mojego brata prawdziwego fioła. I, jak wiele innych, ogromnie go pragnęła. Jason potrafił poderwać niemal każdą kobietę, która mu się spodobała. Nie, to eufemizm... – Sid Matt spojrzał na mnie z uwagą, prawdopodobnie zdumiony, że znam takie słowo. – Mówiąc wprost, mógł zaciągnąć do łóżka prawie każdą, którą zechciał. Większość facetów na pewno mu zazdrościła, a on... – Zmęczenie opadło mnie niczym ciężka mgła. – A on siedzi teraz z tego powodu w więzieniu.

– Podejrzewa pani zemstę innego mężczyzny? Ktoś po prostu wrobił go w to morderstwo?

– Tak, tak właśnie sądzę. – Pochyliłam się ku niemu, usiłując przekonać sceptycznego prawnika siłą własnej wiary. – Jakiś facet, który mu zazdrościł. Ktoś, kto bacznie mu się przyglądał, zabił kobietę, gdy Jason od niej wyszedł. Ten mężczyzna musiał wiedzieć, że Jason uprawiał z tymi dziewczynami seks. I wiedział, że mój brat lubi kręcić filmy.

– To rzeczywiście mógł być niemal każdy – powiedział adwokat.

– Otóż to – przyznałam ze smutkiem. – Nawet jeśli Jason nie rozpowiadał o swoich podbojach, wystarczyło zobaczyć, z kim opuszcza bar. Wystarczyła zwyczajna spostrzegawczość... Może ów mężczyzna podczas wizyty w domu mojego brata spytał go o kasety... – Jason był nieco niemoralny, nie sądziłam jednak, by komukolwiek pokazał filmy. Mógł jednak powiedzieć zabójcy, że lubi je kręcić. – A ten facet, kimkolwiek był, wiedząc, że Amy kocha się w moim bracie, zawarł z nią jakiś układ. Na przykład powiedział jej, że zrobią Jasonowi kawał albo coś w tym rodzaju.

– Pani brata nigdy przedtem nie aresztowano, panno Sookie? – zapytał Sid Matt.

– Nigdy. – Chociaż, z tego co słyszałam od Jasona, kilka razy niewiele brakowało.

– A więc nienotowany, uczciwy członek społeczności, stała praca. Może istnieje szansa, żeby mu załatwić wyjście za kaucją. Ale jeśli ucieknie, stracicie wszystko.

Ani przez moment nie przyszło mi do głowy, że Jason mógłby uciec. Nie znałam się na zasadach związanych z wyjściem za kaucją i nie wiedziałam, co będę musiała zrobić, ale za wszelką cenę chciałam uchronić Jasona od więzienia. Uważałam, że jeśli pozostanie w areszcie, jego sprawa na pewno trafi do sądu... Po prostu jako więzień wyglądał mi na bardziej winnego.

– Proszę się dowiedzieć i powiadomić mnie, co mam zrobić – podsumowałam. – Czy mogę pójść go odwiedzić?

– Wolałby, żeby pani nie przychodziła – odparł Sid Matt.

Poczułam się straszliwie zraniona.

– Dlaczego? – spytałam, naprawdę bardzo starając się nie rozpłakać.

– Wstydzi się – wyjaśnił prawnik.

Myśl, że Jasona dręczy wstyd, szczerze mnie zafascynowała.

– Czyli że zadzwoni pan do mnie, kiedy będę mogła rzeczywiście coś zrobić? – zakończyłam, nagle znużona tym niesatysfakcjonującym spotkaniem.

Sid Matt kiwnął głową. Zauważyłam, że przy tym geście nieznacznie drżały mu szczęki. Najwyraźniej przeze mnie poczuł się nieswojo. Na pewno cieszył się, że rozmowę ze mną ma już za sobą.

Odjechał swoim pikapem. Zanim zniknął mi z oczu, włożył na głowę kowbojski kapelusz.

Po zapadnięciu całkowitych ciemności wyszłam sprawdzić, jak się miewa Bubba. Siedział pod dębem błotnym. Obok niego stały butelki krwi – po jednej stronie opróżnione, po drugiej pełne.

Trzymałam w dłoni latarkę i chociaż wiedziałam, gdzie Bubba się znajduje, przeżyłam szok, gdy go dostrzegłam w snopie światła. Potrząsnęłam głową. Coś naprawdę szło źle podczas jego „przemiany", nie miałam co do tego wątpliwości. Byłam zadowolona, że nie potrafię „odczytać" jego myśli. Oczy miał wściekłe jak cholera.

– Hej, cukiereczku – zagaił. Jego ciężki południowy akcent skojarzył mi się z gęstym syropem. – Jak się miewasz? Przyszłaś mi dotrzymać towarzystwa?

– Chciałam tylko sprawdzić, czy jest ci wygodnie – odpowiedziałam.

– No cóż, mógłbym wymienić miejsca, w których byłoby mi wygodniej, ale ponieważ jesteś dziewczyną Billa, nie zamierzam ci o nich opowiadać.

– To dobrze – stwierdziłam stanowczo.

– Są jakieś koty tu w okolicy? Zaczyna mnie potężnie męczyć ten butelkowany płyn.

– Żadnych kotów. Jestem pewna, że Bill wkrótce wróci, a wtedy będziesz mógł pójść dokąd zechcesz.

Ruszyłam z powrotem ku domowi. Nie czułam się wystarczająco swobodnie w obecności Bubby, by przedłużać rozmowę... jeśli tę wymianę zdań można było nazwać rozmową. Zastanowiłam się, jakie myśli trapią Bubbę podczas długich nocy czuwania. Ciekawiło mnie, czy pamiętał swoją ludzką przeszłość.

– Co z tym psem?! – zawołał za mną.

– Wrócił do swojego domu – krzyknęłam przez ramię.

– Marnie – mruknął wampir tak cicho, że ledwie go usłyszałam.

Przygotowałam się do snu. Pooglądałam telewizję. Zjadłam trochę lodów, do których dodałam posiekaną czekoladkę „Heath Bar". Żadne z moich zwykle ulubionych zajęć nie przynosiło mi dzisiejszego wieczoru pociechy. Jason został aresztowany, mój chłopak był w Nowym Orleanie, babcia nie żyła, i ktoś zamordował mi kota. Czułam się osamotniona i strasznie się nad sobą użalałam.

Czasami trzeba sobie pofolgować.

Mój wampir nie oddzwonił.

Ten fakt dolał oliwy do ognia mojej niedoli. Bill prawdopodobnie znalazł sobie w Nowym Orleanie jakąś uczynną dziwkę albo jedną z miłośniczek kłów, kręcących się wokół hotelu „Krew" we French Quarter każdej nocy, w nadziei na randkę z wampirem.

Gdybym była pijaczką, upiłabym się. Gdybym miała inny charakter, zadzwoniłabym do rozkosznego JB du

Rone i poszłabym z nim do łóżka. Ale nie jestem taka, więc tylko jadłam lody i oglądałam w telewizji stare filmy. Niesamowitym zbiegiem okoliczności nadawali *Błękitne Hawaje*.

Położyłam się o północy.

Zbudził mnie wrzask za oknem mojej sypialni. Natychmiast usiadłam na łóżku. Słyszałam stukanie i łomot, a w końcu czyjś głos. Byłam pewna, że to Bubba krzyczy: „Wracaj tu, frajerze!".

Kiedy przez kilka minut panowała cisza, włożyłam szlafrok i poszłam do drzwi frontowych. Na podwórku, oświetlonym przez latarnię, nikogo nie zauważyłam. Później dostrzegłam w przelocie jakiś ruch po lewej stronie, a gdy wysunęłam głowę z drzwi, zobaczyłam Bubbę, który wlókł się z powrotem do swojej kryjówki.

– Co się stało? – zawołałam cicho.

Zgarbiony wampir odwrócił się na ganku.

– Jestem, kurde, pewien, że jakiś sukinsyn... wybacz mi... kręci się wokół domu – odparł. Jego piwne oczy pałały, bardziej przypominał więc swoje poprzednie wcielenie. – Usłyszałem go już na kilka minut przed jego zjawieniem się tutaj i pomyślałem, że go złapię. Ale pobiegł przez las do drogi, gdzie miał zaparkowanego pikapa.

– Przyjrzałeś się facetowi?

– Nie na tyle, by go opisać – odparł ze wstydem Bubba. – Gnojek na pewno odjechał autem, ale nie powiem ci nawet, jaki miało kolor. Jakieś ciemne.

– Uratowałeś mnie – zauważyłam z nadzieją, że dosłyszy w moim głosie prawdziwą wdzięczność, jaką odczuwałam. Ogarnęła mnie fala wielkiej miłości dla Billa, który zapewnił mi taką ochronę. Sam Bubba zaś prezentował się teraz w moich oczach znacznie lepiej niż wcześniej. – Dzięki, Bubba.

– Och, to nic takiego – stwierdził łaskawie, prostując się; odrzucił głowę w tył i przywołał na twarz marzycielski uśmiech...

O rany, to naprawdę był on! Już otworzyłam usta, by wypowiedzieć jego imię lub nazwisko, przypomniałam sobie jednak ostrzeżenie Billa i zrezygnowałam.

***

Nazajutrz Jason wyszedł za kaucją. Zażądano od nas fortuny. Podpisałam papiery, które podsunął mi Sid Matt, chociaż na zastaw składał się głównie majątek Jasona: jego dom, pikap i łódź rybacka. Gdyby mój brat został kiedykolwiek wcześniej aresztowany – choćby za nieprawidłowe przejście przez ulicę – prawdopodobnie nie otrzymałby teraz zgody na wyjście za kaucją.

Stałam na schodach sądu i w późnoporannym upale pociłam się w moim okropnym, poważnym, granatowym kostiumie. Pot spływał mi po twarzy i skapywał z warg w ten paskudny sposób, który sprawia, że człowiek natychmiast ma ochotę znaleźć się pod prysznicem. W końcu Jason zatrzymał się przede mną. Nie byłam pewna, czy zechce rozmawiać. Jego twarz wydawała się o kilka lat starsza. Na barkach dźwigał prawdziwy ciężar – kłopot, który nie zniknie ani się nie ulotni, jak na przykład smutek.

– Nie mogę z tobą rozmawiać o sprawie – powiedział tak cicho, że ledwie mogłam go usłyszeć. – Ale wiesz, że to nie ja. Nigdy nie byłem gwałtowny... poza może jedną czy dwiema walkami na parkingu o jakąś babkę.

Dotknęłam jego ramienia, lecz gdy nie zareagował, opuściłam rękę.

– Nigdy nie myślałam, że to zrobiłeś. I nigdy nie będę cię podejrzewać. Przepraszam, że wczoraj zachowałam się tak głupio i zadzwoniłam na pogotowie. Gdybym się zorientowała, że masz na sobie krew kogoś innego, zataszczyłabym cię do przyczepy Sama i umyła, a kasetę spaliła. Po prostu się bałam, że to twoja krew... – Poczułam, że w oczach zbierają mi się łzy. Pora nie była jednak najlepsza na płacz, toteż napinając mięśnie twarzy, ostro walczyłam z napływającymi łzami.

W głowie Jasona panował bałagan niczym w umysłowym chlewie. Wrzała tam niezdrowa breja złożona z żalu, wstydu za publiczne rozgłoszenie własnych nawyków seksualnych, poczucia winy, że nie czuje się jeszcze gorzej z powodu śmierci Amy, oraz przerażenia, że ktoś w mieście może pomyśleć, że Jason zabił własną babcię zamiast siostry.

– Przejdziemy przez to – zapewniłam go bezradnie.

– Tak, przejdziemy – przyznał, próbując nadać głosowi stanowczy ton.

Byłam jednak pewna, że minie trochę czasu... dużo czasu, zanim tupet Jasona – ten wielki tupet, który czynił go mężczyzną o tak nieodpartym wdzięku – wróci do jego postawy, rysów twarzy i mowy.

A może nie wróci nigdy.

Tam, w sądzie, rozstaliśmy się. Nie mieliśmy sobie nic więcej do powiedzenia.

Przesiedziałam w barze cały dzień, patrząc na wchodzących ludzi i czytając im w myślach. Żaden z mężczyzn nie pomyślał, że zabił cztery kobiety i jak dotąd nie poniósł za te zbrodnie kary. W porze lunchu weszli Hoyt i Rene, ale na mój widok pospiesznie opuścili lokal. Przypuszczam, że z mojego powodu poczuli się skrępowani.

W końcu Sam kazał mi znikać. Powiedział, że wyglądam tak fatalnie, że odstraszam klientów.

Powlokłam się więc na dwór, w oślepiające słońce, które powoli zaczynało zachodzić. Myślałam o Bubbie, Billu i wszystkich innych stworzeniach budzących się z głębokiego snu, by pochodzić sobie po powierzchni ziemi.

Zatrzymałam się w Grabbit Kwik z zamiarem kupienia mleka do porannych płatków. Nowy sprzedawca był pryszczatym chłopakiem z ogromnym jabłkiem Adama. Gapił się na mnie niecierpliwie, jakby chciał uwiecznić w swojej głowie moją odbitkę, zdjęcie siostry mordercy. Odkryłam, że ledwie może się doczekać, aż opuszczę sklep, gdyż pragnął bezzwłocznie zadzwonić do swojej dziewczyny. Żałował, że nie dostrzega na mojej szyi śladów ugryzień.

Zastanawiał się też, w jaki sposób mógłby mnie wypytać o techniki seksualne wampirów.

Tego rodzaju śmieci musiałam wysłuchiwać dzień w dzień. Bez względu na to, jak intensywnie koncentrowałam się na czymś innym, obojętnie, jak wysoko stawiałam wokół siebie mentalny mur i jak szeroki przybierałam uśmiech, część umysłowego chłamu trafiała do mnie bez trudu.

Dotarłam do domu tuż przed zapadnięciem zmroku. Odstawiłam mleko, zdjęłam kostium, włożyłam szorty i czarny podkoszulek z napisem „Garth Brooks" i próbowałam wymyślić sobie jakieś zajęcie na wieczór. Nie mogłam czytać, bo nie potrafiłam się wystarczająco skupić. Zresztą, musiałabym pójść do biblioteki wymienić książki, co stanowiłoby w tych okolicznościach prawdziwą wyprawę. Żaden program w telewizji mi nie odpowiadał, przynajmniej tego wieczoru. Przemknęło mi przez głowę, że mogłabym znów obejrzeć *Braveheart – Waleczne serce*, ponieważ Mel Gibson w kilcie zawsze poprawia mi nastrój. Film jednak wydał mi się zbyt krwawy na mój dzisiejszy stan umysłu. Nie potrafiłabym ponownie znieść sceny, w której podrzynają dziewczynie gardło, chociaż dokładnie wiedziałam, kiedy trzeba zakryć oczy.

Weszłam do łazienki, by zmyć rozmazany od potu makijaż, gdy poprzez szum płynącej wody dosłyszałam na zewnątrz wycie.

Zakręciłam kurki i stałam przez chwilę nieruchomo, cała zamieniona w słuch.

„I co...?".

Woda kapała mi z twarzy na koszulkę.

Kompletnie żadnego dźwięku. Ani jednego.

Przekradłam się do drzwi frontowych, ponieważ znajdowały się najbliżej leśnego punktu obserwacyjnego Bubby. Uchyliłam drzwi. Wrzasnęłam:

– Bubba?!

Żadnej odpowiedzi.

Spróbowałam znowu.

Miałam wrażenie, że nawet szarańcze i ropuchy wstrzymały oddech. Noc była cicha, jak makiem zasiał. Coś grasowało – tam, w ciemnościach.

Usiłowałam zebrać myśli, ale serce waliło mi tak mocno, że przeszkadzało w tej czynności.

Zadzwonić na policję, po pierwsze.

Natychmiast odkryłam, że tę możliwość mogę skreślić. W słuchawce panowała cisza.

Cóż, mogłam czekać w swoim domu na kłopoty, które na mnie spadną, albo mogłam wyjść do lasu.

Ta druga ewentualność przerażała mnie. Przygryzłam dolną wargę i kilka minut chodziłam po domu, wyłączając lampy i próbując ustalić plan działania. Dom dostarczał pewnej ochrony – był wyposażony w zamki, ściany, różne zakątki i kryjówki. Wiedziałam jednak, że jeśli jakaś naprawdę zdeterminowana osoba zdoła do niego wejść, wtedy znajdę się w pułapce.

W porządku. Jak mogę się wydostać na dwór przez nikogo niezauważona? Na początek zgasiłam zewnętrzne światła. Wybrałam tylne drzwi, ponieważ wychodziły na las. Las znałam dość dobrze, więc sądziłam, że zdołam się w nim ukryć do samego rana. Może pobiegnę do domu Billa?... Pewnie jego telefon działał, a ja miałam klucz.

Mogłam też spróbować dostać się do samochodu i uruchomić go. Wtedy jednak na dobre kilka sekund utknęłabym w jednym maleńkim pomieszczeniu.

Nie, postanowiłam wybrać las.

Do jednej kieszeni włożyłam klucz od domu Comptonów i scyzoryk dziadka, który babcia trzymała w szufladzie stolika, w salonie, gdzie przydawał się do otwierania listów. W drugą kieszeń wsunęłam małą latarkę. W szafie na ubrania przy frontowych drzwiach babcia przechowywała starą strzelbę, która należała do mojego taty, kiedy był młody. Babcia używała jej głównie przeciwko wężom; no cóż, nawet mnie namówiła, żebym do nich strzelała. Nienawidziłam tej przeklętej broni, nienawidziłam nawet myśli o użyciu jej... lecz teraz najwyraźniej nadeszła na nią pora.

Strzelby nie było!

Ledwie mogłam uwierzyć własnym zmysłom. Obmacałam całą szafę.

Zabójca był w moim domu!

Czyli chodziło o osobę, którą sama zaprosiłam do środka. Kto był tutaj? Spróbowałam policzyć w myślach wszystkich mężczyzn. Równocześnie szłam do tylnych drzwi. Wcześniej zawiązałam sznurówki tenisówek, bo nie chciałam się na nich potknąć. Włosy, by nie spadały mi na twarz, związałam (używając niemal wyłącznie jednej ręki) w niedbały koński ogon. Przez cały czas jednak myślałam o skradzionej strzelbie.

Kto przebywał w moim domu? Bill, Jason, Arlene, Rene, dzieci, Andy Bellefleur, Sam, Sid Matt. Byłam pewna, że nikogo z nich nie zostawiłam zupełnie samego dłużej niż przez minutę czy dwie, ale może ten czas wystarczyłby na wyrzucenie strzelby za okno, skąd później można ją było zabrać.

Potem przypomniałam sobie dzień pogrzebu. Wówczas prawie każdy z moich znajomych wchodził i wychodził z domu w trakcie stypy, a ja nie mogłam sobie przypomnieć, czy widziałam strzelbę od tamtego czasu. Choć z drugiej strony, trudno byłoby zabójcy spacerować po zatłoczonym domu ze strzelbą w ręku. Nie, pomyślałam. Gdyby broń zniknęła wtedy, prawdopodobnie zauważyłabym, że jej nie ma. W gruncie rzeczy byłam prawie pewna, że rzuciłby mi się w oczy jej brak.

W tym momencie musiałam porzucić te rozważania i skupić się na wyjściu z domu i przechytrzeniu napastnika.

Otworzyłam tylne drzwi, ukucnęłam i wyszłam niemal na kolanach, delikatnie puszczając drzwi, które przymknęły się za mną. Zamiast korzystać ze schodów, zsunęłam jedną nogę wprost z ganku na ziemię, potem to samo zrobiłam z drugą. Na dole znowu przykucnęłam. Czułam się jak podczas zabawy w chowanego z Jasonem. Jako dzieci często bawiliśmy się w ten sposób w lesie.

Modliłam się, by się nie okazało, że to znów jest zabawa w chowanego z Jasonem.

Dobiegłam najpierw do donicy pełnej kwiatów, które posadziła babcia, następnie dopadłam mojego drugiego celu – jej samochodu. Wsunęłam się do auta i spojrzałam na niebo. Księżyc był w pełni, noc bezchmurna, a zatem rozgwieżdżona, powietrze było ciężkie od wilgoci i nadal gorące. Ręce miałam mokre od potu.

Kolejny etap wyznaczyłam sobie od samochodu do mimozy.

Tym razem nie udało mi się dotrzeć tam w zupełnej ciszy. Potknęłam się o pniak i mocno rąbnęłam na ziemię. Starając się powstrzymać krzyk, przygryzłam dolną wargę. Ból szarpnął nogą i biodrem, a o nierówne krawędzie pniaka dość mocno podrapałam sobie udo. Dlaczego któregoś dnia porządnie nie przypiłowałam tego pnia? Babcia prosiła o to Jasona, on jednak nigdy nie znalazł na to czasu.

Usłyszałam, a może bardziej wyczułam ruch. Porzuciłam ostrożność w diabły i rzuciłam się ku drzewom. Po prawej stronie ktoś przebijał się brzegiem lasu, wyraźnie kierując się w moją stronę. Ja jednak wiedziałam, dokąd zmierzam, i skokiem, który mnie zadziwił, dopadłam niskiej gałęzi drzewa, na które w dzieciństwie lubiliśmy się wspinać. Podciągnęłam się na nie. Pomyślałam, że jeśli dożyję jutra, będą mnie bolały naciągnięte mięśnie, ucieczka była jednak tego warta. Balansowałam na gałęzi, próbując uspokoić oddech, choć miałam ochotę dyszeć jak pies.

Żałowałam zresztą, że nie śnię tego koszmaru. Niestety, wszystko bez wątpienia działo się na jawie. Ja, Sookie Stackhouse, kelnerka o telepatycznych zdolnościach, siedziałam na gałęzi w lesie w środku nocy, uzbrojona jedynie w scyzoryk.

Gdzieś pod sobą wyczułam ruch. Jakiś mężczyzna biegł przez las. Z jego przegubu zwisał długi sznur. O Jezusie! Chociaż księżyc znajdował się w pełni, głowa napastnika uparcie pozostawała w cieniu drzewa, toteż nie wiedziałam, z kim mam do czynienia. Mężczyzna, nie widząc mnie, przebiegł pod drzewem.

Gdy znalazł się poza zasięgiem mojego wzroku, wreszcie odetchnęłam, po czym zeszłam z drzewa najciszej jak zdołałam. Zaczęłam torować sobie przejście przez las ku drodze. Musiałabym iść dobre kilka minut, ale jeśli zdołam się dostać do szosy, może zatrzymam tam jakiś samochód. Później uświadomiłam sobie, jak rzadko ta droga jest używana. Może lepiej przebiec przez cmentarz, kierując się ku domowi Billa? Wyobraziłam sobie ucieczkę przed mordercą przez ciemny cmentarz i zadrżałam.

Powiedziałam sobie, że strach mi teraz nie pomoże. Musiałam się skoncentrować na mojej obecnej sytuacji. Uważnie stawiałam stopy, poruszając się stosunkowo wolno, wiedząc, że upadając, narobiłabym okropnego hałasu i zabójca dopadłby mnie w jednej chwili.

Jakieś dziesięć metrów na południowy wschód od drzewa, na którym przysiadłam, znalazłam martwego kota. Gardło zwierzęcia miało postać ziejącej rany. W srebrzystym świetle księżyca nie mogłam nawet stwierdzić, jakiego koloru była sierść, pojęłam jednak, że ciemne plamy wokół małego trupa oznaczają zapewne jego krew. Przeszłam cicho jeszcze półtora metra i znalazłam Bubbę. Był nieprzytomny lub martwy... hm... w przypadku wampira trudno było rozgraniczyć te dwa stany. Ponieważ jednak nie miał kołka w sercu, a na jego karku nadal widziałam głowę, mogłam żywić nadzieję, że Bubba tylko stracił przytomność.

Doszłam do wniosku, że pewnie ktoś mu podał nafaszerowanego narkotykami kota. Ktoś, kto wiedział, że wampir mnie chroni, i słyszał o skłonnościach Bubby do picia kociej krwi.

Usłyszałam za sobą trzask. Napastnik nadepnął gałązkę. Przesunęłam się w cień najbliższego dużego drzewa. Byłam wściekła, wściekła i przestraszona. Zastanawiałam się też, czy umrę tej nocy.

Cóż... Może nie miałam strzelby, ale miałam „wewnętrzne narzędzie". Zamknęłam oczy i otworzyłam umysł.

Otoczył mnie ciemny mentalny gąszcz. Czerwień i czerń. Nienawiść.

Wycofałam się. Ale wróciłam, gdyż wiedziałam, że tylko mój dar zapewnia mi w tej chwili ochronę. Przestałam się bronić przed napływem myśli zabójcy.

W moją głowę wpłynęły obrazy, od których ogarnęły mnie mdłości i przerażenie. Dawn prosi kochanka, by ją bił, potem widzi, że mężczyzna bierze w ręce jedną z jej pończoch, rozciąga ją w palcach, przygotowując się do zaciśnięcia jej wokół szyi właścicielki. Zaledwie przebłysk Maudette, migający obraz jej nagiej i błagającej o litość. Jakaś kobieta, której nigdy wcześniej nie widziałam, odwrócona do mnie gołymi plecami pokrytymi sińcami i śladami po uderzeniach. Wreszcie moja babcia... moja babcia... w naszej kuchni, rozgniewana, walczy o życie...

Sparaliżował mnie wstrząs na widok tych przerażających wizji. Czyje myśli widziałam?!

Nagle zobaczyłam dzieci Arlene. Bawiły się na podłodze mojego salonu. Widziałam siebie, chociaż nie byłam taka, jaką widuję się w lustrze. Miałam na szyi ogromne otwory po ugryzieniach i byłam wyuzdana. Moją twarz szpecił chytry, lubieżny uśmieszek i poklepywałam wnętrze uda sugestywnym gestem.

Tak, znalazłam się w umyśle Rene Leniera! Tak mnie postrzegał Rene.

Był szalony.

Teraz wiedziałam, dlaczego nigdy nie udało mi się wyraźnie odczytać jego myśli. Trzymał je w sekretnej niszy, doskonale ukrywanym miejscu swojego umysłu, starannie oddzielonym od świadomej jaźni.

Teraz dostrzegał zarys za drzewem i zadawał sobie pytanie, czy to jest sylwetka kobiety.

Widział mnie!

Popędziłam na zachód, ku cmentarzowi. Nie słuchałam dłużej jego myśli, gdyż całkowicie się skupiłam na biegu, na odpychaniu przeszkód w postaci gałęzi drzew, krzewów, na przeskakiwaniu leżących konarów oraz niewielkiego rowu, w którym zbierała się deszczówka. Miałam silne nogi, gnałam więc szybko, wymachując rękoma. Mój oddech brzmiał jak dźwięk dud.

Wybiegłam z lasu i znalazłam się na cmentarzu. Najstarsza część nekropolii leżała dalej na północ, bliżej domu Comptonów; tam znajdowały się najlepsze kryjówki. Pędziłam, przeskakując nagrobki – nowoczesne, płaskie, niewiele wystające ponad ziemię, prostokątne płyty pamięci. Przeskoczyłam także grób babci, pokryty świeżą, nieubitą jeszcze ziemią. Nie zdążyliśmy położyć kamienia...

Zabójca babci biegł za mną. Obróciłam się – głupia – i spojrzałam, starając się ustalić, jak blisko się znajduje. W świetle księżyca zauważyłam rozczochraną głowę Rene, który wyraźnie mnie doganiał.

Pędziłam w dół, do łagodnej niecki, którą tworzył cmentarz, potem przyspieszyłam do sprintu, gnając pod górę. Szukałam wzrokiem wystarczająco wysokiego nagrobka albo posągu, za którym mogłabym się skryć przed Rene, i po chwili schowałam się za wysoką granitową kolumną zwieńczoną krzyżem. Pozostałam tam nieruchoma, wręcz przyklejona do zimnego twardego kamienia. Przycisnęłam rękę do ust, by zagłuszyć ewentualny szloch, a równocześnie zaczerpnąć tchu. Gdy się nieco uspokoiłam, zaczęłam się wsłuchiwać w umysł Rene. Jego myśli okazały się jednak na tyle mało spójne, że dotarły do mnie tylko emocje: głównie wściekłość. Nagle wyłuskałam jedną wyraźną myśl.

– Twoja siostra, Rene?! – wrzasnęłam. – Twoja siostra Cindy nadal żyje?!

– Ta suka! – odkrzyknął.

W tej samej sekundzie wiedziałam, że jako pierwszą Rene zabił własną siostrę, tę, która lubiła wampiry, do której podobno (według Arlene) wciąż od czasu do czasu jeździł. Rene zamordował swoją siostrę Cindy, barmankę... udusił ją sznurkami jej różowo-białego fartuszka, który miała na sobie jako pracownica szpitalnego bufetu. A po śmierci ją zgwałcił! Jeśli mógł wtedy myśleć, uważał pewnie, że Cindy upadła tak nisko, że nie będzie miała nic przeciw stosunkowi z własnym bratem. W jego opinii osoba, która uprawia seks z wampirami, zasłużyła sobie na śmierć. Potem Rene ukrył jej ciało. Inne kobiety nie były z nim związane krwią, bez wahania więc zostawiał ich ciała na miejscu zbrodni.

Zostałam wessana w chore wnętrze Rene niczym gałązka wciągnięta w wir wodny. Aż się od tego wszystkiego zatoczyłam. Gdy „wróciłam do własnej głowy", Rene mnie dopadł. Uderzył mnie w twarz z całej siły, spodziewając się, że upadnę. Rozbił mi nos. Bolało tak paskudnie, że o mało nie zemdlałam, na szczęście się nie załamałam. Zamachnęłam się i oddałam mu, ale z powodu braku doświadczenia moje uderzenie nie odniosło oczekiwanych skutków. Trafiłam mężczyznę w żebra, on zaś odchrząknął i w następnej chwili mi się odwzajemnił.

Jego pięść roztrzaskała mi obojczyk. Ale nie upadłam.

Nie wiedział, jaka jestem silna. W świetle księżyca dostrzegłam szok na jego twarzy, gdy walczyłam niczym lwica, i dziękowałam za wampirzą krew, którą wypiłam. Myślałam o mojej dzielnej babci i tłukłam napastnika, szarpałam go za uszy, usiłując trzasnąć jego głową w granitową kolumnę. Rene złapał moje ręce. Próbował mnie od siebie odciągnąć i zmusić do poluźnienia uścisku. W końcu mu się udało, choć z jego spojrzenia wywnioskowałam, że jest zaskoczony. Spróbowałam go kopnąć, uprzedził jednak mój ruch i zrobił unik. Gdy straciłam równowagę, pchnął mnie. Upadłam na ziemię.

Wtedy Rene usiadł na mnie okrakiem. Zorientował się, że w ferworze walki upuścił sznur. Teraz jedną ręką trzymał mnie za szyję, drugą zaś usiłował wymacać sznur. Prawą dłoń miałam przyszpiloną, ale lewa była wolna, więc go nią trzasnęłam, a później dosłownie wczepiłam się w niego. Ignorował mnie, zmuszony szukać więzów, gdyż była to część jego rytuału. Ja natomiast namacałam ręką znajomy kształt.

Rene, nadal w ubraniu roboczym, miał przy pasie nóż. Jednym szarpnięciem odpięłam pochewkę i wyciągnęłam z niej ostrze. Mój napastnik myślał akurat: „Powinienem był go zdjąć...", kiedy zatopiłam nóż w miękkim ciele jego talii i pociągnęłam w górę. A potem go wyszarpnęłam.

Zabójca wrzasnął.

Zatoczył się i skręcił tułów w bok, próbując obiema rękoma zatamować tryskającą z rany krew.

Zerwałam się i wstałam, usiłując znaleźć się w miarę daleko od człowieka, który okazał się jeszcze gorszym potworem niż wampiry.

– Ooo... Jezuuusie, kobieeeto! – wrzasnął Rene. – Co ty mi zrobiłaś?! Boże, jak boli! – Głośny, prawdziwy krzyk. Teraz morderca naprawdę się bał, przestraszyło go odkrycie, jak kończą się jego gierki, jak kończy się jego zemsta. – Podobne tobie dziewuchy zasługują na śmierć – warknął. – Czuję cię w mojej głowie, wariatko!

– Które z nas jest wariatem? – syknęłam. – Zdychaj, gnojku.

Nie wiedziałam, że mam w sobie tyle gniewu. Kucałam przy nagrobku, nadal z okrwawionym nożem w ręku, i czekałam na kolejny atak Rene.

Mężczyzna chwiał się i zataczał, ja natomiast obserwowałam go z kamienną twarzą. Zamknęłam przed nim swój umysł, odcięłam się od jego uczuć, gdyż pełzła za nim śmierć. Stałam, gotowa pchnąć Rene nożem po raz drugi, kiedy nagle upadł na ziemię. Upewniłam się, że się nie rusza, i poszłam do domu Comptonów. Nie biegłam. Ciągle widziałam moją walczącą o życie we własnym domu babcię – taki jej obraz na zawsze zachował w pamięci Rene.

Wyjęłam z kieszeni klucz Billa, prawie zdziwiona, że ciągle go mam.

Przekręciłam go w zamku. Słaniając się, dotarłam do salonu, wymacałam telefon. Moje palce dotknęły guzików, domyśliłam się, który jest dziewiątką. Wcisnęłam numer policji na tyle mocno, by usłyszeć kliknięcie, po czym – zupełnie nieoczekiwanie – straciłam przytomność.

***

Wiedziałam, że jestem w szpitalu: otaczał mnie zapach czystej szpitalnej pościeli. Następnie uświadomiłam sobie, że wszystko mnie boli.

Ktoś był ze mną w pokoju. Nie bez wysiłku otworzyłam oczy.

Andy Bellefleur. Kwadratową twarz miał chyba jeszcze bardziej zmęczoną, niż gdy go widziałam ostatnim razem.

– Słyszysz mnie? – spytał.

Kiwnęłam głową. Choć ruch był nieznaczny, spowodował fale bólu.

– Dorwaliśmy go – oświadczył, ale gdy zaczął podawać szczegóły, znowu zapadłam w sen.

Obudziłam się ponownie w świetle dziennym, i tym razem czułam się znacznie raźniejsza.

Ktoś był w pokoju.

– Kto tu jest? – spytałam. Mój głos zabrzmiał jak bolesny zgrzyt.

Z krzesła w kącie podniósł się Kevin. Zwinął czasopismo z krzyżówkami i wetknął je do kieszeni munduru.

– Gdzie jest Kenya? – szepnęłam.

Uśmiechnął się do mnie.

– Siedziała przy tobie przez kilka godzin – wyjaśnił. – Wkrótce wróci. Wysłałem ją na lunch. – Jego szczupła twarz i ciało ułożyły się w jeden chudy symbol aprobaty. – Jesteś twardą dziewczyną – dodał.

– Nie czuję się twarda – wydukałam.

– Bo jesteś ranna – powiedział mi, jakbym tego nie wiedziała.

– Rene...

369

– Znaleźliśmy go na cmentarzu – zapewnił mnie. – Całkiem nieźle sobie z nim poradziłaś. Był przytomny. Przyznał się, że próbował cię zabić.

– To dobrze.

– Szczerze żałował, drań jeden, że nie dokończył roboty. Nie mogę uwierzyć, że powiedział coś takiego, ale gdy do niego dotarliśmy, wyraźnie był przerażony i czuł się zraniony nie tylko na ciele. Oświadczył, że wszystko stało się z twojej winy, bo nie leżałaś, umierając... tak jak inne. Stwierdził, że prawdopodobnie chodzi o twoje geny, ponieważ twoja babcia... – W tym momencie Kevin przerwał, świadom, że wchodzi na niepewny grunt.

– Również walczyła – szepnęłam.

Weszła masywna, niewzruszona Kenya. W ręku trzymała styropianowy kubek z parującą kawą.

– Obudziła się – poinformował partnerkę Kevin.

– To dobrze. – Kenya nie wydawała się tak uradowana jak on. – Mówi, co się wydarzyło? Może powinniśmy zadzwonić po Andy'ego?

– Tak, tak nam polecił. Tyle że położył się dopiero cztery godziny temu.

– Ale kazał zadzwonić!

Kevin wzruszył ramionami i podszedł do szafki przy łóżku, gdzie stał telefon. Podczas jego rozmowy zaczęłam drzemać, później jak przez mgłę słyszałam, że policjant cicho gawędzi z partnerką. Opowiadał o swoich psach myśliwskich.

Wszedł Andy, a ja natychmiast wyczułam jego myśli, wzorzec jego mózgu. Po chwili ten solidny mężczyzna usiadł przy moim łóżku. Otworzyłam oczy, kiedy się pochylił i popatrzył na mnie. Wymieniliśmy długie spojrzenia.

Kątem oka dostrzegłam, że funkcjonariusze wyszli na korytarz.

– Facet nadal żyje – oznajmił Andy. – I nie przestaje gadać.

Poruszyłam głową najlżej jak mogłam. Miałam nadzieję, że ten gest sugeruje aprobatę.

– Twierdzi, że wszystko zaczęło się od jego siostry, która spotykała się z wampirem. Podobno traciła tyle krwi, że Rene pomyślał, że sama się stanie wampirzycą, chyba że on ją powstrzyma. Postawił jej ultimatum... pewnego wieczoru w jej mieszkaniu. Odparła, że nie zrezygnuje z kochanka. W trakcie sprzeczki zawiązała sobie fartuszek, gotowa wyjść do pracy. Zerwał z niej ten fartuch, udusił ją... i zrobił jej coś jeszcze.

Detektyw wyglądał na mocno zdegustowanego.

– Wiem – szepnęłam.

– Wydaje mi się – podjął Andy – że Rene jakoś dał sobie prawo popełnienia tak okropnego czynu. Najprawdopodobniej wmówił sobie, że każda osoba w... sytuacji jego siostry zasługuje na śmierć. W dodatku morderstwa dokonane w okolicach Bon Temps bardzo przypominają dwie inne zbrodnie, których dokonano w Shreveport i które do dziś dnia pozostają niewyjaśnione. Spodziewamy się, że Rene przyzna się do nich w swojej opowieści. Oczywiście nie mamy pewności, czy je popełnił...

Czułam, że zaciskam wargi, przepełniona zdumieniem i litością dla tych wszystkich biednych kobiet.

– Możesz mi opowiedzieć swoją historię? – spytał cicho Andy. – Mów powoli, nie spiesz się i nie podnoś głosu powyżej szeptu. Masz paskudnie posiniaczoną szyję.

Sama się tego domyśliłam, dziękuję bardzo.

Andy spytał, czy może nagrać moją wypowiedź. Gdy udzieliłam zgody, włączył mały dyktafon i położył go na poduszce blisko moich ust. Wymamrotałam opowieść o wieczornych zdarzeniach, nie pomijając żadnego szczegółu.

– Pan Compton nadal przebywa poza miastem? – spytał mnie na zakończenie.

– Jest w Nowym Orleanie – szepnęłam, ledwie zdolna mówić.

– Poszukamy w domu Rene strzelby, skoro wiemy, że jest twoja. Będziemy mieli dodatkowy dowód obciążający.

Do sali weszła piękna, młoda kobieta w bieli, przyjrzała mi się uważnie i oświadczyła detektywowi, że dalsze pytania musi zadać innym razem.

Policjant niezdarnie skinął głową, poklepał mnie po ręce i odszedł. W ostatniej chwili posłał lekarce przepełnione podziwem spojrzenie. Kobieta rzeczywiście była zachwycająca, ale niestety, nosiła obrączkę. Więc Andy Bellefleur znów się spóźnił.

Lekarka zaś uważała, że detektyw jest zbyt poważny i ponury.

Och, nie chciałam słuchać jej myśli!

Nie miałam jednak dość energii, by zablokować ich napływ.

– Jak się pani czuje, panno Stackhouse? – spytała młoda lekarka trochę za głośno. Była szczupłą brunetką o dużych, piwnych oczach i pełnych ustach.

– Piekielnie – zaszemrałam.

– Mogę to sobie wyobrazić – przyznała.

Przyglądając mi się, co chwila kiwała głową. Moim zdaniem nie mogła sobie wyobrazić mojego samopoczucia. Założyłabym się, że nigdy wielokrotny morderca nie pobił jej na cmentarzu.

– Straciła pani również babcię, prawda? – zapytała ze współczuciem.

Leciutko kiwnęłam głową.

– Mój mąż zmarł mniej więcej sześć miesięcy temu – ciągnęła. – Wiem, co to smutek. Odwaga jest trudna.

No, no, no. Zrobiłam pytającą minę.

– Miał raka – wyjaśniła.

Usiłowałam przekazać jej moje kondolencje, nie zadając sobie bólu zbędnym ruchem. Było to prawie niemożliwe.

– A więc – oświadczyła, prostując się – na pewno będzie pani żyć, panno Stackhouse. Choć ma pani złamany obojczyk, dwa złamane żebra i nos.

Pasterzu Judei! Nic dziwnego, że tak źle się czuję, pomyślałam.

– Pani twarz i szyja są dotkliwie posiniaczone – ciągnęła lekarka. – Odczuwa pani też zapewne ranę gardła.

Próbowałam sobie wyobrazić, jak wyglądam. Dobrze, że nie miałam pod ręką lusterka.

– I ma pani wiele stosunkowo drobnych stłuczeń i rozcięć na nogach i rękach. – Uśmiechnęła się. – Pani brzuch jest nietknięty, podobnie stopy!

Ho, ho, ho! Bardzo zabawne.

– Przepisałam pani lek przeciwbólowy, jeśli więc zacznie się pani czuć gorzej, proszę zadzwonić po pielęgniarkę.

Ktoś wsunął głowę w drzwi.

Lekarka obróciła się, zasłaniając mi widok, i spytała:

– Tak?

– Pokój Sookie?

– Tak, właśnie skończyłam ją badać. Proszę wejść.

Lekarka (o nazwisku Sonntag, jak przeczytałam na plakietce) popatrzyła na mnie pytająco, czekając na moje pozwolenie, ja zaś zdołałam wydusić jedynie:

– Jasne.

JB du Rone niemal podpłynął do krawędzi mojego łóżka. Wyglądał ślicznie, niczym z okładki romansu. Jego płowe włosy błyszczały pod świetlówkami, oczy miał dokładnie w tym samym kolorze, a podkoszulek bez rękawów podkreślał muskulaturę, która wydawała się wyrzeźbiona... eee... dłutem. JB patrzył na mnie z góry, w niego zaś wzrok wbijała doktor Sonntag.

– Hej, Sookie, dobrze się czujesz? – spytał.

Delikatnie położył palec na moim policzku, po czym pocałował nieposiniaczone miejsce na czole.

– Dzięki – szepnęłam. – Nic mi nie będzie. Poznaj moją lekarkę.

Młodzieniec spojrzał na doktor Sonntag, która niemal potknęła się o własne stopy, podchodząc, by mu się przedstawić.

– Lekarze nie byli tak ładni, gdy dostawałem zastrzyki – zagaił szczerze i zwyczajnie JB.

– Od czasu dzieciństwa nie chodzi pan do lekarza? – odpowiedziała pytaniem zdumiona doktor Sonntag.

– Nigdy nie zachorowałem. – Uśmiechnął się do niej promiennie. – Jestem silny jak wół.

„I masz mózg wołu" – dodałam w myślach, choć pewnie rozumu pięknej doktorki wystarczyłoby dla obojga.

Kobiecie najwyraźniej nie przyszedł do głowy żaden powód do zwłoki. Odchodząc, rzuciła nam przez ramię smutne spojrzenie.

JB nachylił się nade mną i spytał żarliwie:

– Mogę ci coś przynieść, Sookie? Nabsy albo coś?

Na myśl o próbie zjedzenia krakersa łzy stanęły mi w oczach.

– Nie, dzięki – sapnęłam. – A lekarka jest wdową.

W rozmowie z JB można nagle zmienić temat, a on na pewno nie będzie się doszukiwał przyczyn tej zmiany.

– Ho, ho, ho – wydyszał. Wyraźnie był pod wrażeniem. – Inteligentna i wolna.

Uniosłam znacząco brwi.

– Myślisz, że powinienem się z nią umówić? – Spojrzał tak intensywnie zamyślony, jak to tylko było możliwe w jego przypadku. – Może to dobry pomysł. – Uśmiechnął się do mnie. – Skoro ty nie chcesz się ze mną umówić, Sookie. Ty zawsze jesteś dla mnie numerem jeden. Tylko kiwniesz palcem, a ja w te pędy przylecę.

Co za słodki facet. Ani przez minutę nie wierzyłam w jego oddanie, nie miałam jednak najmniejszych wątpliwości, że potrafi poprawić samopoczucie każdej kobiecie, nawet takiej, która – jak ja w tej chwili – doskonale wie, że wygląda naprawdę koszmarnie. Zresztą czułam się także dość paskudnie.

Gdzie są te pigułki przeciwbólowe?!

Usiłowałam się uśmiechnąć do JB.

– Cierpisz – zauważył. – Ściągnę tu pielęgniarkę.

Och, to dobrze. Im bardziej próbowałam wyciągnąć rękę ku małemu przyciskowi, tym bardziej on się ode mnie oddalał. JB znów mnie pocałował, po czym ruszył do drzwi.

– Wytropię tę twoją lekarkę, Sookie – rzucił mi na odchodne. – Zadam jej kilka pytań w kwestii twojego stanu.

Kiedy pielęgniarka wstrzyknęła coś w moją kroplówkę, chciałam po prostu leżeć i nie czuć bólu. Niestety, drzwi znów się otworzyły.

Wszedł mój brat. Przez długi czas stał przy łóżku i gapił się na moją twarz.

– Zamieniłem kilka słów z twoją lekarką, zanim wyszła do bufetu z JB. Opowiedziała mi o wszystkich twoich urazach. – Odszedł od łóżka, przeszedł się po sali, wrócił i znowu przyjrzał mi się z uwagą. – Wyglądasz strasznie.

– Dziękuję – szepnęłam.

– No tak, masz zranione gardło. Zapomniałem. – Chciał mnie poklepać po ramieniu, ale zrezygnował. – Słuchaj, siostrzyczko, muszę ci podziękować, ale dołuje mnie fakt, że zastąpiłaś mnie w walce.

Gdybym mogła, kopnęłabym go. Zastąpiłam go, cholera jasna!

– Jestem ci sporo winien, siostrzyczko. Strasznie byłem głupi, uważając Rene za dobrego przyjaciela.

Zdradzony. Jason czuł się zdradzony!

W tym momencie weszła Arlene, maksymalnie pogarszając sytuację.

Była w okropnym stanie. Rude włosy były rozczochrane, nie miała makijażu, ubranie wybrała na chybił trafił.

Nigdy jej nie widziałam bez starannie zakręconych włosów i ostrego, wyrazistego makijażu.

Popatrzyła na mnie tak, że... rany, cieszyłabym się, gdybym mogła wstać i uciec... Przez sekundę jej twarz była twarda jak granit, ale kiedy Arlene bacznie mi się przyjrzała, jej rysy zaczęły łagodnieć.

– Byłam na ciebie taka wściekła, nie wierzyłam w to wszystko, ale teraz gdy na ciebie patrzę i widzę, co ci zrobił... Och, Sookie, zdołasz mi kiedykolwiek wybaczyć?

Jezu, jakże pragnęłam, by się stąd wyniosła. Usiłowałam dać mojemu bratu znak i najwidoczniej mi się udało, ponieważ Jason objął Arlene i wyprowadził ją. Zanim dotarła do drzwi, rozszlochała się.

– Nie wiedziałam... – bełkotała. Ledwie ją rozumiałam. – Po prostu nie wiedziałam!

– Ani ja, cholera – dodał mój brat.

Po próbie przełknięcia jakiejś przepysznej zielonej galaretki zdrzemnęłam się.

Sporym przeżyciem tego popołudnia było dla mnie pójście do łazienki. Zrobiłam to mniej więcej samodzielnie.

Posiedziałam również na krześle z dziesięć minut, po których byłam bardziej niż gotowa wrócić do łóżka. Potem zerknęłam w lusterko ukryte w stoliczku na kółkach i strasznie tego pożałowałam.

Miałam lekką temperaturę, na tyle podwyższoną, że moim ciałem targały dreszcze, a skóra była wrażliwa na dotyk. Na sinoniebieskiej twarzy puszył się podwójnej wielkości, spuchnięty nos. Prawe oko miałam podpuchnięte i niemal całkowicie zamknięte. Zadrżałam i nawet ten nieznaczny ruch sprawił mi ból. Moje nogi...

o cholera, nawet nie chciałam sprawdzać. Położyłam się bardzo ostrożnie i zapragnęłam, by ten dzień wreszcie się skończył. Prawdopodobnie za jakieś cztery dni będę się czuła wspaniale. Praca! Kiedy mogłabym wrócić do pracy?

Z zadumy wyrwało mnie ciche stukanie do drzwi. Kolejny przeklęty gość! Cóż, tym razem w drzwiach stanął ktoś, kogo nie znałam. Starsza pani o błękitnosiwych włosach i w okularach w czerwonych oprawkach. Wprowadziła wózek. Nosiła żółty kitel i należała do szpitalnych wolontariuszek, które z powodu tego właśnie stroju nazywano Słonecznymi Paniami.

Na wózku leżały i stały kwiaty przeznaczone dla pacjentów z naszego skrzydła.

– Przynoszę ci ładunek najlepszych życzeń! – oświadczyła radośnie staruszka.

Odpowiedziałam uśmiechem, ale skutek musiał być okropny, ponieważ kobieta wyraźnie straciła rezon.

– Te są dla ciebie – powiedziała, podnosząc roślinę w doniczce ozdobionej czerwoną wstążką. – I karteczka, kochanie. Hm, poszukajmy, tak, te także są dla ciebie... – Zdjęła z wózka wazon z wiązanką ciętych kwiatów, wśród których rozróżniłam różowe róże, różowe goździki i białą gipsówkę. Starsza pani również od nich oderwała karteczkę. Przejrzała zawartość wózka, po czym zawołała: – No, no, no! Dziewczyno, ależ ty masz szczęście! Jest tu dla ciebie więcej kwiatów!

Głównym punktem trzeciego roślinnego hołdu okazał się dziwaczny czerwony kwiat, jakiego nigdy przedtem nie widziałam; otaczały go inne, bardziej znajome. Na ten osobliwy okaz popatrzyłam z powątpiewaniem. Słoneczna Pani starannie odpinała kartkę.

Uśmiechając się, wyszła z sali, ja zaś otworzyłam małe koperty. Zauważyłam, że w lepszym nastroju było mi się łatwiej poruszać.

Roślina w doniczce była od Sama i „wszystkich Twoich współpracownic z »Merlotte'a«" głosiła karteczka skreślona pismem mojego szefa. Dotknęłam połyskujących liści i zastanowiłam się, gdzie postawię roślinkę, gdy wrócę z nią do domu. Cięte kwiaty przysłali Sid Matt Lancaster i Elva Deane Lancaster. O rany! A wiązanka z czerwonym dziwadłem (kwiat prezentował się niemal nieprzyzwoicie, przypominał kobiecą... hm, intymną, hm...)? Z pewną ciekawością rozłożyłam karteczkę. Nosiła tylko podpis: „Eric".

Ta informacja dolała oliwy do ognia. Byłam wściekła. Jak, do diabła, ten cholerny wampir dowiedział się o moim pobycie w szpitalu? I dlaczego nie miałam wiadomości od Billa?

Po zjedzeniu kolacji w postaci pysznej czerwonej galaretki, przez kilka godzin oglądałam telewizję, ponieważ – nawet gdybym mogła czytać – i tak nie miałam żadnych czasopism ani książek. Z każdą godziną moje sińce stawały się coraz bardziej urocze, a ja czułam się śmiertelnie zmęczona – mimo że tylko raz poszłam do łazienki i dwa razy obeszłam pokój. W końcu wyłączyłam telewizor i przekręciłam się na bok. Zasnęłam. Do mojego snu przesączył się ból całego ciała, przyprawiając mnie o koszmary. Biegałam w tych snach, gnałam przez cmentarz, bałam się o życie, spadałam na kamienie, do otwartych grobów, spotykając wszystkich leżących tam nieżyjących ludzi: mojego ojca i matkę, moją babcię, Maudette Pickens, Dawn Green, nawet pewnego przyjaciela z dzieciństwa, który zginął przypadkiem zastrzelony na polowaniu. Szukałam jednego szczególnego nagrobka. Czułam, że jeśli go znajdę, będę wolna, a wszystkie te osoby spokojnie wrócą do swoich grobów i zostawią mnie w spokoju. Biegałam od jednego nagrobka do drugiego, kładłam na każdym rękę, ciągle żywiąc nadzieję, że dotykam właściwego kamienia.

Nagle jęknęłam.

– Kochana, jesteś bezpieczna – rozległ się znajomy głos.

– Bill – szepnęłam we śnie.

Obróciłam się i stanęłam przed nagrobkiem, którego jeszcze nie dotknęłam. Położyłam na nim palce. Natychmiast wytropiły litery, składające się na napis „William Erasmus Compton". Odniosłam wrażenie, że ktoś oblał mnie zimną wodą, otworzyłam szeroko oczy, wciągnęłam powietrze, a z mojego gardła wyrwał się potężny okrzyk bólu. Zachłysnęłam się dodatkowym haustem powietrza i rozkaszlałam boleśnie. Z tego wszystkiego obudziłam się.

Czyjaś ręka przesunęła się po moim policzku; dotyk zimnych palców cudownie ochłodził gorącą skórę. Starałam się nie pojękiwać, ale przez zaciśnięte zęby wymknął mi się cichy pisk.

– Zwróć się ku światłu, kochana – powiedział Bill lekkim i pogodnym głosem.

Spałam tyłem do łazienki, gdzie pielęgniarka zostawiła włączone światło. Teraz posłusznie przekręciłam się na plecy i podniosłam wzrok na mojego wampira.

Bill syknął.

– Zabiję go – warknął.

Atmosfera zrobiła się tak napięta, że przydałaby się spora porcja gazu uspokajającego.

– Cześć, Bill – wychrypiałam. – Ja także się cieszę, że cię widzę. Gdzie się tak długo podziewałeś? No i dziękuję, że oddzwoniłeś.

Słysząc te słowa, mój wampir znieruchomiał. Zamrugał. Czułam, że usiłuje się uspokoić.

– Widzisz, Sookie – zaczął – nie oddzwoniłem, ponieważ chciałem powiedzieć ci osobiście, co się zdarzyło. – Jego twarz była pozbawiona wyrazu. Gdybym musiała zgadywać, powiedziałabym, że Bill wygląda na dumnego z siebie.

Zamilkł i tylko badawczo mi się przyglądał, oceniając wzrokiem mój stan.

– Nie jest ze mną tak źle. – Wyciągnęłam do niego rękę. Pocałował ją, pieszcząc przez chwilę. Moje ciało zareagowało na niego lekkim podnieceniem. Wierzcie mi, nie wiedziałam, że w mojej obecnej sytuacji w ogóle jestem zdolna do takiej reakcji.

– Opowiedz mi, co ci zrobił – polecił.

– Dobrze, ale przysuń się do mnie. Mogę tylko szeptać, bo boli mnie gardło.

Przyciągnął krzesło do łóżka, opuścił poręcz i oparł podbródek na złożonych dłoniach. Jego twarz znalazła się zaledwie dziesięć centymetrów od mojej.

– Masz złamany nos – zauważył.

Przewróciłam oczami.

– Cieszę się, że to dostrzegłeś – szepnęłam. – Przekażę mojej lekarce, gdy przyjdzie.

Zmrużył oczy.

– Nie staraj się odwracać mojej uwagi.

– Okej. Mam złamane dwa żebra, obojczyk i nos.

Bill postanowił obejrzeć mnie dokładnie, odsunął więc kołdrę. Ogarnął mnie straszliwy wstyd. Miałam na sobie okropną, szpitalną koszulę, w sobie zaś wielką dawkę środków uspokajających, nie kąpałam się od jakiegoś czasu, moja cera przybrała wiele różnych odcieni, a włosy były rozczochrane...

– Chcę cię zabrać do domu – oświadczył, gdy już przesunął rękoma po całym moim ciele i drobiazgowo przebadał każde zadrapanie i rozcięcie. Wampirzy znachor.

Dałam znak ręką, by się pochylił i przysunął ucho do moich warg.

– Nie – wydyszałam. Wskazałam na kroplówkę. Przypatrzył się jej z niejaką podejrzliwością, choć oczywiście musiał wiedzieć, co ma przed sobą.

– Mogę to wyjąć – powiedział.

Gwałtownie pokręciłam głową.

– Nie chcesz, żebym się tobą zajmował?

Prychnęłam ze złością, co cholernie zabolało.

Zrobiłam ręką taki ruch, jakbym pisała. Bill przeszukał szuflady i znalazł jakiś notes. Dziwnym trafem mój wampir miał pióro.

„Wypuszczą mnie ze szpitala jutro, o ile nie podniesie mi się gorączka" – napisałam.

– Kto cię odwiezie do domu? – spytał.

Znowu stał przy łóżku i patrzył na mnie z góry z surową dezaprobatą, niczym nauczyciel, którego najlepszy uczeń okazał się nagle śmierdzącym leniem.

„Każę im zadzwonić po Jasona albo do Charlsie To-oten" – napisałam. W innej sytuacji automatycznie wybrałabym Arlene.

– Będę tam o zmroku – odparł.

Popatrzyłam na jego bladą twarz, w czyste białka oczu, niemal lśniące w ciemnawym pokoju.

– Uleczę cię – zaofiarował się. – Pozwól, że dam ci trochę mojej krwi.

Przypomniałam sobie swoje rozjaśnione włosy i własną podwójną siłę. Pokręciłam głową.

– Dlaczego nie? – spytał takim tonem, jakby podsuwał łyk wody spragnionej kobiecie, a ona by mu odmówiła.

Przemknęło mi przez myśl, że może zraniłam jego uczucia.

Wzięłam go za rękę, podniosłam ją do ust i lekko pocałowałam. Potem przyłożyłam ją sobie do zdrowszego policzka.

„Ludzie widzą, że się wtedy zmieniam" – napisałam po chwili. „Sama też zauważam te zmiany".

Na moment skłonił głowę, po czym popatrzył na mnie ze smutkiem.

„Wiesz, co się stało?" – napisałam.

– Bubba opowiedział mi większą część zdarzeń – odrzekł. Na wspomnienie głupkowatego wampira zrobił przerażającą minę. – Resztę streścił mi Sam. Byłem też na posterunku i przeczytałem raporty policyjne.

„Andy pozwolił ci je przejrzeć?" – nabazgrałam.

– Cóż, wiedział, że tam jestem – odparł niedbale Bill.

Próbowałam sobie wyobrazić tę nocną wizytę i myśl o niej przyprawiła mnie o gęsią skórkę.

Posłałam mojemu wampirowi spojrzenie pełne dezaprobaty.

„Mów, co się zdarzyło w Nowym Orleanie" – napisałam.

Znów ogarniała mnie senność.

– Musiałbym ci opowiedzieć co nieco o nas – odparł z wahaniem.

– No, no, no, tajemne, wampirze sprawki!

Tym razem Bill posłał mi ostrzegawcze spojrzenie.

– Jesteśmy całkiem dobrze zorganizowani – wyjaśnił. – Starałem się wymyślić coś, co zapewniłoby nam absolutne bezpieczeństwo i zniwelowało do zera zagrożenie ze strony Erica.

Odruchowo zerknęłam na wiązankę z dziwnym czerwonym kwiatem.

– Wiem, że gdybym był osobą urzędową... tak jak Eric... trudniej byłoby mu ingerować w moje prywatne życie.

Popatrzyłam na niego zachęcająco. W każdym razie próbowałam tak spojrzeć.

– Z tego też względu wziąłem udział w regionalnym zebraniu i chociaż nigdy szczególnie nie interesowała mnie nasza polityka, kandydowałem na pewien urząd. W dodatku... dzięki wsparciu potężnego lobby... wygrałem!

Nie mógł mnie chyba bardziej zaskoczyć. Mój Bill został działaczem związkowym? Zastanowiłam się również nad wyrażeniem „wsparcie potężnego lobby". Czy to znaczyło, że pozabijał wszystkich rywali? A może kupił wyborcom po butelce krwi A Rh minus?

„Na czym będzie polegać twoja praca?" – napisałam powoli, wyobrażając sobie mojego wampira siedzącego na zebraniu. Spróbowałam spojrzeć na niego z dumą, gdyż najwyraźniej tego oczekiwał.

– Jestem oficerem śledczym Piątej Strefy – odparł. – Wyjaśnię ci, co to oznacza, gdy wrócisz do domu. Nie chcę cię teraz męczyć.

Kiwnęłam głową, posyłając mu promienny uśmiech. Miałam szczerą nadzieję, że nie przyjdzie mu do głowy pytać mnie, od kogo są te wszystkie kwiaty. Zastanowiłam się, czy powinnam wysłać Ericowi notkę z podziękowaniem. Zadałam też sobie pytanie, dlaczego myślę teraz o takich sprawach. Pewnie rozpraszał mnie lek przeciwbólowy.

Dałam znak Billowi, by przysunął się bliżej, i po chwili jego twarz znalazła się na łóżku, tuż obok mojej.

– Nie zabijaj Rene – szepnęłam.

Patrzył na mnie zimno, zimniej, coraz zimniej.

– Może już wykonałam całą robotę – ciągnęłam. – Facet leży na oddziale intensywnej terapii. Ale nawet jeśli przeżyje... cóż, dość tych morderstw. Rene odpowie za nie przed sądem. Nie ściągaj już na siebie żadnych podejrzeń. Pragnę spokoju... dla nas obojga. – Coraz trudniej było mi mówić.

Wzięłam rękę Billa w obie swoje i znowu przyłożyłam ją sobie do mnie stłuczonego policzka. Nagle strasznie zatęskniłam za ciałem mojego wampira – tak bardzo, że poczułam tę tęsknotę w postaci litej bryły tkwiącej w mojej piersi – i wyciągnęłam do niego ręce. Bill usiadł na krawędzi łóżka, pochylił się ku mnie i ostrożnie, bardzo ostrożnie mnie objął. Ciągnął mnie ku sobie powoli, centymetr po centymetrze, prawdopodobnie dając mi szansę powiedzenia mu, gdy poczuję ból.

– Nie zabiję go – szepnął mi w końcu do ucha.

– Kochanie, tęskniłam za tobą – odparłam bardzo cicho, znając jego wyczulony słuch.

Usłyszałam westchnienie. Na moment zacisnął dłonie na moich plecach, potem zaczął mnie delikatnie gładzić.

– Ciekaw jestem – powiedział – jak szybko zdołasz wrócić do zdrowia bez mojej pomocy.

– Och, postaram się jak najszybciej – szepnęłam. – Założę się, że zaskoczę moją lekarkę.

Korytarzem nadbiegł owczarek szkocki, zajrzał do mojej sali, szczeknął, po czym pokłusował dalej. Zdumiony Bill obrócił się i wyjrzał na korytarz. No tak, mieliśmy dziś pełnię księżyca, widziałam to przez okno. Dostrzegłam tam coś jeszcze. Czyjaś blada twarz wyłoniła się z mroku i przesunęła za szybą, przesłaniając mi na chwilę księżyc. Ładna twarz, okolona długimi złotymi włosami. Lecąc, wampir Eric uśmiechał się do mnie i stopniowo znikał mi z pola widzenia.

– Wkrótce wrócimy do normalności – powiedział Bill. Pomógł mi się położyć i poszedł zgasić światło w pokoju. Jarzył się w ciemnościach.

– Właśnie – odparłam szeptem. – Tak, wróćmy do normalności.

MIASTO KOŚCI
TOM I TRYLOGII „DARY ANIOŁA"

Cassandra Clare

Tysiące lat temu, Anioł Razjel zmieszał swoją krew z krwią mężczyzn i stworzył rasę Nephilim, pół ludzi, pół aniołów. Mieszańcy człowieka i anioła przebywają wśród nas, ukryci, ale wciąż obecni, są naszą niewidzialną ochroną. Nazywają ich Łowcami Cieni.

Łowcy Cieni przestrzegają praw ustanowionych w Szarej Księdze, nadanych im przez Razjela. Ich zadaniem jest chronić nasz świat przed pasożytami, zwanymi demonami, które podróżują między światami, niszcząc wszystko na swej drodze. Ich zadaniem jest również utrzymanie pokoju między walczącymi mieszkańcami podziemnego świata, krzyżówkami człowieka i demona, znanymi jako wilkołaki, wampiry, czarodzieje i wróżki. W swoich obowiązkach są wspomagani przez tajemniczych Cichych Braci. Cisi Bracia mają zaszyte oczy i usta i rządzą Miastem Kości, nekropolią znajdującą się pod ulicami Manhattanu, w której leżą martwe ciała zabitych Łowców Cieni. Cisi Bracia prowadzą archiwa wszystkich Shadowhunters, jacy kiedykolwiek żyli. Strzegą również Darów Anioła, trzech boskich przedmiotów, które anioł Razjel powierzył swoim dzieciom. Jednym z nich jest Miecz. Drugim Lustro. Trzecim Kielich.

Od tysięcy lat Cisi Bracia strzegli Darów Anioła. I było tak aż do Powstania, wojny domowej, która niemal na zawsze zniszczyła tajemny świat Shadowhunters. I mimo że od śmierci Valentine'a, Łowców Cieni, który rozpoczął wojnę, minęło wiele lat, rany, jakie zostawił, nigdy się nie zabliźniły. Od Powstania minęło piętnaście lat. Jest upalny sierpień w tętniącym życiem Nowym Jorku. W podziemnym świecie szerzy się wieść, że Valentine powrócił na czele armii wyklętych. A Kielich zaginął...

KSIĘGA CMENTARNA

Neil Gaiman

Na aukcji internetowej w ebay.com za prawo do umieszczenia na nagrobku swojego imienia i nazwiska pewien internauta zapłacił 3383 USD. Nagrobek zaś pojawia się w najnowszej książce Neila Gaimana pt.: „Księga cmentarna".

Ta książka jest owiana mrocznym klimatem – akcja rozgrywa się na cmentarzu, a głównym bohaterem jest niezwykły chłopiec – Nik, który jest jedynym żyjącym mieszkańcem cmentarza. Wychowany od maleńkości przez duchy, nauczył się dawno zapomnianych zwyczajów od swoich opiekunów oraz technik znanych jedynie duchom, jak choćby zdolności Znikania. Czy wychowany przez duchy chłopiec doświadczy cudów i terroru żywych i umarłych?

Ta mrożąca krew w żyłach opowieść Gaimana jest pierwszą powieścią dla młodzieży od czasu wydania międzynarodowego bestsellera „Koralina". I podobnie jak „Koralina", „Księga cmentarna" z pewnością oczaruje i zaskoczy zarówno młodych czytelników, jak i legiony jego stałych dorosłych fanów.

CHŁOPAKI ANANSIEGO

Neil Gaiman

Bezczelnie śmiała i oryginalna nowa powieść, traktująca o mrocznym proroctwie, dysfunkcjonalnych rodzinach i tajemniczych podstępach (oraz o pewnej limonce).

„Chłopaki Anansiego" to najnowsze dzieło literackiego maga Neila Gaimana, ulubieńca popkultury. Autor powraca do mitycznych krain, opisanych jakże błyskotliwie w bestsellerowych „Amerykańskich bogach". Czytelnicy z Ameryki i całego świata po raz pierwszy poznali pana Nancy'ego (Anansiego), pajęczego boga, właśnie tam. „Chłopaki Anansiego" to historia o jego dwóch synach, Grubym Charliem i Spiderze. Gdy ojciec Grubego Charliego raz nadał czemuś nazwę, przyczepiała się na dobre. Na przykład kiedy nazwał Grubego Charliego „Grubym Charliem". Nawet teraz, w dwadzieścia lat później, Gruby Charlie nie może uwolnić się od tego przydomku, krępującego prezentu od ojca – który tymczasem pada martwy podczas występu karaoke i rujnuje Grubemu Charliemu życie. Pan Nancy pozostawił Grubemu Charliemu w spadku różne rzeczy. A wśród nich wysokiego, przystojnego nieznajomego, który zjawia się pewnego dnia przed drzwiami i twierdzi, że jest jego utraconym bratem. Bratem tak różnym od Grubego Charliego, jak noc różni się od dnia, bratem, który zamierza pokazać Charliemu, jak się wyluzować i zabawić... tak jak kiedyś ojciec. I nagle życie Grubego Charliego staje się aż nazbyt interesujące. Bo widzicie, jego ojciec nie był takim zwykłym ojcem, lecz Anansim, bogiem-oszustem. Anansim, buntowniczym duchem, zmieniającym porządek świata, tworzącym bogactwa z niczego i płatającym figle diabłu. Niektórzy twierdzili, że potrafił oszukać nawet Śmierć.

„Chłopaki Anansiego" to szalona przygoda, popis biegłości literackiej i urocza, zwariowana farsa, opowiadająca o tym, skąd pochodzą bogowie – i jak przeżyć we własnej rodzinie.

TAJEMNA HISTORIA MOSKWY

Ekaterina Sedia

Tajemna historia Moskwy to pomysłowy koktajl złożony w równych częściach z Bułhakowa i Gaimana – mroczny, niepokojący, śmiały i cierpki, jaka może być tylko prawdziwa rosyjska literatura. W swojej powieści Ekaterina pełnymi garściami czerpie inspirację ze starych rosyjskich baśni i podań ludowych przy jednoczesnym umiejscowieniu historii we współczesnej Moskwie.

Każde miasto ma sekretne miejsca. Moskwa w burzliwych latach dziewięćdziesiątych XXw. nie jest inna, jej mieszkańcy szukają bezpieczeństwa w świecie pod ulicami – w mrocznym, otchłannym świecie magii, płaczących drzew i kawek albinosów, gdzie wypędzone pogańskie bóstwa i baśniowe stwory szepczą dziwne opowieści tym, którzy chcą słuchać. Galina jest młodą kobietą pochwyconą, jak ludzie jej współcześni, w pozorną anarchię nowej Rosji. W tym chaosie jej siostra Maria przemienia się w kawkę i odlatuje – co skłania Galinę do dołączenia do Jakowa, policjanta prowadzącego dochodzenie w sprawie lawiny zaginięć. Poszukiwania zaprowadzą ich do podziemnego królestwa prawd i archetypów, gdzie znajdą się pomiędzy rzeczywistością i mitem, przeszłością i teraźniejszością, honorem i zdradą – do tajemnej historii Moskwy.

NOCNY PATROL

Siergiej Łukjanienko

Współczesna Moskwa. Trwa tysiącletni rozejm między siłami Ciemności i Światła. W ramach Wielkiego Traktatu każda ze stron powołała do życia organa stojące na straży porządku. Tytułowy Nocny Patrol obserwuje poczynania sił Ciemności, by działały one zgodnie z traktatem. W ten sam sposób pracuje Dzienny Patrol, pilnujący, by dobro nie rozprzestrzeniało się na świat. Status quo zostanie utrzymany, póki któraś ze stron nie obejmie znaczącej przewagi lub nie złamie warunków porozumienia.

W sam środek „wojny" wrzucony zostaje świeżo upieczony strażnik Nocnego Patrolu – Anton. Nie zdaje sobie sprawy, że jego udział będzie znaczący w końcowym rozrachunku między siłami Ciemności i Światła.

Będzie musiał zadać sobie pytanie, czy aby na pewno stoi po właściwej stronie? Czy przeznaczenie można zmienić? Czy warto poświęcić miłość w imię wielkiej sprawy?